W0206396

LENGUA Y LITERATURA

3 ESO

¿CÓMO ES ESTE LIBRO?

Situaciones de aprendizaje

Conectadas a la realidad, presentan problemas reales en contextos de verdad y desarrollan las competencias específicas del área.

ODS
Conexión con los objetivos de desarrollo sostenible.

Cápsulas de **contenidos.**

Resolución del reto, desafío... Y **evidencia del aprendizaje.**

INICIO

DESARROLLO

CIERRE

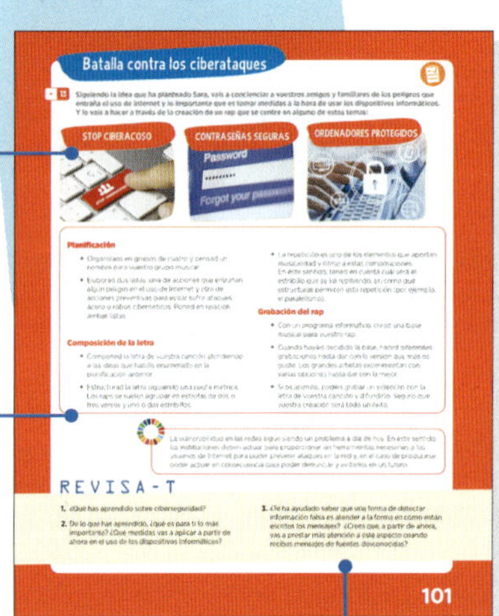

Contextualización. Pregunta, desafío, reto... que despierta el interés y la curiosidad por aprender.

Aprenderás a... Metas que se alcanzarán en la situación de aprendizaje.

Llamadas a los **Saberes y destrezas.**

Actividades de investigación, experimentación...

- Trabajo individual
- En grupo
- Por parejas
- Todos juntos

Transferencia de conocimientos.

Reflexión sobre el aprendizaje: **qué, cómo y para qué.**

ELEMENTOS INTERACTIVOS

- Vídeo
- Audio
- Actividad
- Imagen
- Infografía
- Descargable
- Destreza
- Lista de comprobación

INCLUYE

AprendizajeServicio

SABERES Y DESTREZAS

Material básico para lograr un aprendizaje **sistemático** de los contenidos.

Incluye todos los saberes necesarios para trabajar la materia y resolver las situaciones de aprendizaje.

Fichas organizadas en bloques de **saberes** y actividades de **aplicación:**

Las lenguas y sus hablantes

6 LOS PREJUICIOS LINGÜÍSTICOS

Comunicación

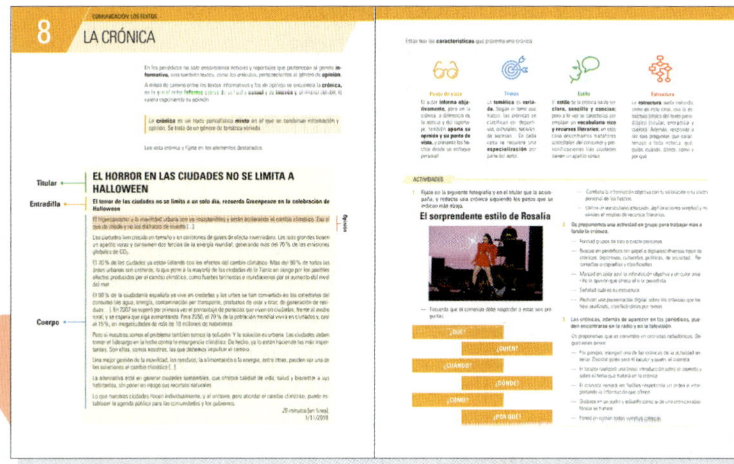
8 LA CRÓNICA

EL HORROR EN LAS CIUDADES NO SE LIMITA A HALLOWEEN

El sorprendente estilo de Rosalía

Reflexión sobre la lengua

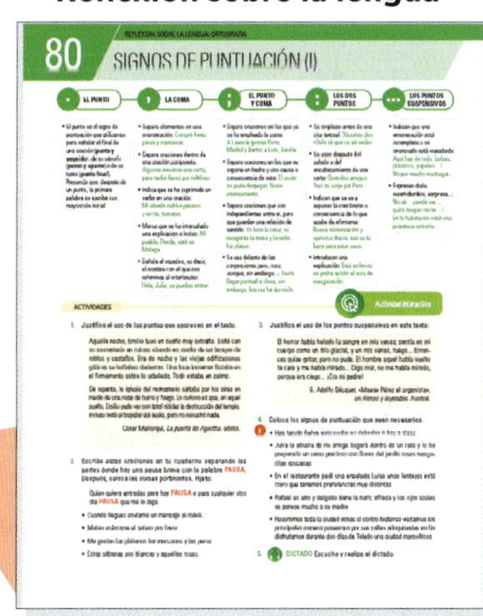
80 SIGNOS DE PUNTUACIÓN (I)

Educación literaria

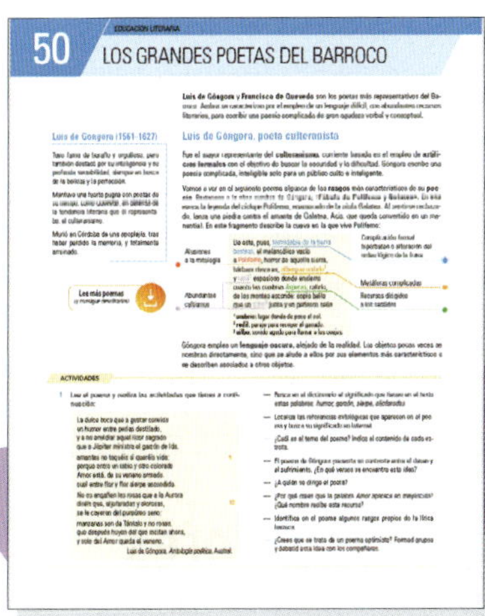
50 LOS GRANDES POETAS DEL BARROCO

Y además en edebé On

- Libro digital interactivo
- Biblioteca de recursos
- Vídeos, infografías y actividades interactivas

SITUACIONES DE APRENDIZAJE

1

¡Larga vida a las palabras!

Aprenderás a...

- Comprender e interpretar el sentido global, la estructura, la información más relevante y la intención de textos de diferentes tipologías.
- Elaborar un reportaje audiovisual del paisaje lingüístico de tu localidad.
- Valorar la diversidad lingüística de España y del resto del mundo.

Mira a tu alrededor y verás que las palabras te rodean; y no solo las que pertenecen a la lengua que hablas: también las de otros idiomas. Y es que los escenarios plurilingües, ya sean reales o virtuales, están presentes en nuestro día a día.

- **¿Te consideras un hablante monolingüe o plurilingüe?**
- **¿Crees que todas las lenguas se emplean en los mismos contextos y situaciones?**
- **¿Te fijas en las palabras y en los signos no verbales que aparecen en carteles, anuncios, señales... de tu ciudad?**

Por la igualdad de las lenguas

Despertar el interés por conocer nuestro entorno lingüístico puede servirnos no solo para conocer la realidad lingüística que nos rodea, sino también para ver cómo conviven hablantes de lenguas o variedades lingüísticas distintas. Este conocimiento nos va a permitir entender mejor la sociedad que nos rodea y las culturas que participan en ella, así como actuar ante posibles desigualdades.

El saber (lenguas) ocupa un lugar

Si sabes hablar diferentes lenguas, todo serán beneficios. Y tendrás una ventaja que seguro que aprovecharás cuando viajes por diferentes lugares del mundo, ya que podrás interactuar fácilmente con personas de diversas culturas y nacionalidades, con las que aprenderás mucho y podrás compartir experiencias. Pero ¿sabes cómo procesa el cerebro este aprendizaje y cuándo es mejor empezar a aprender una lengua?

El cerebro se divide en diferentes partes, cada una de las cuales tiene unas funciones determinadas. En el lóbulo frontal se halla la función del lenguaje, que incluye el lenguaje hablado. Hace algunos años, un grupo de investigadores norteamericanos puso en evidencia que, en esta parte del cerebro, la representación de las segundas lenguas, concretamente, las que se adquieren de forma tardía, está separada, es decir, en un lugar diferente, de la representación de las lenguas nativas o maternas. En cambio, cuando dos o más lenguas se adquieren a la vez y de forma temprana, suelen ubicarse en la misma zona del lóbulo frontal. Esto explicaría por qué un bilingüe tardío puede presentar mayores dificultades a la hora de expresarse de forma oral que uno nativo, aunque la compresión sea igual de efectiva en ambos casos.

Además, el aprendizaje del lenguaje se asocia a la memoria implícita, lo que quiere decir que da lugar a comportamientos automáticos que son difíciles de adquirir, pero también difíciles de olvidar. De manera que, cuanto antes empecemos a familiarizarnos con el aprendizaje de segundas lenguas, mejor. Y no solo cuenta acudir a clases un par de veces a la semana: cuanto más afinemos el oido, escuchando canciones y pódcasts, viendo películas, etc., mejor resultado tendrá el aprendizaje y más motivados nos sentiremos para seguir aprendiendo y practicando.

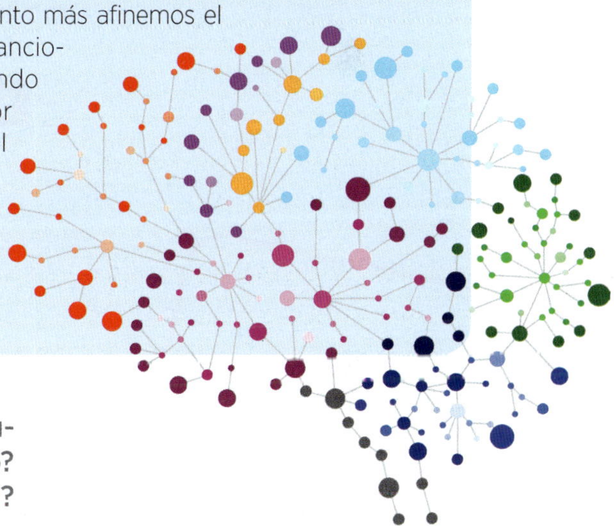

1 **¿Tienes competencia en más de una lengua? Si es así, ¿qué tipo de plurilingüe consideras que eres? ¿Qué te ha aportado el plurilingüismo? ¿En qué situaciones entender y hablar otras lenguas te ha resultado útil?**

2 **¿Cómo representarías gráficamente el cerebro de un bilingüe tardío y el de uno nativo?**

3 **Escucha este fragmento de *La casa en Mango Street*.**

— ¿Cómo convencerías a Mamacita para que aprendiera inglés? ¿Qué argumentos le darías?

— Si el padre de la narradora no hubiera aprendido inglés, ¿en qué situación crees que se encontraría ahora?

— ¿Cómo crees que se sienten las personas que emigran y deben aprender una nueva lengua?

4 **Aparte de ayudarnos a comunicarnos con otras personas, el aprendizaje de segundas lenguas tiene muchas otras ventajas que seguro que os sorprenderán.**

— Cread un cartel motivador en el que hagáis referencia a las ventajas de aprender lenguas para el desarrollo de las personas en diferentes ámbitos. Podéis hacer el cartel en papel, o bien, en formato digital.

#SalvemosLasPalabras

Aprender lenguas tiene múltiples beneficios. Y aprender y usar palabras de nuestra propia lengua nos enriquece. ¡Vamos a hacer los cálculos! Si el diccionario del español contiene cerca de 94 000 palabras y en nuestro día a día apenas usamos de media entre 500 y 1000, ¿cuál es el porcentaje de las palabras que se quedan en desuso? ¿Somos hablantes pobres o ricos? ¿Y sabes qué pasa con las palabras que no se usan? Que desaparecen. ¡Un drama!

¿Y por qué ocurre esto?

- Porque somos perezosos y vamos a lo fácil, a lo que ya conocemos.
- Porque las redes sociales nos bombardean con imágenes, que nos gustan más que las palabras.
- Porque usamos palabras de otras lenguas, ya que nos parece que tienen más valor.
- Porque usamos redes de comunicación que, por lo general, nos limitan el uso de la palabra escrita a un número determinado de palabras.

5 **Si seguimos dejándonos llevar por la pereza, por la tendencia a usar imágenes en vez de palabras y por la moda de usar términos de otras lenguas en lugar de las nuestras propias, ¿qué crees que ocurrirá? El poeta Ángel González lo expone en estos versos:**

Cuando un nombre no nombra, y se vacía,
desvanece también, destruye, mata
la realidad que intenta su designio.

6 **Alejandra es una escritora que se refugia en un pueblo de España perdido en las montañas. Allí conoce a Pascuala, quien regenta el hotel donde se aloja. Escucha esta conversación entre ambas.**

— ¿Qué palabras no habías escuchado antes? ¿Te resultan curiosas? Búscalas en el diccionario. ¿Crees que usarás alguna a partir de ahora?

7 **Una forma de salvar las palabras para que no caigan en el olvido es leer mucho. ¿Te consideras un buen lector o lectora?**

— ¿Dónde crees que te resultaría más fácil encontrar estas palabras, en un libro o en el post de una red social?

pantomima | *haul* | limerencia | amalgama | *fake* | ganapán

— ¿En qué sentido crees que ser usuario habitual de redes sociales empobrece el lenguaje y nos vuelve más perezosos?

8 **Dejaos llevar por la tendencia *vintage* y revitalizad las palabras en desuso.**

— Recopilad términos que no uséis en vuestro día a día y que sean curiosos. Dedicadles una entrada en la página web o en las redes sociales del centro con la etiqueta **#SalvemosLasPalabras**.

Llenemos la maleta de palabras

9 ¿Conoces el significado de todas las palabras de las expresiones anteriores? ¿Sabes a qué hacen referencia? ¿Con qué otras palabras crees que se corresponden?

10 ¿Consideras que alguna de las palabras anteriores es incorrecta? ¿Alguna de ellas te suena mejor o peor que otra? ¿Por qué?

11 ¿Qué opinas sobre la lengua que hablas? ¿Crees que hay una lengua mejor que otra?

12 En este viaje por las palabras que se usan en diferentes zonas de España, ¿sabrías diferenciar cuáles corresponden a una lengua? ¿Sabes qué diferencia una lengua de un dialecto?

13 Haced la maleta para cargarla de palabras características de cada comunidad autónoma de la Península. Con las palabras que recopiléis, cread un mapa interactivo de la Península en el que aparezcan las palabras que habéis seleccionado propias de cada comunidad.

14 ¿Sabes qué dicen de la variedad del andaluz? Reproduce el vídeo:

https://links.edebe.com/fbjA

— ¿Qué piensas sobre el hecho de que haya una lengua que se considere mejor que otra? ¿Ha cambiado tu opinión?

— ¿Qué crees que puede pasar en el futuro si estas ideas siguen vigentes?

Los prejuicios lingüísticos. Ficha 6

Las variedades geográficas. Ficha 3

Las lenguas constitucionales. Ficha 2

Hacer *lettering* en lugar de caligrafía no es lo más *cool*

«Ir de *shopping* por alguna zona *fashion* para comprarse un *outfit* mientras escuchas una *playlist* de *hits* en tu *smartphone*, tomas un *healthy lunch* y encargas algo *take away* en un *fast food*... es lo más de lo más».

Extranjerismos invasores

Este ejemplo es, desde luego, una parodia, pero es evidente que vivimos rodeados de extranjerismos. Algunos se usan porque nos ayudan a rellenar huecos que nuestra lengua no ha cubierto todavía y se acaban integrando sin problemas en el español. Pero muchos otros se emplean sin necesidad, solo por el prurito de insertar en nuestro discurso palabras de otras lenguas (que a veces desconocemos clamorosamente) en lugar de las de la nuestra, que a menudo son más precisas, más claras, más bonitas (esto siempre es opinable) y más... nuestras.

Es a estos extranjerismos invasores a los que les tenemos un poco de manía en la Fundéu. Los que desplazan a palabras españolas perfectamente útiles y adecuadas, los que se usan por puro esnobismo.

Reunimos dieciséis de estos términos innecesarios y los pusimos a competir en el #MundialDeLosExtranjerismosQueSobran para que nos ayudaseis a elegir el que más rabia os da, el más innecesario, el que más sobra.

Fundéu (Adaptación).

15 ¿Con qué palabras habríais participado en esta iniciativa de la Fundéu? Exponedlas en clase y elegid el extranjerismo que para vosotros sea menos necesario.

16 En las fases por las que pasó el Mundial de los Extranjerismos que Sobran, compitieron todas estas palabras:

fashion · shopping · take away · delivery · newsletter · runner · play-off · sold out · playlist · red carpet · deadline · outfit · healthy · wellness · save the date · wedding planner

— Si las analizas teniendo en cuenta la lengua de la que proceden, ¿crees que podrías cambiar el título? ¿Se te habían ocurrido extranjerismos procedentes de otras lenguas para participar en este mundial?

17 ¿Cómo reescribirías el texto parodiado de la Fundéu evitando los extranjerismos innecesarios?

Préstamos e interferencias. Ficha 5

18 ¿Cómo parodiaríais otros ámbitos de la vida siguiendo el modelo de la Fundéu?

turismo · salud · comunicación · deportes · ocio · negocios · profesiones

19 ¿Cuándo crees que es realmente necesario recurrir a los extranjerismos?

Una lengua para cada situación

Seguro que ya sabías que la lengua más hablada en el mundo es... el inglés, cómo no..., pero con este gráfico vas a descubrir curiosidades acerca de las siguientes cinco lenguas más habladas del mundo.

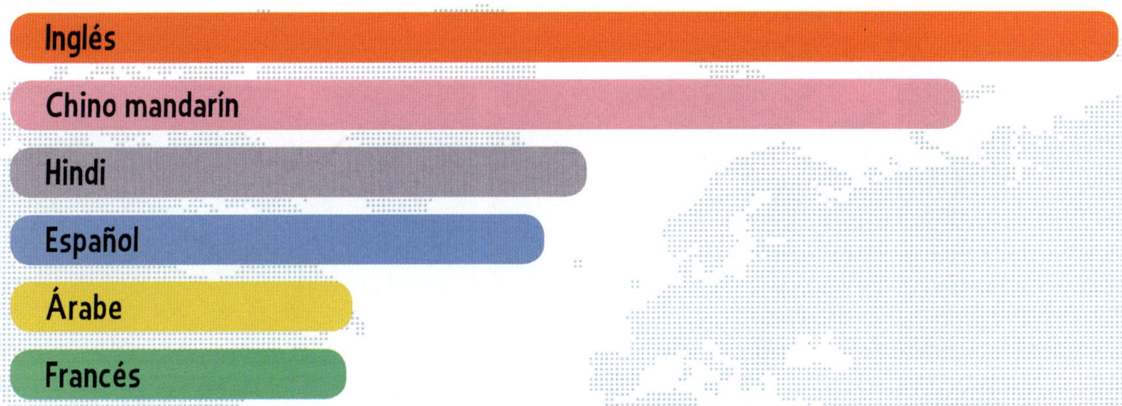

Inglés: 1 348 millones de hablantes
La lengua por excelencia, qué duda cabe. Sin el inglés, el mundo dejaría de girar.

Chino mandarín: 1 129 millones de hablantes
El idioma con más hablantes nativos. ¿Por qué será?

Hindi: 600 millones de hablantes
Es la lengua que cohesiona las, nada más y nada menos que, 21 variedades lingüísticas de la India.

Español: 543 millones de hablantes
Por la relación entre Estados Unidos y América Latina, el español está de moda. Todos quieren saber español.

Árabe: 274 millones de hablantes
Le pasa como al hindi, pero en el mundo musulmán. Hace de puente entre dialectos tan distintos que muchas veces no se entienden entre ellos. Y para hacer negocios, entenderse es primordial.

Francés: 267 millones de hablantes
No ha perdido el prestigio que tuvo en su época dorada y por eso es una de las lenguas más usadas en el ámbito artístico y cultural europeo.

• 20 **¿Te ha sorprendido alguno de los datos anteriores? ¿Qué puedes deducir del hecho de que una lengua sea más o menos hablada en el mundo? ¿Qué factores crees que influyen?**

• 21 **¿Por qué crees que el chino, siendo la segunda lengua que más se habla, es la quinta lengua que más se estudia, después del inglés, el francés, el español y el italiano? ¿Te gustaría aprender alguna de las lenguas que emplean otro alfabeto?**

• 22 **Aparte de estas seis lenguas, en el mundo se hablan 7 091 lenguas más. ¿Sabías que hay una lengua que solo la hablan dos personas en el mundo? ¿Crees que para estas personas es menos importante su lengua que otra que tenga millones de hablantes?**

• 23 **¿Crees que es fácil que se entiendan dos hispanohablantes de diferentes zonas de Estados Unidos? Este vídeo puede sacarte de dudas:**

https://links.edebe.com/DggF

La diversidad lingüística. Ficha 1

— ¿Qué factores influyen en la forma de hablar de los españoles de Estados Unidos?

— ¿Podrías hacer un vídeo como el de Joanna pero con el español de la Península?

Un paisaje... ¿lingüístico?

Seguro que sabes qué es un paisaje rural, un paisaje urbano, un paisaje costero, un paisaje natural... Pero ¿qué te viene a la cabeza cuando hablamos de paisaje lingüístico? Te invitamos a observar estas imágenes. Todas ellas forman parte del paisaje lingüístico de alguna ciudad.

24 De lo que has podido observar y de lo que se ha dicho, ¿qué deduces que es el paisaje lingüístico? ¿Cómo lo definirías?

25 Aunque todos son textos que se encuentran en la vía pública, ¿tienen todos el mismo objetivo?

26 Aparte de elementos propios del lenguaje verbal, ¿qué otros elementos encuentras en estas imágenes? ¿Qué crees que aportan al mensaje?

27 ¿Puedes diferenciar palabras escritas en otras lenguas?

28 ¿Te imaginas despertarte un día por la mañana, salir a la calle y encontrarte tu localidad hecha un poema, en el sentido literal de la palabra?

— Movimientos como Acción Poética y cantantes como Rayden o Leiva lo hicieron en su día en varias ciudades. ¿Te gustaría saber qué versos escribieron? Busca en Internet imágenes de estas acciones y analiza los versos que escribieron.

29 ¿Crees que la poesía puede convertirse en atracción turística?

Palabras a la vista

30 **Cámara en mano, calzaos unas deportivas y salid a la calle para recoger muestras del paisaje lingüístico de vuestra localidad. Para ello, seguid estos pasos:**

- Grabad vídeos o haced fotografías de todos los elementos del paisaje lingüístico que encontréis: señales, placas, establecimientos, carteles, escritos, anuncios...
- Identificad las imágenes según la calle o el barrio donde se halle cada una.
- Apuntad, para cada imagen, el elemento con el que se relaciona (placa – calle; rótulo – establecimiento...).
- Analizad el contenido que habéis recopilado: intención comunicativa de cada elemento, lengua utilizada, elementos no verbales empleados, uso de extranjerismos...
- Sacad conclusiones a partir del análisis previo y exponed algún ejemplo de discriminación lingüística, si creéis que se ha dado algún caso.
- Con el material recopilado, montad un reportaje audiovisual y exponedlo ante la clase.

Conocer lenguas y culturas de otros lugares nos enriquece como sociedad y como personas. Pero no debemos dejar de valorar nuestra riqueza cultural y lingüística para garantizar su preservación y supervivencia en un mundo cada vez más globalizado.

REVISA-T

1. ¿Qué sabías sobre el tema de las lenguas, las variedades lingüísticas y los prejuicios relacionados con el uso de las lenguas?
2. ¿Qué has aprendido sobre las lenguas y sus variedades? ¿Cómo lo has aprendido?
3. ¿Qué es lo que te ha resultado más difícil de entender? ¿Cómo lo has resuelto?
4. ¿En qué otras ocasiones podrías utilizar lo que has aprendido?

2

Aquí jugamos todos

Deporte en equipo y disciplinas individuales; competiciones locales, internacionales e incluso solidarias; juegos de mesa, torneos virtuales... Muchas formas de jugar y también de retransmitir y explicar cómo transcurre un partido, una jugada, un torneo, un mundial o unas olimpiadas. El deporte despierta pasiones en quienes participan en él, pero también en quienes lo cuentan al resto del mundo.

▶ **¿Te gusta el deporte? ¿Practicas alguno o prefieres verlo en televisión?**

▶ **¿Cómo te sientes cuando practicas deporte?**

▶ **Se dice que lo importante no es ganar, sino participar. ¿Estás de acuerdo?**

▶ **¿Te gustan los juegos de mesa? ¿Y los videojuegos? ¿Sueles jugar en casa, con amigos, en línea...?**

Todo lo que nos aporta el deporte

El deporte es un derecho fundamental al que todas las personas deberíamos tener acceso, ya que, aparte de mejorar la salud y el bienestar físico y mental, fomenta numerosos valores: la capacidad de superación, la integración, el respeto por las personas, la tolerancia, la perseverancia, el trabajo en equipo, la autodisciplina, la responsabilidad, la cooperación...

Aprenderás a...

- Redactar la crónica de un acontecimiento deportivo.
- Identificar los recursos lingüísticos y literarios propios de las crónicas deportivas.
- Participar en interacciones orales respetando la opinión y el turno de los demás.
- Identificar los cambios que ha experimentado la lengua española a lo largo del tiempo.

Píldoras de historia deportiva

¿Cómo han cambiado los JJ. OO.?

En la Antigüedad, en Grecia se disputaban muchas competiciones deportivas, concretamente, en las ciudades de Olimpia, Delfos, Corinto y Nemea. Sin embargo, fue en Olimpia donde se instauraron los juegos organizados cada cuatro años. En estas competiciones, que se limitaban a las disciplinas olímpica y atlética, solo se permitía la participación de atletas griegos varones. Cuando se inició el ocaso de Grecia, también empezaron a decaer estas competiciones, hasta que el emperador romano Teodosio acabó prohibiéndolas por considerarlas paganas. Tuvieron que pasar quince siglos hasta que Pierre de Frédy, barón de Coubertin, consiguió recuperar la tradición olímpica y contar con representantes de 11 países.

¿El tenis es de origen inglés o francés?

El origen del tenis se establece en Inglaterra. Pero aunque el juego tal y como hoy lo conocemos surgió con el reglamento que publicó el galés Walter Clopton Wingfield, este tenis moderno no es más que un avatar de una versión mucho más antigua francesa. Y una muestra de ello es el origen francés de la palabra *tenis,* que deriva de *tenez* ('tened'), que era la palabra que gritaba uno de los jugadores cuando lanzaba la pelota a su oponente.

El *curling,* uno de los deportes en equipo más antiguos de la humanidad

Aunque tenga un nombre muy *cool* y actual, no te dejes engañar. Es muy probable que el *curling* empezara a practicarse hace unos quinientos años. Es similar a los bolos o a la petanca, pero las partidas se disputan en una pista de hielo. Por eso es una de las disciplinas de los Juegos Olímpicos de Invierno. Su origen parece situarse en Escocia, ya que se cree que el término *curling* procede del escocés *curr* ('producir un pequeño ruido'), raíz a la cual se le ha añadido la terminación inglesa *-ing.*

1 Desde que se inauguraron por primera vez, los Juegos Olímpicos han evolucionado, pero en muchos aspectos mantienen su esencia original. ¿Cuáles son las semejanzas y diferencias más evidentes? Crea una tabla comparativa y podrás comprobarlo de manera más visual.

2 Del primer texto puedes deducir el origen de la palabra *olimpiada*. Explícalo. Después, crea una red de palabras a partir de la palabra primitiva y separa la raíz y los afijos en cada caso.

La estructura de las palabras. Ficha 90

3 Según su origen, ¿qué tipo de palabra es *tenis*? ¿Y *curling*?

4 ¿Qué significado tiene la palabra *avatar* en el contexto de la lectura? ¿Qué otro significado tiene?

Las palabras nuevas. Ficha 89

5 Seguro que las siguientes palabras relacionadas con el deporte te resultan familiares, pero te sorprenderá en qué contexto se usaron en su origen y cuál es el uso que se les da ahora. Si las buscas en Internet, seguro que lo averiguas.

eslalon | pole position | derbi

El ajedrez se consideraba un pasatiempo hasta hace relativamente poco. Monarcas tan conocidos como Alfonso X el Sabio o Iván el Terrible eran grandes aficionados al ajedrez. Alfonso X el Sabio incluso mandó redactar el conocido *Libro de los juegos: ajedrez, dados y tablas.* En el año 2000, el ajedrez fue reconocido como deporte por el Comité Olímpico Internacional.

De pasatiempo a deporte reconocido

•• 6 Este fragmento del prólogo del *Libro de los juegos: ajedrez, dados y tablas* está escrito en castellano antiguo. Leedlo atentamente y veréis cómo escribían en la época de Alfonso X el Sabio:

E como quiere que todos estos iuegos son muy buenos cadaunos en el tiempo & en el logar o conuienen; pero por que estos iuegos que se fazen seyendo son cutianos. & se fazen tan bien de noche como de dia; & por que las mugieres que non caualgan & estan encerradas an a usar desto; & otrossi los omnes que son uieios & flacos. [...] o los que son en poder ageno assi como en prision o en catiuerio o que uan sobre mar. [...]

E Por ende nos don Alffonso por la gracia de dios Rey de Castiella. de Toledo de Leon de Gallizia de Seuilla & de Cordoua de Murcia de Jahen & del Algarue; mandamos fazer este libro en que fablamos en la manera daquellos iuegos que se fazen mas apuestos. assi como acedrex & dados & tablas.

— ¿Cuáles son las diferencias más llamativas respecto al castellano actual? ¿Identificáis los dos cambios fonéticos que se han dado en la evolución del español que se hablaba en época de Alfonso X al español actual?

— ¿Para quiénes estaban pensados los juegos?

— ¿Es Alfonso X el autor del libro? ¿Cómo lo habéis deducido?

• 7 En este fragmento adaptado del *Libro de los juegos: ajedrez, dados y tablas* se explica cómo se juega al ajedrez. ¿Crees que actualmente se continúa jugando así?

Y porque el ajedrez es un juego más sosegado y honrado que los dados y las tablas. Habla en este libro primeramente de él, y muestra cómo ha de ser hecho el tablero, y cuántas fichas hay en él, y cuáles son los juegos, y cuántos y cómo se llaman cada uno de ellos y cuántas fichas han de ser. Y cómo las mueven jugando con ellas y qué ventajas tienen unas sobre otras. Y cómo vencen o son vencidos los jugadores y cómo dan jaque al rey, que el mayor trabajo de todos los otros, que es una manera de retar al señor con derecho, y de cómo dan mate, que es una manera de gran deshonra, así como si lo venciesen o lo matasen.

¿Sabías que Alfonso X promovió la traducción de todo tipo de textos? En la Escuela de Traductores de Toledo reunió a grandes expertos de diferentes materias que dominaban varias lenguas y los puso a trabajar. Fue lo más parecido a un equipo deportivo internacional, que une a jugadores de diferentes culturas y nacionalidades.

• 8 Sigue el ejemplo de Alfonso X el Sabio y escribe un texto instructivo con las reglas de algún juego de mesa que conozcas.

•• 9 Además de las reglas internas que rigen una competición, los jugadores de cualquier disciplina deben tener en cuenta el concepto de *fair play* (juego limpio).

— Pero ¿sabéis qué es, a quién implica y cómo se originó? Investigad sobre ello y conoceréis algunos ejemplos a lo largo de la historia del deporte.

Fotorrelato: la historia de Kathrine Switzer

1

Parece que hace mucho, pero la verdad es que la historia de Kathrine Switzer no es tan lejana. En 1967 Kathrine se inscribió en el maratón de Boston usando solo sus iniciales, ya que la competición estaba reservada a los hombres.

2

Sin embargo, en el transcurso de la carrera se dieron cuenta de que era una mujer e intentaron sacarla por la fuerza de la competición.

3

Afortunadamente, su pareja y unos amigos consiguieron escoltarla y Switzer pudo terminar la carrera y cruzar el arco de meta.

4

Con los años, Kathrine no solo perdonó al «malo de la película», el organizador de la carrera, Jock Semple, sino que se hizo su amiga. Actualmente, Switzer sigue comprometida con su misión: transformar el atletismo femenino en un fenómeno global.

10 **La prohibición de participar en competiciones deportivas privaba a las mujeres de diversos valores y beneficios. ¿Cuáles son estos valores y beneficios?**

11 **¿Por qué se dice de Jock Semple que es el «malo de la película»? ¿Puedes identificarlo en las imágenes? ¿Qué opinas sobre su actitud en la competición y acerca de cómo cambió al cabo de los años?**

12 **¿El *maratón* o la *maratón*? La Fundéu te dará la respuesta.**

https://www.fundeu.es/

13 **¿De qué tipo son las oraciones que predominan en el fotorrelato, simples o compuestas?**

14 **¿Os ha resultado interesante la historia de Kathrine Switzer?**

— El deporte está repleto de nombres que, por una u otra razón, han hecho historia y que os pueden servir de inspiración. Animaos a investigar sobre ello y cread un fotorrelato como el de Kathrine Switzer.

Clasificación de las oraciones.
Ficha 75

El deporte como herramienta de superación

Teresa Perales

Con el lema querer es poder como bandera, María Teresa Perales cuenta en su palmarés con 27 medallas paralímpicas en la disciplina de natación. Actualmente es la deportista española con más medallas de oro de la historia de los Juegos Paralímpicos. Su lucha incansable y su positividad le han llevado a ejercer de *coach.*

Xavi Torres

Su debut fue muy temprano, cuando tan solo tenía 17 años. Pero desde entonces ha sido y es uno de los nadadores paralímpicos más reconocidos de este deporte en España. Desde su primera medalla en Barcelona 1992, ha conseguido 16 medallas paralímpicas: cinco oros, cinco platas y seis bronces.

15 La forma de presentar la información de estos deportistas se conoce como biografía. Pero, aunque ambos textos tienen puntos en común, cada uno de ellos tiene sus particularidades. ¿Puedes identificar las similitudes y las diferencias?

Los cambios semánticos. Ficha 95

16 En el lenguaje deportivo también se juega con los cambios semánticos, y en las biografías de Teresa Perales y Xavi Torres hay algunos ejemplos. ¿De qué tipo son, en cada caso?

17 En las biografías de las redes sociales se usan dos símbolos que, aunque te parezcan novedosos, cuentan con una larga historia. Si buscas el origen de la arroba y de la almohadilla del *hashtag* en Internet, encontrarás mucha información relacionada. Recopílala y escribe un breve texto expositivo sobre su origen y el uso actual.

18 El mundo cinematográfico ha llevado a las pantallas el tema del deporte como herramienta de superación y de integración.

— Compartid en clase los ejemplos que conozcáis y extraed de ellos los valores más importantes que transmiten y que podáis aplicar a vuestra vida diaria.

La prensa deportiva en diagonal

Los periodistas deportivos echan mano de muchos recursos de la lengua y convierten la sección de deportes en un laboratorio de creatividad lingüística. Vamos a ver algunos ejemplos.

19 **¿Alias o seudónimos? La Fundéu te dará de nuevo la pista para saber si las expresiones referidas a Fanny Blankers-Koen y Jesse Owens son alias o seudónimos. ¿Por qué crees que se han escogido estas expresiones para referirse a cada uno de estos atletas?**

20 **¿Qué estructura tienen estos sintagmas, que se refieren a los atletas?**

la holandesa voladora | el antílope de ébano

El sintagma o grupo nominal. Ficha 61

21 **¿Sabes quiénes son las Guerreras? Si no lo sabes, busca información sobre ellas y descubrirás por qué se les puso ese apodo.**

— Si ojeas la prensa deportiva, encontrarás más ejemplos de apodos que podrás analizar atendiendo a los siguientes ítems:

Deportista o equipo | Apodo | Qué cualidad resalta | Estructura sintáctica

22 **La literatura hace el lenguaje más atractivo y los periodistas deportivos lo saben. Por eso echan mano de los recursos literarios. Observa las siguientes expresiones, a ver cuáles identificas:**

Una máquina de sacar · Corre como una bala
La pelota tiene miedo cuando la jugadora está cerca
La mejor partida de la historia · El partido del siglo
Mi colega me echó una mano para pasar de pantalla · Podíamos oler el triunfo
¿Quién puede vivir sin contemplar este espectáculo?

23 **¿Y la emoción de escuchar un partido? En esta locución podrás emocionarte y sentir casi que estás a pie de pista con los jugadores.**

— ¿Qué opinas del tono que utilizan los locutores? ¿Qué aporta a la retransmisión?

— ¿Te parece que los recursos literarios empleados engrandecen lo que se cuenta? ¿Y las descripciones que se hacen?

Las retransmisiones deportivas han evolucionado con el tiempo también en otros aspectos: hoy en día, siguen siendo realizadas por figuras del periodismo en la radio y la televisión, pero han surgido otras personalidades, como los *youtubers*, que utilizan plataformas diferentes, como Twitch o YouTube, para retransmitir.

Los eSports, ¿una nueva disciplina deportiva?

Conecté la consola, inicié el sistema operativo de Oasis y puse en marcha la secuencia de arranque. Un breve destello rojo indicaba que el visor había empezado a escanearme las retinas. Carraspeé para aclararme la garganta y dije las palabras de inicio, que debía pronunciar con mucha claridad: «Has sido reclutado por la Liga Estelar para defender la Frontera contra Xur y la armada de Ko-Dan».

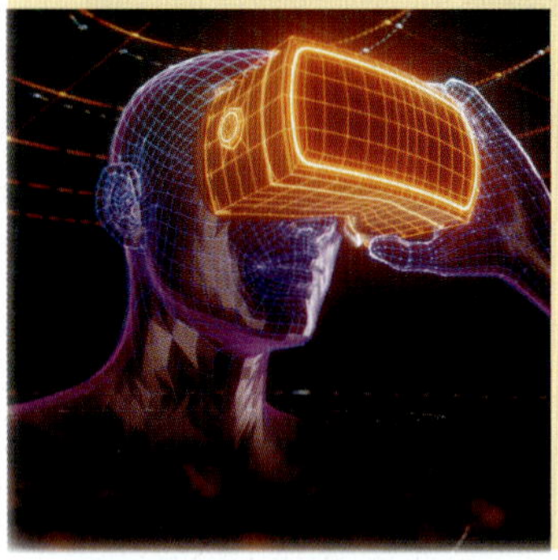

La contraseña también fue verificada, junto con mi patrón de voz, y pude conectarme. Superpuesto en el centro de mi visualizador virtual apareció el siguiente texto:

Escaneado de retina finalizado. Identidad confirmada.

¡Bienvenido a Oasis, Parzival!

Conexión completa: 07.53.21 OST / 10-2-2045

El texto empezó a difuminarse y fue sustituido por un mensaje corto, de tres palabras. Se trataba de un mensaje incorporado a la secuencia de ingreso por el propio James Halliday la primera vez que programó Oasis, como homenaje a los antepasados directos de los simuladores, los videojuegos de su juventud, que se jugaban en máquinas de pago que funcionaban con monedas. Aquellas tres palabras eran siempre las últimas que veían los usuarios de Oasis antes de abandonar el mundo real y entrar en el virtual: READY PLAYER ONE.

Ernest Cline, *Ready player one.* Ediciones B.

¿Sabes qué son los eSports? Los eSports o deportes electrónicos surgieron como novedad en el campo de los videojuegos. Concretamente, son competiciones organizadas profesionalmente que cuentan con la participación de multijugadores en diferentes disciplinas, una red de aficionados destacable, comentaristas, etc.

El debate. Ficha 12

24 **¿Cómo se llama el protagonista del relato? ¿Cómo has deducido la respuesta?**

- ¿Quién cuenta la historia? ¿Es un narrador protagonista o un narrador externo?
- ¿Qué está a punto de iniciar?
- ¿Crees que es un texto real o de ciencia ficción? ¿Cómo justificas tu respuesta?

25 **¿Crees que los videojuegos pueden llegar a convertirse en un deporte? Piensa en lo que se ha dicho sobre el ajedrez al inicio de esta situación de aprendizaje; seguro que te ayuda en tu respuesta.**

26 **¿Cuál es vuestra opinión sobre los beneficios y perjuicios de los videojuegos en contraposición a la práctica de un deporte que requiera actividad física? Un debate sobre este tema seguro que resulta interesante.**

27 **Y esta nueva modalidad de deporte, ¿cómo la enfoca la prensa? Ojead la prensa digital deportiva y redactad un informe con la conclusión a la que lleguéis sobre el tratamiento que se le da.**

28 **Si tuvieras que escoger un deporte electrónico, ¿cuál sería? Completa una ficha con esta información sobre el deporte escogido:**

- Título del deporte electrónico
- Reglas y funcionamiento
- Equipo de profesionales con el que cuenta
- Torneos
- ¿En qué se parece y en qué se diferencia del deporte real?

La hora del partido

29 **Es hora de convertirte en periodista deportivo por un día. Para ello, elige una disciplina deportiva que te interese y haz una crónica de esta jornada. Recuerda todo lo que has aprendido sobre el deporte, sus valores y el lenguaje propio del ámbito periodístico deportivo, y sigue estos pasos:**

Planifica

Recopila información acerca del evento sobre el que vas a escribir tu crónica: lugar de la competición, clasificación, enfrentamientos previos, trascendencia del resultado, rivales...

Ten en cuenta factores extradeportivos, como el lugar donde se disputa la competición, si la meteorología es adversa o favorable...

Estructura

- Estructura tu crónica en tres partes: introducción, desarrollo y conclusión.
- Busca un título atractivo para tu crónica.

Redacta

- Utiliza recursos propios de las narraciones literarias, como el humor, el suspense, la tensión...
- Aporta datos objetivos y ofrece también tu punto de vista de lo que estás viendo.
- Recopila expresiones propias de la disciplina sobre la que vas a escribir la crónica: recuerda que no utilizarás las mismas expresiones para la crónica de un partido de béisbol que para la de uno de balonmano.
- Valora el grado de importancia del evento para adecuar tu estilo a la situación.

30 **Con toda la información anterior, redacta tu crónica utilizando un procesador de textos. Y no te olvides de incluir alguna fotografía del evento.**

Ahora que has aprendido aspectos del deporte que posiblemente desconocías, reflexiona sobre qué valores del deporte son, en tu opinión, los más importantes. Piensa también si lo que has aprendido ha cambiado lo que pensabas sobre los beneficios del deporte y tu relación con los videojuegos.

REVISA-T

1. ¿Lo que has aprendido te ha resultado útil para ampliar tu conocimiento sobre el lenguaje propio de las crónicas deportivas? ¿Qué te ha sorprendido más?
2. ¿Qué te ha llamado más la atención sobre lo que has aprendido de la historia del deporte?
3. ¿Cómo te has sentido a la hora de dar tu opinión en grupo?

3

Expongo y solicito

Las personas tenemos unos derechos como consumidores y usuarios de servicios que debemos conocer para poder reclamar en el caso de que no quedemos satisfechos o veamos vulnerados nuestros derechos. Pero también debemos saber cuál es la forma correcta de hacerlo y la más efectiva, ya que airear los trapos sucios en las redes sociales puede no ser una buena opción.

- **¿Has vivido alguna situación en la que hayas tenido que reclamar o denunciar alguna injusticia?**
- **¿Cómo te sentiste? ¿Sabías qué debías hacer?**
- **¿Crees que las redes sociales son un altavoz adecuado para exponer estas situaciones?**

Aprenderás a...

- Reflexionar sobre diferentes situaciones en las que podemos reclamar y cómo es la mejor forma de hacerlo.
- Valorar la adecuación de los textos según la situación comunicativa en la que se empleen.
- Redactar una reclamación.
- Identificar las partes de las que constan diferentes textos administrativos y analizar su función.

Tenemos unos derechos y debemos defenderlos

A lo largo de nuestra vida, vamos a encontrarnos en coyunturas en las que vamos a tener que reclamar, ya sean cosas materiales o inmateriales. Es muy probable que experimentemos alguna situación de injusticia, de incumplimiento de algún acuerdo...; tendremos entonces que dirigirnos a organismos y presentar en ellos determinadas solicitudes. Y es ahí donde las sociedades y las instituciones deben mostrarse fuertes y justas para defender los derechos de las personas.

Que no te den gato por liebre

¡Uf! Lo que pides por Internet y lo que te llega... Voy a solicitar un cambio porque este producto no se parece en nada al de las imágenes de la página web.

¡Acaban de terminar la obra y mi casa parece una piscina! Alguien debe solucionar esto rápidamente o tendré que salir nadando...

La reclamación

Soy la responsable de atención al cliente de mi empresa. A veces las cosas no salen como esperamos y queremos. Por eso lo importante en mi trabajo es saber **escuchar,** priorizar la honestidad, **exponer** las razones que han podido llevar a la reclamación, ser **transparentes** y ofrecer **soluciones.**

1 ¿Alguna vez te has encontrado en una situación en la que hayas tenido que reclamar algo con lo que no estabas de acuerdo? ¿Qué hiciste? ¿Cómo lo solucionaste?

2 ¿Imaginas qué harán estas personas ahora? Deberán poner una reclamación y eso originará una situación comunicativa. ¿Recuerdas cuáles son los elementos de la comunicación? ¿Cuáles serían estos elementos en cada una de esas situaciones?

3 ¿Qué expondría cada uno de los chicos anteriores al dirigirse a la persona responsable de la atención al cliente? ¿Cómo creéis que responderá la empresa que ha originado el problema? Poneos en la piel de cada uno de ellos y escenificad la situación.

4 Los consumidores tenemos una serie de derechos cuando compramos o contratamos un servicio. Estos son algunos de ellos:

- La **protección** contra los riesgos que puedan afectar a nuestra salud o seguridad.
- La **protección** de nuestros intereses económicos y sociales.
- La **indemnización** de los daños y la reparación de los perjuicios sufridos.
- La **información** completa y clara sobre los bienes o servicios que adquirimos, y la educación y divulgación para facilitar el conocimiento sobre el adecuado uso, consumo o disfrute.

— ¿Qué derechos crees que pueden reclamar en cada una de las situaciones anteriores?

Y ahora ¿cómo reclamo?

Cuando tengas que presentar una reclamación o una queja, puedes hacerlo de forma oral, ya sea por vía telefónica o de manera presencial, o bien por escrito, a través de una hoja de reclamaciones como esta.

Código identificativo

Hoja de quejas y reclamaciones
(Código procedimiento 2634)

1 Datos de la persona reclamante

Nombre: ______ Apellidos: ______
Teléfono: ______ Sexo: ______ Edad: ______ DNI o Pasaporte: ______ Nacionalidad: ______
Dirección: ______ Municipio: ______ Provincia: ______ Código Postal: ______
Correo electrónico: ______

2 Empresa o profesional

Razón social: ______ NIF: ______
Actividad: ______ Dirección: ______
Teléfono: ______ Municipio: ______ Código Postal: ______
Correo electrónico: ______

3 Descripción del hecho

Fecha: ______ Lugar: ______ nº factura, vuelo, otros: ______
¿Qué ha ocurrido? ______

4 Pretensión

☐ Una compensación ☐ Una disculpa ☐ Nuevo producto ☐ Reparación ☐ Descuento
☐ Multa ☐ Que no se repita ☐ Otro ______

Fecha de la reclamación: Firma de la persona reclamante: Firma y sello de la empresa o profesional reclamada:

• **5** En tu opinión, ¿cuál es la mejor forma de dejar constancia de una reclamación: oralmente o por escrito? ¿Por qué?

• **6** ¿Cómo completarías una hoja de reclamaciones si te encontraras ante una de las siguientes situaciones?

- CANCELLED — Sufres la cancelación de un vuelo.
- Te cobran por un servicio de mensajería móvil que no has contratado.
- GLUTEN FREE — En un restaurante no te sirven lo que has pedido atendiendo a tus intolerancias alimentarias.
- Te quedas sin wifi y la compañía no responde a tus llamadas, aun teniendo servicio de averías 24 horas.

• **7** A la hora de reclamar, siempre debemos contar con pruebas que justifiquen nuestra reclamación. ¿Qué deberías aportar en cada una de las anteriores situaciones?

•• **8** Si consultáis la página web de la Organización de Consumidores y Usuarios, podréis saber más sobre cómo tenéis que reclamar y a qué tenéis derecho cuando contratáis un servicio o adquirís un producto. Con la información que extraigáis, elaborad un cartel con las cinco premisas que debéis tener en cuenta a la hora de hacer una reclamación.

https://www.ocu.org/

Presentación de la información. Ficha 28

Y ¿a quién me dirijo?

Para: aquiencorresponda@gmail.com CC Cco

Asunto: Solicitud cambio de asignatura

Cuando queremos enviar una instancia, una carta o una solicitud a organismos, empresas o instituciones y desconocemos cómo se llama la persona a la que tenemos que dirigirnos, se acostumbra a usar la siguiente fórmula de saludo: «A quien corresponda».
Joan Manuel Serrat utilizó esta fórmula como título para una de sus canciones. ¿Qué solicitaba en ella?

Enviar

9 Así empieza la canción «A quien corresponda»:

Un servidor,
Joan Manuel Serrat,
casado, mayor de edad,
vecino de Camprodón, Girona.
Hijo de Ángeles y de Josep,
de profesión cantautor
y natural de Barcelona,
según obra
en el Registro Civil,

hoy, lunes, 20 de abril de 1981,
con las fuerzas de que dispone
atentamente EXPONE
dos puntos:

Que las manzanas no huelen,
que nadie conoce al vecino,
que a los viejos se les aparta
después de habernos servido bien.

— Si buscáis la canción en Internet, diferenciaréis las tres partes de las que consta una instancia. ¿Qué información contiene cada una de ellas?

10 ¿Qué persona gramatical usa el cantautor? ¿Y el tiempo y el modo verbales? ¿Son los mismos en las tres partes que habéis diferenciado en la actividad anterior? ¿Puedes relacionar las formas verbales con la intención de cada una de las partes?

El sintagma verbal. Ficha 67

La instancia

11 Si tuvieras que completar una instancia formal con todo lo que solicita Joan Manuel Serrat, ¿cómo lo harías, teniendo en cuenta lo que expone y lo que solicita?

12 ¿Crees que esta canción tiene vigencia hoy en día? De todas las problemáticas que expone el cantautor en esta composición de 1981, ¿para cuáles aún podemos elaborar instancias y solicitar su solución?

13 Diversos autores (Rozalén, Macaco, algunos raperos...) han tratado temas sociales en sus canciones. Completad fichas como esta con canciones que denuncien problemas sociales:

Autor o grupo	Título canción	¿Qué se denuncia?	¿Qué registro se utiliza?	¿Creéis que consigue el objetivo?

Dime cómo escribes y te diré cómo eres

A veces hasta una reclamación puede hacer aflorar nuestra escritura más original, literaria y auténtica... Fíjate en la reseña que dejó una persona que se hospedó en este hotel. ¡Seguro que te sorprende!

Hotel Castillón

4,4 274 reseñas de Google

Hotel de 3 estrellas

M

«Tengo que decir que he gozado del desayuno, con un pan horneado de forma fresca y con el mayor de los amores el miércoles por la mañana. Por supuesto, quizá era un poco tarde para comerlo el viernes, del mismo modo que los huevos revueltos que lo acompañaban eran un poco "cocina experimental" para mis poco sofisticados gustos».

14 Escucha esta interesante locución acerca de la forma de escribir. ¿Te esperabas lo que dice la experta en lingüística? ¿Qué tres ideas destacarías sobre lo que se ha dicho de la escritura? ¿Te animarías a aprender más cosas sobre la forma de escribir?

15 ¿Qué opinas sobre lo que la experta en lingüística dice acerca del hecho de que la escritura es una seña de identidad de cada uno de nosotros? Según esa afirmación, ¿cómo definirías la personalidad del emisor de la anterior reseña en función de su forma de comunicar?

16 ¿Qué es para ti escribir bien? ¿Y para Bruna Salmerón? Teniendo en cuenta lo que Bruna Salmerón considera que es escribir bien, ¿crees que el emisor de la anterior reseña es un «buen escritor»?

17 La ironía es, quizá, la forma de expresión más difícil de interpretar para el receptor. Y es aún más complicada de interpretar en textos escritos. ¿Por qué crees que es así? ¿Qué elementos irónicos encuentras en el texto anterior? ¿Se han marcado tipográficamente de alguna forma?

18 ¿Cómo crees que habrá respondido el responsable de atención al cliente del Hotel Castillón? Continúa el hilo de la reseña siguiendo el mismo estilo que el emisor del mensaje.

19 Dicen los expertos que las personas somos más felices cuando conseguimos elaborar textos de los que nos sentimos orgullosos, y nos sentiremos orgullosos si conseguimos nuestro objetivo comunicativo. Siéntete orgulloso y escribe un texto para mejorar algo de tu entorno.

Las características del texto. Ficha 23

Ante todo, no hay que perder las formas

> Cuando no estés de acuerdo con alguna situación y quieras defender tu opinión y tus derechos, no olvides ser asertivo. Es decir, defiende tu opinión personal sin agredir ni ser agredido. Si lo consigues, la comunicación será más eficaz.

Al levantarse el telón, la ZAPATERA viene de la calle toda furiosa y se detiene en la puerta. Viste un traje verde rabioso y lleva el pelo tirante, adornado con dos grandes rosas. Tiene un aire agreste y dulce al mismo tiempo.

ZAPATERA. Cállate, larga de lengua, penacho de catalineta, que si yo lo he hecho..., si yo lo he hecho, ha sido por mi propio gusto... Si no te metes dentro de tu casa te hubiera arrastrado, viborilla empolvada; y esto lo digo para que me oigan todas las que están detrás de las ventanas. Que más vale estar casada con un viejo, que con un tuerto, como tú estás. Y no quiero más conversación, ni contigo ni con nadie, ni con nadie, ni con nadie. (*Entra y da un fuerte portazo.*) Ya sabía yo que con esta clase de gente no se podía hablar ni un segundo..., pero la culpa la tengo yo, yo y yo..., que debía estar en mi casa con..., casi no quiero creerlo, con mi marido...

[...]

(*Llora. Llaman a la puerta.*)
¿Quién es?
(*No responden y llaman otra vez.*)
¿Quién es? (*Enfurecida.*)
NIÑO. (*Temerosamente.*) Gente de paz.
ZAPATERA. (Abriendo.) ¿Eres tú? (*Melosa y conmovida.*)
NIÑO. Sí, señora Zapaterita. ¿Estaba usted llorando?
ZAPATERA. No, es que un mosco de esos que hacen piiiiii, me ha picado en este ojo.
NIÑO. ¿Quiere usted que le sople?
ZAPATERA. No, hijo mío, ya se me ha pasado... (*Le acaricia.*) ¿Y qué es lo que quieres?
NIÑO. Vengo con estos zapatos de charol, costaron cinco duros, para que los arregle su marido. Son de mi hermana la grande, la que tiene el cutis fino y se pone dos lazos, que tiene dos, un día uno y otro día otro, en la cintura.
ZAPATERA. Déjalos ahí, ya los arreglarán.
(*Aparece por la izquierda el ZAPATERO. Viste traje de terciopelo con botones de plata, pantalón corto y corbata roja. Se dirige al banquillo.*)
ZAPATERA. ¡Válgate Dios!
NIÑO. (*Asustado.*) ¡Ustedes se conserven bien! ¡Hasta la vista! ¡Que sea enhorabuena! *Deo gratias!* (*Sale corriendo por la calle.*)

Federico García Lorca, *La zapatera prodigiosa*. Cátedra

20 ¿Crees que la Zapatera, con la actitud que muestra, conseguirá solucionar las desavenencias con su vecina? ¿Piensas que es asertiva?

21 Las palabras que pronunciamos no son lo único que muestra nuestro estado de ánimo y nuestros sentimientos. ¿Qué otros elementos del texto ayudan a deducir cómo se siente la Zapatera al inicio del relato?

22 La Zapatera y el niño entablan una conversación. ¿Qué objetivo tiene esta situación comunicativa? ¿Cómo se siente el niño cuando se dirige a la Zapatera? ¿Crees que se dirige a ella de una forma adecuada a la situación comunicativa que se establece?

23 En el texto se incluyen una serie de palabras o expresiones entre paréntesis y cursiva. ¿Qué pista te dan sobre el género literario al que pertenece el texto? ¿Qué función tienen?

La adecuación textual. Ficha 24
Los géneros literarios. Ficha 31

La palabra es nuestra mejor arma de defensa

A lo largo de la historia, ha habido injusticias, desigualdades, discriminaciones..., y las personas han utilizado la palabra para denunciarlas públicamente.

La justicia por la mano

Aquellos que de honrados tienen fama en la villa,
ladrones me robaron, las blancas ropas mías,
arrojáronme lodo sobre mis joyas ricas,
y de mis otras galas fueron haciendo trizas.

Ni una piedra dejaron donde vivido había;
sin hogar, sin abrigo, erré por la campiña,
al raso con las liebres dormí sobre las briznas
y mis hijos, ¡mis ángeles!, que tanto yo quería,
¡murieron porque el hambre les arrancó la vida!
Y quedé deshonrada, marchitaron mis días
diéronme triste lecho de abrojos y de espinas...
y los zorros en tanto, los de sangre maldita,
en su cama de rosas, descansados dormían.

—Jueces —grité—, ¡salvadme!, pero vana porfía
de mi ruego mofáronse, vendiome la justicia.
—¡Ayudadme, Dios mío! —grité, desvanecida.
Mas Dios tan alto estaba que oírme no podía.

Rosalía de Castro, *Antología poética*. Edaf

Pido la paz y la palabra

Escribo
en defensa del reino
del hombre y su justicia. Pido
la paz
y la palabra. He dicho
«silencio»,
«sombra»,
«vacío»
etcétera.
Digo
«del hombre y su justicia»,
«océano pacífico»,
lo que me dejan.
Pido
la paz y la palabra.

Blas de Otero, Pido la paz y la palabra. Vitruvio

24 **Cuando queremos reclamar o pedir justicia por algún hecho, debemos seguir estos pasos: describir el propósito y exponer lo que se pide. ¿Puedes identificar estas partes en los dos poemas?**

25 **¿Qué crees que es la palabra, para Blas de Otero?**

26 **¿Qué autor reclama de forma colectiva y quién reclama de forma individual? ¿Cómo lo justificarías?**

¿Qué es literatura? Ficha 30

27 **¿Qué opinas sobre el hecho de que estos autores hayan recurrido a la literatura para exponer sus peticiones? ¿Por qué podemos decir que estos textos son literatura?**

28 **Los dos textos pertenecen al mismo género literario. ¿Cuál es? ¿Qué semejanzas y diferencias encuentras entre ambas composiciones?**

29 **¿Qué significa para ti el diálogo y, en general, el uso de la palabra a la hora de solucionar conflictos?**

— A lo largo de la historia, muchas personalidades han defendido el diálogo para solucionar problemas sociales y conflictos internacionales. Busca información sobre este tema y entabla un debate al respecto con tus compañeros, argumentando tu opinión y apoyándote en datos y hechos reales.

¡Por un mundo más justo y accesible!

Seguro que en vuestro entorno detectáis situaciones mejorables para hacer que la vida de las personas sea más fácil, accesible o gratificante, así como situaciones que, por alguna razón, son injustas para la sociedad en general o para un colectivo determinado.

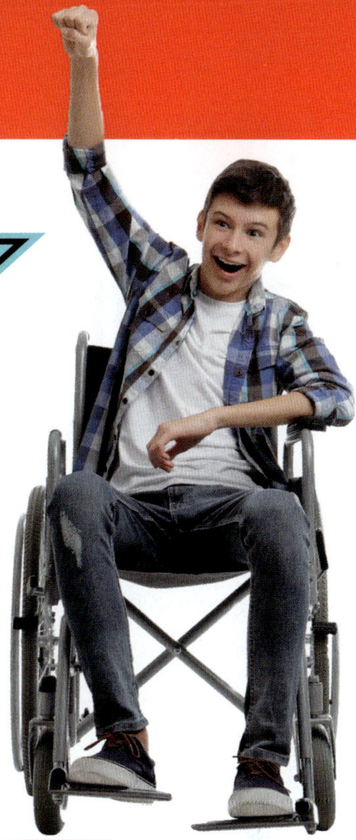

30 **Escoged una situación que queráis denunciar o cambiar.**

- ☐ Falta de espacios verdes cerca del instituto.
- ☐ Difícil accesibilidad a las instalaciones municipales.
- ☐ Necesidad de un carril bici.
- ☐ Dificultad de los jóvenes para acceder a la cultura.
- ☐ Falta de personal integrador en la localidad para personas llegadas de otros países.

- Exponed las razones que apoyen vuestra solicitud.
- Listad vuestras peticiones.
- Acordad qué modalidad vais a utilizar teniendo en cuenta la intención y el objetivo de vuestra reclamación. Ya habéis visto que, para reclamar, no solo son válidas las instancias y las solicitudes. A veces, para llegar lejos, hay que ser originales e innovar, pero siempre manteniendo las formas y teniendo claro el objetivo de nuestro mensaje y a quién nos dirigimos.
- Enviad vuestra reclamación o solicitud a la persona u organismo competentes...

Y... a esperar la respuesta. Como decía Bruna Salmerón, habréis sabido comunicar si obtenéis la respuesta que esperabais.

Saber defender nuestros derechos nos ayuda a mejorar el mundo, tanto en el ámbito individual, como en el colectivo. Y es que el uso de la palabra juega un papel muy importante en el proceso de construcción de una sociedad en la que todas las personas podamos luchar contra las desigualdades y las injusticias.

REVISA-T

1. ¿Lo que has aprendido te ha hecho ser consciente de la importancia de saber exponer de forma correcta tus ideas para que tu mensaje se entienda?
2. ¿Qué valor le das ahora a la forma de expresarte?
3. ¿Qué sabías antes sobre cómo y qué puedes reclamar o solicitar? ¿Qué sabes ahora?
4. ¿Crees que lo que has aprendido te podría haber ayudado en el pasado en alguna situación que hayas vivido?

4

Un torbellino de emociones

Casi sin darte cuenta y sin mucho tiempo para reaccionar, pasaste de la infancia a la adolescencia. Tu cuerpo ha cambiado mucho en poco tiempo y a veces te sientes como si estuvieras en una montaña rusa. Pasas de la risa al enfado en décimas de segundo, sientes que los adultos no te comprenden, tus amigos son tu salvación y tu refugio es la pantalla...
Y es que la adolescencia es un viaje emocional intenso que debes aprender a gestionar y disfrutar. ¿Te subes a este viaje emocional?

- **¿Sientes que tu vida es un vaivén de emociones?**
- **¿Sabes enfrentarte a situaciones adversas y a los cambios que estás experimentando como adolescente?**
- **¿Crees que hay fórmulas mágicas para afrontar esta etapa de tu vida?**
- **Tu grupo de iguales es muy importante en esta fase. ¿Cómo te relacionas con ellos?**

Por una adolescencia feliz y saludable para todos

Durante la adolescencia, como en el resto de las etapas de la vida, las personas experimentan diversos cambios físicos y emocionales, y hay que saber hacerles frente con una actitud positiva.
En este sentido, conceptos como la resiliencia o la autoestima resultan fundamentales para aceptar y aceptarse.

Aprenderás a...

- Elaborar instrucciones para sobrevivir a la adolescencia.
- Crear un diálogo de una situación cotidiana y dramatizarlo.
- Leer fragmentos literarios para su uso en redes sociales.
- Reflexionar sobre el concepto de uno mismo, la empatía y la resiliencia.

Sacar partido al aburrimiento

En mi habitación la cama estaba aquí, el armario, allá, y en medio, la mesa.

Hasta que esto me aburrió. Puse entonces la cama allá y el armario aquí.

Durante un tiempo me sentí animado por la novedad. Pero el aburrimiento acabó por volver.

Llegué a la conclusión de que el origen del aburrimiento era la mesa o, mejor dicho, su situación central e inmutable.

Trasladé la mesa allá y la cama en medio. El resultado fue inconformista.

La novedad volvió a animarme, y mientras duró me conformé con la incomodidad inconformista que había causado. Pues sucedió que no podía dormir con la cara vuelta a la pared, lo que siempre había sido mi posición preferida.

Pero al cabo de cierto tiempo la novedad dejó de ser tal y no quedó más que la incomodidad. Así que puse la cama aquí y el armario en medio.

Esta vez el cambio fue radical. Ya que un armario en medio de una habitación es más que inconformista. Es vanguardista

Pero al cabo de cierto tiempo... Ah, si no fuera por ese «cierto tiempo». Para ser breve, el armario en medio también dejó de parecerme algo nuevo y extraordinario.

Era necesario llevar a cabo una ruptura, tomar una decisión terminante. [...]

Decidí dormir en el armario. Cualquiera que haya intentado dormir en un armario, de pie, sabrá que semejante incomodidad no permite dormir en absoluto, por no hablar de la hinchazón de pies y de los dolores de columna.

Sí, esa era la decisión correcta. Un éxito, una victoria total.

Sławomir Mrożek,
«Revolución»,
en *La vida difícil*.
Acantilado.

1 ¿Te has sentido alguna vez como el protagonista del relato? ¿Qué es para ti el aburrimiento?

2 El protagonista pasa por diferentes estados emocionales. ¿Cuál sería la evolución de estas emociones? ¿Es una evolución positiva o negativa?

3 Se suele decir que el aburrimiento despierta la creatividad. ¿Crees que es así? ¿Qué es para ti la creatividad? ¿Cómo valorarías tu grado de creatividad?

4 *Inconformista, vanguardista, extraordinario...* Todas estas palabras se usan en el texto con una función determinada. ¿Cuál es? ¿Qué tipo de palabras son estas?

5 Hay otras palabras con las que nombrar el aburrimiento, pero no todas tienen las mismas connotaciones. Crea una red de sinónimos de la palabra *aburrimiento* y piensa si todas tienen las mismas connotaciones.

Los adjetivos. Ficha 66

Los adultos, esos grandes enemigos

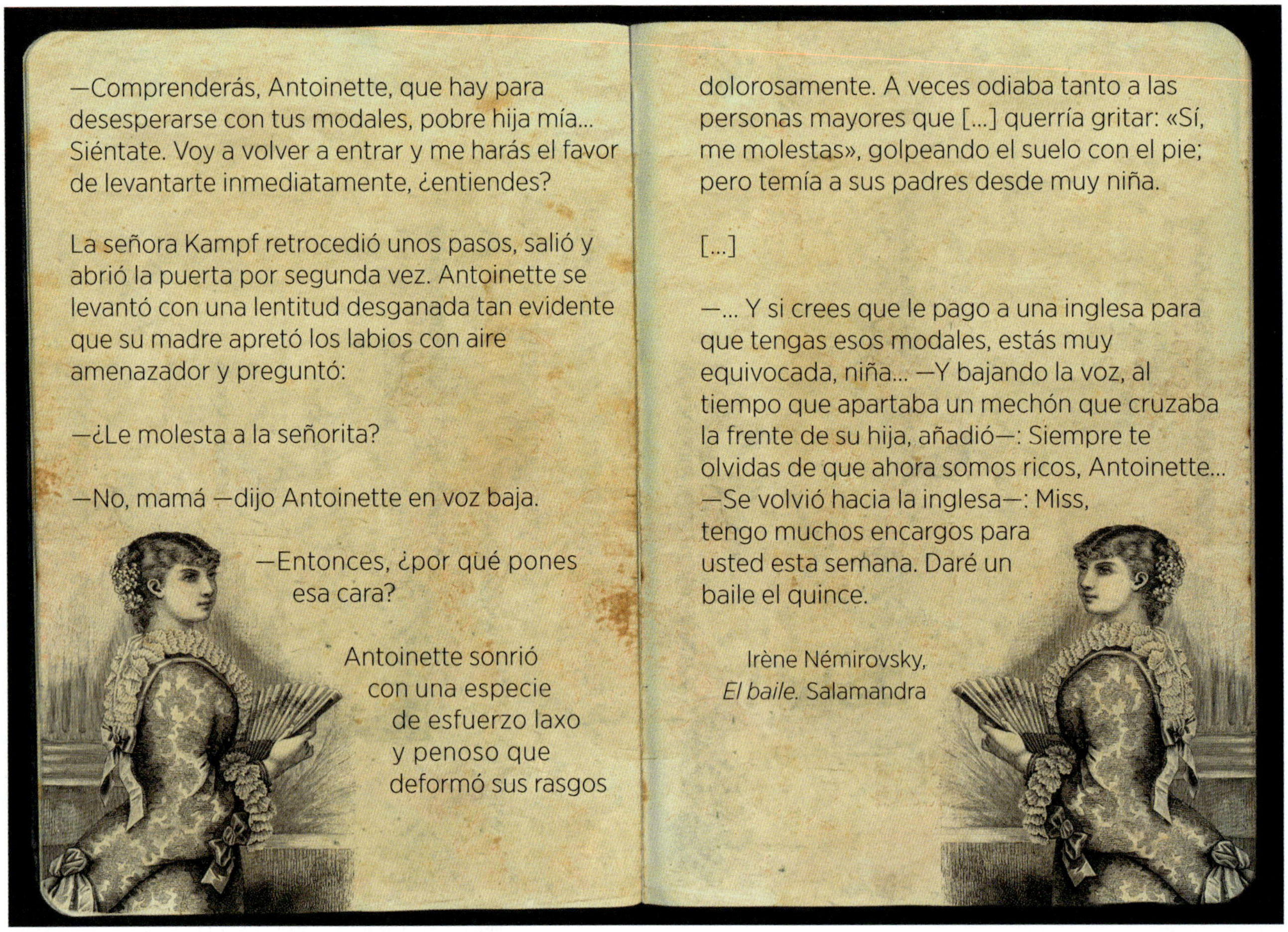

—Comprenderás, Antoinette, que hay para desesperarse con tus modales, pobre hija mía... Siéntate. Voy a volver a entrar y me harás el favor de levantarte inmediatamente, ¿entiendes?

La señora Kampf retrocedió unos pasos, salió y abrió la puerta por segunda vez. Antoinette se levantó con una lentitud desganada tan evidente que su madre apretó los labios con aire amenazador y preguntó:

—¿Le molesta a la señorita?

—No, mamá —dijo Antoinette en voz baja.

—Entonces, ¿por qué pones esa cara?

Antoinette sonrió con una especie de esfuerzo laxo y penoso que deformó sus rasgos dolorosamente. A veces odiaba tanto a las personas mayores que [...] querría gritar: «Sí, me molestas», golpeando el suelo con el pie; pero temía a sus padres desde muy niña.

[...]

—... Y si crees que le pago a una inglesa para que tengas esos modales, estás muy equivocada, niña... —Y bajando la voz, al tiempo que apartaba un mechón que cruzaba la frente de su hija, añadió—: Siempre te olvidas de que ahora somos ricos, Antoinette... —Se volvió hacia la inglesa—: Miss, tengo muchos encargos para usted esta semana. Daré un baile el quince.

Irène Némirovsky,
El baile. Salamandra

La conversación espontánea. Ficha 13
El coloquio. Ficha 14

6 ¿Quién interviene en el diálogo anterior? ¿Crees que es una conversación espontánea?

7 La señora Kampf espera que su hija actúe de una determinada manera. ¿Qué espera de ella y cómo lo justifica? ¿A qué clase social crees que pertenecen? ¿Cómo lo puedes deducir?

8 Si quisieras reproducir una conversación espontánea entre uno de tus familiares y tú, ¿qué signos de puntuación usarías? ¿Crees que necesitarías incluir alguna muletilla? Escribe una conversación y represéntala ante la clase.

9 Ahora escucha esta conversación entre Elena, una chica adolescente, y su padre. ¿Qué actitud tiene Elena al inicio? ¿Te sientes identificado o identificada? ¿De qué hablan después? ¿Qué parece unir a Elena y su padre?

10 Para llegar a un buen entendimiento, es importante ser empáticos y ponernos en el lugar del otro. ¿Creéis que es fácil alcanzar el diálogo? Organizad un coloquio en clase en torno a este tema.

Emociones y *likes*

Vive la vida con quién te dé la vida.

Frida Kahlo

¿Quién podrá tener a raya los pensamientos, que suelen ser tan ligeros y sutiles, que como no tienen cuerpo, pasan las murallas, traspasan los pechos y ven lo más escondido de las almas?

Miguel de Cervantes

El futuro pertenece a quienes creen en la belleza de sus sueños. Eleanor Roosevelt

Piensa que nunca te va a pasar, Imposible que te suceda a ti, que eres la única persona del mundo a quien jamás ocurrirán esas cosas, y entonces, una por una, empiezan a pasarte todas, igual que le suceden a cualquier otro.

Paul Auster

"Se fue, pero qué forma de quedarse.

Miguel d'Ors"

11 **Si tuvieras que escoger ahora una de las frases anteriores, ¿cuál elegirías? ¿Crees que se relaciona con tu estado de ánimo actual? ¿Con qué imagen la acompañarías?**

12 **A veces, necesitamos pocas palabras para expresar cómo nos sentimos. De las expresiones anteriores, ¿cuál es la más breve? ¿Cuál es la más compleja? ¿Todas son oraciones? ¿Por qué?**

13 **En las expresiones anteriores hay casos especiales de acentuación que debemos tener en cuenta a la hora de escribir. ¿Qué palabras son?**

14 **Si Cervantes viera que sus palabras son utilizadas por los jóvenes, siglos después de haberlas escrito, seguro que se sentiría orgulloso. Y es que son muchas las frases del *Quijote*, su obra más célebre, que todavía siguen entre nosotros.**

— Cread un *collage* en clase con expresiones del *Quijote* junto con la imagen que os inspire cada una de ellas.

El enunciado y la oración. Ficha 73

Casos de acentuación especial. Ficha 84

Don Quijote de la Mancha. Ficha 46

No es oro todo lo que reluce

También dicen de nosotros, los adolescentes, que solo valoramos las cosas materiales. Pero al final lo material se desvanece. Ya lo decía Jorge Manrique en su día...

Copla XVII

¿Qué se hicieron las damas,
sus tocados y vestidos,
sus olores?
¿Qué se hicieron las llamas
de los fuegos encendidos
de amadores?
¿Qué se hizo aquel trovar,
las músicas acordadas
que tañían?
¿Qué se hizo aquel danzar,
aquellas ropas chapadas
que traían?

La lírica culta. Ficha 35

El concepto de la muerte para Jorge Manrique está marcado por la brevedad de la vida (tópico literario del *tempus fugit*), por lo que en su razonamiento intenta demostrar que muchas cosas de las que nos preocupamos no tienen valor.

• **15** **¿Qué mensaje quiere transmitir el poeta en los versos anteriores?**

• **16** **El poeta se pregunta por una serie de cosas materiales y no materiales. ¿Puedes diferenciarlas? ¿Se hace un tratamiento diferente de ambas o se tratan por igual?**

• **17** **Si quisieras transmitir el mismo mensaje que el poeta, pero en el siglo XXI, ¿qué elementos enumerarías sobre lo que crees que al final perdura en el tiempo? Piensa si hay elementos que coinciden con los que cita el poeta.**

•• **18** **Jorge Manrique quería que su padre fuera recordado siempre y convertirlo en un mito de la época. Y por eso le dedicó una serie de composiciones poéticas recogidas bajo el nombre de *Coplas a la muerte de su padre*. Seguro que si hubiera nacido en vuestra época, le habría dedicado una entrada en una red social. ¿Cómo sería esa entrada?**

— Ayudad a Jorge Manrique a conseguir muchos «me gusta» diseñando en un mural una publicación dedicada a don Rodrigo, su padre.

¡Quiérete mucho!

Alimentar nuestra autoestima es muy importante para sentirnos seguros. Ya lo dice Diana Navarro en su canción «Me amo y me acepto completamente». ¿La conoces? Aquí tienes el inicio, pero, para saber cómo quererte más, busca la letra de la canción y léela atentamente. Seguro que te ayuda a quererte bonito.

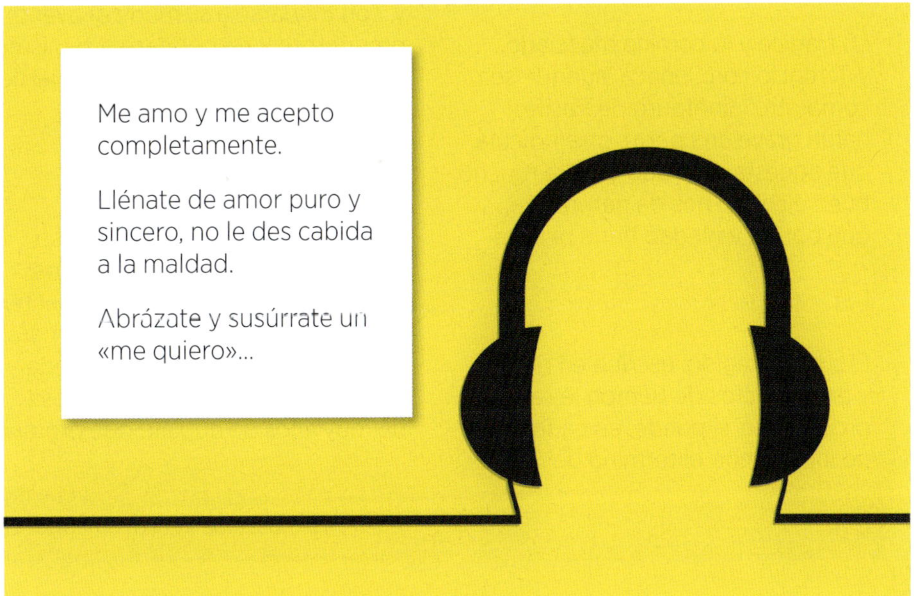

19 **Ahora que ya has escuchado la canción, ¿cuál crees que es el mensaje que quiere transmitir?**

— ¿Qué palabras relacionadas con la resiliencia destacarías de esta letra?

— ¿Qué se dice de la suerte? ¿Estás de acuerdo con esa afirmación?

20 **«Yo, mí, me, conmigo» debería ser un lema que recordar siempre para cultivar la autoestima. Pero ¿qué tipo de palabras forman este lema? ¿A qué persona hacen referencia? ¿Cuáles serían las correspondientes a la segunda persona del singular?**

21 **Muchas letras de canciones suelen encerrar mensajes importantes, cuyo objetivo es reivindicar o poner en evidencia algún aspecto de la sociedad. Buscad una canción que trate un tema social y analizad la letra atendiendo a estos aspectos:**

tema | resumen | estructura

palabras de la canción que refuerzan la idea que se quiere transmitir

— Con las canciones que habéis seleccionado, cread una lista de reproducción y comentadla entre toda la clase.

Los pronombres.
Ficha 64

Resiliencia es una palabra actual que proviene de *resilience*, del inglés, y significa 'capacidad de adaptación de un ser vivo frente a un agente perturbador o un estado o situación adversos'. Lo curioso es que, a su vez, pasó al inglés desde el término latino *resiliens, -entis*, de *resilīre*, que significaba 'saltar hacia atrás, rebotar', 'replegarse'.

«La alegría es la salsa de las cenas», dijo Shakespeare...

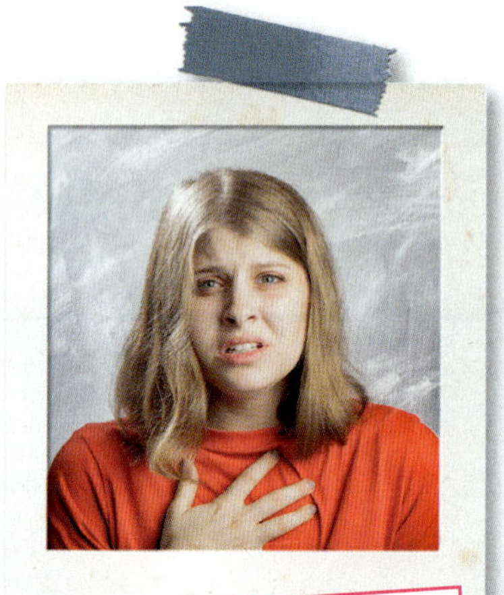

... pero ¿y la tristeza?, ¿qué diría Shakespeare de la tristeza? Al final, como en el teatro, lo trágico y lo cómico se mezclan. Y desde pequeños debemos gestionar las emociones negativas. En este sentido, aprender a ser resiliente es de gran ayuda.

La vida es un teatro

Ya tiene la comedia verdadera
su fin propuesto, como todo género
de poema o poiesis, y éste ha sido
imitar las acciones de los hombres
y pintar de aquel siglo las costumbres.

[...]

Lo trágico y lo cómico mezclado,
y Terencio con Séneca, aunque sea
como otro Minotauro de Pasife,
harán grave una parte, otra ridícula,
que aquesta variedad deleita mucho:
buen ejemplo nos da naturaleza,
que por tal variedad tiene belleza.

[...]

El sujeto elegido, escriba en prosa
y en tres actos de tiempo le reparta,
procurando, si puede, en cada uno
no interrumpir el término del día.

[...]

Si hablare el rey, imite cuanto pueda
la gravedad real; si el viejo hablare,
procure una modestia sentenciosa;
describa los amantes con afectos
que muevan con extremo a quien escucha;
los soliloquios pinte de manera
que se transforme todo el recitante,
y, con mudarse a sí, mude al oyente;
pregúntese y respóndase a sí mismo,
y, si formare quejas, siempre guarde
el debido decoro a las mujeres.

[...]

En el acto primero ponga el caso,
en el segundo enlace los sucesos,
de suerte que hasta el medio del tercero
apenas juzgue nadie en lo que para;
engañe siempre el gusto y, donde vea
que se deja entender alguna cosa,
dé muy lejos de aquello que promete.

Lope de Vega,
Arte nuevo de hacer comedias. Cátedra

22 **En este fragmento, Lope de Vega enumera las instrucciones que hay que seguir para hacer teatro. Pero estas instrucciones tienen una particularidad. ¿Cuál es? ¿Has leído alguna vez algunas instrucciones que tengan esta característica? ¿De qué género es propia esa estructura?**

23 **Si tuvieras que escribir una obra de teatro siguiendo las instrucciones de Lope de Vega, ¿qué tratamiento harías de los elementos trágicos y cómicos? ¿Qué género literario utilizarías? ¿En cuántas partes dividirías la obra? Y los personajes, ¿cómo hablarían?**

24 **¿Cómo transformarías este fragmento en un texto instructivo? Escribe tu versión y compárala con las de tus compañeros.**

25 **Lope de Vega consiguió influir entre los autores de la época con esta forma de hacer teatro. ¡Fue un *influencer*! Si quieres influir para que...**

- ○ tu familia te trate como a un adulto,
- ○ el profesorado haga caso de tus propuestas,
- ○ un amigo te acompañe en alguna actividad,
- ○ puedas convertirte en *influencer* literario,

... piensa cuál sería la mejor forma de hacerlo y exponlo ante tus compañeros.

Los dramaturgos del Barroco. Ficha 50

Instrucciones para (sobre)vivir a la adolescencia

•• **26** **Después de pasear por este paisaje emocional que es la adolescencia, es hora de crear un manual de instrucciones que ayuden a otros adolescentes a hacer más llevadera esta etapa de la vida. Para ello, seguid estos pasos:**

- Haced una lista con todas las emociones que habéis ido reconociendo en las páginas de esta situación. Ampliad esta lista con otras que para vosotros sean importantes y no se hayan citado.
- Pensad instrucciones para vivir de forma positiva cada una las emociones citadas.
- Ordenad las instrucciones de forma que tengan sentido.
- Redactad las instrucciones de forma coherente y original. Pensad cómo lo hizo Lope en su día... ¡No estuvo nada mal!
- Acompañad cada instrucción de una imagen representativa y original.
- Pensad dónde vais a publicar este manual. Lo podéis hacer en forma de mural físico, o bien, utilizando alguna aplicación informática, el blog de la clase, la página web del centro....

A partir de todo lo que has aprendido, reflexiona acerca de si crees que todos los adolescentes del mundo cuentan con las mismas herramientas para poder vivir una adolescencia de forma sana, tanto física como emocionalmente, y sobre si hay diferencias en la forma de vivir esta etapa entre chicos y chicas.

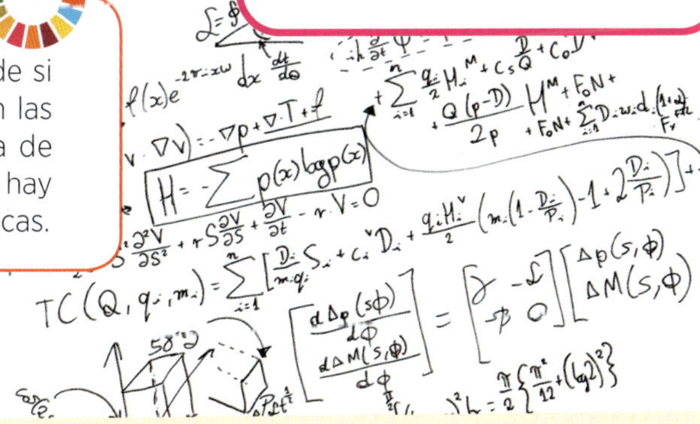

REVISA-T

1. ¿Qué sabías antes de la resiliencia? ¿Qué sabes ahora?
2. ¿Te gustaría escribir otro manual de instrucciones original? ¿Sobre qué lo escribirías?
3. ¿Qué te ha resultado más difícil de esta situación? ¿Cómo lo has resuelto?
4. ¿Cómo te has sentido a la hora de dar tu opinión en grupo?

5

Un mundo irreconocible

No hay plan B para el planeta

Para que nuestro planeta siga siendo fuente de inspiración y un lugar habitable en el que disfrutar de la diversidad vegetal y animal, debemos actuar de forma urgente. ¿Estamos listos para entrar en acción?

Aprenderás a...

- Valorar la naturaleza a través de la percepción de autores y autoras del Renacimiento.
- Conocer la estructura de un contrato.
- Redactar un manifiesto.
- Elaborar una campaña publicitaria para concienciar sobre una problemática relacionada con el medioambiente.

▶ **¿Cómo crees que vivían las personas en la época de Garcilaso? ¿Cuál piensas que era su relación con la naturaleza?**

▶ **¿Qué le está pasando ahora al medioambiente?**

▶ **¿Crees que el cambio climático es un problema cuestionable?**

▶ **¿Hay esperanza para el futuro?**

Mi mundo, un lugar ameno

En mi época, podía contemplar la naturaleza tal y como la describo en mis versos, y era maravilloso…

Convida a un dulce sueño
aquel manso ruido
del agua que la clara fuente envía,
y las aves sin dueño,
con canto no aprendido,
hinchen el aire de dulce armonía.
Háceles compañía,
a la sombra volando
y entre varios olores
gustando tiernas flores,
la solícita abeja susurrando;
los árboles, el viento
al sueño ayudan con su movimiento.

Garcilaso de la Vega, «Égloga II».

1 **Ahora que ya has podido comprobar cómo veía Garcilaso la naturaleza, podrás dar respuesta a estas cuestiones:**

- ¿Qué tópico literario aparece en esta composición? Escoge la respuesta correcta y justifícala con elementos extraídos del poema.

  beatus ille *locus amoenus* *carpe diem*

- Enumera elementos naturales del poema que en la actualidad sufren algún tipo de problema derivado de la contaminación. Explica qué problemática sufren y cómo se puede evitar.
- Imagina un mundo actual como el que describe Garcilaso, en el que no haya que preocuparse por la contaminación. ¿Crees que sería un espacio agradable para manifestar los sentimientos? Justifica tu respuesta.
- ¿Qué acciones diarias podemos cambiar o evitar para reducir la contaminación en el mundo?

2 **Piensa en un ser vivo que actualmente esté en peligro de extinción o en un elemento natural que esté amenazado y dedícale una oda.**

Garcilaso y la renovación de la lírica. Ficha 42

Una oda es una composición poética en la que el poeta ensalza algo o a alguien. Pablo Neruda le dedicó una a un insecto volador que aparece en el poema de Garcilaso y que en la actualidad está amenazado. Si tienes curiosidad, busca la oda y descubrirás cuál es.

¿Vuestro mundo, un lugar ameno?

… pero María de Zayas, una compañera del gremio, ya la veía de otra manera… ¿Quizá se adelantaba a lo que estaba por venir?

A un diluvio la tierra condenada,
que toda se anegaba en sus enojos,
ríos fuera de madre eran sus ojos,
porque ya son las nubes mar airada.
La dulce Filomena retirada,
como no ve del sol los rayos rojos,
no le rinde canciones en despojos,
por verse sin su luz desconsolada.
Progne lamenta, el ruiseñor no canta,
sin belleza y olor están las flores,
y estando todo triste de este modo,
con tanta luz, que al mismo sol espanta,
toda donaire, discreción y amores,
salió Belisa, y serenose todo.

María de Zayas, «A un diluvio la tierra condenada».

3 **¿Qué responderías ahora a Garcilaso? ¿Crees que la visión de la naturaleza que poetiza María de Zayas se aproxima más a la realidad actual? ¿Por qué?**

— Explica con tus palabras el título del poema: «A un diluvio la tierra condenada».

— Compara el tratamiento de la naturaleza que hace Garcilaso de la Vega con el que hace María de Zayas.

La naturaleza según Garcilaso	La naturaleza según María de Zayas

— ¿Qué sentimientos crees que pretende transmitir la autora al describir esta realidad?

4 **En textos literarios, en películas, en la letra de algunas canciones e incluso en videojuegos podemos encontrar ejemplos en los que la naturaleza se presente iracunda, tenebrosa o desapacible. Busca algún ejemplo y explica su relación con el contenido del texto y, si es preciso, con el género.**

5 **Son muchos los artistas de diferentes disciplinas que han querido poner su granito de arena y, a través de sus obras, pretenden concienciar acerca del impacto que tiene el ser humano en el medioambiente.**

— Busca información sobre algunos de ellos y escribe un reportaje.

El reportaje. Ficha 7

La Tierra no puede esperar más

El mundo muestra preocupación por el estado del planeta. Pero ¿se está haciendo todo lo posible por evitar la catástrofe? Esta noticia me ayudará a hacerme una idea de cuál es la situación actual.

Un estudio alerta de un «futuro espantoso de extinción» mientras la humanidad ignora su gravedad

Una reciente investigación en la que han colaborado 17 científicos de México, Estados Unidos y Australia, ha advertido de los tres problemas ambientales que provocarán «un futuro espantoso de extinción» en el planeta Tierra y pide su atención «urgente», con el fin de frenar la crisis medioambiental.

Para los expertos, la sociedad actual no ha cumplido ninguno de los objetivos marcados por el Convenio sobre Diversidad Biológica y fijados por la Unión Internacional para la Conservación de la Naturaleza para el período 2011-2020.

Y, ante la gravedad del asunto, estos han subrayado los «tres problemas ambientales y conflictivos que requieren una acción urgente» para salvar la humanidad. Así, este estudio se centra en las condiciones ambientales, en el sistema político y económico, y en la responsabilidad de la labor científica.

«Las condiciones ambientales futuras serán mucho más peligrosas de lo que se cree actualmente», aseguran los científicos. Y es que la progresiva pérdida de biodiversidad es un mal que acecha al globo. Tanto es así que en los últimos quinientos años ya se han documentado más de setecientas extinciones de especies de vertebrados y unas seiscientas especies de plantas, lo que conlleva que los servicios de los ecosistemas que proporcionan también hayan disminuido.

[...]

Una idea a la que se le suma la superpoblación, debida a que la humanidad «se ha duplicado aproximadamente desde 1970, llegando a casi 7800 millones de personas en la actualidad». Este número tan mayúsculo, combinado con una distribución imperfecta de los recursos, provoca «muchos problemas sociales», como «la inseguridad alimentaria masiva», «la degradación del suelo», la propia «pérdida de biodiversidad» y el aumento de «las posibilidades de que se produzcan pandemias», entre otros.

Montse Tabuenca.
5-1-2021, *20Minutos.*

6 **Tan importante es la preocupación por la salud del planeta, que actualmente es difícil leer un diario y no encontrar una noticia relacionada con este tema. Pero vamos a analizar esta que nos propone Garcilaso:**

- Escribe las cinco palabras clave sobre las que gira el sentido global del texto.
- Resume el contenido del texto en unas pocas líneas que incluyan las palabras clave que has propuesto.
- Enumera los tres problemas ambientales que «provocarán un futuro espantoso de extinción» en el planeta Tierra. Analízalos y propón medidas para paliar cada uno de ellos.

7 **En la noticia se dan dos datos cronológicos sobre algunos cambios que se han producido en el planeta. Identifícalos y explica, en una carta a Garcilaso, qué ha cambiado desde su época hasta nuestros días.**

Un compromiso para evitar la catástrofe

Para evitar la catástrofe, os animo a crear una campaña publicitaria para fomentar el cambio en la sociedad. Pensad que sois el presente y el futuro, y que vuestra participación activa es importantísima para frenar los pronósticos del último IPCC.

Cuando firmamos un contrato nos comprometemos a cumplir lo que en él se expone. Así, solo hay que firmarlo si se ha leído bien y se está de acuerdo con todo, y una vez firmado hay que cumplirlo y no olvidarse de que nos hemos comprometido.

8 Para llevar a cabo lo que os propone Garcilaso, tenéis que crear una agencia de publicidad. Para ello, deberéis formalizar un contrato de constitución como este:

Contrato de constitución de nuestra agencia publicitaria

REUNIDOS

D./Dña. ...., alumno/a de... D./Dña. ...., alumno/a de...

D./Dña. ...., alumno/a de... D./Dña. ...., alumno/a de...

EXPONEN

Que, dada la actual situación de abandono en el que se encuentra el planeta Tierra, se constituye la agencia de publicidad ..... (NOMBRE DE LA AGENCIA) con el objetivo de ..... .

ACUERDAN

Que trabajarán en equipo aportando cada uno todo lo posible y respetando las diferencias y opiniones de los demás. Además, añaden las siguientes 4 cláusulas, que deberán ser respetadas por todos los componentes de la susodicha agencia publicitaria.

1. .... **2.** ....

3. .... **4.** ....

Y, para que así conste,

Firma 1 .... **Firma 2** ....

Firma 3 .... **Firma 4** ....

Pero para poder completarlo, primero debéis conocer un poco su estructura:

- ¿Qué partes distingues en el contrato?
- ¿Qué función tiene cada una de ellas?
- ¿Qué tipo de lenguaje utiliza? ¿Es formal o informal?
- ¿Crees que esta tipología cumple con la intención comunicativa del emisor? ¿Por qué?

A la hora de escribir vuestro manifiesto, no olvidéis responder a la pregunta *¿En qué creemos?* Y en esa respuesta residirán vuestros principios como equipo que no debéis olvidar.

9 **Y para acabaros de conformar como equipo, redactad, para vuestra agencia de publicidad, un manifiesto con los principales motivos para intentar salvar el planeta de esta espiral de destrucción. Debéis acompañar cada razón de algún argumento solvente para convencer al mayor número de personas posible.**

Influencers por el cambio

Me han dicho que, en los últimos tiempos, han surgido nuevas formas de comunicación que son más poderosas que las epístolas a la hora de llegar a la población, sobre todo a la juventud. Seguro que vosotros me podéis explicar mejor cómo funcionan...

10 **¡Ayuda a Garcilaso a acercarse a estos jóvenes que promueven la protección del medioambiente en redes sociales!**

— Con la supervisión de tu docente, visita sus perfiles. Selecciona dos publicaciones suyas que te hayan impactado y analiza estos elementos:

QUANTUMFRACTURE

MARIANA MATIJA

JON KAREAGA

jonkareaga Nos rebelamos en contra del *Black Friday*

JAVIER PEÑA

MARÍA NEGRO

BLONDIEMUSER

Influencer	Tema
Intención	Recursos lingüísticos
Recursos audiovisuales (música, efectos, entonación, colores, plano...)	Registro (coloquial o formal)
Adaptación al medio (el material se ajusta a las características del formato o red en que se publica)	Impacto de la publicación («me gusta», comentarios, número de veces compartido, etc.)

— ¿Qué dos *influencers* utilizan un seudónimo? ¿De qué lengua proceden?

Las palabras nuevas. Ficha 89

11 **Reflexionad brevemente sobre las posibilidades de este tipo de contenidos en redes sociales para lograr concienciar a la población de que no tenemos planeta B y es importante cuidar este.**

12 **La forma de comunicarse ha evolucionado mucho desde la época de Garcilaso.**

— Cread un eje cronológico con la evolución de las formas de comunicación. Destacad las partes positivas y negativas de esa evolución.

Un compromiso para evitar la catástrofe

Yo fui un revolucionario de mi época, ya que introduje moldes poéticos italianos, pero veo que vosotros también habéis importado palabras de otras lenguas y habéis formado otras para designar todas estas nuevas realidades que van surgiendo… Y, al parecer, ¡tienen gancho!

13 **Estas son algunas de las palabras relacionadas con el medioambiente que posiblemente usaría Garcilaso si escribiera sobre este tema. Clasifícalas según sean extranjerismos, palabras derivadas o palabras compuestas.**

greening	**basuraleza**	**aridización**
siempreverde	**tecnología limpia**	**biodiversidad**
ecodesarrollo	**bicisharing**	**impacto ambiental**
deuda ecológica	**pulmón verde**	**ecofriendly**

— ¿Qué palabra o expresión desconocías? Busca el significado de aquellas palabras que no conozcas. ¿Cuál te ha resultado más interesante?

— Propón otras cinco palabras que se hayan creado para designar nuevas realidades relacionadas con el medio.

— Inventa tres palabras nuevas que designen realidades relacionadas con el medio. Fórmalas por composición o por derivación.

La derivación. Ficha 91
La composición. Ficha 92

14 **A la hora de planificar vuestra campaña publicitaria os será de utilidad contar con un banco de palabras que consideréis relevantes en relación con el problema climático. Consultad diferentes fuentes, cotejad la información y escoged aquellas que formarán parte de vuestro listado.**

15 **Y qué sería de una campaña publicitaria sin un eslogan. Pon a prueba tus dotes publicitarias y propón un eslogan para cada imagen.**

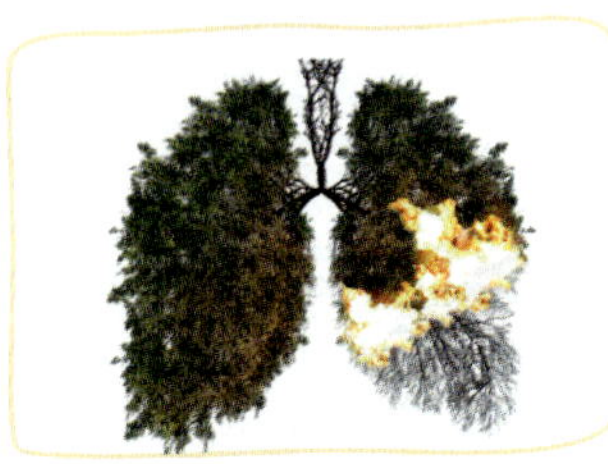

Recuerda que un eslogan debe ser breve, contundente, claro, original y creativo.

Publicistas por el cambio

16 **Vuestra agencia de publicidad ya está preparada para lanzar la campaña en favor del medioambiente.**

— Seguid estos pasos para que vuestra campaña sea efectiva:

- Estableced el objetivo. ····► ¿Qué queremos conseguir?
- Identificad el público al que os vais a dirigir. ····► ¿A quién queremos llegar?
- Acordad el mensaje que vais a trasmitir. ····► ¿Qué vamos a decir?

— **Plantead** vuestra campaña en tres formatos diferentes: cartel, audio y vídeo. Pensad que el eje sobre el que va a girar es el eslogan, que se repetirá en los tres medios:

Cartel **Audio** **Vídeo**

— **Editad** el anuncio según el formato:

- Para el cartel, es importante que escojáis imágenes atractivas y acordes con la campaña. Buscad en bancos de imágenes digitales y utilizad un programa para diseñarlo de forma digital.

- Para el anuncio radiofónico, escribid el guion y grabadlo utilizando una aplicación o programa gratuito adecuado. La música o efectos sonoros harán más atractivo vuestro anuncio.

- Para la versión en vídeo, escribid el guion y pensad si vais a ser vosotros los protagonistas o vais a crear un vídeo más complejo en el que aparezcan imágenes que hayáis registrado antes.

— **Difundid** vuestra campaña en todos los medios posibles.

Ya no es momento de mirar atrás, sino solo de pensar cómo mejorar el futuro y actuar de forma urgente para que las consecuencias que está sufriendo el planeta debido a nuestras acciones no sean más y peores. Unas acciones que deben ser individuales, de cada uno de nosotros, y colectivas, abanderadas por grandes instituciones y gobiernos.

REVISA-T

1. ¿Crees que en la actualidad Garcilaso idealizaría la naturaleza como lo hizo en su tiempo?
2. ¿Piensas que, a partir de ahora, vas a cambiar algunos de tus hábitos para contribuir a la mejora de la salud del planeta?
3. ¿Has ampliado tu léxico relacionado con el medioambiente?
4. ¿En qué situaciones piensas ahora que utilizarías un contrato?

6

Para gustos, los colores

Para el escritor Jorge Luis Borges, era un contrasentido que existieran las lecturas obligatorias, ya que consideraba que la lectura era una de las formas de la felicidad y no se puede obligar a nadie a ser feliz. Aun así… ¿a que nadie reniega de la felicidad? Por tanto, seguro que dejarte llevar por la literatura en cualquiera de sus géneros y formatos te hará feliz y te aportará bienestar.

- **¿Te gusta leer? ¿Sueles leer de forma habitual?**
- **¿Has asistido a algún encuentro con un autor o autora de literatura juvenil?**
- **¿Conoces las bibliotecas virtuales? ¿Y las plataformas de lectura y escritura virtuales?**

Aprenderás a…

- Organizar un encuentro literario con un escritor o escritora.
- Valorar las críticas literarias realizadas en redes sociales como herramienta para fomentar el hábito lector.
- Reflexionar sobre la importancia que tienen los elementos extraliterarios, como la cubierta de un libro, a la hora de atraer a los lectores.
- Configurar tu propia biblioteca digital y conocer diferentes plataformas digitales de lectura.

La lectura: una herramienta para ser felices

La lectura nos aporta múltiples beneficios, en especial, por el impacto que tiene sobre nuestra salud mental y física. Y si gozamos de salud mental y física, también somos más felices. Así que, en este sentido, garantizar el acceso a la lectura en condiciones de igualdad es uno de los objetivos que la sociedad debe alcanzar.

Ser viral... en la Antigüedad

No parece que en la actualidad hacerse famoso sea una tarea muy difícil, ya que las nuevas formas de comunicación permiten llegar a más personas. No obstante, aunque te parezca un fenómeno moderno, en realidad esto viene de antiguo: en la mitología griega, este síndrome, que es el deseo de ser famoso a cualquier precio, aparece materializado en la figura de un pastor (su nombre designa este trastorno) cuyo deseo irrefrenable de ser conocido le llevó a cometer un acto del que aún se habla hoy en día. ¿Quieres saber a quién nos referimos?

Quiere ser famoso a cualquier precio. Nunca ha destacado en nada pero se rebela contra la idea de ser uno más. [...] Ha decidido que hará algo grande; solo le falta descubrir qué. Un día trama por fin un plan. Incapaz de realizar proezas, siempre puede pasar a la historia como destructor. En su ciudad se encuentra una de las siete maravillas del mundo, que vienen a visitar reyes y viajeros desde tierras muy lejanas. En un promontorio rocoso, encaramado entre nubes, el templo de Artemisa domina todos los barrios de Éfeso. Hicieron falta ciento veinte años para construirlo. La entrada es un espeso bosque de columnas. En su interior, forrado de oro y plata, descansa la imagen sagrada de la diosa que cayó del cielo, además de las valiosas esculturas de Policleto y Fidias, y fantásticas riquezas. La noche sin luna del 21 de julio del año 365 a. C., mientras en la remota Macedonia nacía el gran Alejandro, él se desliza entre las sombras y trepa por los escalones que llevan al Artemisio. Los guardianes nocturnos duermen. En el silencio roto por los ronquidos, se apodera de una lámpara, derrama aceite y prende fuego a las telas que adornan el interior. [...] Él mira hipnotizado las llamaradas que rugen y se enroscan. Luego sale tosiendo del edificio para ver cómo ilumina la noche. Allí, los guardias lo capturan sin problemas. Lo arrojan encadenado a un calabozo, donde es feliz durante unas horas solitarias, aspirando el olor a humo. Cuando lo torturan, confiesa la verdad: que había planeado incendiar el edificio más bello del mundo para ser conocido en el mundo entero. Cuentan los historiadores que todas las ciudades de Asia Menor prohibieron, bajo pena de muerte, revelar su nombre, pero no lograron borrarlo de la historia. Figura en todas las enciclopedias, incluidas las virtuales. [...] Su nombre maldito era Eróstrato. [...] El incendio que provocó

para catapultarse a la fama dejó reducido a cenizas aquel rollo de papiro que Heráclito había regalado a la diosa. Irónicamente, el filósofo creía que de manera cíclica el fuego aniquila el universo y en su obra profetizaba una conflagración cósmica final. No sé el universo, pero los libros —que en todas sus formas arden bien— tienen un triste historial de destrucción entre las llamas.

Irene Vallejo,
El infinito en un junco. Siruela.

• **1** **¿Podrías deducir ahora cómo se llama este síndrome?**

• **2** **¿Por qué crees que el protagonista escogió el templo de Artemisa precisamente?**

•• **3** **¿Qué quiere decir la autora cuando afirma que «los libros tienen un triste historial de destrucción entre las llamas»? Aquí os dejamos algunas pistas. Si investigáis sobre ello, entenderéis a qué se refiere.**

El Quijote | *Farenheit 451* | Guerra civil española

• **4** **Aunque en la época de Eróstrato no había periodistas, su hazaña seguro que habría ocupado varias páginas en un periódico. Escribe ahora una crónica del hecho protagonizado por Eróstrato.**

La crónica. Ficha 8

Booktubers, bookstagrammers y booktokers

Suman muchos «me gusta», publican contenidos que se vuelven virales, consiguen miles de seguidores..., y todo eso, ¡hablando de libros! Los *booktubers*, *bookstagrammers* y *booktokers* son *influencers* literarios y tienen mucho que contarte.

@fantasyliterature • Seguir

@fantasyliterature • DICIEMBRE EN LIBROS
¿Te unes al reto lector?

Estamos a pocos días de Navidad y Reyes, así que os traemos este calendario de adviento para que recomiendes tus libros favoritos a todos aquellos que están buscando qué regalar. Puedes hacerlo en stories o en post, como prefieras. Recomiéndanos un libro cada día (los días que quieras y puedas) con cada una de las premisas de la lista. Así de fácil. Puedes etiquetarnos a las dos (@fantasyliterature y @martinarumas)

1.317 Me gusta

5 Antes de adentraros en el mundo de los *influencers* literarios, tendréis que familiarizaros con su jerga. Cread un glosario con los siguientes términos:

bookhoul · *unboxing* · *booktag* · *Tour* · *wrap up* · *booknerd* · *TBR*

6 Los siguientes *influencers* literarios suman miles de seguidores. Recomiendan libros, hablan de las novedades y tendencias literarias, organizan encuentros con escritores...

May R. Ayamonte · Sebas G. Mouret · Javier Ruescas · Fantasyliterature · Miriam Bisbal, The Bookscracy · Bibiana in Bookland · Esperanza Luque

— Visitad sus perfiles con el docente y analizad alguna de sus publicaciones atendiendo a estos criterios:

- ¿Qué lenguaje usa?
- ¿Qué recursos utiliza (imagen, palabra escrita, lenguaje oral, música...)?
- ¿Qué te ha aportado?
- ¿Cómo expresa sus opiniones?
- ¿Ha publicado algún libro?

7 Los *influencers* anteriores también tienen entradas recomendando autores clásicos. ¿Qué es para ti un autor clásico? Piensa qué obra de uno de ellos te gustaría recomendar y qué destacarías de ella.

8 Es hora de convertirse en *influencer* literario de obras clásicas de la literatura universal.

— Para ello, escoged una obra clásica que conozcáis y os atraiga y cread un vídeo viral. Podéis marcar vuestras recomendaciones con la etiqueta #LeerClásicosMola y colgar el vídeo en la página web del centro. El catálogo de edebé de clásicos juveniles os puede inspirar:

https://links.edebe.com/nuo

Amor a primera vista

Si vamos por libre y queremos dejarnos llevar por nuestra intuición, posiblemente lo que entra por la vista sea lo que acabemos escogiendo. Y es que, ¿sabías que la vista es el sentido preponderante, y más en una sociedad dominada por los estímulos visuales? Así que, más allá de cuidar el texto que recogen las páginas de un libro, pensar bien la cubierta puede ser decisivo para convertir un libro en un superventas.

9 **Si acudieras a una librería y te encontraras con los libros anteriores, ¿cuál elegirías? ¿Por qué?**

— Solo con el título y lo que deduces de la cubierta, ¿serías capaz de escribir una breve reseña sobre el argumento de todos los libros anteriores? ¿Alguno te ha resultado más evidente que otro? ¿Por qué?

10 **A la hora de idear la cubierta de un libro, a veces se arriesga bastante en el diseño. Analizad las cubiertas de todos los libros que podáis (los de la biblioteca escolar, los que tengáis en casa, los de bibliotecas de barrio y librerías...), atendiendo a los elementos que contienen:**

¿Incluyen una imagen?

¿Esta es un dibujo, o es una fotografía?

¿Se recurre a alguna técnica de diseño, como por ejemplo el *collage*?

— Después de analizar las cubiertas y leer la reseña que encontraréis en la contra, pensad a qué público va dirigido el libro y justificad la adecuación de todos los elementos.

El sintagma o grupo nominal. Ficha 61

11 **¿Cómo definirías los títulos de los libros según su naturaleza sintáctica?**

Hora de elegir: ¿ficción...

Seguro que a estas alturas ya te has dado cuenta de que, a menudo, la realidad es capaz de superar a la ficción. En este sentido, estarás de acuerdo en que muchas historias que lees ahora y que te parecen completamente irreales podrían hacerse realidad de aquí a unos años.

Es de noche en la Gran Urbe. Poca iluminación. [...]

La atmósfera está saturada de la fragancia del ambientador sanitario que contrarresta los efectos de la contaminación y la hace respirable. Los coches eléctricos circulan en silencio absoluto. Todo está aseado, limpio y en orden. La convivencia es perfecta en estas calles céntricas, alejadas de la Tierra de Nadie que es La Frontera y del inmenso Barrio de Abajo que hay más allá, lleno de gritos intempestivos, poblado por gentes de comportamientos caóticos e irreflexivos. [...]

Nos sorprenden tres sombras negras. Como si tres porciones de la oscuridad hubieran cobrado vida para animar las aceras desiertas.

Son tres personas ágiles, vestidas de negro, con ropa ajustada, gorros, gafas Glass con ordenador incorporado y mascarilla higiénica que les oculta la boca. Todo negro. Se mueven de manera furtiva, sobre zapatos que no hacen ningún ruido. Llevan aerosoles de pinturas de colores y escriben en las paredes blancas. «La pantalla es una ventana abierta a la Nada». «Ojos = Vida / Pantallas = Muerte». «Miraos a los ojos». El dron de control aparece de repente por encima de sus cabezas. No lo han visto llegar. Es una lucecita intermitente sobre la negrura del cielo.

Dos de las sombras tiran los aerosoles y echan a correr. La tercera se entretiene unos instantes para terminar de firmar los mensajes con las letras CAMM. En ese mínimo lapso, el dron ha comunicado a la patrulla policial más cercana la ubicación exacta de los infractores. Antes, los GC ya habían tenido noticia de movimientos sospechosos en el barrio y se habían movilizado con su habitual eficacia. Ya estaban dentro de los coches, los habían puesto en marcha en dirección a los movimientos sospechosos y ahora solo tienen que acelerar. Son dos vehículos negros dirigidos por satélite, sin distintivos, sin luces ni señales acústicas que puedan alertar a los delincuentes.

Andreu Martín,
WHAPPS. Mírame a los ojos. edebé.

12 **¿Por qué dirías que el texto anterior pertenece a una historia de ficción?**

13 **Seguro que sabes qué es una utopía. Pero ¿sabrías definir qué es un relato distópico? Investiga sobre este tema y di qué elementos distópicos encuentras en el fragmento anterior.**

14 **La literatura muchas veces nos ha avanzado historias de ficción que luego han terminado por hacerse realidad. Relatos de Úrsula K. Leguin, Ray Bradbury, George Orwell, Isaac Asimov, Julio Verne o Mary Shelley son algunos ejemplos. ¿Sobre cuál de los siguientes temas fueron visionarios los autores anteriores?**

avances tecnológicos | experimentos médicos | control de la sociedad | agotamiento de los recursos

15 **Tú también puedes dar rienda suelta a tu imaginación y pensar cómo puede evolucionar la sociedad en el futuro. Conviértete en un autor distópico y escribe un relato que se adecue a estas características.**

16 **Pero si hay un arte que ha tratado temas de ciencia ficción ese es el séptimo arte, es decir, el cine. Escucha esta locución sobre nueve predicciones que se hicieron en diferentes películas y que se convirtieron en realidad.**

— ¿Qué predicción te ha sorprendido más? ¿Por qué?

— ¿Desconocías alguna de las realidades?

— De las películas de ciencia ficción que conoces, ¿cuál te gustaría que se hiciera realidad?

... o realidad?

Y luego están las historias reales, como esta de María, con las que podemos empatizar y sentirnos reflejados. Y es que la literatura puede ser un espejo de la realidad, por lo que el hecho de sentirnos identificados con historias y personajes puede hacer que nos acerquemos más a los relatos literarios.

Hola, gente. Aquí estoy, estrenando cámara y canal de YouTube. Mi canal: aventuras y desventuras de María. O sea, mías. Mi vida, vamos. Que, en general, suele ser molona, aunque no siempre...

¡Así que: *welcome*!

Os preguntaréis: ¿y esta quién es? Soy yo: María, 17 años, rubia natural... No vayáis a creer que es una peluca o que soy teñida, que no. Que es herencia de mi familia paterna. Es que mi padre, Björn Lindström, es sueco. De ahí que yo sea como ricitos de oro, pero sin los rizos.

Bueno, hoy os hablaré de mi instituto: la Escuela Massana, de Barcelona. Un sitio guay, donde estudio el bachillerato artístico. Segundo de bachillerato. ¿Que por qué? Pues porque quiero dedicarme a la ilustración.

Hasta hace poco pensaba que quizá lo mío eran los cómics. Los cómics como forma de expresión artística, se entiende, porque para leer, lo que se dice leer, prefiero las novelas y los libros de poesía y los de ensayo. Bueno, basta, que me enrollo y me voy del tema.

Aquí tenéis algunas páginas de mis cómics preferidos en primaria: Spider-Man, el Capitán América y Iron Man. Molan mazo, ¿no? Bueno, pues no tanto como creía. Todo tíos... Un poco harta de que los superhéroes fueran siempre *men*, y también harta de que ellas fueran siempre personajes secundarios. Y no solo eso. Harta también de los cuerpos irreales de las *girls*: [...] Claro que los chicos, con sus supertabletas, sus superbíceps y sus superhombros, tampoco parecen de verdad.

Pero, poco a poco, los de Marvel fueron viendo la luz —digo yo— y las mujeres se fueron transformando en tías más normales, dentro de que las superheroínas nunca van a ser del todo normales, tú ya me entiendes, ¿no? Y, sobre todo, ellas empezaron a hacer el papel principal de superheroínas y no solo de figurantes al servicio de los machos. Pues ya era hora, chica.

Gemma Lienas, *Ni en mil años te dejaría tirada*. edebé.

17 **¿Qué aspectos de su vida explica María? Elabora una ficha con sus datos personales a partir de lo que dice.**

18 **Cuando escribimos un relato, debemos adecuar el lenguaje según el contexto que queremos representar. ¿Crees que la autora ha adecuado el lenguaje al contexto de la lectura? ¿Podrías justificarlo con ejemplos?**

19 **La literatura también sirve para exponer aspectos de la vida que queremos denunciar o para hacer que los demás reflexionen. ¿Qué pone en evidencia María en este relato? ¿Estás de acuerdo?**

20 **En su relato, María alude a varios estereotipos. Es un hecho que estos se han dado a lo largo de los siglos en la literatura.**

— Entablad un debate en clase sobre los personajes tipo de la literatura infantil y juvenil y cómo se han ido adaptando a la realidad actual.

La adecuación textual. Ficha 24
El debate. Ficha 12

Leer es lo que cuenta

Cuando Cervantes escribió su célebre *Quijote*, poco podía imaginar que el papel y la tinta podrían ser sustituidos por las pantallas. O que en un solo clic y sin salir de casa podríamos disfrutar de la lectura del mayor de los clásicos de la literatura. Y es que, como dijo él mismo, «el que lee mucho y anda mucho ve mucho y sabe mucho». Así que, sea en papel o en formato digital, no descuidemos este hábito.

• **21** **Las pantallas nos invaden, ¿pero cuáles son nuestras preferencias a la hora de leer un libro? Aquí tienes algunas conclusiones sobre nuestros hábitos lectores:**

¿Cuánto leemos y dónde leemos?

- Los españoles leen al menos un libro al año y más del 50 % afirma ser un lector frecuente, es decir, que lee de forma semanal.
- Las personas nacidas a mediados de los años noventa y principios del 2000, es decir, la llamada Generación Z, así como los 'millennials', los nacidos a mediados de los ochenta, son los grupos de edad que más han aumentado sus hábitos de lectura. Estas generaciones leyeron una media de trece libros al año.
- Quienes leen afirman que lo hacen, indistintamente, en papel y en digital. Sin embargo, hay situaciones en las que el formato digital se muestra preferente, como por ejemplo cuando viajamos o en los momentos de espera.
- El dispositivo electrónico más usado a la hora de leer en digital es el libro electrónico, seguido de la tableta, el teléfono móvil y, por último, el ordenador.

— Y tú, ¿qué prefieres? ¿Leer en papel o en digital? ¿Por qué?

— Todo tiene sus ventajas, y los distintos formatos de lectura también. Crea una tabla comparativa con las ventajas de leer en papel y las de hacerlo en pantalla.

“Ya has visto que puedes acceder a la literatura en diversos formatos. Además, con el afán de llevar los libros a todos los rincones y a todas las personas, numerosas instituciones y organismos han promovido diversas iniciativas para que todo el mundo tenga garantizado este derecho: bibliobuses que llevan libros a zonas rurales, antiguas cabinas telefónicas que se han convertido en bibliocabinas, el *bookcrossing* para encontrar libros en lugares públicos...”

• **22** **¿Y qué opinas de los audiolibros? ¿Crees que es mejor leer o escuchar? ¿Qué ventaja principal piensas que tiene esta nueva forma de acercarnos a las historias?**

•• **23** **Para que sigáis manteniendo al día vuestro hábito lector, las plataformas de lectura y escritura os lo ponen muy fácil. ¿Conocéis alguna? ¿Sabéis en qué consisten?**

— Investigad sobre ello y, con la información que extraigáis, mostrad en una proyección al resto de la clase el funcionamiento de una de ellas.

Un encuentro literario

Ha llegado el momento de ponerle voz a los creadores de las historias que nos hacen felices. Ellos darán el verdadero color a nuestra experiencia lectora.

24 **Vais a imaginar un encuentro con un escritor o escritora que conozcáis. Si cabe la posibilidad de que ese encuentro sea real, ¡no lo dudéis, llevadlo a cabo! Será una gran experiencia.**

— La persona elegida puede ser un autor local o una firma prestigiosa. Investigad sobre su vida y obra y completad una breve biografía con los datos que recojáis.

- **Nombre**
- **Títulos publicados**
- **Aspectos biográficos destacados**
- **¿Es la escritura su única actividad profesional?**
- **¿Realiza encuentros con lectores?**
- **Perfil de redes sociales**

— Pensad si este encuentro sería presencial, con un gran público, o virtual.

— Preparad un folleto publicitario anunciando de forma motivadora este encuentro. En él deben aparecer los siguientes datos:

- Fecha
- Lugar (si es virtual, copiad el enlace de acceso virtual)
- Nombre de los organizadores
- Título motivador
- Foto del autor o autora
- Cubierta de los libros que se comentarán y breve sinopsis

— Si el encuentro fuera posible, presentad a la persona antes de iniciar la charla con los datos que hayáis recogido.

— La charla debe transcurrir de forma fluida y coherente, deben respetarse los turnos de palabra y se debe dejar un tiempo final para la ronda de preguntas.

— Podéis grabar el encuentro para difundirlo a través de la página web del centro.

La literatura trata temas muy diversos y por eso es capaz de llegar a públicos muy amplios. En este sentido, resulta una herramienta muy valiosa para concienciarnos sobre diversos temas de relevancia social a los que todas las personas del mundo deberíamos tener acceso.

REVISA-T

1. ¿Crees que lo que has aprendido va a fomentar tu hábito lector y que disfrutarás más de la literatura, tanto de textos clásicos como de los actuales?
2. ¿Piensas que ahora la literatura puede ayudarte a ser más feliz que antes de completar esta situación de aprendizaje?
3. ¿Qué temas y géneros literarios te gustaría descubrir ahora de los que no has estudiado aún?

7

Héroes vs. *hater*

Anda suelto un *hater* que quiere destruir la reputación de héroes que gozaron de gran popularidad en su época y cuyas hazañas perviven aún hoy entre nosotros. Pero lo va a tener difícil, porque no solo hubo héroes en el pasado; también en la actualidad encontramos a personas cuyos valores y cuya lucha incansable en pro de un objetivo colectivo las convierten en grandes héroes y heroínas.

- **En tu opinión, ¿qué hace que una persona sea considerada un héroe?**
- **¿Qué serías capaz de hacer para conseguir ser un héroe?**
- **¿Qué personas de tu alrededor consideras que son héroes o heroínas?**

Ejemplos inspiradores para mejorar el mundo

A lo largo de la historia, la sociedad ha buscado a personas modélicas que encarnaran los valores positivos del momento. En el mundo actual, necesitamos líderes, hombres y mujeres, que, por su esfuerzo y dedicación, puedan servir de ejemplo para las generaciones futuras e inspirarlas para conseguir un mundo de paz y concordia.

Aprenderás a...

- Crear la personalidad de un héroe o heroína que represente unos valores positivos que contribuyan a la mejora de la sociedad.
- Analizar los valores de los héroes de la Antigüedad y de la Edad Media.
- Analizar textos literarios de la Edad Media y del Barroco.
- Detectar noticias falsas.

¡A la caza del héroe!

El *hater* antihéroes ha seguido el rastro de estos personajes a lo largo de la historia y ha dado con los grandes héroes griegos. ¿Será capaz de pararle los pies a estos colosos? ¡Lo va a tener muy difícil!

1 **¿Qué tendrán estos personajes, que tanto enfadan al *hater*? Estas son algunas de sus características:**

Características de los héroes griegos

- La mayoría tienen un origen noble, o bien fueron concebidos por una divinidad, por lo que tienen la condición de semidioses.
- Son valientes y poseen habilidades fuera de lo común.
- Aunque parezcan perfectos, muchos tienen una debilidad que al final sale a relucir.
- Poseen inteligencia y astucia para ganar batallas.
- Fundaron ciudades.
- Algunos tienen un final sobrenatural y, en muchas ocasiones, trágico.

— ¿Conocéis el nombre de los héroes griegos? Aquí tenéis algunos. Investigad sobre su vida y hazañas y cread fichas biográficas en las que destaquéis las cualidades que se relacionan con las características de los héroes citadas arriba.

Zeus — Ulises — Poseidón

Aquiles — Teseo

2 **No solo hay varones entre los héroes de la mitología griega, también las mujeres ocupan un lugar importante en esta tradición. ¿Os acordáis de alguna de ellas? Buscad información sobre el papel que jugaron las heroínas en la Antigua Grecia y exponedla ante vuestros compañeros.**

3 **¿Sabíais que los relatos que cuentan de forma épica o narrativa las acciones trascendentales o dignas de un héroe y que son importantes para la memoria de un pueblo se llaman epopeyas? Buscad ejemplos de epopeyas, recopiladlas y cread el gran libro de las epopeyas.**

Las epopeyas no son textos exclusivos de la cultura grecolatina, así que seguro que encontráis ejemplos muy cercanos.

4 **Seguro que conocéis héroes de cómic, pero quizá no sepáis que algunos están inspirados en los grandes héroes griegos.**

— Si buscáis información al respecto, podréis formar parejas héroe griego - héroe de cómic. ¿Qué similitudes hay entre ellos?

Noticias falsas en la Edad Media

Je, je... Las noticias falsas no son un invento moderno. El Cid ya lo sufrió en su tiempo, y eso tuvo sus consecuencias.

Uno de los héroes más conocido y con más éxito de toda la Edad Media fue el famoso Cid Campeador, cuyo nombre era Rodrigo Díaz de Vivar. De hecho, una de las obras más famosas de esta época es el *Cantar de Mio Cid*. Y el *hater* antihéroes va a hacer todo lo posible por acabar con su reputación. ¿Lo conseguirá?

De los sos ojos   tan fuertemientre llorando,
tornaba la cabeza   e estábalos catando.
Vio puertas abiertas   e uzos sin cañados,
alcándaras vacías,   sin pieles e sin mantos,
e sin falcones   e sin azores mudados.
Sospiró mio Cid   ca mucho habié grandes cuidados;
fabló mio Cid,   bien e tan mesurado:
«¡Gracias a ti, Señor   Padre,que estás en alto!
¡Esto me han vuelto   mios enemigos malos!».

Anónimo, *Cantar de Mio Cid*. edebé

Has podido leer cómo empieza el *Cantar de Mio Cid*, al menos el inicio que se conserva, porque parece ser que faltan algunas páginas del comienzo. Quizá en ellas se relataba cómo el Cid cayó en desgracia y por qué el rey le desterró, pero este es un misterio que, a día de hoy, sigue sin desvelarse.

La narrativa en la Edad Media. Ficha 37

Signos de puntuación (II). Ficha 86

5 **La consecuencia que sufrió el Cid por la difusión de esa noticia falsa fue el destierro. ¿Cómo se sintió el Cid con su partida?**

— ¿Qué puede significar «sin falcones e sin azores»? ¿Qué simbología tenían estos dos animales en la época?

— ¿Qué palabras se ponen en boca del protagonista? ¿Cómo se marcan en el texto?

— Si lees en voz alta los versos, ¿la pausa, llamada cesura, que divide los versos en dos, te ayuda o crees que es prescindible? Entonces, ¿qué función tiene esta cesura?

Cómo detectar un bulo

6 **Parece que el destierro del Cid se debió a la propagación de una noticia falsa, pero... ¿qué interés puede tener difundir un bulo?**

— Los medios de comunicación y las redes sociales han contribuido a que las noticias falsas se propaguen con más facilidad. Investiga sobre bulos a lo largo de la historia y reflexiona acerca de la finalidad que había tras su difusión.

Mio Cid Ruy Díaz   por Burgos entraba,
en su compañía   sesenta pendones llevaba.
Salíanlo a ver   mujeres y varones,
burgueses y burguesas   por las ventanas son,
llorando de los ojos,   ¡tanto sentían el dolor!
De las sus bocas,   todos decían una razón:
«¡Dios, qué buen vasallo,   si tuviese buen señor!».
Le convidarían de grado,   mas ninguno no osaba;
el rey don Alfonso   tenía tan gran saña;
antes de la noche,   en Burgos de él entró su carta,
con gran recaudo   y fuertemente sellada:
Que a mio Cid Ruy Díaz,   que nadie le diese posada,
y aquel que se la diese   supiese veraz palabra,
que perdería los haberes   y además los ojos de la cara,
y aún más   los cuerpos y las almas.
Gran duelo tenían   las gentes cristianas;
escóndense de mio Cid,   que no le osan decir nada,
el Campeador   adeliñó a su posada.
Así como llegó a la puerta,   hallola bien cerrada;
por miedo del rey Alfonso   que así lo concertaran:
que si no la quebrantase por fuerza,   que no se la abriesen por nada.
Los de mío Cid   a altas voces llaman;
los de dentro   no les querían tornar palabra.
Aguijó mio Cid,   a la puerta se llegaba;
sacó el pie de la estribera,   un fuerte golpe le daba;
no se abre la puerta,   que estaba bien cerrada.
Una niña de nueve años   a ojo se paraba:
«¡Ya, Campeador,   en buena hora ceñisteis espada!
El Rey lo ha vedado,   anoche de él entró su carta
con gran recaudo   y fuertemente sellada.
No os osaríamos abrir   ni acoger por nada;
si no, perderíamos   los haberes y las casas».

Anónimo, *Poema de Mio Cid.* Biblioteca Virtual Miguel de Cervantes

Pero Rodrigo no estaba solo en su destierro. Como buen caballero de la época, su tropa y sus hombres de confianza no quisieron dejarlo solo en ese injusto destierro, causado por la difusión de esa noticia falsa. Este es el relato.

7 **¿Cómo recibe la gente de Burgos la desgracia del Cid? ¿Cómo crees que se siente el *hater* ante esta respuesta de los burgaleses?**

— ¿Los burgaleses sienten más simpatía por el Cid o por el rey? ¿En qué hechos te basas?

— ¿Qué rasgos del héroe, que seguro odia el *hater,* quedan de manifiesto en este fragmento?

— ¿Cómo escribiría la niña del fragmento en su diario el encuentro con el Cid? Escribe una narración como si fueras la niña, expresando sus sentimientos.

8 **Esta situación de debilidad bien podría ser aprovechada por el *hater.***

— Piensa un posible post del *hater* ante este episodio y refléjalo en un superdibujo o una viñeta de cómic.

— ¿Cómo crees que reaccionarían los defensores del Cid ante el ataque del *hater*?

La herencia del Cid

La historia del Cid es tan conocida que se ha seguido escribiendo sobre sus hazañas. Por ejemplo, a principios del siglo XX, Manuel Machado escribió este poema para hablar del episodio del paso por Burgos del Cid y sus hombres.

Castilla

A los terribles golpes
de eco ronco, una voz pura, de plata
y de cristal, responde... Hay una niña
muy débil y muy blanca
en el umbral. Es toda
ojos azules, y en los ojos, lágrimas.

Oro pálido nimba
su carita curiosa y asustada.
—Buen Cid, pasad. El rey nos dará muerte,
arruinará la casa
y sembrará de sal el pobre campo
que mi padre trabaja...
Idos. El cielo os colme de venturas...
¡En nuestro mal, oh, Cid, no ganáis nada!

Calla la niña y llora sin gemido...
Un sollozo infantil cruza la escuadra
de feroces guerreros
y una voz inflexible grita: «¡En marcha!».
El ciego sol, la sed y la fatiga.
Por la terrible estepa castellana,
al destierro, con doce de los suyos
—polvo, sudor y hierro— el Cid cabalga.

Manuel Machado, *Alma. Caprichos. El mal poema.* Clásicos Castalia.

La narrativa en la Edad Media. Ficha 37

9 **La anécdota que cuenta este poema es la misma que en el relato original del Cid, pero ¿qué cambia entre las dos composiciones?**

— Analizad el poema original y el de Manuel Machado teniendo en cuenta estos aspectos:

- Versos (arte mayor o arte menor)
- Tipo de rima
- ¿Cómo se indica la intervención de la niña?

10 **En esta versión de los hechos, puedes comprobar cómo reaccionó el Cid ante la petición de la niña. ¿Crees que es un comportamiento propio de un héroe?**

11 **El Cid sigue su camino de destierro y llega a Valencia. Escucha el relato de lo que allí pasó.**

— Haz un resumen de esta aventura del Cid.

— ¿Qué elemento del relato crees que usaría el *hater* para criticar esta hazaña? ¿A qué personajes haría referencia?

12 **Desde la Edad Media hasta la actualidad ha habido heroínas que han hecho grandes aportaciones a la sociedad. Cread una presentación audiovisual con la biografía de algunas de ellas para demostrar al *hater* su valor.**

Cómo responder a un *hater*

Dicen que no hay mejor desprecio que no hacer aprecio. Así que vamos a ver cómo podemos hacer frente a un *hater*. Lope de Vega nos da algunas pistas.

A mis soledades

A mis soledades voy,
de mi soledades vengo,
porque para andar conmigo
me bastan mis pensamientos.
¡No sé qué tiene la aldea
donde vivo y donde muero,
que con venir de mí mismo
no puedo venir más lejos!
Ni estoy bien ni mal conmigo;
mas dice mi entendimiento
que un hombre que todo es alma
está cautivo en su cuerpo.
Entiendo lo que me basta,
y solamente no entiendo
cómo se sufre a sí mismo
un ignorante soberbio.
De cuantas cosas me cansan,
fácilmente me defiendo;
pero no puedo guardarme
de los peligros de un necio.
Él dirá que yo lo soy,
pero con falso argumento;
que humildad y necedad
no caben en un sujeto.
La diferencia conozco,
porque en él y en mí contemplo,
su locura en su arrogancia,
mi humildad en su desprecio.
O sabe naturaleza
más que supo en otro tiempo,
o tantos que nacen sabios
es porque lo dicen ellos.
«Solo sé que no sé nada»,
dijo un filósofo, haciendo
la cuenta con su humildad,
adonde lo más es menos.
No me precio de entendido,
de desdichado me precio;
que los que no son dichosos,
¿Cómo pueden ser discretos?
No puede durar el mundo,
porque dicen, y lo creo,
que suena a vidrio quebrado
y que ha de romperse presto.
Señales son del juicio
ver que todos le perdemos,
unos por carta de más,
otros por carta de menos.

LOPE DE VEGA

13 **Según Lope, ¿qué dos tipos de personas existen? ¿Cómo hay que comportarse frente a ellas?**

— ¿Con cuál de los dos perfiles que se describen se correspondería la forma de actuar del *hater*?

La lírica del Barroco. Ficha 52

14 **Recurrir a sentencias de filósofos ayuda a apoyar nuestros argumentos, y así lo hace Lope en esta composición. ¿A qué sentencia recurre y quién es su autor?**

— ¿Cómo se puede aplicar esta sentencia al caso que expone?

15 **En la actualidad, uno de los problemas de las redes sociales son los ataques de los *haters*. Seguro que conocéis casos de personalidades famosas que los han sufrido.**

— ¿Cómo creéis que hay que reaccionar ante estos ataques?

— Investigadlo y cread un cartel con recomendaciones sobre cómo hacer frente a los *haters* en el contexto de las redes sociales.

Héroes del siglo XXI

¡Es imposible! ¡La herencia de los héroes sigue viva siglos después! Estos nuevos héroes no montan a caballo ni llevan capa, pero muchísima gente los admira porque hacen el bien y ayudan a los demás... Creo que no voy a poder combatir contra ellos...

Héroes y heroínas que luchan por un mundo mejor

Martín Espósito

Es el fundador de Tagma, una empresa que se creó para desarrollar el proyecto Una Escuela Sustentable. Espósito y sus socios emprendedores construyeron la primera escuela sustentable de América Latina. Este proyecto logró escolarizar a más de cien niños en un entorno adecuado, además de permitirles relacionarse de forma amable con el medio.

Emma Watson

Watson es una férrea defensora de la igualdad de género, un camino que la ha llevado a convertirse en un claro referente para los adolescentes actuales, entre los cuales ya era conocida por haber interpretado a Hermione en la exitosa saga de Harry Potter. La actriz ha creado la iniciativa HeForShe, un proyecto cuyo objetivo es involucrar a los hombres en la lucha por la igualdad y romper con los estereotipos asociados a hombres y mujeres.

16 Ahora que ya conoces a los héroes del pasado y los héroes actuales, ¿qué crees que tienen en común y qué aspectos los diferencian?

17 Gino Tubaro es otro héroe del siglo XXI. ¿Quieres saber por qué? Escucha este relato.

— ¿Por qué hecho podemos decir que Gino Tubaro es un héroe?

— ¿Qué papel tuvieron en este caso las redes sociales?

18 ¿Y qué opináis de los grandes héroes anónimos?

— Seguro que, si miráis a vuestro alrededor, hallaréis ejemplos de personas con características que los convierten en héroes. Poned en común los ejemplos que encontréis y destacad aquellas cualidades que les hacen ser héroes.

¡*Hater*, no vas a vencer!

19 **Para combatir al *hater*, vais a crear el perfil biográfico de un héroe o heroína actual. Para ello, leed primero las cualidades que debe reunir:**

- Debe procurar el bienestar de los demás.
- Es empático respecto a los demás.
- Tiene confianza y seguridad en sus actos y cree firmemente en lo que hace.
- Actúa según un código moral y es capaz de soportar un riesgo personal para defenderlo.
- Se enfrenta al miedo con valentía.
- Persigue sus objetivos hasta alcanzarlos, por muchos obstáculos que se interpongan.

— Ahora perfilad la identidad de vuestro héroe o heroína completando sus datos biográficos:

Nombre auténtico y nombre con el que es conocido:

Fotografía o dibujo:

Breve reseña biográfica:

Motivo por el que se considera un héroe o heroína:

Repercusión que han tenido sus iniciativas:

Impacto que tiene su nombre en la sociedad:

— Con los datos anteriores, cread un perfil biográfico atractivo que ayude a difundir la labor que realiza vuestro héroe o heroína.

— Podéis crear una página de cómic, difundir sus acciones en la prensa, en la página web de vuestro centro...

En la actualidad, el mundo sufre injusticias y conflictos que necesitan de personas con grandes valores para poder combatirlos. La lucha por la paz y la justicia es el motor que debería guiar a los héroes y heroínas de nuestra sociedad.

REVISA-T

1. ¿Cómo han cambiado los valores de la heroicidad a lo largo de los siglos?
2. ¿Crees que la figura del héroe seguirá evolucionando en el futuro?
3. ¿Te ha sorprendido saber que las noticias falsas no son un invento moderno? ¿Crees que ahora tienes más herramientas para detectarlas?

8

Consejos vendo

Hay enseñanzas que se transmiten de generación en generación y podríamos decir que son universales. Muchas de ellas lo han hecho de forma oral a lo largo de la historia, mientras que otras tienen su origen en relatos literarios.
En ambos casos, han servido para entretener, pero también para mostrar a la gente los valores propios de la época.
En la Edad Media surgió la prosa didáctica y empezaron a recogerse cuentos con intención educativa, como en *El conde Lucanor*, escrito en el siglo XIV por don Juan Manuel.

- **¿En alguna ocasión has necesitado un consejo para afrontar un momento de dificultad?**
- **¿Alguna vez has dado un consejo que ha ayudado a la persona que te lo ha pedido?**
- **¿Has leído algún cuento o historia con finalidad didáctica?**

Enseñanzas por un mundo mejor

El mundo actual está sufriendo una serie de problemas (hambre, desigualdades, contaminación…) y la sociedad debe actuar de forma urgente para hacerles frente.
En este sentido, es fundamental educar y transmitir, generación tras generación, una serie de enseñanzas que ayuden a hacer de este mundo un hogar mejor para todas las personas.

Aprenderás a…

- Pedir y recibir consejos.
- Leer textos literarios medievales para comprender la pervivencia de temas y motivos.
- Analizar un relato marco a partir de los ejemplos de *El conde Lucanor*.
- Elaborar un relato marco para aconsejar sobre cómo actuar ante un problema global.

El arte de aconsejar

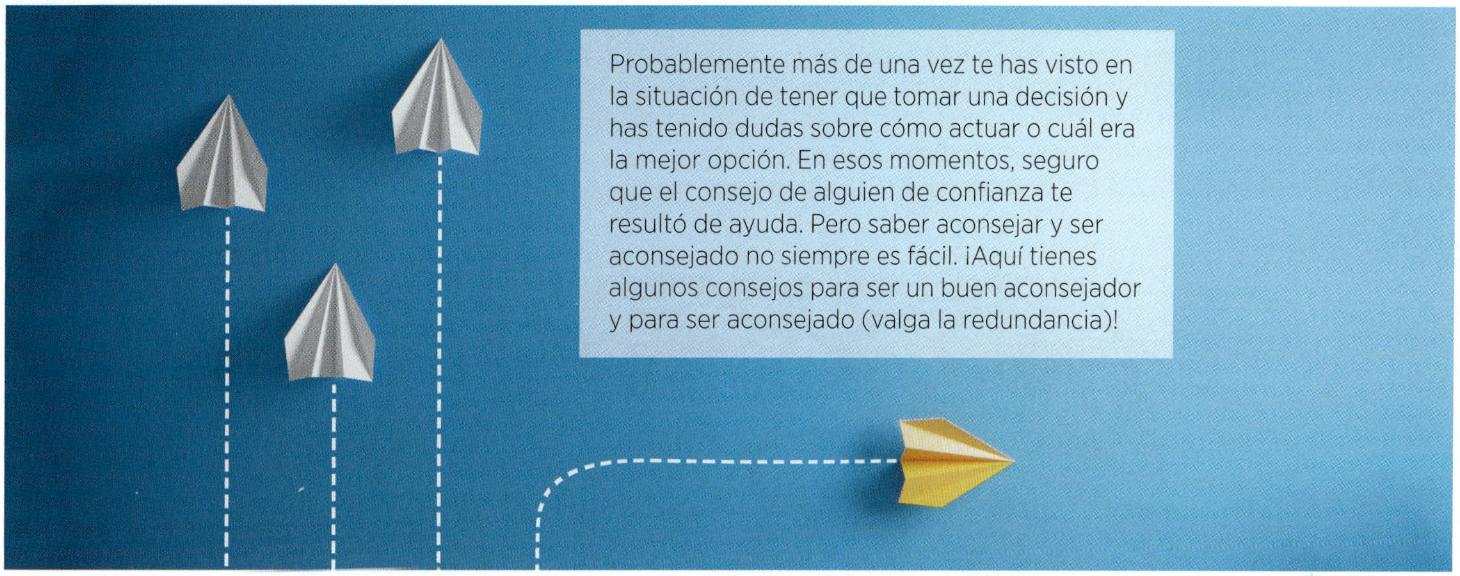

Probablemente más de una vez te has visto en la situación de tener que tomar una decisión y has tenido dudas sobre cómo actuar o cuál era la mejor opción. En esos momentos, seguro que el consejo de alguien de confianza te resultó de ayuda. Pero saber aconsejar y ser aconsejado no siempre es fácil. ¡Aquí tienes algunos consejos para ser un buen aconsejador y para ser aconsejado (valga la redundancia)!

A la hora de pedir consejos...

- Detecta el mejor momento y escoge bien a la persona de confianza a quien pedirlos.
- Recibe sin prejuicios y abiertamente la opinión de los demás.
- No esperes una respuesta determinada. No siempre nos gustará lo que nos digan los demás ni será la respuesta que esperamos.

A la hora de dar consejos...

- Escucha atentamente.
- Ofrece el consejo cuando se te pida.
- Ponte en el lugar de la persona que te pide consejo.
- Sé sincero, aunque a veces la verdad no sea del gusto de la persona a la que aconsejes.
- No juzgues a la persona que te pide consejo.
- No des consejos que no te aplicarías.
- Utiliza un lenguaje claro, sin ambigüedades, para que la otra persona interprete correctamente la idea que quieres transmitir.
- Siempre que sea posible, ejemplifica tus consejos mediante alguna situación parecida que ayude a que se entienda mejor lo que quieres transmitir.

• 1 **¿Crees que eres un buen aconsejador? ¿Cómo interpretas los consejos cuando los pides? ¿Eres de los que solo escuchan lo que les interesa o sueles reflexionar y aplicar los consejos que te han dado?**

•• 2 **¿Sobre qué pediríais consejo a un amigo? Poned a prueba vuestras dotes aconsejadoras: escenificad distintas situaciones e intercambiad los papeles cada vez.**

• 3 **El arte de dar consejos también ha llegado a la tradición popular en forma de refranes. ¿Con qué consejos de los anteriores relacionarías los siguientes refranes?**

Consejos vendo pero para mí no tengo.

Consejo no pedido, consejo mal recibido.

Consejo que no sería bueno para ti, no me lo des a mí.

¿Qué me aconsejas?

Un consejo ejemplificado siempre será mejor aceptado. De este dicho dan buena cuenta las conversaciones que mantienen los dos famosos personajes de la literatura medieval del libro de don Juan Manuel *El conde Lucanor*. En estas conversaciones, Patronio, criado del conde, cuenta una historia a su amo cada vez que este le pide un consejo. Veamos si Patronio es buen consejero y aplica este dicho.

Lo que le pasó a un zorro con un cuervo que tenía un pedazo de queso en el pico

Otra vez hablaba el conde Lucanor con Patronio, su consejero, y le decía así:

—Patronio, un hombre que aparentemente es mi amigo empezó a alabarme mucho, diciéndome que tenía mucha honra, mucho poder y muchas cualidades. Y después que me halagó cuanto pudo, me propuso un negocio que, por lo que yo puedo entender, parece que me beneficia.

Y le contó el conde a Patronio cuál era el negocio; pero, aunque parecía beneficioso, el consejero vio la trampa que estaba escondida bajo las hermosas palabras y le dijo al conde:

—Señor conde Lucanor, sabed que este hombre os quiere engañar haciéndoos creer que vuestro poder y vuestro estado es superior al que es de verdad. Y para que os podáis guardar de la trampa que os tiende, me gustaría que supierais lo que le pasó a un cuervo con un zorro.

El conde le preguntó qué le sucedió.

—Señor conde Lucanor —respondió Patronio—, el cuervo encontró una vez un gran trozo de queso y se subió a un árbol para comérselo más a gusto y sin peligro alguno. Y mientras estaba allí, pasó un zorro por debajo del árbol y vio el queso que tenía el cuervo. Empezó entonces a tramar cómo quitárselo y le habló así:

—Don Cuervo, hace mucho tiempo que oí hablar de vos, de vuestra nobleza y de vuestra apostura, Y aunque os busqué, no quiso Dios, ni mi suerte, que os pudiera encontrar hasta ahora; y me doy cuenta en este momento de que hay muchas más virtudes en vos de las que me decían. Y para que veáis que no es una lisonja, os voy a decir todo lo bueno que me han dicho de vos, pero también os diré lo malo.

»Todo el mundo dice que el color de vuestras plumas, de los ojos, del pico, de las patas y las uñas, es negro; y como las cosas negras no son tan bellas como las de otro color, y vos sois negro del todo, cree la gente que no sois hermoso y no se dan cuenta de cómo se equivocan. Porque, aunque vuestras plumas sean negras, el negro es tan intenso y tan brillante que se vuelve de color añil, azul oscuro, como las plumas del pavo real, que es la más hermosa ave del mundo. Y aunque vuestros ojos sean negros, son mucho más hermosos que otros ojos, porque la función del ojo es ver, y como toda cosa oscura refuerza la vista, los mejores ojos son los negros; de ahí que los ojos más alabados sean los de la gacela, que son los más negros de todos los animales.

»También vuestro pico y patas y uñas son más fuertes que las de ninguna otra ave que tenga vuestro tamaño. Y voláis con tanta ligereza que no os impide el viento, por más fuerte que sea, ir contra él, cosa que ninguna otra ave puede hacer. Y como sé que Dios hace todas las cosas con sentido, no consentiría, pues sois tan perfecto en todo, que tuvierais el defecto de no cantar mejor que cualquier otra ave. Y como el Señor me ha hecho tan gran merced de que os haya visto, y me doy cuenta de que en vos hay muchas más perfecciones de las que me dijeron, si yo pudiera oíros cantar, me tendría por afortunado para siempre.

Señor conde, daos cuenta de que, aunque la intención del zorro era engañar al cuervo, todo lo que le dijo era verdad. Y estad seguro de que los engaños más peligrosos son aquellos que están basados en la verdad.

Cuando el cuervo vio cómo le alababa el zorro y cómo le decía verdades, creyó que todo lo que le había dicho era cierto y lo tuvo por amigo y no sospechó que lo hacía para quitarle el queso que tenía en el pico. Y por las muy buenas razones que le había oído y por los halagos y los ruegos que le había dicho para que cantase, abrió el pico para hacerlo, y cayó el queso al suelo; y el zorro lo cogió y huyó con él. [...]

Vos, señor conde Lucanor, aunque Dios os ha hecho muchas mercedes, pues veis que aquel hombre os quiere hacer creer que tenéis más poder y más honra y más virtudes de lo que vos sabéis que es verdad, daos cuenta de que lo hace para engañaros. Tened cuidado, no le hagáis caso y actuaréis como persona sensata.

Al conde le gustó mucho lo que Patronio le dijo y lo hizo así. Y gracias a su consejo se salvó de caer en un error.

Y porque a don Juan le pareció este ejemplo muy bueno, lo hizo escribir en este libro e hizo estos versos, en donde está abreviada la intención de todo el ejemplo:

«Qui te alaba con lo que non es en ti,
sabe que quiere levar lo que has de ti.»

(Ten en cuenta que quien te alaba diciéndote cualidades que no tienes quiere llevarse lo tuyo.)

Don Juan Manuel, *El conde Lucanor*. edebé.

4 **Un buen consejero debe tener estas tres cualidades: la primera es autoridad; la segunda es prudencia; y la tercera, que le pidan consejo. ¿Tiene Patronio estas tres cualidades? ¿Cómo lo justificarías?**

5 **¿Cómo es la estructura de este relato? ¿De cuántas partes estaría formado?**

- ¿Y los personajes? ¿Quiénes son y cómo los describirías?
- Y si hay más de un relato, ¿cuántos narradores dirías que hay?
- Cada personaje tiene una actitud en la historia; por ello, el autor pone en boca de cada uno de ellos el tipo de oración que corresponde a esa actitud. Localiza ejemplos en el texto y justifica su presencia en relación con el contenido y la intención del autor.
- ¿Podrías encontrar una situación actual en la que sería aplicable esta enseñanza?

6 **Aunque el relato pretenda enseñar, cada uno puede tener su propia opinión sobre estas enseñanzas. ¿Defenderíais esta afirmación de Patronio? ¿Cómo lo haríais? Compartid de forma oral vuestras opiniones.**

Seguro que alguna vez has visto *matrioskas*, esas muñecas rusas que se meten unas dentro de otras. En literatura existe una técnica similar que consiste en introducir un relato dentro de la narración principal; esta técnica se conoce como relato marco.

Aunque la intención del zorro era engañar al cuervo, todo lo que le dijo era verdad. Y estad seguro de que los engaños más peligrosos son aquellos que están basados en la verdad.

La prosa didáctica. Ficha 38
Clasificación de las oraciones. Ficha 75

Consejo de sabios

Ya lo dice el refranero: «Letras y canas, a cuál más sabias». Así que, cuando necesites un consejo sabio, ya sabes a quién y a qué debes recurrir.

7 **¿Qué o quién representaría la sabiduría en *El conde Lucanor*?**

— El recurso de utilizar un personaje que encarna la vejez como representante de la sabiduría se ha utilizado en libros y películas. Buscad ejemplos y compartidlos de forma oral con el resto de la clase.

8 **¿Crees que el cuento que explica Patronio en «Lo que le pasó a un zorro con un cuervo que tenía un pedazo de queso en el pico» se lo inventó don Juan Manuel o ya existía? ¿En qué fuentes se inspiró?**

Pista

Busca en Internet «El zorro y el cuervo» y lo descubrirás.

9 **Continuad siguiendo el rastro de las fuentes de las que bebió don Juan Manuel para exponer los consejos de Patronio y buscad el ejemplo VII de *El conde Lucanor,* titulado «Lo que le pasó a una mujer que se llamaba doña Truhana». Leedlo con atención porque seguro que os resulta familiar. ¿A qué historia os recuerda?**

— Buscad distintas versiones de ese relato, ya sea en el cine, en la música, en la tradición oral...

— Proponed un refrán que se corresponda con la enseñanza final.

10 **Y de la forma de enseñar y de aprender deja constancia don Juan Manuel en el prólogo de su libro:**

Bien podéis comprender que, aunque todos los hombres sean hombres, y por ello tienen inclinaciones y voluntad, se parezcan tan poco en la cara como se parecen en su intención y voluntad. Sin embargo, se parecen en que a todos les gusta aprender aquellas cosas que les resultan más agradables. Como cada persona aprende mejor lo que más le gusta, si alguien quiere enseñar a otro debe hacerlo poniendo los medios más agradables para enseñarle; por eso es fácil comprobar que a muchos hombres les resulta difícil comprender las ideas más profundas, pues no las entienden ni sienten placer con la lectura de los libros que las exponen, ni tampoco pueden penetrar su sentido.

Por eso, yo, don Juan, hijo del infante don Manuel, adelantado mayor del Reino de Murcia, escribí este libro con las más bellas palabras que encontré, entre las cuales puse algunos cuentecillos con que enseñar a quienes los oyeren. [...] Haré este libro, que resultará útil para quienes lo lean, si por su voluntad encuentran agradables las enseñanzas que en él se contienen; pero incluso los que no lo entiendan bien no podrán evitar que sus historias y su agradable estilo los lleven a leer las enseñanzas que tiene entremezcladas, por lo que, aunque no lo deseen, sacarán provecho de ellas.

Don Juan Manuel, *El conde Lucanor*. edebé.

— ¿Estás de acuerdo con la idea de que aprendemos mejor lo que más nos gusta? Escribe tu opinión de forma argumentada y compártela con tus compañeros.

Protege tus creaciones

Ya has visto que don Juan Manuel ideó una nueva forma de transmitir enseñanzas y de dar consejos. Y, consciente de que la idea era suya y original, quiso reivindicar su individualidad firmando su obra. Fue uno los precursores en crear conciencia de autor, ya que antes muchos escritores no firmaban sus obras, con el riesgo que eso conlleva. Hoy en día, no solo se firman, sino que los autores tienen derechos. Aun así, mira lo que le ha pasado a Carmen...

11 **¿Qué le responderías al chico si fueras Carmen?**

— ¿Te ha pasado alguna vez lo mismo que a ella?

— ¿Publicas en Internet lo que te gusta sin citar la fuente o la autoría?

12 **¿Qué debería haber hecho la persona que ha utilizado la publicación de Carmen para no infringir las normas de propiedad intelectual? Consulta este enlace y lo descubrirás:**

https://links.edebe.com/DkA

13 **¿Qué os parecería que alguien se aprovechara de vuestro trabajo para ganar dinero? Pues esto les ha pasado a varias personas. Escuchad con atención y reflexionad.**

— ¿Cómo reaccionaríais si fueseis una de estas ilustradoras?

— ¿Qué pensáis que debería haber hecho la marca de ropa?

— Si crearais una obra literaria, musical o artística, ¿cómo podríais proteger vuestros derechos? ¿Qué posibles medidas propondríais?

¿Sabes que existen bancos de imágenes, audios y vídeos libres a los que puedes acudir para obtener material de forma muy económica e incluso gratuita sin infringir la propiedad intelectual?

Cita bibliográfica y webgrafía

Tips para mejorar el mundo

> Si don Juan Manuel hubiera formulado sus consejos en el siglo XXI, quizá el conde Lucanor habría planteado otros temas que preocuparan más a la sociedad actual para que sirvieran de enseñanza a todo el mundo. Así, hoy se hablaría de los *tips* virales de Patronio.

14 **¿Crees que la palabra *tip* tiene el mismo significado que la palabra *consejo*? ¿Las utilizarías como palabras sinónimas? Una vez tengas una respuesta, comprueba lo que dice la Fundéu sobre el uso de esa palabra y si coincide con tu parecer.**

15 **¿Acerca de qué cuestiones de interés actuales podría pedir consejo el conde a Patronio? Leed estos cuatro problemas que afectan a nuestra sociedad y pensad algunos consejos que ayudarían a paliarlos.**

Agotamiento de los recursos naturales

Hambre en el mundo

Trabajo decente e igualdad

Escasez de agua limpia y saneamiento

— Para dar estos consejos, seguid estos pasos:.

1. Buscad datos fiables sobre cada uno de estos temas.
2. Recoged en un documento las principales causas desencadenantes de esas situaciones.
3. Analizad los datos y los problemas causantes y elaborad una lista con consejos para mejorar cada una de esas situaciones.
4. Diseñad un catálogo con esos consejos imprescindibles.

Aquí os dejamos tres consejos para que vuestro mensaje consiga el objetivo que perseguís:

- Decidid cuál va a ser el tono de vuestros consejos.
- Escoged la modalidad oracional más adecuada.
- Elegid las palabras más precisas.

Patronios y condes del siglo XXI

16 **A partir del modelo de *El conde Lucanor,* vais a escribir un relato marco para aconsejar acerca de uno de los problemas que habéis analizado en la actividad anterior.**

Antes de redactar

- Analizad los consejos que habéis formulado para el problema elegido de la actividad anterior.

Mientras redactáis

- Imitad la estructura de los cuentos de don Juan Manuel e incluid una enseñanza. Una buena forma de empezar a redactar es a partir de la enseñanza que queréis transmitir y pensar qué ejemplo vais a utilizar: si será de creación propia o perteneciente a la tradición popular.
- Terminad vuestro relato con una moraleja o refrán final.
- Incluid imágenes libres de derechos.
- Decidid si presentaréis el relato marco en formato papel o virtual.

Después de redactar

- Citad las fuentes que habéis consultado.
- Firmad vuestro relato.

En la obra *El conde Lucanor,* el autor muestra una serie de ejemplos que terminan con una enseñanza. Muchos de los problemas que plantea tienen carácter universal y todavía pueden resultarnos útiles hoy en día.

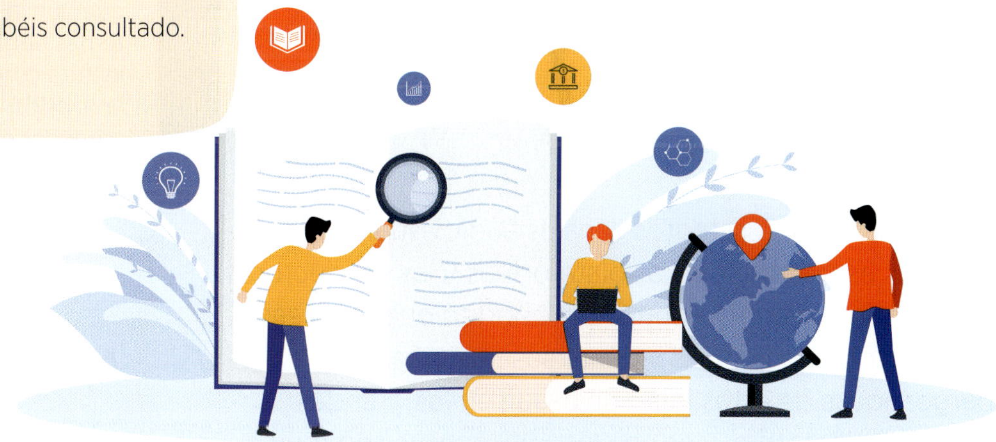

REVISA-T

1. ¿Crees que las historias literarias sirven para ayudar a la gente a afrontar situaciones adversas?
2. ¿Piensas que la literatura puede cumplir con el doble cometido de enseñar y deleitar?
3. ¿Qué sabías sobre el conde Lucanor y Patronio, qué sabes ahora y qué más te gustaría aprender?

9

Prime time

Hoy en día, existen casi tantos canales audiovisuales como potenciales espectadores. Las plataformas y las productoras buscan continuamente talentos que aporten buenas ideas para mejorar las audiencias y ganar suscriptores. Sin embargo, pocas de estas ideas se basan en los grandes clásicos de la literatura, y es una lástima, porque son muy actuales y podrían convertirse en líderes del *prime time*.

- **¿Recuerdas el nombre de algún autor de textos clásicos? ¿Y alguna obra?**
- **¿Conoces la adaptación cinematográfica o televisiva de algún clásico literario?**
- **¿Puedes mencionar algunos de los temas que nunca pasan de moda?**

Historias imprescindibles para comprender el mundo

Los clásicos literarios son aquellas obras que nunca pasan de moda, puesto que sus temas tienen un carácter universal. Su lectura contribuye a forjar ciudadanos con una visión del mundo más amplia y a agrandar su nivel cultural. Por eso, el acceso a su lectura debería ser un derecho de todas las personas.

Aprenderás a...

- Poner en valor los clásicos de la literatura y contextualizarlos en la época en la que fueron creados.
- Reflexionar sobre los grandes temas de la literatura universal y su modernidad.
- Investigar sobre el contexto histórico de *La Celestina*, así como sobre su autor y su argumento, y extraer las ideas más importantes.
- Adaptar, de forma coherente y adecuada, *La Celestina* a un formato televisivo actual.

El ingenio, el secreto del éxito

El talento y el ingenio son claves para que nuestras ideas resulten exitosas. Y el autor de *La Celestina*, el clásico literario que vamos a convertir en líder del *prime time*, ya demostró ser ingenioso al intentar ocultar su nombre. Sin embargo, dejó una pista a los lectores más avispados... ¡A ver si eres uno de ellos!

Octavas acrósticas

El silencio escuda y suele encubrir
La falta de ingenio y torpeza de lenguas;
Blasón, que es contrario, publica sus menguas
A quien mucho habla sin mucho sentir.
Como hormiga que deja de ir,
Holgando por tierra con la provisión:
Jactose con alas de su perdición:
Lleváronla en alto, no sabe adónde ir;

El aire gozando ajeno y extraño,
Rapiña es ya hecha de aves que vuelan,
Fuertes más que ella, por cebo la llevan:
En las nuevas alas estaba su daño.
Razón es que aplique a mi pluma este engaño,
No despreciando a los que me arguyen:
Así que a mí mismo mis alas destruyen,
Nublosas y flacas, nacidas de hogaño.

Donde esta gozar pensaba volando,
O yo de escribir cobrar más honor,
Del uno y del otro nació disfavor:
Ella es comida, y a mí están cortando;
Reproches, revistas y tachas callando
Obstara, y los daños de envidia y murmuros;
Insisto remando, y los puertos seguros.
Atrás quedan todos ya cuanto más ando.

Si bien queréis ver mi limpio motivo

1 ¿Sabes qué es un acróstico? Si lo averiguas, también descubrirás el nombre del autor de las «Octavas acrósticas».

2 ¿Puedes diferenciar las estrofas a las que hace referencia el título de la composición? ¿Qué rima tienen?

Signos de puntuación (I). Ficha 85

3 Parece que al último verso le falta algo... o quizá no. Si buscas estos versos en Internet, podrás salir de dudas y descubrirás más pistas sobre el mensaje oculto que dejó el autor.

4 ¿Por qué crees que el autor de esta obra quería ocultar su identidad? ¿En qué circunstancia actual crees que es necesario ocultar la identidad?

— En el mundo de las artes se ha recurrido, desde hace siglos, al anonimato. ¿Conoces casos de artistas de diferentes disciplinas que oculten su identidad bajo un pseudónimo? ¿Por qué crees que ocultan su identidad verdadera? Busca ejemplos y exponlos al resto de compañeros de clase.

5 Iníciate en el mundo del anonimato y escribe unos versos acrósticos en el que ocultes un mensaje especial.

¡Hora de documentarse!

Para entender el mensaje y la historia de cualquier obra artística, debemos saber qué pasaba en el momento en el que se gestó, cómo vivía la gente, qué valores imperaban... Y para ello es necesario investigar, con el objetivo de no caer en errores que pongan en evidencia nuestro trabajo.

Fuentes de información fiables. Ficha 29

La Edad Media. Ficha 32

El teatro en la Edad Media. Ficha 39

6 **Una forma de ordenar las ideas que se extraen de una tarea de investigación es hacerlo en forma de pensamiento visual o *visual thinking*. ¿Cómo representaríais vuestra tarea de investigación sobre *La Celestina* aplicando esta técnica para los siguientes aspectos?**

¿Cuándo se escribió *La Celestina*?

¿Quién gobernaba?

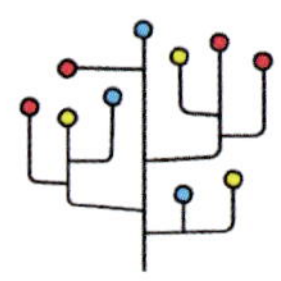

¿Cómo era la sociedad? ¿Se dividía en clases sociales?

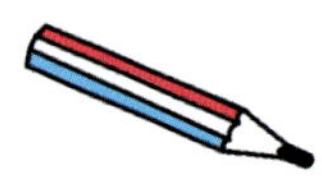

Y en el aspecto cultural, ¿qué corriente artística predominaba?

7 **Ahora que habéis ordenado las ideas en torno a la época en que se escribió *La Celestina*, toca hacer lo propio en relación con la historia que cuenta.**

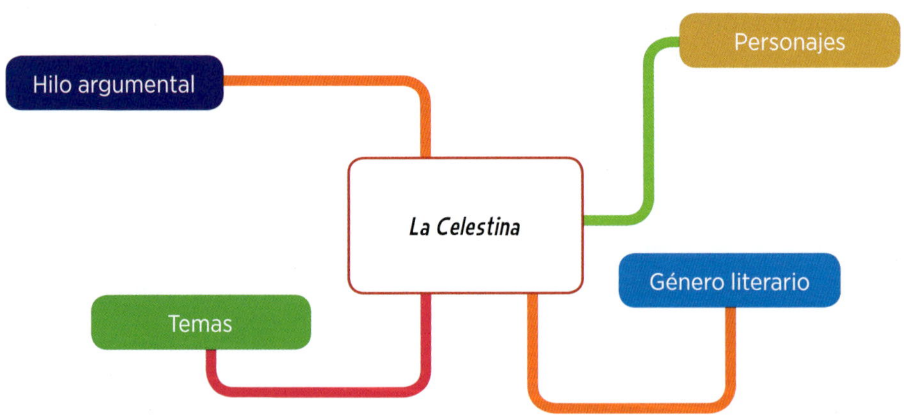

El pensamiento visual es una herramienta que permite ordenar y organizar ideas o contenidos que son representados por medio de dibujos simples y textos cortos. Es decir, se trata de un instrumento que se sirve de recursos visuales para acceder al conocimiento.

8 **Con la información que habéis recopilado, ¿qué similitudes encontráis entre el mundo de *La Celestina* y la época actual que podáis utilizar como «gancho» para atraer a la audiencia de vuestro futuro programa sobre esta obra clásica?**

Sin  no hay historia

El amor mueve el mundo. Así que para conseguir una buena cuota de pantalla, hay que saber darle «salseo» a las historias de amor... Y la de Calisto y Melibea seguro que da mucho juego.

PRIMER ACTO

(En el jardín de Melibea.)

Calisto. En esto veo, Melibea, la grandeza de Dios.

Melibea. ¿En qué, Calisto?

Calisto. En que dio poder a la naturaleza para que te hiciera a ti tan hermosa y a mí, que no lo merezco, me dio tal gracia que pudiera verte y en lugar tan adecuado para que pudiera confesarte mi dolor secreto. Es mucho más el premio que me ha dado que el servicio, la devoción y las obras piadosas que le he ofrecido. ¿Quién ha visto a hombre más feliz que yo? ¡Ni los gloriosos santos que gozan de la visión de Dios tienen más placer que yo ahora! Pero, ¡ay, triste de mí!, que en algo somos distintos: que ellos gozan de la gloria sin temor de verse privados de ella, y yo gozo con el miedo del tormento que tu ausencia me va a causar.

Melibea. ¿Tienes esto por gran premio, Calisto?

Calisto. Lo tengo por tanto que, si Dios me diera en el cielo el mejor lugar entre sus santos, no sería tan feliz.

Melibea. Pues, si insistes, yo te daré aún un premio más justo.

Calisto. ¡Oh, bienaventuradas e indignas orejas mías que habéis oído tan gran palabra!

Melibea. Serán desventuradas cuando acabes de oírme porque la paga será tan fiera como lo merece tu loco atrevimiento y lo que tus palabras intentan. ¡Cómo un hombre como tú pretende que se pierda la virtud de una mujer como yo! ¡Vete, vete de ahí, infame! No tengo paciencia para tolerar que alguien me hable de gozar en un amor ilícito.

Calisto. Me iré como aquel contra quien la adversa fortuna se empecina con odio cruel.

Fernando de Rojas. *La Celestina*.
edebé

9 Cuando queremos expresar nuestros sentimientos, a veces nos cuesta encontrar las palabras y exageramos las emociones. ¿Puedes poner un ejemplo del texto anterior en el que creas que Calisto exagera sus sentimientos? ¿Qué puede pretender con ello?

— Y Melibea, ¿cómo reacciona? ¿Por qué crees que actúa así?

— ¿Con qué justifica Calisto las calabazas que le da Melibea? ¿Crees que este factor puede condicionar nuestra forma de vivir?

— ¿Crees que el registro que utilizan los personajes es el adecuado?

10 ¿Cómo sería el encuentro entre Calisto y Melibea en el siglo XXI? ¿Dónde se encontrarían? ¿Cómo crees que transcurriría el diálogo entre ambos? Ten en cuenta que las nuevas formas de comunicación han cambiado la forma de expresar el amor por otra persona.

11 Imaginad que tenéis que llevar a escena este encuentro: ¿cómo lo representaríais? Dejad volar vuestra imaginación y representad en un *storyboard* el encuentro de estos personajes.

El *storyboard* es el conjunto de ilustraciones ordenadas de forma secuencial que permiten entender mejor una historia, previsualizar una animación o planificar la estructura de una película.

Se puede crear a mano, demostrando así tus dotes artísticas, o en formato digital, usando uno de los programas que hay para estas creaciones.

Las apariencias engañan

¡Llegó la hora del *casting*! La audiencia es cada vez más exigente y, para conseguir su fidelidad, hay que ofrecerles historias que enganchen. Y a menudo la clave para conseguir ese enganche reside en la figura del personaje principal. Es el caso de Celestina, un personaje poliédrico que hay que saber interpretar.

A

Sempronio. Madre mía, estate atenta y escucha bien lo que voy a decirte; no pienses en nada más porque quien piensa en muchas cosas no piensa en nada. Quiero que oigas de mí lo que no te imaginas, y es que, después que puse en ti mi esperanza, no deseo bien en el que tú no vayas a tener parte.

Celestina. Que Dios comparta contigo de lo suyo. Que lo mereces al menos porque tienes piedad de esta vieja pecadora. Pero dime, no te detengas; que nuestra amistad no necesita muchos preámbulos para ganarme la voluntad. Abrevia y dime lo que quieres, que inútilmente se dice con muchas palabras lo que con pocas se puede entender.

Sempronio. Así es. Calisto está enamorado de Melibea. Necesita de ti y de mí. Pues juntos nos necesita, juntos nos podemos aprovechar; que aprovecharse de la ocasión hace ricos a los hombres.

Celestina. ¡Bien has dicho! Me doy cuenta de todo. Me alegro de esta noticia, como los médicos se alegran al ver heridos. Y como ellos alargan la cura y se dan importancia por lograrla, lo mismo haré yo con Calisto. Le daré largas a su remedio porque la esperanza incierta aflige el corazón, y tanto como él la pierda, yo se la prometeré. Bien me entiendes.

B

Melibea. Dime, madre, todas tus necesidades; que si yo puedo remediarlas, lo haré con mucho gusto por el tiempo que fuimos vecinas.

Celestina. ¿Necesidades mías, señora? Más bien de otros, como te he dicho; que las mías las paso de mi puerta adentro, sin que las oiga la tierra, comiendo cuando puedo, bebiendo cuando tengo que beber. Que en mi pobreza nunca me ha faltado una moneda para pan y otra para vino desde que me quedé viuda. [...] Todo esto ha venido a cuento por lo que decía de las necesidades de los demás y no mías.

Melibea. Pide lo que quieras sea para quien sea.

Celestina. ¡Doncella bella y de alta cuna! Tu habla suave y tu alegre cara, junto con la generosidad que tienes con esta vieja, me dan ánimos para decírtelo. Yo dejo un enfermo a las puertas de la muerte, y con una sola palabra que salga de tu boca, que le lleve metida en mi pecho, se pondrá bueno, según la mucha devoción que te tiene.

Fernando de Rojas, *La Celestina*.
edebé.

• **12** **Si tuvieras que escenificar el papel de Celestina, ¿cómo reproducirías el tono que emplea con Sempronio? ¿Dirías que su relación es cercana? ¿Puedes aportar algún ejemplo del texto que justifique tu respuesta?**

— ¿Cómo muestra Celestina su impaciencia ante lo que tiene que contarle Sempronio?

• **13** **Ahora toca ensayar el diálogo entre Celestina y Melibea; ¿emplearías el mismo tono que has utilizado para escenificar el diálogo con Sempronio?**

• **14** **Celestina sabe muy bien qué postura debe adoptar en cada caso para conseguir sus objetivos. ¿Qué quiere de Melibea? ¿Qué estrategia sigue para convencerla? ¿Crees que lo conseguirá?**

¿Quieres ser atrecista?

Los objetos que aparecen en el teatro, la televisión y el cine son indispensables para entender la historia que se representa. Estos elementos forman el *atrezzo,* un aspecto que no hay que subestimar en una puesta en escena, ya que un error del atrecista o utilero puede echar por tierra el trabajo de muchos meses.

Calisto. ¿Cómo la servías?

Pármeno. Señor, iba al mercado y le traía la comida y la acompañaba; hacía lo que mis pocos años podían; pero en el poco tiempo que la serví, se me quedó grabado lo que luego no he olvidado con los años. Esta buena vieja tiene en las afueras de la ciudad, allá cerca de las tenerías —donde se curten las pieles—, en la cuesta del río, una casa apartada, medio caída, poco arreglada y sin gran cosa. [...]

En su casa hacía perfumes. Tenía una habitación pequeña llena de frascos, de potes de barro, de vidrio, de estaño. Hacía solimán, unturas, cremas, pomadas, aguas para la cara. Hacía colonias con rosas, azahar, jazmín, trébol, madreselva... Hacía lejías para aclarar los cabellos. Los sebos y grasas que tenía eran de todo tipo: de vaca, de oso, de caballos y de camellos, de culebra y de conejo, de ballena, de gato montés, de erizo, de nutria... Tenía un sinfín de hierbas y raíces colgadas en el techo de su casa: manzanilla y romero, flor de saúco y de mostaza, espliego y laurel blanco... Hacía mil aceites para la cara: de jazmín, de limón, de pepitas, de violetas, de piñones, de altramuces... Y tenía un poquillo de bálsamo en un frasquito que guardaba para un rasguño que tiene por las narices. En otro lugar tenía remedios para el amor y para provocarlo; tenía huesos de corazón de ciervo, lengua de víbora, cabezas de codornices, sesos de asno, soga de ahorcado, flor de hiedra, espina de erizo, granos de helecho, la piedra del nido del águila y otras mil cosas. Iban a su casa muchos hombres y mujeres; a unos les pedía un trozo de pan donde hubieran mordido, a otros, su ropa, a otros, cabellos suyos; a otros pintaba en la palma de la mano letras con azafrán, a otros, con bermellón. A otros les daba unos corazones de cera llenos de agujas rotas, y otras cosas hechas con barro y con plomo, que daba miedo verlas. Pintaba figuras, decía palabras a la tierra. ¿Quién podrá contarte lo que hacía esta vieja? Todo era engaño y mentira.

Fernando de Rojas,
La Celestina. edebé.

15 **Según lo que describe Pármeno, ¿a qué crees que se dedica Celestina? ¿Son lícitos sus métodos?**

— ¿Qué elementos relacionados con la magia identificas en la intervención de Pármeno?

16 **En este fragmento, Pármeno da pistas sobre cómo es la casa de Celestina. Según lo que interpretéis, cread bodegones con estos elementos, fotografiadlos y componed un mural con algún programa digital.**

17 **Si Celestina hubiera vivido en nuestra época, seguro que habría aprovechado el potencial que ofrecen las redes sociales para publicitar sus dotes. ¿Cómo imagináis que sería la bío de Celestina en una red social?**

18 **¿Sabías que el diccionario recoge la palabra *celestina*?**

— Búscala y descubrirás su significado. ¿Qué crees que ha ocurrido para que haya llegado a la actualidad con este significado?

lacelestina Remedios del siglo XV para los males del siglo XXI

Los cambios semánticos. Ficha 95

¡Alerta: *spoiler*!

¿Cómo será el final de nuestra historia? Piénsalo antes de continuar leyendo, porque el autor hace *spoiler* en las siguientes líneas...

Aquel gran sabio Heráclito dijo que todo había sido creado a manera de contienda o de batalla. Y también lo repitió el gran poeta Francisco Petrarca: «La naturaleza, madre de todo, no creó nada sin lucha ni daño». Ningún género de animales carece de guerra: peces, fieras, aves, serpientes; toda especie persigue a otra: el león, al lobo; el lobo, al perro; el perro, a la liebre... ¡Y qué diremos de los hombres! ¿Quién contará sus guerras, sus enemistades, sus envidias? Así no me asombro de que cada uno de los lectores de esta obra opine de forma distinta sobre ella. Unos han dicho que era larga, y otros, que breve; unos, que les parecía agradable, y otros, que oscura; de forma que cortarla a gusto de todos es cosa que solo Dios puede hacer. Otros han discutido sobre el nombre diciendo que no debía llamarse comedia, porque acababa mal, sino tragedia. El primer autor quiso darle el nombre que corresponde a su comienzo, que es gustoso, y le llamó comedia; yo, viendo estas disputas, escogí, entre los dos extremos, el medio y la llamé tragicomedia.

Fernando de Rojas,
La Celestina. edebé.

La composición. Ficha 92

• **19** El autor habla en este fragmento de la crítica que ha recibido su obra. ¿Qué se ha dicho de ella?

• **20** ¿Cómo justifica el cambio de nombre que ha escogido para sustituir el que le dio el primer autor? ¿Qué tipo de palabra es el nombre que propone Fernando de Rojas?

• **21** Escucha esta locución de la parte final de *La Celestina*. ¿Qué ocurre con el personaje de la alcahueta? ¿Qué le recrimina el criado?

•• **22** Es la hora de promocionar la obra. Sin publicidad, no hay repercusión mediática, así que, con todo lo que habéis investigado sobre esta obra, pensad qué destacaríais de vuestra propuesta televisiva si tuvierais que hacer un anuncio publicitario.

¡La revolución de la pequeña pantalla está a punto de llegar a los hogares! La nueva forma de ver los clásicos no te va a dejar indiferente.

• **23** Si han pasado tantos años y seguimos hablando de la Celestina es por la huella que ha dejado. Incluso ha sido retratada por ilustres artistas. Investigad qué pintores han representado este personaje y cómo la han hecho.

¡A medir audiencias!

24 **Ha llegado la hora de llevar el argumento y los temas de *La Celestina* a la pequeña pantalla. Para ello, deberéis decidir qué formato se adapta mejor a lo que queréis representar. Aquí tenéis algunas ideas:**

¿Optáis por una serie de varios capítulos?

¿O quizá por un *reality show* y un posterior debate con sus protagonistas como invitados?

¿Y una película adaptada a la pequeña pantalla? ¿O una *sitcom*?

¿Quizá mejor un programa de entrevistas en el que cada personaje exponga sus objetivos en la trama?

¿O un programa de investigación sobre las artimañas y engaños de la alcahueta?

— Cuando tengáis decidido el formato, completad una escaleta con la información del programa.

Tipo (plató o exterior)	Duración	Bloque (presentación, sección, reportaje...)	Descripción	Notas

— Presentad vuestra propuesta a los compañeros y votad la idea más original.

— La propuesta más votada será la que se lleve la mejor cuota de pantalla de la clase.

La literatura nos acerca a temas universales que trascienden la época y el espacio. Esto nos permite tomar conciencia de nuestra cultura y ampliar nuestra visión del mundo, a la vez que nos forja como personas críticas con nuestro entorno.

REVISA-T

1. ¿Qué sabías antes sobre *La Celestina* y qué sabes ahora?

2. ¿Crees que, a partir de ahora, aplicarás en otros contextos la técnica del aprendizaje visual?

3. ¿Cómo valoras el hecho de que una obra literaria del siglo XV pueda adaptarse a un formato televisivo actual?

4. ¿Te animarías ahora a descubrir otros clásicos literarios y valorar la vigencia de sus temas?

10

Imperfectos, pero reales

Caballeros invencibles y valientes; damas perfectas e idealizadas; paisajes bucólicos y naturaleza en armonía. La historia de la literatura ha llenado páginas con estos tópicos, pero la realidad ofrece testimonios alejados de esta idealización. Y que la literatura sea un espejo de la realidad a veces nos viene bien para mantener los pies en el suelo y no perdernos buscando un ideal difícil de alcanzar.

- **¿Conoces alguna obra literaria inspirada en personas normales y corrientes?**
- **¿Te has identificado con las vivencias de algún personaje?**
- **¿Sabes qué es un pícaro o un soñador?**

Aprenderás a...

- Conocer las características de la novela picaresca.
- Valorar la utilización de un personaje femenino en la tradición picaresca.
- Identificar los rasgos de la parodia en el personaje del Quijote.
- Reflexionar sobre el valor de la literatura realista como un reflejo de la sociedad.

Erradicar las desigualdades desde la educación

La pobreza y las desigualdades son dos males que azotan a la humanidad desde tiempos inmemoriales. La educación debe ser la principal herramienta para fomentar la solidaridad y buscar soluciones que ayuden a erradicar las desigualdades.

¿El pícaro nace o se hace?

¿En ocasiones sientes que tu vida carece de interés? ¿Que los días grises se te hacen bola? Pues piensa que esta historia de Lázaro de Tormes, llena de sombras y desdichas, creó tendencia e influyó en la forma de hacer literatura en los años posteriores. ¿Podría ser su autor el primer *influencer* de la historia?

Pues sepa vuestra merced, antes de nada, que a mí me llaman Lázaro de Tormes, y soy hijo de Tomé González y de Antonia Pérez, naturales de Tejares, aldea de Salamanca. Mi nacimiento fue dentro del río Tormes, y por eso llevo ese apellido. Fue así: mi padre, al que Dios perdone, era desde hacía más de quince años el encargado de un molino que está en la orilla de ese río. Y una noche, a mi madre, que estaba en el molino, le llegó el parto y allí me parió. Así que en verdad puedo decir que nací en un río.

Cuando era un niño de ocho años, acusaron a mi padre de hacer ciertas sangrías en los costales que le traían a moler. Por ello fue preso, confesó y no negó su culpa. Espero que Dios lo tenga en gloria, pues el Evangelio llama bienaventurados a los que padecen persecución en la justicia. En ese tiempo se organizó una expedición naval contra moros, y allí fue mi padre, que estaba desterrado por la desgracia ya dicha. Tenía el cargo de acemilero de un caballero, y, como era un criado leal, su vida acabó al tiempo que la de su amo.

Mi madre, al verse sin marido y sin ningún amparo, decidió arrimarse a los buenos para ser uno de ellos. Se vino a vivir a la ciudad, alquiló una casita y se metió a guisar la comida para unos estudiantes, y a lavar la ropa de unos mozos que cuidaban los caballos del Comendador de la Magdalena, de modo que frecuentaba las caballerizas. [...]

Mi madre me entregó [a un ciego], rogándole que me tratase bien y que mirase por mí, puesto que era huérfano. [...] El ciego le respondió que me recibía no por mozo, sino por hijo, y que cuidaría de mí. Así fue como entré a servir a mi nuevo y viejo amo.

Anónimo, *Lazarillo de Tormes*. edebé.

1 **Lázaro se dispone a explicar la historia de su vida desde el inicio. ¿A quién se la cuenta? ¿Quién podría ser el destinatario de su relato?**

— ¿Crees que Lázaro justifica el comportamiento de su padre? ¿En qué expresiones puedes apoyar tu respuesta?

La narrativa en el Renacimiento. Ficha 44
Lazarillo de Tormes. Ficha 45

2 **La situación en la que se ve la madre de Lázaro la empuja a buscar una salida para sobrevivir. ¿Qué decisión toma?**

— En nuestro refranero, hay una expresión que resumiría la idea que guio a la madre de Lázaro en su intento de salir adelante. ¿Sabes cuál es? ¿Crees que siempre se cumple esta sentencia y es una buena solución para estos casos?

3 **Ya conoces el inicio de la historia de Lázaro. Escucha ahora la del pícaro Guzmán de Alfarache. Teniendo en cuenta ambos relatos, ¿crees que nuestros orígenes marcan nuestras vidas?**

— Lázaro y Guzmán tienen elementos en común, pero también diferencias. ¿Cuáles son?

4 **Lázaro y Guzmán relatan su historia desde que son niños. ¿Crees que sus derechos en esta etapa de su vida son respetados? Si consultas este enlace, podrás comprobarlo y argumentar tu respuesta:**

https://links.edebe.com/vjyk

La necesidad hace al maestro

La capacidad de las personas se crece ante las dificultades, y de eso da buena cuenta la historia de nuestro pícaro Lázaro de Tormes. Ahora bien, hay que tener en cuenta que a veces estas capacidades se traducen en ideas ingeniosas que nos llevan al éxito y otras, no tanto...

Estábamos en un mesón de la villa de Escalona y el ciego me dio una longaniza para que se la asase. Después de comerse una rebanada de pan untada en el pringue de la longaniza, sacó un maravedí de la bolsa y me mandó por vino a la taberna. Pero el demonio me puso la ocasión delante de los ojos, y como la ocasión hace al ladrón, según se suele decir, el caso fue que había junto al fuego un nabo pequeño, larguito y ruinoso. Debieron de tirarlo allí porque era tan malo que no servía ni para cocer en la olla. En aquel momento estábamos los dos solos. Yo tenía el apetito goloso, después de habérseme metido dentro el sabroso olor de la longaniza, de la cual solo sabía que la iba a gozar, de manera que, sin pensar en lo que podría pasarme, dejé a un lado el miedo para satisfacer mi deseo. Y así, mientras el ciego sacaba de la bolsa el dinero, yo saqué la longaniza del asador y en su lugar metí muy de prisa el nabo. Mi amo me dio el dinero para el vino, luego agarró el asador con el nabo ensartado y comenzó a darle vueltas al fuego.

Salí por el vino y, con el acompañamiento de algún trago, no tardé en despachar la longaniza. Cuando volví, hallé al pecador del ciego con el nabo apretado entre dos rebanadas de pan. Aún no se había dado cuenta del cambiazo, pues no había tocado el nabo con la mano. Se llevó las rebanadas a la boca y las mordió, creyendo también llevarse parte de la longaniza, pero se quedó frío como el frío nabo.

Anónimo, *Lazarillo de Tormes*. edebé.

5 **Cuando nos encontramos en situaciones complicadas, solemos aguzar el ingenio, y Lázaro, a lo largo de su vida, padecerá necesidades vitales que le llevarán a ingeniárselas para poder sobrevivir. ¿Qué necesidad vital necesita cubrir en este caso?**

— ¿Cómo justifica Lázaro su forma de actuar? ¿A qué dicho alude?

6 **En el mundo actual también podemos encontrar maestros por necesidad de carne y hueso, de cuyo ingenio han surgido grandes inventos. Es el caso de estas dos personas:**

Kelvin Doe **William Kamkwamba**

— ¿Conocéis otros ejemplos en los que de la necesidad hayan surgido grandes ideas?

— ¿Creéis que en su época Lázaro podría haber recurrido a métodos más honrados para poder sobrevivir?

7 **¿Sabéis qué se celebra el 17 de octubre? ¿Y lo que supone sufrir la pobreza? La consecuencia más manifiesta es el hambre, pero no la única.**

— Investigad sobre ello y realizad una exposición oral sobre cuáles son estas consecuencias y qué se puede hacer para reducir las causas de la pobreza en el mundo.

Pícara de ADN

La autoestima se cultiva aceptando lo que somos y cómo somos. Y estamos seguros de que la pícara Justina gozaba de una gran autoestima. ¿Cómo lo ves tú?

Y si alguno pensare que por el mismo caso que me hago fundadora de la picardía, se cree de mí que, así como todos los fundadores de casas grandes se preciaron de altísimos principios, así yo me he de hacer de a par de Deus, ¡no, no! No fundo yo Roma, para decir de mí (como dijeron los romanos de Rómulo, su sanguinolento fundador) que soy hija de Marte, nacida por el costado de Ilia, virgen incorrupta; [...] Que la pícara nació de las tejas abajo, como tordo. No fundo la escuela de Platón para fingir (como fingieron dél sus discípulos los platoncillos) que nací de una sombra y de la intracta virgen Perictión. [...]

Pregunto: ¿de qué les sirvió a las palomas el honrarlas los poetas con decir que son abuelas de Eneas y madres o hijas de Venus?, ¿por ventura, por eso, les tuvo más respeto el pan en que las empanan o el asador en que las asan? Pues ¿de qué le sirve a la pícara pobre hacerse marquesa del Gasto, si luego han de ver que soy marquesa de Trapisonda y de la Piojera y condesa de Gitanos?

Los ridículos fundamentos que hay para tomar los hombres los apellidos honrados. Yo confieso que este es un tiempo en que el zapatero, porque tiene calidad, se llama Zapata, [...]; el que enriqueció, Enríquez, y el que es más rico, Manrique; el ladrón a quien le lució lo que hurtó, Hurtado; el que adquirió hacienda con trampas y mentiras, Mendoza; el sastre, que a puro hurtar girones fue marqués de paño infiel, Girón; el herrador aparroquiado, Herrera; el próspero ganadero de ovejas y cabras, Cabrera; el vaquero, rico de cabezas irracionales y pobre de la racional, Cabeza de Vaca; y el caudaloso morisco, Mora; y el que acuña más moneda, Acuña; quien goza dinero, Guzmán. Todo esto, y más que yo me sé, pasa hoy día, pero norabuena pase, que esto y mucho más merece el dinero. Pero la ilustrísima picardía no va por esa derrota, porque eso es querer engualdrapar las verdades.

Ea, Justina, ya que no quieren veros nacer monda y redonda, sino que vais con raíces y todo, para que adonde quiera que os planten deis fruto, decid vuestra prosapia; vean que sois pícara de ocho costados, y no como otros.

Francisco López de Úbeda,
Libro de entretenimiento de la pícara Justina. Cátedra.

8 **Después de leer este texto, ¿qué crees que respondería la protagonista de este relato a la pregunta de si un pícaro nace o se hace? ¿En qué argumentos se basa?**

— Y sobre la honra, ¿qué opinión tiene? ¿Crees que la persigue o la detesta?

— ¿A qué eleva la protagonista la picardía? ¿Reniega de ella o se siente orgullosa?

— ¿Te sorprende que sea una mujer la protagonista de este relato? Si buscaras más ejemplos como el de la pícara Justina en la época, ¿crees que te resultaría fácil encontrarlos? Compruébalo y comenta tus resultados con tus compañeros.

La derivación. Ficha 91
La adecuación textual. Ficha 24

9 **Los apellidos forman parte de nuestra identidad; ¿qué opina la protagonista de los apellidos honrados? ¿Qué crees que opinaría su «compañero de gremio» Lázaro de Tormes?**

— Si fuera acertada la explicación de la pícara de cómo se han formado estos apellidos, ¿qué tipo de palabras serían?

¿Sabes que los romanos (cómo no) fueron los primeros en crear un sistema de identificación parecido al que usamos actualmente de nombre y dos apellidos? ¿O que hay culturas que el apellido se forma a partir de la palabra que designa el día de la semana que se ha nacido?

10 **¿Qué tipo de lenguaje usa la protagonista para exponer su relato? ¿Crees que se adecua a la situación? ¿Cómo lo justificarías?**

Esos locos errantes

Si no aceptamos la realidad e intentamos de forma obsesiva aparentar algo que no somos, corremos el riesgo de sufrir un ataque de locura, como le ocurrió a nuestro más célebre caballero andante, don Quijote, quien perdió de tal manera el juicio que creyó que había sido nombrado caballero. ¿Serías capaz de seguirle el juego?

CAPÍTULO III

Donde se cuenta la graciosa manera que tuvo don Quijote en armarse caballero

Cuando acabó de cenar, dijo el ventero que quería hablarle. Se encerró con él en la caballeriza y, poniéndose de rodillas ante él, le dijo:

—No me levantaré jamás de donde estoy, valeroso caballero, hasta que me concedáis el don que quiero pediros.

El ventero estaba confuso mirándole, sin saber qué hacer, y luego intentó en vano que se levantara; pero no lo consiguió hasta que le dijo que le daba el don que le pedía.

—No esperaba menos de vuestra generosidad —respondió don Quijote—, y así os digo que el don que os he pedido es que mañana me arméis caballero. Esta noche velaré mis armas en la capilla de vuestro castillo, y mañana se cumplirá lo que tanto deseo para poder ir por todo el mundo buscando aventuras en defensa de los necesitados.

El ventero, que era un poco burlón y se dio cuenta de que su huésped le faltaba un tanto el juicio, decidió seguirle la corriente. Le dijo que era muy acertado lo que pedía; que él en su juventud también había andado por diversas partes del mundo, buscando aventuras (le citó lugares conocidos por pícaros y maleantes), y que al final se había retirado en aquel castillo [...]. Le dijo también que en aquel su castillo no había capilla alguna para velar las armas porque la habían derribado para hacerla de nuevo; pero que él sabía que en caso de necesidad se podrían velar donde fuese, y así aquella noche las podría velar en un patio del castillo. Y que a la mañana se harían las debidas ceremonias de manera que él fuese armado caballero. [...]

Don Quijote le prometió hacer lo que le aconsejaba y decidió velar las armas en un corral grande que estaba a un lado de la venta. Puso las armas sobre una pila de agua que estaba junto a un pozo, cogió su escudo y su lanza, y comenzó a pasearse por delante de ellas. Empezaba ya a ser noche oscura, pero como había luna llena, se veía perfectamente todo lo que hacía el caballero novel.

En esto, a uno de los arrieros que estaban en la venta se le ocurrió ir a dar agua a sus mulos y tuvo que quitar las armas de don Quijote que estaban sobre la pila. El caballero, al verle llegar, le dijo con voz muy alta:

—¡Oh tú, quienquiera que seas, atrevido caballero, que estás tocando las armas del más valeroso andante que jamás se ciñó espada! [...]

Y diciendo esto, soltando el escudo, alzó la lanza con las dos manos y dio con ella tal gran golpe al arriero en la cabeza que le tiró al suelo.

Miguel de Cervantes, *Don Quijote de la Mancha*. edebé.

11 El nombramiento de un caballero en verdad seguía un protocolo estricto. Escucha cómo termina el nombramiento de don Quijote y marca en esta lista de comprobación los pasos que se cumplen en su ritual.

PROTOCOLO PARA EL NOMBRAMIENTO DE UN CABALLERO

El nombramiento de un caballero debía seguir un ritual (conocido popularmente como espaldarazo), que era dirigido por un señor feudal, un miembro de la nobleza u otro caballero. Habitualmente tenía lugar en el castillo o en palacio, y constaba de estas fases:

- ☐ **1.** Entrenamiento durante los años de juventud.
- ☐ **2.** Preparación: aseo personal (para depurar el cuerpo) y atavío con todas las piezas de la armadura.
- ☐ **3.** Velar las armas durante la víspera.
- ☐ **4.** Orar de rodillas (para depurar el alma).
- ☐ **5.** Por la mañana, oír misa.
- ☐ **6.** Ceñir la espada.
- ☐ **7.** Realizar el juramento: por su ley (la fe), su señor y su tierra.
- ☐ **8.** La pescozada (golpe para que no olvide su juramento).
- ☐ **9.** Volver a ceñir la espada. En este caso lo hará su padrino (un señor, caballero honrado, un miembro de la nobleza).

12 ¿Cuál de los personajes del capítulo anterior representaría la picardía? ¿Crees que el ventero actúa correctamente? ¿Por qué?

13 La parodia es un recurso que se basa en la imitación burlesca que caricaturiza a una persona, una obra, una situación o una temática concreta. ¿Qué elementos de la parodia identificas en este fragmento del *Quijote*?

14 La televisión, los cómics e incluso programas de radio han usado la parodia para caricaturizar a personajes reales, ideales, estereotipos, etc. Un ejemplo sería Superlópez como parodia de Superman.

— ¿Qué se persigue parodiar con este personaje de Superlópez?

— ¿Conocéis a Carpanta? Si no lo conocéis, buscad información sobre este personaje. Pensad qué tema de los que se han tratado en esta situación parodia Carpanta.

Pícaro, caballero o loco errante..., pero siempre libre

A pesar de su locura, don Quijote tenía muy claro el concepto de libertad, este bien tan preciado que, seamos como seamos y vengamos de donde vengamos, nunca debemos sacrificar por intentar conseguir algo que no nos pertenece.

CAPÍTULO LVIII: Que trata de cómo don Quijote se despidió del duque y de lo que sucedió con la discreta y desenvuelta Altisidora

Cuando don Quijote se vio en el campo raso, libre de las palabras amorosas de Altisidora, le pareció que estaba en su centro y que le volvían las fuerzas y los ánimos para seguir con el asunto de sus caballerizas y le dijo a Sancho:

—La libertad, Sancho, es uno de los más preciosos dones que los cielos dieron a los hombres. Por la libertad y por la honra, se puede y debe aventurar la vida. Digo esto, Sancho, porque bien has visto el regalo y la abundancia que hemos tenido en este castillo que hemos dejado, pues a mí me parecía que pasaba hambre, porque no lo gozaba con la libertad que lo gozara si fueran míos. ¡Feliz aquél a quien el cielo dio un pedazo de pan sin que tenga obligación de agradecérselo más que al mismo cielo!

Miguel de Cervantes,
Don Quijote de la Mancha.
edebé.

15 **¿Qué idea tiene don Quijote de la libertad? ¿Cuál tienes tú? ¿Coincidís en vuestra idea y argumentos?**

- ¿Cómo pone en relación la posesión de bienes materiales con el concepto de libertad? ¿Crees que el dinero es capaz de comprarla?
- ¿Con qué otro valor equipara don Quijote la libertad?

16 **La libertad es un derecho innato de todas las personas. Es uno los principales principios de la Declaración Universal de los Derechos Humanos. Pero hay historias reales en las que las personas, incluso niños o adolescentes, pierden esa libertad por situaciones impuestas. Buscad información sobre este tema y exponed de forma oral uno de estos casos.**

17 **Para que no se nos olvide la importancia de la libertad en la vida de todas las personas, escribid una carta de compromiso en la que valoréis:**

- La libertad individual.
- El respeto de la libertad ajena.
- La libertad en la toma de decisiones que no comprometan nuestra libertad ni la de los demás.

Nuestro personaje de calle

18 **Inventad un personaje, ya sea de una narración, de una novela gráfica, de un cómic..., que sea el protagonista de vivencias reales y cuya historia esté relacionada con alguna problemática social actual. Cuando lo tengáis pensado, elegid una tipología (narración, cómic, novela gráfica...) y escribid su biografía atendiendo a la tipología que hayáis escogido. Para ello, seguid estos pasos:**

- *Pensad cómo es el personaje, teniendo en cuenta tanto sus características físicas como las psicológicas.*
- *Buscadle un nombre propio o un apodo que esté relacionado con su historia.*
- *Enmarcad al personaje en un tiempo y un espacio.*
- *Cread una ficha biográfica con los datos más destacados.*
- *Pensad qué realidad social queréis que represente y cómo se va a enfrentar a ella.*

— Con los datos anteriores, confeccionad su biografía.

— Utilizad un procesador de textos si habéis optado por un texto narrativo, o un programa o aplicación gratuitos de creación de cómics o de carteles.

A lo largo de la historia, las personas han sufrido situaciones de injusticia, desigualdad e incluso falta de libertad, y con el paso del tiempo no siempre se han conseguido paliar. La literatura no ha obviado esta parte de la realidad, sino que ha dado voz a personajes que encarnan estas problemáticas para que el resto de la sociedad pueda tomar conciencia de las desigualdades sociales existentes y actúe en consecuencia.

REVISA-T

1. ¿Piensas que la literatura puede ser un buen espejo de la realidad?
2. ¿Crees que lo que has aprendido te ayudará a valorar más tu historia personal y la realidad de otras personas?
3. ¿Qué temas de la vida real te gustaría encontrar en un libro?

11

Don dinero, don dinero...

Cada uno de nosotros tiene diferentes puntos de vista, diferentes formas de ver el mundo y la visión que tenemos del dinero es un ejemplo de esta diversidad. Un recorrido por la historia de la literatura te permitirá conocer qué pensaban sobre ello diferentes escritores, y sus ideas, junto a las de otras personalidades conocidas te ayudarán a construir tus argumentos al respecto.

- **¿Qué valor le das al dinero? ¿Coincide tu forma de valorarlo con la que le da la sociedad?**
- **¿Crees que el valor que le damos actualmente al dinero es el mismo que se le dio en otras épocas?**
- **¿Piensas que el dinero da la felicidad?**

Por la igualdad de oportunidades

Reflexionar sobre el papel del dinero en nuestra sociedad nos hace ser conscientes de su reparto desigual en el mundo. En este sentido, es importante cuestionarnos si el hecho de tener dinero nos abre las puertas a un futuro mejor para poder prevenir las desigualdades económicas y hacer de este mundo un lugar más justo para todos.

Aprenderás a...

- Debatir siguiendo las reglas del debate académico.
- Defender tus ideas o rebatir las contrarias de forma empática y educada.
- Documentarte y saber seleccionar información de calidad para argumentar de forma rigurosa tus opiniones.
- Reflexionar sobre el valor del dinero en la sociedad actual.

... que hasta a los enemigos une

> Quevedo y Góngora fueron grandes enemigos en su época. Tanto, que llegaron a dedicarse versos en los que dejaban clara esta rivalidad con insultos y agravios que dieron mucho que hablar en su tiempo. A pesar de ello, parece que, en lo que al tema del dinero se refiere, no estaban tan en desacuerdo... ¡Vamos a comprobarlo!

Dineros son calidad,
¡verdad!
Más ama quien más suspira,
¡mentira!

Cruzados hacen cruzados,
escudos pintan escudos,
y tahúres, muy desnudos,
con dados ganan condados;
ducados dejan ducados,
y coronas majestad:
¡verdad!

[...]

Todo se vende este día,
todo el dinero lo iguala:
la corte vende su gala,
la guerra, su valentía;
hasta la sabiduría
vende la Universidad:
¡verdad!

Luis de Góngora,
Dineros son calidad...
letrilla. Biblioteca
Virtual Miguel
de Cervantes.

10 **¿Qué verso elegirías de este poema como sentencia resumen del mensaje que quiere transmitir?**

11 **Los siguientes versos se escribieron incluso antes que las anteriores composiciones y tratan el mismo tema. Concretamente, datan del siglo XIV, y están firmados por Juan Ruiz, el arcipreste de Hita. Sin embargo, han calado de tal forma que podemos escuchar su versión musicada en la voz de Paco Ibáñez.**

El mester de clerecía. Ficha 35

Mucho hace el dinero, y mucho es de amar;
al torpe hace bueno y hombre de respetar,
hace correr al cojo y al mudo hace hablar;
el que no tiene manos, dineros quiere tomar.
Sea un hombre necio y rudo labrador,
los dineros le hacen hidalgo y sabedor,
cuanto más algo tiene, tanto es más de valor:
el que no ha dineros no es de «sí, señor».

Juan Ruiz, arcipreste de Hita,
Libro de buen amor (adaptación).

— Busca en Internet la canción versionada y enumera los poderes que se le atribuyen al dinero.

12 **¿Conocéis casos actuales de gente que tenga poder o fama por el simple hecho de tener dinero y no por sus méritos? ¿Qué opinión tenéis sobre ello?**

La avaricia rompe el saco

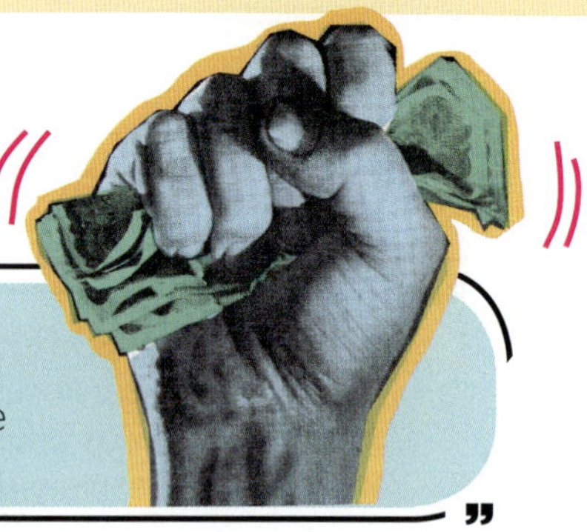

Dice el refrán que la avaricia es como el agua salada; cuanta más se bebe más sed da. ¿Crees que es así? ¿Hacia dónde nos lleva la avaricia? Este relato te puede ayudar a responder a estas cuestiones.

El labrador avaro

Érase en una tierra un hombre labrador
que usaba de la reja más que de otra labor;
más amaba la tierra que no su Criador,
y de muchas maneras era revolvedor.

Hacía una enemiga bien sucia de verdad:
cambiaba los mojones por ganar heredad;
hacía en todas formas tuertos y falsedad,
tenía mal testimonio entre su vecindad.

Aunque malo, quería bien a Santa María,
oía sus milagros y muy bien los acogía;
saludábala siempre, decíale cada día:
«Ave gratia plena que pariste al Mesías».
Murió el arratrapajas de tierras bien cargado,
de los diablos fue luego en soga cautivado;
lo arrastraban con cuerdas, de coces bien sobado,
le pechaban al doble el pan que dio mudado.

Doliéronse los ángeles de esta alma mezquina
por cuanto la llevaban los diablos en rapina;
quisieron acorrerla, ganarla por vecina,
mas para hacer tal pasta menguábales harina.

Si les decían los ángeles de bien una razón,
ciento decían los otros malas, que buenas non;
los malos a los buenos tenían en un rincón,
la alma por sus pecados no salía de prisión.

Gonzalo de Berceo,
Milagros de Nuestra Señora. Castalia.

• 13 ¿Cómo se representa la avaricia en este texto?

— ¿Qué hacía el protagonista de este relato para ganar más tierras?

— El texto es narrativo, pero está escrito en verso. ¿Cómo es la medida de los versos? ¿Y la rima? ¿Y el arte? ¿Corresponden las estrofas a algún modelo conocido?

• 14 ¿Qué es para ti la avaricia? Redacta una definición.

• 15 En los *Milagros de Nuestra Señora*, obra de carácter religioso católico del siglo XIII, la Virgen María intercede por quien ha cometido alguna falta para salvarlo y produce un milagro. ¿Qué crees que hace con el labrador avaro? ¿Por qué crees que, en este caso, lo salvaría?

• 16 Y del que atesora riquezas al que las pierde... Escucha este relato de *El conde Lucanor* y extrae el consejo que da Patronio al conde.

— La expresión «siempre hay que mirar atrás» cobra sentido con este cuento. ¿Por qué?

•• 17 Seguro que conocéis personajes literarios que representan el afán desmedido de poseer bienes.

— ¿Os suenan nombres como Ebenezer Scrooge o Harpagon? ¿Y el entrañable tío Gilito? Analizad su historia y pensad si eran personajes felices.

No es oro todo lo que reluce

> ¿Y qué ocurre cuando el poder del dinero divide a la sociedad? ¿Qué consecuencias visibles y no tan visibles tiene? Rubén Darío lo expone en estos versos.

La gran Cosmópolis

(Meditaciones de madrugada)

Casas de cincuenta pisos,
servidumbre de color,
[...]
máquinas, diarios, avisos
y ¡dolor, dolor, dolor!

¡Estos son los hombres fuentes
que vierten áureas corrientes
y multiplican simientes

por su ciclópeo fragor,
y tras la Quinta Avenida
la Miseria está vestida
con dolor, dolor, dolor...!

¡Sé que hay placer y que hay gloria
allí, en el Waldorff Astoria,
en donde dan su victoria
la riqueza y el amor;
pero en la orilla del río
sé quiénes mueren de frío,
y lo que es triste, Dios mío,
de dolor, dolor, dolor...!

[...]

Irá la suprema villa
como ingente maravilla
donde todo suena y brilla
en un ambiente opresor,
con sus conquistas de acero,
con sus luchas de dinero,
sin saber que allí está entero
todo el germen del dolor.

Rubén Darío, *Lira póstuma*.
Editorial Mundo Latino.

18 **¿Qué ciudad representa «la gran cosmópolis»?**

19 **Al final cada uno tiene su propia opinión de las cosas, y en este tema no podía ser menos. ¿Qué percepción tiene Rubén Darío del dinero? Escoge una expresión del poema que resuma su idea.**

— ¿Estás conforme con la opinión expuesta por Luis de Góngora, Francisco de Quevedo y Juan Ruiz, o prefieres la visión de Rubén Darío?

Clasificación de las oraciones. Ficha 75
La oración compuesta. Ficha 76
Las oraciones coordinadas. Ficha 77
Las oraciones subordinadas. Ficha 79

20 **Este tema tan universal y que ha preocupado y sigue preocupando a la sociedad ha dado para grandes frases. Estas son algunas de ellas. Reflexiona sobre su significado y di si son oraciones simples o compuestas y, en este último caso, si son coordinadas o subordinadas.**

No es más feliz el que más tiene, sino quien menos necesita. (San Agustín)

La peor maldición de la humanidad es el dinero. (Sófocles)

Era tan pobre que no tenía más que dinero. (Joaquín Sabina)

Si quieres saber el valor del dinero, trata de conseguirlo prestado. (Benjamin Franklin)

Batalla de clásicos

"Ya hemos comentado que, a pesar de que coincidían en su opinión sobre el dinero, Góngora y Quevedo se enfrentaron arduamente durante años. ¿Imagináis un debate entre ellos? Estamos seguros de que habría dado para muchos titulares, pero... ¿habrían seguido las convenciones de un buen debate académico? Mmm..., es difícil saberlo. ¡Piénsalo bien!"

Normas de un debate académico

Los debates académicos se realizan entre dos equipos: uno que presenta la tesis a favor y otro que se postula en contra.

Equipos

Cada equipo está formado por cuatro miembros, que tienen funciones diferentes:

- Introductor. Presenta al grupo, realiza un exordio para introducir el tema, expresa la tesis que va a defender el equipo y esboza los argumentos que van a defender sus compañeros.
- Refutador 1. Defiende los primeros argumentos y refuta los argumentos del equipo contrario.
- Refutador 2. Defiende los últimos argumentos y refuta los argumentos del equipo contrario.
- Conclusor. Sintetiza los argumentos en contra y contraargumenta, suele incorporar posturas de acercamiento.

Organización

- Comienza el introductor del equipo a favor y continúa el introductor del equipo en contra. Cada intervención dura 3 minutos.
- Los refutadores 1, primero del equipo a favor y después del equipo en contra, exponen los argumentos de su equipo. Pueden responder a una o dos preguntas del equipo contrario. Cada intervención dura 4 minutos (preguntas incluidas).
- Los refutadores 2, primero del equipo a favor y después del equipo en contra, argumentan en contra del equipo contrario y no deben incorporar argumentos nuevos, ya que estos no podrán ser contradichos. Pueden responder a una o dos preguntas del equipo contrario. Cada intervención dura 4 minutos (preguntas incluidas).
- Los conclusores, primero del equipo a favor y después del equipo en contra, tienen un papel fundamental: recogen la información del debate y utilizan figuras llamativas para cerrarlo.

El debate. Ficha 12

21 Seguro que conocéis los torneos o debates académicos o escolares.

— En Internet podéis encontrar vídeos de estos torneos.

— Visionad uno de ellos, identificad los diferentes miembros del equipo y valorad la participación de cada uno de ellos atendiendo a las normas de debate citadas.

El dinero, ¡a debate!

22 **Ahora que tenéis argumentos para opinar acerca del valor que tiene para vosotros el dinero, podéis organizar un debate sobre este tema en el aula. Para ello, seguiréis estos pasos:**

1. De forma consensuada, entre toda la clase, escoged una pregunta en torno a este tema sobre la que podáis tener una opinión a favor o en contra. Aquí tenéis algunas cuestiones para orientaros, pero podéis escoger otra que vosotros decidáis.
   - ¿El dinero es sinónimo de felicidad?
   - ¿El dinero lo puede comprar todo?
   - ¿Un trabajo decente es sinónimo de trabajo bien remunerado?
   - ¿Tiene que ver dónde se nace con el dinero que se gana en la vida?
2. Organizaos en dos equipos según la opinión que tengáis en relación con la cuestión escogida.
3. Listad argumentos para defender vuestra opinión.
4. Documentaos para justificar vuestros argumentos, teniendo en cuenta:
   - Argumentos de autoridad.
   - Argumentos de ejemplo.
   - Argumentos de datos objetivos o hechos probados.

La desigualdad social en los distintos países es una realidad que el mundo, hasta el momento, no es capaz de paliar. Y el mal reparto de la riqueza aumenta el riesgo de exclusión de la población más vulnerable. Por ello, hay que tomar conciencia y actuar para intentar reducir estas desigualdades y que todo el mundo pueda tener las mismas oportunidades.

REVISA-T

1. ¿Cómo valoras ahora el dinero? ¿Ha cambiado la percepción que tenías de su valor?
2. ¿Qué es lo que más te ha sorprendido de los textos que has trabajado sobre este tema?
3. ¿Cómo te has sentido a la hora de defender tu opinión sobre el tema que habéis planteado?

12

Ladrones invisibles

En Internet no siempre estamos seguros. Cualquiera de nosotros puede sufrir un ataque informático de ciberdelincuentes que pretenden robarnos nuestros datos, nuestro dinero o nuestra reputación digital. En ocasiones, un error humano, un descuido o un comportamiento poco prudente pueden allanar el camino a los delincuentes digitales. Por ello, la prevención es primordial para evitar este tipo de ataques.

- **¿Guardas tus datos de forma segura?**
- **¿Sabes cómo detectar y denunciar ataques en Internet?**
- **¿Sabes cómo prevenir un ciberataque?**

Protegerse en la red

Tu salud y tu bienestar están vinculados a tu sensación de seguridad. Cuando ves amenazados tu intimidad, tus datos, tus imágenes..., puedes sufrir física y mentalmente. Además, los ciberataques son una forma de violencia que agrede tus libertades fundamentales y debes saber denunciarlos ante las instituciones.

Aprenderás a...

- Buscar información fiable.
- Detectar algunos peligros de Internet y saber cómo prevenirlos y denunciarlos.
- Reflexionar sobre tu comportamiento en Internet y en redes sociales.
- Reflexionar acerca de cómo actuar ante un caso de ciberacoso.
- Participar de manera activa en interacciones orales.
- Trabajar en equipo con actitud de escucha activa y utilizando estrategias de cooperación.

¿Qué peligros hay en Internet?

¡Hola! ¿En qué puedo ayudarte?

¡Hola! Me ha llegado este mensaje de alguien que dice trabajar en vuestra empresa: «¡Enorabuena! Acabas de ganar un móbil. Descarga el archivo, comlétaalo con tus datos y te envia remos tu regalo».

No es nuestro, nosotros no hemos hecho ningún sorteo. Han suplantado nuestra identidad y, si descargas el archivo, te secuestrarán los datos con un *software* malicioso.

Es que me ha extrañado que el mensaje tuviera palabras mal escritas.

Sí, estos ataques son muy habituales. La divulgadora científica Rocío Vidal, conocida en su canal de YouTube como la Gata de Schrödinger, denunció su caso en el vídeo *Me están extorsionando y robando mis cuentas ¡CUIDADO!*

Muchas gracias. Ahora mismo voy a verlo...

1 **A partir de una lluvia de ideas, completa un esquema con el caso que denuncia la Gata de Schrödinger en su vídeo. Estas preguntas te pueden servir para la lluvia de ideas:**

- ¿Qué ataque sufrió?
- ¿A qué datos personales accedieron?
- ¿Qué consecuencias tuvo?
- ...

2 **Debatid en clase acerca de si creéis que la Gata de Schrödinger pudo, o no, hacer algo más para evitar este ataque. Dividid la clase en dos grupos y que cada uno aporte argumentos a favor de una postura.**

Pudo evitar el ataque porque...	No pudo evitar el ataque porque...

El debate. Ficha 12

3 **¿Por qué sospecha Sara, la chica que ha recibido el mensaje, que este es falso? ¿Es un buen argumento para reconocer información de fuentes no fiables? ¿Te fijas en ese aspecto cuando lees los mensajes que recibes?**

4 **Responde a las siguientes preguntas:**

— ¿Alguna vez te han estafado o has sufrido algún ataque o insulto en Internet? ¿Cómo te has sentido?
— ¿Qué consecuencias tuvo para ti?
— ¿Qué hiciste en ese momento? ¿Lo explicaste a algún adulto? ¿Lo denunciaste?

¡Alberto! ¿Sabes que casi soy víctima de un ciberataque? Este tema me ha hecho investigar y he dado con esta noticia.

¿Ah, sí? Pues en la empresa en la que trabaja mi madre fueron víctimas de un ciberataque y menudo lío...

Educar en red y en la red

Educar en ciberseguridad: por qué y cómo hacerlo

Una encuesta realizada en centros escolares de secundaria reveló que más del 75 % de los jóvenes encuestados han sufrido alguna vez algún tipo de violencia a través de la pantalla.

El Ministerio del Interior ha realizado un estudio cuyos datos dan mucho que pensar. Por ejemplo, en 2019 se registraron 3243 denuncias por delitos a menores de edad, una cifra que aumenta año tras año.

Además, la virtualización de las clases durante la pandemia ha hecho más vulnerables a niños y adolescentes. Un escenario que ha puesto en alerta a padres y docentes, quienes creen que deberían invertirse más recursos en educar, ya desde la etapa de primaria, en este ámbito.

Hay que aceptar que la infancia se ha virtualizado y que este ha de ser un proceso que debe aceptarse; sin embargo, para que sea seguro, es importante aportar las herramientas necesarias.

En cualquier caso, el uso de internet se ha generalizado en todas las edades de la población, desde niños hasta ancianos, y abarca desde el ámbito privado hasta el profesional, pasando por el académico. Pequeñas empresas, multinacionales e incluso colegios y universidades han sido víctimas, en los últimos años, de algún tipo de ciberataque, que ha puesto en jaque la seguridad de sus datos.

Según los expertos, «todos somos vulnerables ante un ciberataque» y el desconocimiento y el exceso de confianza de los usuarios juegan a favor de los ciberatacantes. Por esta razón, las nuevas propuestas educativas tienen en cuenta la ciberseguridad en el currículo educativo, una idea que ya tiene precedentes en otros países, como Israel o Australia, los cuales no solo educan en prevención, sino también en la formación de talentos en este ámbito. Esta es una forma de acercar la materia a los más pequeños, desde la advertencia de los peligros, pero también desde el potencial que ofrece, con el objetivo de despertar la curiosidad de ese sector de la población.

Signos de puntuación (I). Ficha 85
El texto argumentativo. Ficha 10

5 **Realiza las siguientes actividades sobre la noticia:**

— Resume en pocas líneas el hecho que pone en evidencia la noticia.

— Copia el titular de la noticia y di que función tienen los dos puntos en él.

— Explica con tus palabras el significado de las siguientes expresiones:

la infancia se ha virtualizado	ha puesto en jaque la seguridad de sus datos

6 **A partir del hecho que expone la noticia, redactad un texto que argumente la necesidad de mantener en continua actualización y formación en ciberseguridad a toda la población y en todos los ámbitos (personal, profesional y educativo).**

El rostro y el rastro de los ciberdelincuentes

7 Responde:

- ¿Qué intención tiene la infografía de esta página?
- ¿A quién va dirigida?
- Copia estas siglas y acrónimos de la infografía: pyme, OSINT, OSI, INCIBE. Después, indica las palabras a partir de las cuales se han formado.
- ¿Qué significado tienen las palabras *gusano* y *troyano* en la infografía? ¿Qué cambio semántico han experimentado? Para deducirlo, busca estas palabras en el apartado 3. Malware.

Siglas y acrónimos. Ficha 93
Los cambios semánticos. Ficha 95

8 Cread un diccionario terminológico de ciberseguridad e informática con todas las palabras que encontréis en la infografía relacionadas con este ámbito.

¿Cómo se pueden prevenir los ciberataques?

Al final, creo que lo más importante a la hora de evitar un ataque es prevenirlo. Porque fíjate en cómo se mueven los ciberdelincuentes.

1 set. 2:25

Y se lo ponemos tan fácil... Todos nuestros datos están en nuestros dispositivos: nombre, dirección, fotos, vídeos... y hasta nuestra tarjeta de crédito. Debemos empezar a ponérselo más difícil...

1 set. 2:30

¡Tengo una idea! Vamos a pasar un cuestionario a ver cómo de fácil se lo ponemos a estos ladrones de guante blanco.

1 set. 2:33

Y si aun así, estos malhechores de la red consiguen atacar tu privacidad, ¡denuncia! Recopila pruebas, haz pantallazos de las amenazas, guarda los correos electrónicos y dirígete a la autoridad correspondiente con el documento de la denuncia.

9 **Investigad cuáles son los comportamientos prudentes y seguros en Internet para evitar este tipo de ataques.**

— Centrad vuestra investigación en estos puntos:

- Actualización del antivirus
- Actualización de equipos informáticos
- Descarga de aplicaciones
- Contraseñas seguras
- Bloqueo de dispositivos
- Privacidad de los datos en las redes sociales
- Uso de las redes sociales según el contenido que publiquemos
- Detección de correos o mensajes fraudulentos
- Dispositivos compartidos entre varias personas
- Conexión a redes wifi públicas

— A partir de la información recogida, cread una encuesta que difundiréis entre vuestros amigos y familiares. El objetivo es poner a prueba sus conocimientos sobre ciberseguridad.

— Cuando recibáis los formularios, interpretad los gráficos y redactad un informe con las conclusiones a las que lleguéis.

¿Cómo elaborar un informe?

La huella digital que dejamos

10 Responde:

- ¿Por qué dice Alberto que «nos espían»? ¿Crees que su afirmación esta justificada? Razona tu respuesta.
- ¿Cuál es el eslogan del anuncio que ha visto Alberto?
- Más allá del eslogan, cada anuncio explica una historia y unas ideas. ¿Sabrías identificar las que se expresan en esta campaña?
- ¿A quién se dirige este anuncio?
- ¿De qué tipo son las oraciones, según la actitud del hablante? ¿Y según su complejidad?
- ¿Por qué crees que se han escogido esas imágenes para ilustrarlo?

Clasificación de las oraciones.
Ficha 75

11 **Busca información sobre la huella digital y reflexiona acerca de cuál es la tuya y cómo puedes minimizarla.**

Alberto, con los resultados de las encuestas y con todo esto que estamos viendo, debemos hacer algo. ¿Qué te parece hacer llegar un mensaje atractivo y con ritmo? Así, como... ¡un rap!

Pues justo ayer estuve escuchando a dos raperos que me gustan mucho. ¿Conoces a El Chojin y a Toteking? Tienen mucho *flow* y versionan autores de la literatura castellana.

Mensajes a ritmo de rap

LUIS DE GÓNGORA

Ande yo caliente...

Ande yo caliente,
y ríase la gente.

Traten otros del gobierno
del mundo y sus monarquías,
mientras gobiernan mis días
mantequillas y pan tierno,
y las mañana de invierno
naranjada y aguardiente,
y ríase la gente.

Coma en dorada vajilla
el príncipe mil cuidados
como píldoras dorados,
que yo en mi pobre mesilla
quiero más una morcilla
que en el asador reviente,
y ríase la gente.

Cuando cubra las montañas
de plata y nieve el enero,
tenga yo lleno el brasero
de bellotas y castañas,
y quien las dulces patrañas
del rey que rabió me cuente,
y ríase la gente.

Busque muy en hora buena
el mercader nuevos soles;
yo conchas y caracoles
entre la menuda arena,
escuchando a Filomena
sobre el chopo de la fuente,
y ríase la gente.

Pase a media noche el mar
y arda en amorosa llama
Leandro por ver su dama;
que yo más quiero pasar
de Yepes a Madrigar
la regalada corriente,
y ríase la gente.

Pues Amor es tan cruel,
que de Píramo y su amada
hace tálamo una espada,
do se junten ella y él,
sea mi Tisbe un pastel,
y la espada sea mi diente,
y ríase la gente.

12 Responde:

— ¿Cuál es el estribillo del poema?

— Además del estribillo, ¿qué otro elemento del poema aporta musicalidad y ritmo a la canción?

— Completa una tabla como esta con lo que defiende y lo que denuncia el poeta en su composición:

Góngora defiende....	Góngora denuncia...

— Pon en contexto a Luis de Góngora con la época en la que vivió y escribió esta composición.

— Reflexiona acerca de cómo podemos conectarla con el mundo actual.

Los grandes poetas del Barroco. Ficha 53

Batalla contra los ciberataques

13 **Siguiendo la idea que ha planteado Sara, vais a concienciar a vuestros amigos y familiares de los peligros que entraña el uso de Internet y lo importante que es tomar medidas a la hora de usar los dispositivos informáticos. Y lo vais a hacer a través de la creación de un rap que se centre en alguno de estos temas:**

STOP CIBERACOSO

CONTRASEÑAS SEGURAS

ORDENADORES PROTEGIDOS

Planificación

- Organizaos en grupos de cuatro y pensad un nombre para vuestro grupo musical.
- Elaborad dos listas: una de acciones que entrañan algún peligro en el uso de Internet y otra de acciones preventivas para evitar sufrir ataques, acoso o robos cibernéticos. Poned en relación ambas listas.

Composición de la letra

- Componed la letra de vuestra canción atendiendo a las ideas que habéis enumerado en la planificación anterior.
- Estructurad la letra siguiendo una pauta métrica. Los raps se suelen agrupar en estrofas de dos o tres versos y uno o dos estribillos.
- La repetición es uno de los elementos que aportan musicalidad y ritmo a estas composiciones. En este sentido, tened en cuenta cuál será el estribillo que se irá repitiendo, así como qué estructuras permiten esta repetición (por ejemplo, el paralelismo).

Grabación del rap

- Con un programa informático, cread una base musical para vuestro rap.
- Cuando hayáis decidido la base, haced diferentes grabaciones hasta dar con la versión que más os guste. Los grandes artistas experimentan con varias opciones hasta dar con la mejor.
- Si os animáis, podéis grabar un videoclip con la letra de vuestra canción y difundirlo. Seguro que vuestra creación será todo un éxito.

La vulnerabilidad en las redes sigue siendo un problema a día de hoy. En este sentido, las instituciones deben actuar para proporcionar las herramientas necesarias a los usuarios de Internet para poder prevenir ataques en la red y, en el caso de producirse, poder actuar en consecuencia para poder denunciar y evitarlos en un futuro.

REVISA-T

1. ¿Qué has aprendido sobre ciberseguridad?
2. De lo que has aprendido, ¿qué es para ti lo más importante? ¿Qué medidas vas a aplicar a partir de ahora en el uso de los dispositivos informáticos?
3. ¿Te ha ayudado saber que una forma de detectar información falsa es atender a la forma en cómo están escritos los mensajes? ¿Crees que, a partir de ahora, vas a prestar más atención a este aspecto cuando recibas mensajes de fuentes desconocidas?

Pongamos freno al acoso

RETO

Son muchos los adolescentes, compañeros de clase, como tú, que han sufrido o sufren acoso escolar. Es posible, incluso, que ocurra en vuestro colegio o en otros centros. Seguro que alguna vez alguien te ha comentado una situación del estilo y habrás pensado qué podrías hacer tú para ayudar... Pues justo en este momento se te presenta la oportunidad.

1 Probablemente, alguna vez has oído hablar del *bullying* o acoso escolar. Antes de ponernos manos a la obra para ayudar a detenerlo, os proponemos que cada uno aporte lo que ha oído comentar sobre este tipo de situaciones. Utilizad la técnica cooperativa ***Folio giratorio*** para responder a la pregunta: *¿has oído hablar sobre alguna situación de acoso?*

El reto que os planteamos desde este proyecto es el de organizar una campaña de sensibilización para acabar con el acoso. Para ello debéis preparar:

a) Un anuncio propagandístico con el fin de difundirlo y denunciar así el acoso escolar y sensibilizar a cuantas más personas mejor acerca de este tema.

b) Realizar una serie de acciones que ayuden a difundir esta campaña de sensibilización: díptico informativo, cartel propagandístico, jornadas de sensibilización en el colegio...

Desarrollar este proyecto será una gran oportunidad, porque, además de aprender con él, ¡ayudaréis a evitar que el acoso escolar llegue a vuestras aulas!

¿Cómo nos organizamos?

Vais a realizar el proyecto organizados en pequeños grupos. Cada grupo tendrá que recoger información, preparar y crear una parte de la campaña de sensibilización.

2 **Con el fin de poder trabajar mejor juntos, cada componente del grupo tendrá asignado un rol con unas responsabilidades determinadas.**

— Leed con atención cuáles son los roles y qué responsabilidades conllevan y, a continuación, repartidlos entre los componentes de cada grupo.

PORTAVOZ

edebé

- ✓ Hablar en nombre del grupo.
- ✓ Consultar las dudas del grupo con el docente.
- ✓ Comunicarse con otros equipos.

COORDINADOR

COORDINADORA

edebé

- ✓ Conseguir el material necesario.
- ✓ Repartir y guardar el material de trabajo.
- ✓ Repartir las tareas que cada uno realiza.

SECRETARIO

SECRETARIA

edebé

- ✓ Anotar el trabajo hecho en el grupo.
- ✓ Recordar qué queda por hacer.
- ✓ Comprobar que todos cumplen su tarea.

MODERADOR

MODERADORA

edebé

- ✓ Controlar los turnos de trabajo y el nivel de ruido.
- ✓ Animar a la participación de todos los componentes del grupo.

INVESTIGAMOS

¿Qué sabemos?

3 **Vais a utilizar la destreza Lluvia de ideas para recoger lo que sabéis sobre el acoso escolar y las campañas de sensibilización y poder llevar a cabo el reto.**

— Primeramente, pensad en los elementos que intervienen en este tipo de acoso: agresores, víctimas, testimonios..., sobre sus tipos y las campañas de sensibilización.

— Seguidamente, compartid y anotad las ideas que han surgido en el grupo contabilizándolas y, mejorando o eliminando algunas, si es necesario, y seleccionando las más adecuadas.

Podéis tomar nota de las ideas seleccionadas en una tabla como esta:

¿Qué sabemos sobre...?		
Víctimas, agresores y testimonio	Tipos de acoso escolar	Campañas de sensibilización

¿Qué necesitamos saber?

4 **Aplicando la rutina de pensamiento Preguntas creativas, pensad qué más necesitáis conocer sobre cada uno de los aspectos del reto y completad una nueva tabla.**

¿Qué necesitamos saber sobre...?		
Víctimas, agresores y testimonios	Tipos de acoso escolar	Campañas de sensibilización

AprendizajeServicio

¿Dónde buscamos la información?

Teniendo en cuenta las preguntas surgidas en la actividad anterior, es el momento de buscar la información para dar respuestas y desarrollar el proyecto.

5 **Busca información sobre los diferentes aspectos que vais a investigar. A continuación, te proponemos dónde puedes buscar y encontrar información. Recuerda que puedes recogerla en fichas o documentos debidamente organizados por temas en tu ordenador.**

Víctimas, agresores y testimonios

- En documentales especializados en este tema.
- En artículos y reportajes periodísticos.

Tipos de acoso escolar

- Realizando entrevistas a posibles causantes del acoso escolar (respetando siempre su intimidad y anonimato).
- En asociaciones de prevención de acoso escolar.

Campañas de sensibilización

- Busca en Internet diferentes tipos de campañas de sensibilización, por ejemplo, sobre el racismo, el uso responsable del agua...
- Observa los elementos que forman parte de una campaña de este tipo: anuncios, difusión, mensajes...
- Busca ejemplos de cómo organizar una campaña de este tipo y establecer los pasos que vais a seguir: un objetivo claro, adaptarse al tipo de audiencia, elaborar un programa de comunicación, utilizar un lenguaje claro y conciso...

INVESTIGAMOS

6 **¡Ya podéis empezar a buscar la información! Y lo vais a hacer utilizando la técnica cooperativa Rompecabezas:**

- Repartid los temas entre los componentes de cada grupo.
- Los integrantes de los distintos grupos que investigan sobre un mismo tema forman un grupo de expertos que intercambia la información, realiza esquemas...
- A continuación, cada miembro experto retorna a su grupo y explica a sus compañeros la información obtenida.
- Para terminar, completad la ficha de vuestro grupo con los datos más relevantes.

¿Qué sabemos ahora sobre...?		
Víctimas, agresores y testimonios	Tipos de acoso escolar	Campañas de sensibilización

7 **Con el objetivo de trabajar la empatía y poneros en la piel, en la medida de lo posible, de los diferentes actores del acoso escolar, vais a representar una situación de acoso escolar.**

- Seguid estas pautas:

Pautas para la representación

- El docente presentará una situación de acoso escolar.
- Cuatro voluntarios saldrán a representar la situación durante unos 15 minutos. Cada uno tendrá un papel asignado: agresor, víctima y dos testigos.
- Los actores deberán actuar y representar la situación.
- El resto de la clase deberá estar muy atento a todo lo que suceda y anotar las impresiones que le ha provocado la representación y la manera en que solucionarían la situación.
- Una vez acabada la representación, se pondrán en común todas las impresiones anotadas.

AprendizajeServicio

CREAMOS

8 **Ahora que ya tenéis la información necesaria, pensad y acordad cuáles serán los elementos que formarán parte de la campaña de sensibilización y qué equipos se encargarán de diseñar y crear cada elemento.**

— Tened presentes las siguientes orientaciones y, mediante la técnica cooperativa **Lápices al centro,** añadid y decidid todo aquello que consideréis necesario.

¿Qué elementos compondrán la campaña de sensibilización? Os proponemos:

Equipo 1. Un **anuncio propagandístico** en soporte audiovisual. Este podría ser el elemento central de la campaña.

Equipo 2. Acción de **difundir** la campaña: qué plataformas, qué dinámicas (interpelar al receptor de la campaña y pedirle la **creación de microrrelatos** a partir de historias de Instagram o la aportación de propuestas de prevención del acoso escolar con título ***«Y tú, ¿qué harías?»*** o ***«Y tú, ¿has sido víctima? ¡Cuéntalo!»...***).

Equipo 3. Un **díptico** y un **cartel informativo** de la campaña. Es importante tener claros el eslogan y la imagen que representará la campaña.

Equipo 4. Un buzón para posibles denuncias. Es muy importante el diseño y, sobre todo, decidir dónde colocar este buzón en el centro escolar.

PRESENTAMOS

¿Cómo lo presentamos?

9 **Ha llegado el momento de presentar la campaña *Pongamos freno al acoso* y explicar vuestro proyecto. Será un momento muy especial, por lo que debéis organizarlo y prepararlo teniendo en cuenta:**

- A quiénes vais a invitar y cómo vais a hacerlo: el alumnado del centro, el equipo directivo y una representación de la comunidad educativa del colegio (profesorado, familias...).
- El día y el lugar de la presentación de la campaña y visualización de vuestro anuncio: cuál va a ser, cómo queréis ambientarlo, qué necesitáis para ello, etc.
- La presentación: adecuaos al público al que vais a dirigiros y pensad que todos debéis participar... Podéis seguir este esquema para preparar un guion de la presentación y ensayar antes.

Introducción	Desarrollo	Desarrollo	Conclusión
Presentación de los objetivos que os habéis marcado conseguir con el proyecto y presentación del reto.	Resumen de las investigaciones realizadas.	Presentación de la campaña: visualización del anuncio, muestra del cartel, reparto del díptico...	Explicación de lo que se ha aprendido. Apertura de un turno de preguntas entre el público para generar un espacio de debate.

Presentación de la campaña *Pongamos freno al acoso*

10 **¡Es el momento de difundir vuestra campaña!**

Habéis aprendido mucho y habéis prestado un gran servicio a la comunidad. Con vuestro trabajo estáis haciendo que muchas personas se sensibilicen y puedan poner en práctica habilidades que les ayuden a saber actuar en sociedad de manera pacífica haciendo posible y real el proyecto *Pongamos freno al acoso.*

Recordad que ahora es vuestro momento, es el momento de presentar el producto final a todo el mundo. ¡Mucho ánimo y a disfrutar de todo lo aprendido y compartido!

¿QUÉ SÉ HACER?

Valora qué has aprendido en este proyecto	Necesito mejorar	Justo	Bien	Muy bien
He trabajado con ganas e interés.				
He respetado a mis compañeros.				
He desarrollado correctamente mi rol.				
He aprendido sobre el acoso escolar.				
He aprendido sobre situaciones de acoso y sus consecuencias.				
He aprendido cómo se podrían prevenir estas situaciones de acoso.				
He aportado información, ideas y propuestas, y he sido capaz de argumentarlas.				
He preparado y realizado la parte de la investigación que me correspondía.				
He colaborado en crear productos audiovisuales y analógicos, y en su difusión.				
He participado en la presentación del proyecto.				

VALORO EL PROYECTO

- ¿Qué es lo que más me ha gustado de este proyecto?
- ¿Ha salido como esperaba? ¿Qué me ha resultado más fácil? ¿Y más difícil?
- ¿Cómo podría mejorarlo?
- ¿Qué he aprendido con el proyecto?
- ¿Para qué me puede servir lo que he aprendido?

SABERES Y DESTREZAS

Las lenguas y sus hablantes

Comunicación

Los textos

Comprensión y expresión oral

Comprensión lectora

Alfabetización informacional

Educación literaria

Reflexión sobre la lengua

Gramática

Ortografía

Léxico

Anexo. Análisis de la oración

/// LAS LENGUAS Y SUS HABLANTES

LA DIVERSIDAD LINGÜÍSTICA

Fuente de riqueza cultural
La diversidad lingüística

En el mundo se da una **gran variedad** de **lenguas** que coexisten. Algunas de ellas son habladas por millones de personas y se denominan **lenguas mayoritarias;** y otras, llamadas **lenguas minoritarias,** cuentan con pocos hablantes o incluso están en peligro de desaparecer.

Las estimaciones sobre el número de hablantes de cada lengua varían en función de los criterios considerados por las fuentes (cantidad de hablantes que la poseen como lengua materna, que la tienen como segunda lengua, como lengua oficial...).

En este mapa se muestran algunas de las lenguas mayoritarias que se hablan como **lengua materna:**

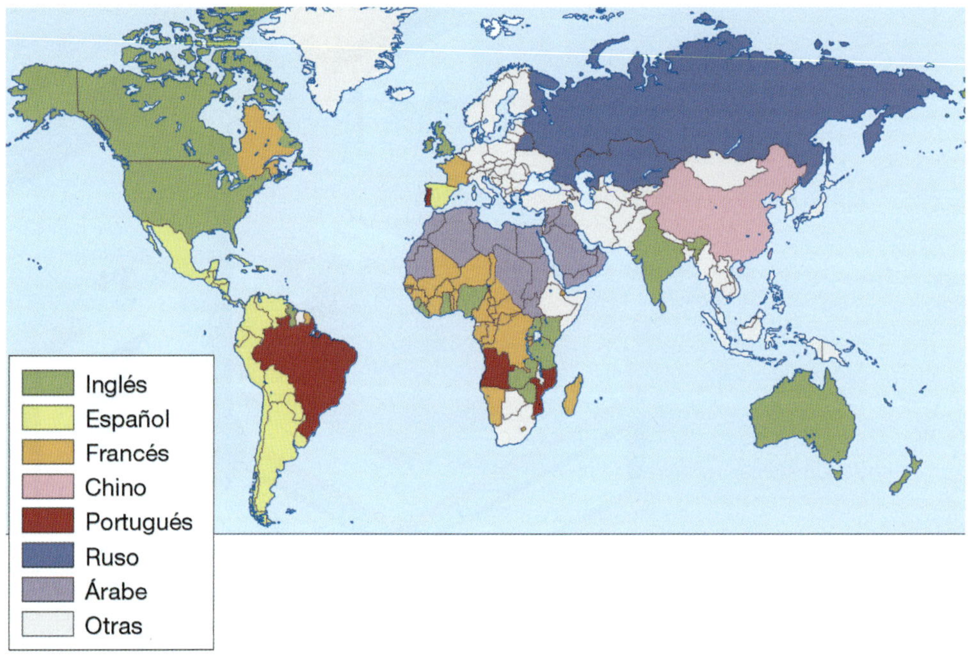

Lenguas en peligro

Cada lengua constituye la **forma de expresión** de una **comunidad** y refleja sus rasgos sociales y culturales. Por eso, independientemente de su número de hablantes, todas las lenguas tienen un gran valor y debemos luchar por su protección.

Se considera que una lengua está en **peligro de extinción** cuando la hablan menos de 100 000 personas.

Las **razones** por las que desaparece una lengua son diversas: el desprestigio lingüístico por motivos políticos y sociales, la internacionalización del comercio, la adopción de lenguas dominantes en los medios de comunicación, etc.

La **mitad** de las lenguas del mundo se encuentra en esta situación. Se dice que cada dos semanas desaparece una lengua.

Algunas lenguas en peligro de extinción son: la jerga *chinook*, en Estados Unidos; la *kiliwa*, en México; la *khomani*, en Sudáfrica; la *magati ke*, en Australia; la *aka*, en la India; la *ayizi*, en China...

Las familias lingüísticas

En el mundo hay una gran variedad de lenguas. La mayoría de ellas comparten algunos rasgos con otras lenguas, ya que se remontan a un mismo origen y han seguido una evolución similar. Teniendo en cuenta estas similitudes, las lenguas pueden agruparse en ramas o **familias lingüísticas.**

De todas las familias lingüísticas, la indoeuropea es la que en la actualidad tiene un mayor número de hablantes, ya que las lenguas que la forman se han extendido por todos los continentes.

Las lenguas que componen esta familia tienen un antepasado común, hoy desaparecido, el **indoeuropeo,** que dio lugar a las ramas o subgrupos que puedes ver en el siguiente esquema:

Familia indoeuropea

Lenguas indoiranianas
Forman parte de este grupo el hindi, el sánscrito, el bengalí, el persa, el pali, el pastún...

Griego
Incluye todas las variedades de las lenguas griegas.

Lenguas románicas
Incluye las lenguas procedentes del latín: castellano, francés, italiano, rumano, portugués...

Lenguas germánicas
Son lenguas germánicas el inglés, el alemán, el sueco, el neerlandés, el danés...

Lenguas célticas
Forman parte de este grupo el galés, el escocés y el gaélico.

Lenguas baltoeslavas
En este grupo se incluyen el ruso, el checo, el lituano, el búlgaro, el polaco...

Las lenguas románicas

Uno de los subgrupos dentro de la familia indoeuropea es el de las **lenguas románicas.** Estas lenguas proceden del **latín vulgar,** que se hablaba durante el **Imperio romano** y que evolucionó de modo distinto según el lugar donde se empleaba.

Las lenguas románicas son el castellano, el catalán, el occitano, el gallego, el asturiano, el aragonés, el aranés, el portugués, el francés, el italiano, el retorromano y el rumano.

— Observa las similitudes entre algunas de ellas:

CASTELLANO	nieve
CATALÁN	neu
OCCITANO	nèu
GALLEGO	neve
PORTUGUÉS	neve

¿Sabes que las lenguas también tienen **familia?**

ACTIVIDADES

1. Lee con atención el siguiente texto y responde a las preguntas que se plantean:

El concepto de diversidad lingüística es relativo y se suele evaluar teniendo en cuenta las fronteras nacionales, que confieren a determinadas lenguas la calidad de lengua mayoritaria, y a otras, la de lengua minoritaria. El mandarín, por ejemplo, que es una de las lenguas más ampliamente difundidas en el mundo, hablada por casi 900 millones de personas, es una lengua mayoritaria en China, pero en otros países, donde solo una parte de la población es de lengua y cultura chinas, tiene el carácter de lengua minoritaria con respecto a las lenguas nacionales o mayoritarias de esos países. Asimismo, una lengua minoritaria en un país grande puede considerarse lengua mayoritaria en un país más pequeño.

La educación en un mundo plurilingüe (informe elaborado por la Unesco).

— Según el texto anterior, ¿el mandarín es una lengua mayoritaria o minoritaria? Justifica tu respuesta.

2. Busca un mapa de las familias lingüísticas y clasifica estas familias según el continente donde se hablan:

altaica / na-dené / drávida / nilosahariana
amerindia / níger-congo / sinotibetana / daica

África	América	Asia
....	....	....

3. Relaciona cada lengua indoeuropea de la izquierda con la rama a la que pertenezca de la columna de la derecha.

inglés	
persa	
gaélico	• lenguas célticas
alemán	• lenguas baltoeslavas
catalán	• lenguas románicas
griego	• lenguas germánicas
escocés	• lenguas indoiranianas
ruso	

4. Observa cómo se escribe la palabras *ardilla* en varias lenguas y responde a las preguntas:

Gallego	Francés	Catalán	Italiano	Euskera
esquilo	écureuil	esquirol	scoiattolo	urtxintxa

— ¿Por qué crees que la palabra es tan parecida en gallego, francés, catalán e italiano?

— ¿Por qué varía tanto en euskera? ¿Y por qué crees que también cambia en castellano?

5. Completa la siguiente tabla utilizando un traductor, por ejemplo, el de Google:

LATÍN	**manus**	**liber**	**rota**	**arbor**
CASTELLANO	mano	libro	rueda	árbol
CATALÁN				
GALLEGO				
FRANCÉS				
ITALIANO				
INGLÉS				
ALEMÁN				

— Dos de las lenguas anteriores no son románicas, ¿cuáles son? Comenta las semejanzas y diferencias que existen entre las lenguas, según sean de la misma o de diferente familia.

6. Lee el siguiente artículo, observa el gráfico y responde a las preguntas que se plantean a continuación:

Quién habla qué

El patrimonio lingüístico mundial está repartido muy desigualmente. Según las estimaciones de SIL International (Summer Institute of Linguistics), una organización que lucha a favor de las lenguas menos conocidas, solamente un 3 % de las 6 000 lenguas del mundo se utilizan en Europa, mientras que, por sí sola, la región Asia-Pacífico concentra la mitad. El campeón de la diversidad lingüística es el conjunto formado por Nueva Guinea (el territorio indonesio de Irian Jaya y Papúa Nueva Guinea), que acapara la sexta parte de los idiomas del mundo.

www.unesco.org

Distribución geográfica de las lenguas

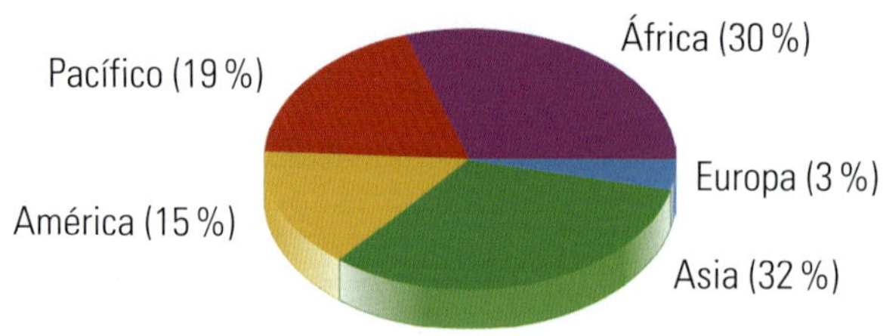

— Según el texto y el gráfico, ¿en qué continente se hablan menos lenguas? Por el contrario, ¿en qué continente hay mayor diversidad lingüística?

— ¿En qué continente se encuentran las lenguas más habladas en el mundo? ¿Por qué crees que es así?

LAS LENGUAS CONSTITUCIONALES

La **realidad plurilingüe** del mundo se ve reflejada también en la Península Ibérica, donde coexisten varias lenguas y variedades de esas lenguas.

Por una parte, están las **lenguas románicas:** el **portugués,** en Portugal, y el **catalán,** el **gallego** y el **castellano,** en España. Además, hay otra lengua de origen desconocido que convive con las anteriores: el **euskera.**

La **convivencia de lenguas** dentro de un mismo Estado constituye una **gran riqueza lingüística** que debemos proteger y respetar.

Desde que se aprobó la Constitución de 1978, la legislación de todas las comunidades autónomas bilingües lleva a cabo procesos de **normalización lingüística** a favor de la igualdad en la utilización de ambas lenguas.

1. El castellano es la lengua española oficial del Estado. Todos los españoles tienen el deber de conocerla y el derecho a usarla.

2. Las demás lenguas españolas serán también oficiales en las respectivas comunidades autónomas de acuerdo con sus Estatutos.

3. La riqueza de las distintas modalidades lingüísticas de España es un patrimonio cultural que gozará de especial respeto y protección.

Constitución española de 1978.

Las lenguas oficiales de España son: el castellano, el catalán, el valenciano, el gallego, el aranés y el euskera. La **oficialidad** de una lengua implica:

- Enseñarse en los centros escolares.
- Estar presente en los medios de comunicación.
- Poseer reconocimiento jurídico.
- Emplearse en la Administración y en las instituciones públicas.

Algunas lenguas, como el asturiano, están en proceso de ser reconocidas oficiales en su comunidad.

Castellano

Antes de la llegada de los romanos, en la Península coexistían diversos pueblos (iberos, celtas...), cada uno con su propia lengua: las llamadas **lenguas prerromanas.**

En el año 218 a. C., los romanos desembarcaron en Empúries (Girona) e iniciaron la **romanización** de la Península Ibérica: introdujeron la lengua latina y, al mismo tiempo, fueron implantando su cultura, sus costumbres y sus leyes. Los nativos fueron adoptando progresivamente el latín, hasta que las lenguas autóctonas desaparecieron. Se produjo, por tanto, una **sustitución lingüística** de las lenguas que existían en la Península antes de la llegada de los romanos por la lengua dominante (el latín), después de un período de bilingüismo.

A partir del siglo V, tras la caída del Imperio romano, el **latín** que se hablaba en la Península **comenzó a fragmentarse** hasta dar lugar, en torno al **siglo X,** a las diversas **lenguas románicas** que conviven en este territorio.

¿Español o castellano?

La Constitución de 1978 emplea el término *castellano* para designar la lengua oficial del Estado español. Sin embargo, es correcto emplear tanto *castellano* como *español* para referirnos a ella.

La RAE indica lo siguiente sobre esta cuestión:

«Para designar la lengua común de España y de muchas naciones de América, y que también se habla como propia en otras partes del mundo, son válidos los términos *castellano* y *español*. La polémica sobre cuál de estas denominaciones resulta más apropiada está hoy superada.

El término *español* resulta más recomendable por carecer de ambigüedad, ya que se refiere de modo unívoco a la lengua que hablan hoy cerca de cuatrocientos millones de personas. Asimismo, es la denominación que se utiliza internacionalmente: *Spanish* (inglés), *espagnol* (francés), *spanisch* (alemán), *spagnolo* (italiano)».

Breve historia de la lengua castellana

- Los primeros documentos que recogieron términos escritos en castellano son las **glosas silenses** y las **glosas emilianenses,** que datan del siglo X.
- Con la **Reconquista,** la lengua castellana se expandió hacia el sur de la Península.
- A finales del siglo XV (1492), se publicó la primera ***Gramática castellana,*** del humanista Antonio de Nebrija.
- A finales del siglo XVII, se estableció el **perfil de la lengua castellana** tal y como hoy la conocemos y utilizamos; sobre todo en el ámbito **fonológico.**
- En el siglo XVIII apareció la **Real Academia Española** y se publicó el *Diccionario de autoridades,* la *Ortografía* y la *Gramática.*
- A principios del siglo XIX, se decretó la **obligatoriedad** de recibir la **enseñanza en lengua castellana,** pues en las universidades se seguía manteniendo el latín como lengua de cultura.

La expansión del español

En la actualidad, el español goza de un indudable prestigio como lengua de comunicación internacional.

Su enorme presencia en el mundo se debe a su importante **expansión geográfica** en la zona centro y sur del continente americano, donde es lengua oficial en 18 países.

Se habla también en México y, aunque no sea lengua oficial, en Filipinas, en Estados Unidos y en algunas regiones africanas que han mantenido estrecha relación con España, como Guinea Ecuatorial. Asimismo, el sefardí es una variante del castellano que hablan los descendientes de los judíos que fueron expulsados de España y que están dispersos por Israel, los Balcanes, Estados Unidos…

Gallego

El **gallego** evolucionó a partir del **latín vulgar** que se hablaba en el noroeste de la Península. Sus primeros escritos datan del siglo XI. En esta época formaba una unidad lingüística con el portugués, denominada **galaicoportugués.** El galaicoportugués sirvió de lengua vehicular para la creación poética trovadoresca española durante la Edad Media. El mismo Alfonso X escribió sus *Cantigas* enteramente en esta lengua.

Debido a la influencia de la nobleza castellana sobre la gallega a finales de la Edad Media, el castellano pasó a ser la lengua de prestigio. Sin embargo, durante el siglo XIX, con el Romanticismo, se inició un movimiento llamado **Rexurdimento galego,** y cobraron importancia los poetas en lengua gallega, como Rosalía de Castro.

Con la llegada de la Constitución española de 1978, se creó el **Estatuto de Autonomía de Galicia** y se aprobó la **Ley para la Normalización Lingüística del Gallego.** El gallego pasó a ser **lengua oficial.** Desde entonces, la Xunta de Galicia ha llevado a cabo una campaña lingüística muy importante para promover el uso del gallego como lengua de cultura y educación.

Actualmente, hablan gallego unos 3 millones de personas en Galicia, el occidente de Asturias, el noroeste de Zamora (Sanabria) y el oeste de León (El Bierzo y Ponferrada). En el Val do Ellas (en la provincia de Cáceres) se habla una variante dialectal próxima al gallego.

En gallego

Lee este fragmento de un poema de Manuel María:

A fala
O idioma é a chave
coa que abrimos o mundo:
o salouco máis feble,
o pesar máis profundo.
Manuel María

La lengua
El idioma es la llave
con la que abrimos el mundo,
el lamento más débil,
el pesar más profundo.

Catalán

El **catalán** es una lengua románica que se habla en Catalunya, en la franja oriental de Aragón, en la Comunidad Valenciana, en las islas Baleares, en la zona del Carche (Murcia), en Andorra, en el departamento francés de los Pirineos Orientales y en L'Alguer, una ciudad de la isla de Cerdeña. Actualmente, hablan catalán cerca de diez millones de personas.

Con la llegada de la Constitución de 1978 se aprobó el **Estatuto de Autonomía de Catalunya** y se reconoció la **oficialidad** del catalán. En el año 2006 se actualizó ese Estatuto y se incluyeron algunas consideraciones jurídicas ya especificadas en la **Ley de Normalización Lingüística** de 1983 y la **Ley de Política Lingüística** de 1998. Por ejemplo, se estableció el catalán como lengua de uso normal y propio de las Administraciones Públicas y de los medios de comunicación, y como lengua vehicular principal en la enseñanza.

También se reconoció el **aranés** como lengua propia del Val d'Aran (Lleida). El aranés cuenta con unos tres mil hablantes.

Euskera

El **euskera** o vasco es la única lengua hablada en la Península que no proviene del latín. De hecho, es la única lengua no indoeuropea de Europa occidental. Su origen es incierto, aunque hay varias teorías que tratan de determinarlo.

Algunas de estas teorías son:

Vascoiberista: Fue la más extendida hasta mediados del siglo XX. Proponía que el euskera podía estar emparentado con algunas lenguas iberas prerromanas de la Península Ibérica. Sus defensores se basaban en la gran semejanza de los escritos iberos encontrados con el euskera escrito.

Caucásica: Defiende que el euskera es el único superviviente de una familia de lenguas caucásicas que desapareció debido a la irrupción de los pueblos indoeuropeos en el siglo XIII a. C.

Bereber: Algunos estudiosos afirman que el euskera puede tener algún parentesco con la lengua bereber, debido a sus semejanzas en el léxico.

Pese a estas teorías, el origen del euskera sigue siendo una cuestión sin resolver.

El euskera está integrado por numerosos dialectos. Para unificarlo, normalizarlo y conservarlo, se fundó, en el año 1918, la **Real Academia de la Lengua Vasca.** Esta institución compuso un estándar, el ***euskera batua.*** Es el que se enseña en las escuelas y sirve como soporte normativo del euskera escrito.

La oficialidad del euskera se reconoció con el **Estatuto de Guernica,** en el año 1978.

El euskera se habla actualmente en el País Vasco, diversas zonas de Navarra y una parte de los Pirineos Atlánticos (Lapurdi, Baja Navarra y Zuberoa). Cuenta con unos 750 000 hablantes.

En catalán

Lee estos versos de Rosa Leveroni:

Jo porto dintre meu
per fer-me companyia
la solitud només.
La solitud immensa
de l'estimar infinit
que voldria ésser terra,
aire i sol, mar i estrella,
perquè fossis més meu,
perquè jo fos més teva.

Rosa Leveroni

Llevo en mi interior
para acompañarme
solo la soledad.
La soledad inmensa
del querer infinito
que querría ser tierra,
aire y sol, mar y estrella,
para que fueses más mío,
para que yo fuera más tuya.

En euskera

Lee este fragmento de un poema de Kirmen Uribe:

MAIATZA
Begira, sartu da maiatza,
Zabaldu du bere betazal urdina portuan.
Erdu, aspaldian ez dut zure berri izan.
[...]

Kirmen Uribe

MAYO
Mira, ha entrado mayo,
Ha extendido su párpado azul sobre el puerto.
Ven, hace tiempo que no sé de ti. [...]

ACTIVIDADES

Actividades interactivas

1. **Sin duda, la cultura y la lengua de los pueblos que habitaron la Península antes de la llegada de los romanos, así como las de los que fueron llegando más tarde, influyeron en la evolución de la lengua castellana.**

— Haz un listado con:

• Voces prerromanas • Germanismos • Arabismos

2. **Escribe ahora palabras procedentes del resto de las lenguas peninsulares que haya adoptado el castellano.**

3. **Observa a continuación cómo escribía en lengua castellana Gonzalo de Berceo, en el siglo XIII:**

En essa misme cibdat avié un buen christiano,
avié nomne Jerónimo, era missancantano;
fazie a la Gloriosa servicio muy cutiano,
los días e las noches, ivierno e verano.

Milagros de Nuestra Señora.

— Copia el texto en castellano actual.

— Identifica las palabras que han sufrido una evolución y las que mantienen la misma forma.

4. **Ordena cronológicamente los siguientes hechos en la evolución del castellano:**

— Fragmentación del latín, que da lugar a las diferentes lenguas románicas.

— Establecimiento de la lengua castellana tal y como la conocemos hoy.

— Sustitución de las lenguas prerromanas por el latín.

— Expansión de la lengua castellana hacia el sur de la Península.

— Obligatoriedad de enseñar la lengua castellana en la universidad.

— Introducción, con la llegada de los romanos a la Península Ibérica, del latín.

— Aparición de los primeros textos en lengua castellana, es decir, las glosas silenses y las glosas emilianenses.

5. **Resume las medidas que se han tomado desde la Constitución de 1978 para conservar y difundir las lenguas gallega, catalana y vasca.**

6. **Lee este fragmento de texto sobre el uso de la lengua gallega en la Administración local:**

La Xunta de Galicia, en el marco de su política de promoción de la normalización lingüística, debe colaborar en la medida de lo necesario con los esfuerzos de las Entidades Locales en orden al uso normalizado de la lengua gallega en su documentación oficial, sin perjuicio de emplear, además, la otra lengua oficial, si así lo decide, en este caso, la respectiva entidad.

[…] Por todo lo expuesto, el Parlamento de Galicia aprobó, y yo, de conformidad con el artículo 13.2 del Estatuto de Galicia y con el artículo 24 de la Ley 1/1983, de 23 de febrero, Reguladora de la Xunta y de su Presidente, promulgo, en nombre del Rey, la Ley del Uso del Gallego como Lengua Oficial de Galicia por las Entidades Locales.

Ley 5/1988, de 21 de junio.

— Explica cuál es la finalidad de la ley cuyo fragmento acabas de leer.

— ¿Qué otros campos, además del administrativo y el político, deben tenerse en cuenta para promover el bilingüismo en una zona determinada?

7. **Lee el siguiente texto y contesta a las preguntas:**

Artículo 6. La lengua propia y las lenguas oficiales

3. La Generalitat y el Estado deben emprender las acciones necesarias para el reconocimiento de la oficialidad del catalán en la Unión Europea y la presencia y la utilización del catalán en los organismos internacionales y en los tratados internacionales de contenido cultural o lingüístico.

Estatuto de Autonomía de Catalunya
aprobado el 19 de julio de 2006

— ¿Qué establece este apartado del Estatuto de Autonomía de Catalunya de 2006? ¿Quiénes deben velar por su cumplimiento?

— ¿Qué supuso el Estatuto de Autonomía de Catalunya para el uso del catalán?

8. **Lee el siguiente texto y contesta a las preguntas que se plantean a continuación:**

Pese a la evolución del vasco, es evidente que existe un vínculo con la lengua ibérica, pero no lo podemos determinar.

Rodríguez Ramos apunta que sería demasiada casualidad que los parecidos hayan derivado de una proximidad geográfica o que las coincidencias léxicas sean préstamos. En cambio, L. Michelena sí creía que las semejanzas entre el vasco y el ibérico eran debidas a esta convivencia entre ambas culturas. Pero, como decimos, todavía no se ha llegado a ninguna conclusión firme al respecto.

www.mundohistoria.org/blog/articulos_web/
la_lengua_ iberica (adaptación).

— ¿De qué teoría se habla en el texto? ¿Qué otras teorías existen sobre el origen del euskera?

LAS VARIEDADES GEOGRÁFICAS

La lengua es un conjunto de signos y reglas común a todos los hablantes. Además, es diversa por razones geográficas, históricas o socioculturales.

El castellano cuenta con variedades **geográficas**, que, a la vez, se dividen en variedades **históricas** y **meridionales. Dentro de las meridionales encontramos las llamadas lenguas de transición.**

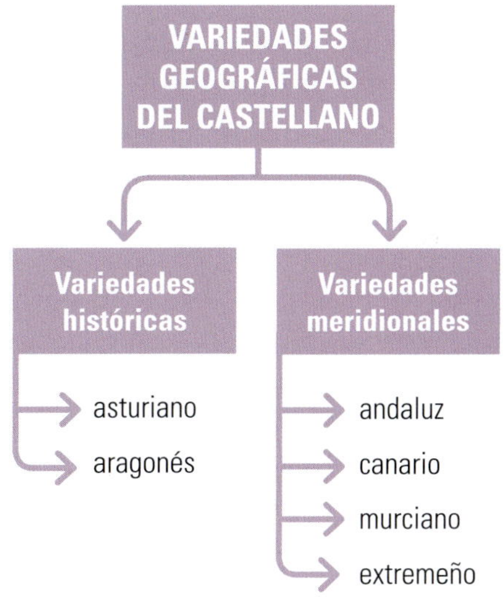

Variedades históricas

El castellano, el gallego y el catalán surgieron a partir del latín, al igual que el **asturiano** y el **aragonés,** lenguas estas últimas con desarrollo histórico y tradición literaria, pero que no gozan del estatus de cooficialidad. En la actualidad, estamos asistiendo a la recuperación de ambas en sus respectivas comunidades, ya que tanto el Estatuto de Autonomía de Aragón como el de Asturias promueven su protección.

El asturiano

Se habla en el Principado de Asturias y en algunas zonas del norte y oeste de Castilla y León. Según los últimos estudios, hay unas doscientas cincuenta mil personas con capacidad para comprender, hablar, leer y escribir en asturiano. Se divide en tres zonas: occidental (límite con Galicia), central (la más amplia) y oriental (límite con Cantabria), con algunas diferencias entre ellas.

Una Ley de Uso del asturiano reconoce la lengua asturiana como lengua tradicional de Asturias. En 1980 se creó la Academia de la Llingua Asturiana, con la finalidad de preservar y proteger el asturiano.

¿Quieres conocer mejor **el asturiano?**

Características principales

- Aparición de **formas diptongadas** del verbo *ser: ye/yes. Ye mío* = Es mío.
- **Conservación** de la *f* inicial del latín: *fornu* (del latín *fornus*) = horno, *falar* = hablar, *fame* = hambre.
- **Palatalización** de *l* inicial latina en *ll: llingua* = lengua, *llobu* = lobo.
- **Ausencia** del sonido de la *j: xente* = gente, *muyer* = mujer.
- **Concordancia neutra** con determinados sustantivos: *fariña blanco* = harina blanca.
- Diminutivos en ***-in, -ino/a:*** *guapín, sidrina.*
- **Ausencia** de tiempos compuestos en la conjugación verbal: *dixi* = he dicho / dije.
- **Uso** de los **posesivos** con **artículo:** *la mío casa* = mi casa.
- **Morfemas** flexivos *-u, -os* para las formas masculinas (singular y plural) de los sustantivos y adjetivos: *barcu, barcos.*
- **Morfemas** flexivos *-a, -es* para las formas femeninas (singular y plural) de los sustantivos y adjetivos: *casa, cases,* y también *-es, -en* para las formas verbales acabadas en *-as, -an: cantes* = cantas, *canten* = cantan.

El Cordal fai d'efeutu barrera, xebrando'l clima oceánicu al N del clima mediterraneu al S de la mesma. La humedá relativa ye alta, con abondes precipitaciones a lo llargo tol añu, produciéndose les máximes al final de la seronda y primeros d'ivierno y les mínimes en branu. Na costa llueve menos que nos cumales, pero ye más frecuente l'orbayu. A más altitú más precipitaciones: calcúlase un aumentu de 100 ll/m^2 pa cada 100 m que subimos d'altitú.

«Climatoloxía ya vexetación», en *Xeitu. Manual pal deprendimientu de la llingua asturiana.*

¡Acércate al **aragonés!**

El aragonés

Se habla en diversas zonas del norte de Aragón. Se calcula que hay unos veinticinco mil hablantes de aragonés, pero son unas cincuenta y seis mil las personas que lo entienden aunque no lo hablen. El aragonés posee su propia gramática y una amplia literatura.

Características principales

- **Diptongación** de las vocales *e* y *o* en posiciones que no lo hacen en castellano: *fuella* = hoja, *tiengo* = tengo.
- **Conservación** de la *f* inicial del latín: *fillo* = hijo, *farina* = harina.
- **Cambio** de las letras *g* y *j* al inicio de palabra en *ch: choven* = joven, *chen* = gente.
- **Uso** de *ll* por *j: muller* = mujer.
- **Cambio** del dígrafo *ch* del castellano por el grupo *it: muito* = mucho, *dito* = dicho.
- **Apocopación** de la vocal *e* final: *chen* = gente, *tién* = tiene, *fuen* = fuente.
- **Presencia** de las terminaciones *-eba, -iba* en el pretérito imperfecto de indicativo: *poneba, deciba*...
- **Empleo** de los pronombres *yo* y *tú* con preposición: *pa yo, a tú.*
- **Conservación** de *p, t, k* intervocálicas: *marito* = marido, *lacuna* = laguna.
- **Conservación** de los grupos iniciales *pl-, cl-* y *fl-* del latín: *pluvia* = lluvia, *clamar* = llamar, *flamarada* = llamarada (del latín *pluvia, clamare, flamma*).

Las variedades meridionales

El español presenta diversas variedades geográficas, es decir, se habla de manera diferenciada según los territorios. Esto se debe a distintas circunstancias históricas, entre las que destaca la procedencia de los pueblos que habitaron en su día esos espacios. Entre las variedades geográficas del español hablado en España, se distinguen las variedades meridionales, formadas, por un lado, por el **andaluz** y el **canario,** y por otra, por las variedades de transición, que presentan rasgos propios de las variedades septentrionales y meridionales. Las variedades de transición son el **murciano** y el **extremeño.** Estas variedades poseen rasgos lingüísticos diferenciados y otros comunes a todas ellas. Vamos a verlo:

El andaluz

Se habla en toda Andalucía, en zonas limítrofes del sur de Castilla-La Mancha y Extremadura, en Ceuta y en Melilla.

¡Un viaje a **Andalucía!**

Características principales

- **Relajación** de la *s* final: *albañileh* = albañiles.
- **Aspiración** del sonido de la j*: traho* = trajo.
- **Seseo,** es decir, la pronunciación de *c/z* como *s: grasia* = gracia.
- **Ceceo,** que es la pronunciación de la *s* como *z: zolo* = solo.
- **Yeísmo,** es decir, la pronunciación de *ll* como *y: yeno* = lleno.
- **Pérdida** de *l, r, n* finales: *caná* = canal, vendé = *vender, marró* = marrón.
- **Relajación** de *ch: shico, coshe, mushasho.*
- **Pérdida** de *d, g, r* intervocálicas: *quemaúra* = quemadura, *aúja* = aguja, *pea* = pera.
- **Neutralización** de *r/l: arpiste* = alpiste, *bebel* = beber.
- **Sustitución** de *vosotros* por *ustedes.*

Ayer pasé por tu caye
y te vi en er barcón;
siempre que se mira al sielo
se ve la grasia de Dioh.
Bendita sea tu casa
y er arbañí que la jiso:
que por dentro está la gloria
y por fuera er paraíso.

Antonio Machado y Álvarez. *Cantes flamencos.* Espasa-Calpe.

El canario

Se habla en las islas Canarias. Presenta rasgos comunes con el andaluz, debido a que gran parte de las personas que se asentaron en el archipiélago tras su conquista a finales del siglo XV procedían del sur de España. También comparte rasgos con el español de América, particularmente con el español de Cuba, Venezuela, Puerto Rico y República Dominicana, dadas las relaciones migratorias continuadas entre las islas y estos países americanos.

El léxico del canario también contiene palabras del guanche, lengua autóctona de las Canarias, así como otros préstamos, como andalucismos, arcaísmos o americanismos.

Características principales

- Seseo, es decir, la pronunciación de *c/z* como *s: asúcar* = azúcar.
- Yeísmo, es decir, la pronunciación de *ll* como *y: boyo* = bollo.
- Empleo frecuente del **diminutivo:** *bolsita, pueblito, cosillas.*
- **Pronunciación relajada** del sonido de la *j: laha* = laja.
- **Aspiración** de *s* en posición final de sílaba: *máh* = más.
- **Uso etimológico** de los pronombres átonos *la, lo, le: Habló a su sobrina de aquel parque y* ***le*** *dijo que* ***la*** *llevaría pronto a ver****lo.***
- Utilización de unos sufijos **determinados:** *-ero* para denominar árboles *(ciruelero, naranjero)* o *-ento/-iento* con un valor semejante al del español *-oso* (*rescaldento* o *rescaldiento* = 'con algo de fiebre').
- **Empleo** de *ustedes* en lugar de *vosotros.*
- **Uso** del **pretérito perfecto simple** en lugar del compuesto: *Hoy* ***desayuné*** *pronto.* = Hoy he desayunado pronto.

¡A las islas **Canarias!**

Las emociones no se cuantifican. No hay estadísticas. Pero si yo les preguntara cuándo les envolvió por última vez un escalofrío ante determinadas lecturas, ustedes sabrían responderme.

Elsa López. «Los supervivientes (VII)». *Dragaria. Revista Canaria de Literatura.*

El murciano

Abarca la Región de Murcia, parte del sur de Alicante, el nordeste de Jaén y Granada y el norte de Almería. Tiene rasgos en común con el andaluz, el aragonés y el valenciano. Históricamente fue considerada un habla de transición entre las variedades meridionales y el aragonés.

No se debe confundir el dialecto murciano con el panocho, variante que se habla en la Huerta de Murcia.

Características principales

- **Yeísmo** y **aspiración** del sonido *j:* corahe = coraje.
- **Neutralización** de *r/l: artar* = altar, *mujel* = mujer.
- **Aspiración** de *s* al final de sílaba: tomateh = tomates.
- **Palatalización** de la *l* inicial: *lluego* = luego.
- **Desaparición** de la *d* intervocálica: *piazo* = pedazo.
- **Conservación** del grupo *ns: panso* = paso.
- **Atenuación** de la *d* intervocálica hasta casi desaparecer: *pescao* = pescado.
- **Empleo** del sufijo diminutivo *-ico/a: sillica.*

¡Rumbo a **Murcia!**

La zagala estaba
töa encortaïca,
sin alzar los ojos,
la cara encendía,
trenzando los flecos
de su pañuelico
con las manecicas...
Con los ojos puestos
en la zagalica,
abonico' el mozo
su querer l'icía
con unas palabras...
¡qué güenas!, ¡qué dulces!
¡ay, qué palabricas!...

Vicente Medina, «Naïca», en *Aires murcianos.* Edición de la Real Academia Alfonso X el Sabio.

¡Conoce el **extremeño!**

Érasi, que érasi un zapateru y un labraól. El zapateru teni'un cochinu, y el labraól, un jabál. La cochina se empic'al jabál y le jadía dañu, y el labraól se lo dijo'al zapateru pa que jidiese cuidiau, y ehti le prometió encerrál a la cochina.

Antonio Viudas Camarasa,
El dialecto extremeño.
Universidad de Extremadura.

El extremeño

Se habla en varias zonas de Cáceres y Badajoz, y en una parte del sur de Salamanca. Tiene influencias del asturiano, del andaluz y del portugués. En el artículo 11 del Estatuto de Autonomía de Extremadura se hace referencia a la protección del extremeño, bajo la denominación de peculiaridades lingüísticas: «2. Asimismo, corresponde a la Comunidad Autónoma la protección de las peculiaridades lingüísticas y culturales, así como el acervo de las costumbres y tradiciones populares de la región, respetando, en todo caso, las variantes locales y comarcales».

¡Conoce el extremeño!

- **Aspiración** o desaparición de *s* a final de sílaba: *meh* = mes.
- **Aspiración** del sonido jota: *ehercicio* = ejercicio.
- **Pérdida** de la *r* final o neutralización con *l*: *gritá* = gritar, *vendel* = vender.
- **Pérdida** de la *d* intervocálica: *dao* = dado.
- **Contracción** de la terminación *-iera* y similares en *-iá*: *tuviá* = tuviera.
- **Empleo** de *u* en lugar de *o* y de *i* en lugar de *e* al final de palabra: *zapateru* = zapatero, *genti* = gente.
- **Empleo** de sufijos apreciativos terminados en *-in/-ina* o *-ino/-ina: mijina, perrino.*
- **Aspiración** de la *h* inicial: *jigo* = higo.

Otras variedades del castellano

España es un país muy rico en variedades, algunas de ellas minoritarias, pero no por ello menos importantes. Un ejemplo es el cántabro, que se habla en Cantabria y en algunos puntos del este de Asturias. Asimismo, en la franja que desciende desde el valle de Benasque hasta San Esteban de Litera, entre Aragón y Catalunya, se originan variedades de transición entre rasgos propios del aragonés y del catalán, como el patués.

ACTIVIDADES

1. ¿De qué lengua provienen el asturiano y el aragonés?

2. Indica cuál de estas características comparten el asturiano y el aragonés:

   a) Empleo de los pronombre *yo* y *tú* con preposición.

   b) Uso de los posesivos con artículo.

   c) Conservación de la *f* inicial del latín.

3. Elige una variedad meridional y señala en un mapa las zonas donde se habla.

4. Señala en cuál de estas variedades no se da el fenómeno del ceceo:

   a) murciano

   b) canario

   c) andaluz

5. ¿Qué variedades emplean *ustedes* en lugar de *vosotros*?

6. Busca en Internet una entrevista al cantante Xuso Jones y anota las características del murciano que observes.

7. Busca la canción «Abuelo» de Huecco en Internet e indica qué rasgos del extremeño observas. Justifica tu respuesta con ejemplos de la canción.

   — Ahora busca en Internet y escucha la canción «Pan y mantequilla» de Efecto Pasillo y señala qué rasgos del canario reconoces.

9. En parejas, buscad en alguna página web una canción popular asturiana y analizad sus características.

10. Busca información sobre La Orquestina de Fabirol. Indica en qué variedad canta esta formación y anota un par de títulos de sus canciones.

FENÓMENOS DE LENGUAS EN CONTACTO

La convivencia de dos o más lenguas, como ocurre en Galicia, Catalunya, la Comunidad Valenciana y el País Vasco, produce algunos fenómenos de **lenguas en contacto.** Entre ellos, destacan el *bilingüismo* y la *diglosia*.

Profundiza en el **bilingüismo**

Bilingüismo

La palabra *bilingüe* procede del latín *(bilinguis)* y significa 'que habla dos lenguas'. Sin embargo, el bilingüismo es un fenómeno complejo. Algunos autores señalan varios **tipos de bilingüismo** según estos criterios:

TIPO DE HABLANTE

Individual. Se refiere al hablante que tiene competencia lingüística para expresarse en dos lenguas, y en las dos por igual.

Social. En una comunidad o grupo social se utilizan dos lenguas como medio de comunicación.

FORMA DE ADQUISICIÓN

Natural. El hablante domina las dos lenguas adquiridas de forma natural desde la infancia.

Aprendido. Un hablante adquiere, de forma natural, la lengua materna, y la otra la ha incorporado gracias a un aprendizaje posterior.

DOMINIO DE LAS DESTREZAS LINGÜÍSTICAS

Activo. El hablante tiene capacidad para usar activamente las destrezas lingüísticas (entender, hablar, leer y escribir) en ambas lenguas.

Pasivo. El hablante tiene capacidad para entender las dos lenguas, pero solo es capaz de hablar y escribir en una de ellas.

Diglosia

El bilingüismo perfecto, en igualdad de condiciones, es una situación más teórica que real en el conjunto de una sociedad. En las comunidades donde conviven dos o más lenguas, suele ocurrir que estas no gozan del mismo trato y protección, por lo que la mayoría de sus hablantes no las emplean indistintamente. En estos casos de bilingüismo con un cierto desequilibrio decimos que se produce una situación de **diglosia.** Así, puede suceder que una sociedad que sabe expresarse en dos lenguas, A y B, utilice A en el ámbito familiar y en la expresión oral, y B, en el ámbito público y la expresión escrita.

ACTIVIDADES

1. **Indica qué tipo de bilingüismo corresponde a cada una de estas situaciones:**
   - Un barcelonés que domina el castellano y que entiende el catalán aunque no lo habla.
   - Un lucense que utiliza indistintamente gallego y castellano desde su infancia.
   - Un bilbaíno cuya lengua materna es el euskera y ha aprendido el castellano.

2. **Indica si estas afirmaciones son verdaderas o falsas:**

	V	F
Solo podemos hablar de bilingüismo cuando se aprenden varias lenguas en la infancia.		
Un hablante es bilingüe pasivo cuando es capaz de leer las lenguas, pero no de escribirlas.		
En una diglosia, una lengua tiene más prestigio que la otra con la que convive.		
Una situación de diglosia puede provocar la extinción de una lengua.		

Diglosia y extinción

La situación de diglosia es la más común en zonas desfavorecidas con una historia de **colonización.** Encontramos un ejemplo de ello en Hispanoamérica, donde la lengua de prestigio es el español, frente a las lenguas indígenas de cada zona, que en buena parte han quedado relegadas al ámbito doméstico.

La situación de **diglosia** entraña el riesgo de que llegue a extinguirse la lengua más desfavorecida.

Es el caso, por ejemplo, del **dálmata,** antigua lengua románica que desapareció en el siglo XIX debido al dominio del eslavo y el albanés.

Para evitarlo, se deben tomar medidas para normalizar e igualar el estatus de las lenguas que conviven en un territorio: incluirlas en los planes educativos, en las Administraciones públicas, en los medios de comunicación…

PRÉSTAMOS E INTERFERENCIAS

¿Cómo han llegado hasta hoy
las palabras de nuestra lengua?

Préstamos lingüísticos

La creación y la adquisición de nuevas palabras son fenómenos constantes en la lengua a medida que es necesario **nombrar nuevas realidades.** Para ello se utilizan diferentes recursos. Uno de ellos es adoptar palabras de otras lenguas, los llamados **préstamos.** Estos son algunos de los préstamos que ha adquirido el castellano a lo largo del tiempo:

Galicismos	→	equipaje, bufanda, modista, neceser, cotizar, galante, cine...
Italianismos	→	piloto, escopeta, partitura, acuarela, maqueta, villa, novela...
Americanismos	→	tomate, loro, maíz, huracán, tapioca, caimán, canoa...
Anglicismos	→	vagón, tenis, túnel, jersey, turista, revólver, cheque...
Catalanismos	→	faena, butifarra, forastero, barraca, amainar, capicúa...
Galleguismos	→	chubasco, vigía, buzo, ostra, mermelada, caramelo...
Vasquismos	→	pizarra, boina, aquelarre, chatarra, zurrón, cencerro, chabola...

Interferencias lingüísticas

Las interferencias lingüísticas se producen en una zona en la que conviven dos o más lenguas y se usan, de forma incorrecta, elementos de una lengua en otra, ya sea de forma intencionada o no.

Es un fenómeno que se da en individuos bilingües cuando se desvían de la norma de una de las lenguas que hablan por influencia de la otra. Es, por tanto, un fenómeno de contacto lingüístico.

Las interferencias pueden ser de la lengua A (lengua del hablante) a la B (lengua de contacto) y a la inversa, y afectan a todos los niveles de la lengua.

Así pues, encontramos:

- **Interferencias fonéticas.** Por ejemplo, en zonas donde se usa el gallego, se dan cambios de acento en palabras del español: *heroe* = héroes; *alguién* = alguien.
- **Interferencias morfosintácticas.** Por ejemplo, en el euskera hablado en zonas de Navarra, hay verbos que se usan con la conjunción propia del español *(txikitear)*, ya que la del euskera es muy compleja. Asimismo, en zonas de habla gallega, se registran cambios de género en algunos sustantivos (*el sal, la calor, la puente*...).
- **Interferencias lexicosemánticas.** Por ejemplo, en el español hablado en zonas de habla catalana o gallega se usan palabras con significado distinto al que tienen en castellano (*plegar* = 'terminar de trabajar', en Catalunya; y en Galicia, la expresión *y luego* tiene valor causal: *—Llegaré más tarde de la cuenta. ¿—Y luego?*).

ACTIVIDADES

1. Busca estas palabras en el diccionario de la RAE e indica de qué lengua proceden:

   arsenal - tiburón - cheque - espuela - azotea
   tranvía - berenjena - comité - bisutería - patata
   arlequín - esmoquin - aspa - folleto – espía

2. Son muchos los arabismos que se incorporaron al castellano tras ocho siglos de dominio árabe en la Península. Busca información en Internet y elabora una lista de arabismos referidos a cada uno de estos temas:

   ciencia - hogar - vegetación - agricultura
   topónimos milicia - comercio - artesanía

LOS PREJUICIOS LINGÜÍSTICOS

Las lenguas no son estáticas, sino que, desde su origen, van **evolucionando** por diferentes circunstancias, lo que hace que vayan surgiendo variantes con las que coexisten.

Todas las lenguas y sus variantes tienen un **mismo objetivo:** permitir la **comunicación** entre las personas que las comparten y las usan.

En este sentido, todas las lenguas del mundo, sean habladas por más o por menos hablantes, estén más o menos extendidas o sean más o menos conocidas, son **iguales.**

Sin embargo, dependiendo del ámbito de uso y de poder de cada lengua, históricamente se han diferenciado variedades lingüísticas, como las **lenguas** y los **dialectos. Esta diferenciación** ha llevado a establecer una clasificación que pueden llevar a pensar que unas variedades son superiores a otras, por su ámbito de su uso, por sus características, por su alcance... Y esto son los prejuicios lingüísticos.

> Los **prejuicios lingüísticos** son opiniones negativas que se tienen sobre una lengua o sobre una variante lingüística determinada y que **no** tienen fundamento o **explicación lingüística.**

Lengua natural vs. lengua cultivada

El lingüista Moreno Cabrera diferencia dos tipos de lengua:

- **La lengua natural:** es aquella que adquirimos de forma espontánea, inconsciente y automática desde la infancia. Esta lengua evoluciona y se adapta a los cambios de los hablantes que las utilizan.

- **La lengua cultivada:** es una lengua que se basa en una o más lenguas naturales y ha de ser aprendida y asimilada a través de normas e instrucciones. No varía o cambia espontáneamente, sino que solo una autoridad o institución es quien decide e instaura estos cambios.

Los prejuicios lingüísticos suelen llevar a la discriminación lingüística, de manera que aquellos hablantes que utilizan una variante que se diferencia, por distintas razones, de la forma cultivada se sienten discriminados e, incluso, en ocasiones, menospreciados y optan por ir relegando el uso de la lengua natural.

Estos prejuicios van en detrimento de la variedad y diversidad lingüísticas, ya que sus hablantes se sienten infravalorados y acomplejados por hablar su propia lengua y dejan de usarla hasta que, en muchos casos, estas desaparecen.

Lingüicismo

El lingüicismo (término enunciado por la la lingüista Tove Skutnabb-Kangas) se define como cualquier tipo de discriminación que se dé por motivos lingüísticos, ya sea en relación con idiomas diferentes o con variedades dialectales dentro de un mismo idioma. Este fenómeno está afectando tanto a la diversidad lingüística del mundo (lenguas de pueblos indígenas de África y América), como a nuestro propio territorio (el uso del canario, por ejemplo, se excluye en diferentes ámbitos, como la publicidad).

Desmontando prejuicios

Si una lengua es hablada por más gente, ¿es más importante que otra?

No, que una lengua sea hablada por más gente no la hace más importante que las demás, ni tampoco superior ni mejor. Esta superioridad solo se debe a factores políticos, económicos y sociales, no a criterios lingüísticos.

Además, que una lengua sea hablada por muchas personas también lleva a que sea menos uniforme y se den más variedades, de manera que tampoco goza de uniformidad.

¿Hay lenguas útiles e inútiles?

La utilidad de una lengua no tiene que ver con la lengua en sí, sino con las circunstancias que la rodean. En este sentido, por ejemplo, la utilidad del inglés en el mundo no viene dada por su estructura ni por sus características lingüísticas, sino que responde a determinadas razones económicas, políticas, sociales... que han hecho que esta lengua goce de prestigio, mientras que otras lenguas que no se vean favorecidas por esos factores estarán en desventaja.

¿Hay lenguas que son más cultas que otras?

Todas las lenguas y sus variantes pertenecen a una comunidad y esa comunidad tiene una cultura; por tanto, también en este sentido, todas las lenguas son iguales. Sin embargo, se tiende a pensar que la lengua estándar es la culta y que sus variedades no lo son.

Los prejuicios lingüísticos y las variedades del español

En el caso del español, el hecho de que la variedad estándar, la cultivada, se considere el modelo, la forma culta y correcta, hace que, en ocasiones, los hablantes de las variedades que se utilizan en el territorio español, sean de lenguas cooficiales o de variedades dialectales, se sientan infravalorados y decidan dejar de usar o evitar algunos rasgos propios de sus modalidades en favor del modelo estándar. Serían rasgos propios, por ejemplo, el seseo y el ceceo de las variedades meridionales, o el empleo de un léxico propio del asturiano o del canario.

Estas pérdidas de identidad van en detrimento de la riqueza léxica de nuestro territorio, de modo que las políticas lingüísticas deben actuar para garantizar la supervivencia de estas variantes.

En este sentido, es importante que las políticas lingüísticas:

- Ayuden a preservar la vitalidad de todas las lenguas y sus variedades.
- Valoren, ya desde la escuela, la lengua natural para que sus hablantes no se sientan inseguros, infravalorados ni discriminados.
- Ayuden a concienciar a todos los hablantes sobre la validez de todos los modelos lingüísticos mientras cumplan su cometido comunicativo.

/// COMUNICACIÓN

- LOS TEXTOS
- COMPRENSIÓN Y EXPRESIÓN ORAL
- COMPRENSIÓN LECTORA
- ALFABETIZACIÓN INFORMACIONAL

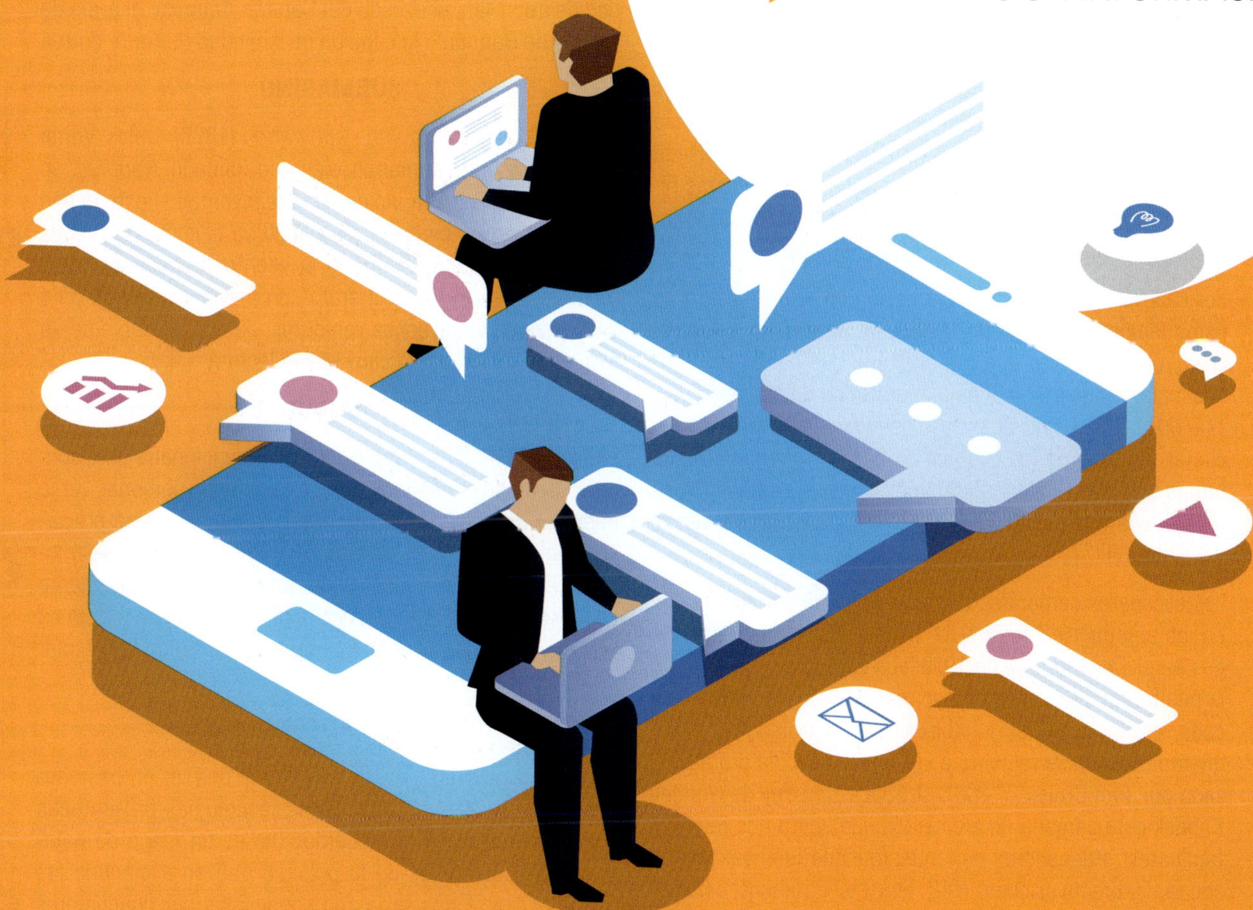

EL REPORTAJE

Los medios de comunicación, entre ellos la prensa escrita, cumplen una importante labor social: mantener **informados** a los ciudadanos.

Junto a la noticia, el **reportaje** es un subgénero periodístico que pertenece al **género informativo,** ya que describe hechos de manera **objetiva,** sin aportar opiniones propias.

La **estructura** del reportaje es similar a la de otros textos informativos: consta de un **titular,** con el que se busca llamar la atención del lector; de una **entradilla,** que sirve de introducción; y a continuación, de un **cuerpo,** en el que se desarrolla el tema. Lee el siguiente fragmento de un reportaje y fíjate en los elementos destacados:

Titular

PREDICCIONES DE LA CIENCIA FICCIÓN QUE SE HAN HECHO REALIDAD

Entradilla

Muchos de los avances soñados por la literatura de ciencia ficción son hoy parte de nuestra vida cotidiana. Estas son algunas de las predicciones que se han cumplido.

Puede ser abrumador pensar en ello, pero ahora estamos viviendo en el futuro sobre el que tantos libros de ciencia ficción y películas nos han hablado desde hace muchísimo tiempo. Y en su mayor parte, estos autores y cineastas hicieron un trabajo bastante decente al predecir lo que el futuro nos depararía, tecnológicamente hablando, al menos.

Por cada predicción de ciencia ficción un tanto insólita en estos momentos (como la interacción alienígena o los coches voladores), hay una tan acertada que puede resultarnos incluso inquietante (como el prototipo de iPad en *2001: Una odisea del espacio*). Incluso podemos encontrar asociaciones curiosas en los cuentos de hadas y las historias de fantasía de hace siglos. ¿Podríamos llamar al espejo mágico de *La bella y la bestia* un predecesor de FaceTime y *Skype* del siglo XVIII? [...]

Los escáneres corporales totales que ahora son habituales en los aeropuertos de EE. UU. tienen indicios muy asentados en el *Desafío total* de 1990. Los escáneres retinianos y la publicidad dirigida en tiempo real en *Minority Report* son cada vez más comunes. La Xbox Kinect controlada por movimiento también se remonta a la famosa película protagonizada por Tom Cruise. Y *2001: A Space Odyssey* de Stanley Kubrick está cargada de elementos que ahora nos resultan familiares: ordenadores parlantes (aunque los nuestros no son tan interactivos como *HAL*), libros electrónicos, estaciones espaciales y transbordadores espaciales.

Datos fiables y objetivos

Los científicos están trabajando activamente en productos que reproducen estrechamente lo que podemos ver en el campo de la tecnología de ficción. Así, por ejemplo, en el desarrollo de las Google Glass la película *Terminator 2* tuvo mucho que ver como inspiración. Y los expertos están trabajando en más inventos que hemos visto en películas o libros, como los sables de luz de *Star Wars*, el casco cibernético de Iron Man, el escudo del Capitán América, el arma de ataque de Batman o la capa de invisibilidad de Harry Potter.

Ejemplos

SUBMARINO

1 En *20.000 leguas de viaje submarino* (1879), Jules Verne ideó un enorme submarino eléctrico llamado *Nautilus,* un tipo de transporte marino que no fue inventado hasta el año 1960, si bien es cierto que en 1800 ya existían prototipos que pudieron haber inspirado al escritor francés. En cualquier caso, se trata del literato con mayor capacidad para anticiparse a los avances venideros, debido probablemente a su gran afición por la ciencia y la lectura.

RADAR

2 En *Ralph 124C 41+*, Hugo Gernsback mencionaba un dispositivo llamado «telephot», que permitía a las personas verse mientras se hablaban desde largas distancias, idea precursora del actual Skype. Escrita en al año 1914, la novela introduce también el concepto de radar, descrito literalmente como «una ola de éter polarizada pulsante que se refleja en objetos metálicos y regresa al emisor, permitiendo calcular así la posición y distancia».

COCHES AUTÓNOMOS

3 Aunque la película *Desafío total* tiene una visión bastante exagerada del futuro, una de las tecnologías presentadas fue muy precisa. Si lo recuerdas (no es un juego de palabras), los personajes de la película utilizan a menudo las Johnny Cabs. Estos taxis son conducidos por conductores de taxi automatizados que controlan el vehículo. Aunque los coches sin conductor aún no circulan por nuestras carreteras, lo harán muy pronto. No es un gran salto en nuestra imaginación que las flotas de taxis automatizados se conviertan en una realidad para todos muy pronto. [...]

Revista *Muy interesante* (edición digital)

El **reportaje** profundiza en el conocimiento de temas que despiertan interés. Muchas veces, se amplía la información de noticias ya publicadas que mantienen su relevancia aunque **no sean obligatoriamente actuales.**

Descubre más **tipos de reportajes**

Las **características** específicas del reportaje son:

Claridad

El reportaje tiene, principalmente, una **función divulgativa.** Por este motivo, su estilo es **sencillo y preciso.** Además, los reportajes suelen incluir gráficos, esquemas y fotografías para ilustrar el contenido y facilitar su entendimiento.

Exhaustividad

Amplía y desarrolla un tema; por ello, un reportaje suele ser más **extenso** que una noticia. El autor o autora debe investigar el caso que se expone y aportar **datos fiables y relevantes.** Además, se confrontan y comparan diversos puntos de vista y se incluyen intervenciones de testimonios representativos y ejemplos reales.

Objetividad

Un buen reportaje se caracteriza por su **imparcialidad.** Suele utilizarse la tercera persona gramatical, ya que es un rasgo de impersonalidad. Sin embargo, frecuentemente, este tipo de textos no solo tiene la función de informar acerca de un hecho, sino que también busca una finalidad estética. Así, podemos encontrar fragmentos descriptivos con cierto estilo literario, e incluso algunas intervenciones personales del autor.

ACTIVIDADES

1. **Lee con atención la siguiente noticia:**

> Los osos polares se han visto gravemente afectados por el cambio climático, y los investigadores están preocupados porque si continúa el calentamiento global con los patrones del pasado, entonces su número va a seguir disminuyendo.
>
> Los osos polares viven solo en la región del Ártico, donde caminan por las gruesas capas de hielo. Como este hielo comienza a derretirse, su hábitat natural está siendo destruido y no hay forma de recuperarlo.
>
> Estos cambios climáticos también afectan a su fuente de alimentación. Ellos dependen de las distintas especies de focas como su principal fuente de alimento. A medida que estas especies tienen que moverse para encontrar su propio alimento, los osos polares tienen menos para vivir. Otro problema es que los osos polares se están moviendo demasiado para encontrar comida y un hábitat donde puedan estar contentos. Esto ha llevado a muchos de ellos hacia lugares muy cercanos a los humanos.
>
> Lo que los investigadores han catalogado como un gran problema para muchos osos polares son los cambios en la masa de hielo. Los osos caminan sobre el hielo para llegar a la tierra y volver al agua nuevamente. Lo que puede ocurrir es que mientras los osos polares están en la tierra, la formación de hielo que utilizaron para llegar hasta allí, puede romperse o derretirse. Como resultado, pueden quedarse atrapados en un pedazo de tierra. Si no hay suficiente alimento allí, puede que no sobrevivan.
>
> Osopolarpedia.

— Transforma la noticia en un reportaje. Para ello, ten en cuenta estos aspectos:

- Busca información acerca de las causas por las cuales los osos polares se han convertido en una especie en peligro de extinción.
- Respeta la estructura y las características del reportaje: exhaustividad, claridad y objetividad.
- Puedes incluir tablas, gráficos y esquemas para ilustrar el contenido.
- Comparte con tus compañeros y compañeras el reportaje que has escrito.

2. **Busca un reportaje que te resulte interesante en la edición digital de alguno de los periódicos más importantes.**

— Imprímelo y léelo con atención.

— Señala cuáles son las partes que lo forman y los elementos propios del reportaje que aparecen en él.

— Te proponemos algunos temas:

YOUTUBERS

CAMBIO CLIMÁTICO

3. **Los reportajes pueden ser de carácter objetivo, más parecidos a la noticia, o de carácter interpretativo, donde el periodista aporta juicios de valor.**

— Justifica de qué tipo es el reportaje «Predicciones de la ciencia ficción que se han hecho realidad».

LA CRÓNICA

En los periódicos no solo encontramos noticias y reportajes que pertenecen al género **informativo,** sino también textos, como los artículos, pertenecientes al género de **opinión.**

A mitad de camino entre los textos informativos y los de opinión se encuentra la **crónica,** en la que el autor **informa** acerca de un hecho **actual** y de **interés** y, al mismo tiempo, lo valora exponiendo su opinión.

> La **crónica** es un texto periodístico **mixto** en el que se combinan información y opinión. Se trata de un género de temática variada.

Lee esta crónica y fíjate en los elementos destacados:

Titular

EL HORROR EN LAS CIUDADES NO SE LIMITA A HALLOWEEN

Entradilla

El terror de las ciudades no se limita a un solo día, recuerda Greenpeace en la celebración de Halloween

Cuerpo

El hiperconsumo y la movilidad urbana son ya insostenibles y están acelerando el cambio climático. Eso sí que da miedo y no los disfraces de muerto [...]. (Opinión)

Las ciudades han crecido en tamaño y en emisiones de gases de efecto invernadero. Las más grandes tienen un apetito voraz y consumen dos tercios de la energía mundial, generando más del 70 % de las emisiones globales de CO_2.

El 70 % de las ciudades ya están lidiando con los efectos del cambio climático. Más del 90 % de todas las áreas urbanas son costeras, lo que pone a la mayoría de las ciudades de la Tierra en riesgo por los posibles efectos producidos por el cambio climático, como fuertes tormentas e inundaciones por el aumento del nivel del mar.

El 80 % de la ciudadanía española ya vive en ciudades y las urbes se han convertido en las catedrales del consumo (de agua, energía, contaminación por transporte, productos de usar y tirar, de generación de residuos…). En 2007 se superó por primera vez el porcentaje de personas que viven en ciudades, frente al medio rural, y se espera que siga aumentando. Para 2050, el 70 % de la población mundial vivirá en ciudades y, casi el 15 %, en megaciudades de más de 10 millones de habitantes.

Pero si nosotros somos el problema también somos la solución. Y la solución es urbana. Las ciudades deben tomar el liderazgo en la lucha contra la emergencia climática. De hecho, ya lo están haciendo las más importantes. Son ellas, somos nosotros, los que debemos impulsar el cambio.

Una mejor gestión de la movilidad, los residuos, la alimentación o la energía, entre otras, pueden ser una de las soluciones al cambio climático [...].

La alternativa está en generar ciudades sostenibles, que ofrecen calidad de vida, salud y bienestar a sus habitantes, sin poner en riesgo sus recursos naturales.

Lo que nuestras ciudades hacen individualmente, y al unísono, para abordar el cambio climático, puede establecer la agenda pública para las comunidades y los gobiernos.

20 minutos [en línea],
1/11/2019.

Estas son las **características** que presenta una crónica:

Punto de vista

El autor **informa objetivamente,** pero en la crónica, a diferencia de la noticia y del reportaje, también **aporta su opinión y su punto de vista,** y presenta los hechos desde un enfoque personal.

Temas

La **temática** es **variada.** Según el tema que traten, las crónicas se clasifican en: deportivas, culturales, sociales, de sucesos... En cada caso se requiere una **especialización** por parte del autor.

Estilo

El **estilo** de la crónica ha de ser **claro, sencillo y conciso;** pero a la vez se caracteriza por emplear un **vocabulario rico y recursos literarios:** en este caso encontramos metáforas (*catedrales del consumo*) y personificaciones (*las ciudades tienen un apetito voraz*).

Estructura

La **estructura** suele coincidir, como en este caso, con la estructura básica del texto periodístico (titular, entradilla y cuerpo). Además, responde a las seis preguntas que caracterizan a toda noticia: qué, quién, cuándo, dónde, cómo y por qué.

ACTIVIDADES

1. Fíjate en la siguiente fotografía y en el titular que la acompaña, y redacta una crónica siguiendo los pasos que se indican más abajo:

El sorprendente estilo de Rosalía

— Recuerda que el contenido debe responder a estas seis preguntas:

¿QUÉ?

¿QUIÉN?

¿CUÁNDO?

¿DÓNDE?

¿CÓMO?

¿POR QUÉ?

— Combina la información objetiva con tu valoración o tu visión personal de los hechos.

— Utiliza un vocabulario adecuado, ágil (oraciones simples) y no olvides el empleo de recursos literarios.

2. Os proponemos una actividad en grupo para trabajar más a fondo la crónica.

— Formad grupos de tres o cuatro personas.

— Buscad en periódicos (en papel o digitales) diversos tipos de crónicas: deportivas, culturales, políticas, de sociedad... Recortadlas o copiadlas y clasificadlas.

— Marcad en color azul la información objetiva y en color amarillo la opinión que ofrece el o la periodista.

— Señalad cuál es su estructura.

— Realizad una presentación digital sobre las crónicas que habéis analizado, clasificándolas por temas.

3. Las crónicas, además de aparecer en los periódicos, pueden encontrarse en la radio y en la televisión.

Os proponemos que os convirtáis en cronistas radiofónicos. Seguid estos pasos:

— Por parejas, escoged una de las crónicas de la actividad anterior. Decidid quién será el locutor y quién, el cronista.

— El locutor realizará una breve introducción sobre el cronista y sobre el tema que tratará en la crónica.

— El cronista narrará los hechos respetando un orden e interpretando la información que ofrece.

— Grabaos en un audio y editadlo como si de una crónica radiofónica se tratase.

— Poned en común todas vuestras crónicas.

LA ENTREVISTA

Las entrevistas permiten conocer la vida y las actividades de personajes que interesan al público.

> Una **entrevista** reproduce una conversación planificada entre un entrevistador y un entrevistado con el objetivo de dar a conocer el trabajo, las opiniones o las preferencias de un personaje, normalmente conocido.

Las **entrevistas** suelen difundirse por medio de la **radio,** de la **televisión** o de la **prensa escrita.**

En el caso de la prensa escrita, el entrevistador selecciona las partes de la conversación más interesantes para crear un texto atractivo para el lector.

Lee atentamente el siguiente ejemplo, en el que se reproduce la conversación entre Reza Sayah, el **entrevistador**, y Malala, la persona **entrevistada.**

Fíjate en las características que tienen este tipo de textos:

Titular →

Malala: «La educación es lo más importante»

Entrevistador → Reza Sayah

Entradilla →

Su voz moviliza a miles de personas. La joven pakistaní Malala Yousafzai, activista y bloguera, es entrevistada por un periodista de la CNN y defiende su derecho a la educación y a ayudar a su pueblo.

Preguntas del entrevistador →

¿Por qué arriesgas tu vida para ser escuchada?

Respuestas de la entrevistada →

Porque pienso que mi pueblo me necesita, y creo que tengo que hacerme escuchar. Si no lo hago ahora, ¿cuándo?

Muchas personas dirán que, como eres tan joven, no tienes derechos, tienes que obedecer a tus padres...

No, claro que tengo derechos: tengo derecho a la educación, el derecho a jugar, a cantar, tengo el derecho a ir al mercado..., tengo derecho a alzar la voz.

¿De quién has aprendido esos valores?

Aprendí qué es la compasión gracias a Mahoma, Jesucristo y Buda; recibí el legado de Martin Luther King y de Nelson Mandela, y aprendí de Gandhi y de la Madre Teresa la filosofía de la no violencia. También aprendí qué es el perdón, gracias a mi madre y a mi padre. Por eso mi alma me dice: «Sé pacífica y ama a todo el mundo».

El 9 de octubre de 2012, resultaste herida de gravedad por los disparos de militantes talibanes. Después de ese terrible suceso, ¿no temes por tu vida?

No hay que tener miedo. Por suerte sigo viva y seguiré luchando para lograr formas efectivas de enfrentarnos a la discriminación y a los abusos a los cuales son sometidas millones de niñas en todo el mundo.

¿Qué objetivos pretendes alcanzar con tu lucha?

Nuestra lucha ya está obteniendo grandes logros, por ejemplo, el reconocimiento de la obligatoriedad y gratuidad de la educación para todos los niños y las niñas en Pakistán.

Si tú gobernaras en tu país, ¿qué harías? ¿Cómo manejarías la situación?

En primer lugar, me gustaría crear muchas escuelas en mi país, porque la educación es lo más importante. Debemos tomar los libros y las plumas porque son nuestras armas más poderosas. Un libro y una pluma pueden cambiar el mundo.

CNN (fragmento adaptado de la entrevista).

En toda entrevista, el entrevistador selecciona, interpreta y reproduce la conversación siguiendo esta estructura:

Titular

El **titular** debe ser **atractivo** para despertar el interés del lector.

Entradilla

Se describe a la persona entrevistada. En este caso se indica cuál es su nombre, de dónde procede y el motivo por el que es conocida.

Preguntas y respuestas

El tipo de preguntas **varía según la información que se desea obtener** (opinión, personalidad, gustos...), pero siempre están preparadas y pensadas de antemano. Sin embargo, puesto que se trata de un tipo de texto oral, también hay lugar para la improvisación, según cómo transcurra la conversación. La entrevista puede terminar con un comentario, una **valoración** o una síntesis del entrevistador, aunque no es imprescindible. Además, puede ir acompañada de **fotografías u otros elementos gráficos.**

ACTIVIDADES

1. Responde a estas preguntas sobre la entrevista a Malala Yousafzai:
   - ¿Cuál es el motivo por el que se entrevista a Malala?
   - ¿Qué interés puede tener un personaje como Malala para el público?
   - ¿Qué temas trata Malala en su entrevista?
   - ¿Qué te gustaría preguntarle? Piensa cuál crees que sería la respuesta a esas preguntas.

2. La entrevista es un tipo de texto muy habitual en los medios de comunicación. Busca ejemplos de entrevistas extraídas de la radio o de la televisión.

   — Selecciona la que más haya llamado tu atención y responde a estas preguntas:
   - ¿Quiénes son el entrevistador y el entrevistado?
   - ¿Qué interés tiene para el público la persona entrevistada?; ¿cuál es su profesión?
   - ¿Qué preguntas del entrevistador te han resultado más interesantes?
   - ¿Qué datos u opiniones del entrevistado han llamado tu atención? Justifica tu respuesta.

   — Escribe un título y una entradilla para la entrevista que estás analizando. Recuerda qué características deben presentar estas dos partes de la entrevista.

3. Elabora una lista de diez preguntas que harías si pudieras entrevistar a una persona por la que sientas admiración (cantante, deportista, actor o actriz de tu serie preferida...).

4. Os proponemos que realicéis una entrevista para, después, editarla y registrarla en vídeo con Movie Maker, iMovie... o cualquier otro editor de vídeo. Para ello:
   - Dividid la clase en tres grupos. Cada uno buscará información sobre una de estas personas famosas:

   Greta Thunberg

   Ibai Llanos

   Jack Andraka

   - Preparad el guion de la entrevista y redactad las preguntas a partir de los principales asuntos que queráis tratar.
   - Un miembro del grupo representará al personaje y deberá estudiar a fondo la información que se ha recogido.
   - Realizad y grabad las entrevistas con Movie Maker. Después, visualizadlas en clase y comentadlas.
   - Por último, imprimidlas y exponedlas en un mural para que todos podáis leerlas.

EL TEXTO ARGUMENTATIVO

La argumentación tiene como objetivo la **defensa** de una **opinión** o **idea** (también llamada **tesis**).

En nuestra vida diaria podemos encontrar textos argumentativos en los artículos de opinión de los periódicos, por ejemplo; o podemos elaborar uno al redactar una reclamación en un restaurante.

Lee con atención el que te presentamos a continuación:

NATURALEZA AMENAZADA

Tesis

Los consumidores debemos asumir diversas pautas en nuestros hábitos diarios para salvar el futuro de la variedad de seres vivos que pueblan la Tierra. La destrucción de hábitats, la extracción insostenible de los recursos naturales, las especies invasoras, el calentamiento global y la contaminación son algunas de las principales amenazas contra la biodiversidad.

El transporte, las industrias que extraen los recursos naturales, la contaminación, las represas, la agricultura, la pesca o la silvicultura han propiciado cambios radicales en los hábitats de todo el planeta. El abandono del mundo rural y la introducción de nuevas e insostenibles actividades son otros factores que desestabilizan el frágil equilibrio de los ecosistemas.

Argumentos

1. La sobreexplotación ha acelerado el ritmo de desaparición de las especies. La caza y la pesca son las dos técnicas más antiguas que el ser humano ha utilizado para su supervivencia. Estas acciones no son en sí el problema, sino la intensidad con la que se llevan a cabo en las últimas décadas.

2. Las especies invasoras son la segunda principal amenaza para la biodiversidad. El número de especies introducidas en todo el mundo se ha incrementado en gran medida en las últimas décadas. El aumento de los transportes internacionales y el turismo, la construcción de infraestructuras que rompen fronteras naturales, el cultivo de especies acuáticas o el tráfico y el abandono de mascotas son algunas de las principales causas.

3. El cambio climático causará de forma directa la pérdida de hábitats y de las especies que los pueblan. El impacto que sufren algunas especies en concreto son una prueba de que el calentamiento global afecta ya a la pérdida de biodiversidad. En algunas regiones del planeta, el problema puede ser mucho más grave: el derretimiento del hielo en los casquetes polares puede dejar sin hogar a las especies únicas que lo habitan, como los osos polares o los pingüinos.

4. La contaminación por diversos agentes químicos es el otro gran elemento que incide en la desaparición de especies. La aprobación en los últimos años de legislaciones cada vez más severas y su cumplimiento ha contribuido a mejorar la calidad del aire y la limpieza del entorno natural. Sin embargo, algunos lugares del mundo sufren todavía altos niveles de polución que repercuten en la biodiversidad. Un problema particular que suele pasar inadvertido es la eutrofización: el agua recibe un vertido (directo o indirecto) de nutrientes, como desechos agrícolas o forestales.

Conclusión

Las medidas para cuidar la biodiversidad están en manos de los gobiernos, pero también de los consumidores. La concienciación es el primer paso. Como ciudadanos, la biodiversidad puede parecer algo lejana y sin repercusión en la vida cotidiana. Sin embargo, el aire que se respira y el agua y la comida que se consumen no serían posibles sin la variedad y la abundancia que pueblan la Tierra. Cuidar la biodiversidad permite no solo que las especies sobrevivan, sino también que los propios humanos tengan un futuro sobre el planeta.

Consumer.

El **texto argumentativo** tiene como finalidad defender con razones y **argumentos** una **tesis,** es decir, una idea que se quiere demostrar.

Estas son algunas de las características que presenta un texto argumentativo:

Estructura

Los textos argumentativos constan de las siguientes **partes:**

- **Tesis:** es la **idea u opinión** que se defiende a lo largo del texto y en torno a la cual se reflexiona. Debe ser **breve y clara.**
- **Argumentos:** son las razones que se ofrecen para apoyar la tesis.
- **Conclusión: confirma la tesis inicial** una vez que se ha razonado y suele resumir los argumentos que se han expuesto.

Estilo

El **estilo** de los textos argumentativos debe ser **claro y directo.** Sus rasgos más característicos son:

- Los **tiempos verbales** que predominan son el presente (*extraen, desestabiliza*) y el futuro de indicativo (*causará*).
- Los **adjetivos** suelen tener usos específicos (*insostenibles actividades, frágil equilibrio*).
- Las oraciones y los párrafos se enlazan mediante **conectores** de diversos tipos: causales, adversativos... (*mejorar la calidad del aire y la limpieza del entorno natural. Sin embargo, algunos lugares...*).
- La **precisión léxica** se consigue gracias al uso de cultismos y tecnicismos propios del ámbito al que pertenece el tema que se trata (*biodiversidad, silvicultura...*).

ACTIVIDADES

1. Lee el texto y responde a las cuestiones que se plantean.

La realidad de la pena de muerte

La pena de muerte o pena capital es una negación extrema de los derechos humanos porque consiste en el homicidio premeditado a sangre fría de un ser humano a manos del Estado y en nombre de la justicia.

Al igual que la tortura, una ejecución constituye una agresión física y mental a una persona. Si la mayoría de la gente se indigna ante la tortura, ¿no debería sentir aún más indignación ante el sufrimiento mental de quien sabe de antemano que va a ser ejecutado?

Por otro lado, la pena de muerte es discriminatoria y a menudo se utiliza de forma desproporcionada contra los económicamente desfavorecidos, las minorías y los miembros de comunidades raciales, étnicas o religiosas.

En definitiva, la pena de muerte es el castigo más cruel, inhumano y degradante y, por eso, tendría que abolirse.

Amnistía Internacional (www.amnesty.org/es).

— ¿Sobre qué habla el texto?

— Indica en cuántos párrafos se estructura el texto y qué idea transmite cada uno de ellos.

— Copia la tesis que se defiende en el texto.

— Justifica que se trata de un texto argumentativo.

2. Varios subgéneros periodísticos adoptan la forma argumentativa, entre ellos, el artículo de opinión, el editorial y las cartas al director.

— Localiza en varios periódicos (pueden ser digitales o en papel) un ejemplo de cada uno de los subgéneros periodísticos que hemos nombrado.

— Fotocópialos o imprímelos y, después, pégalos en tu cuaderno para poder analizarlos.

— Identifica las características propias de los textos argumentativos que estén presentes en los textos que has encontrado.

3. Leed el texto *Naturaleza amenazada* empleando la **técnica cooperativa** *lectura compartida.* Para ello, organizaos en grupos de tres.

— Un miembro de cada equipo leerá el primer párrafo del texto. La lectura debe ser clara, y la dicción, correcta.

— El siguiente (según el sentido de las agujas del reloj) deberá explicar lo que ha leído su compañero o compañera y hacer un resumen.

— Los otros dos deberán decir si es correcto o no, o si están de acuerdo o no con lo que ha dicho el segundo.

— A continuación, el segundo del grupo (que ha hecho el resumen) leerá el siguiente párrafo del texto, y el proceso se repetirá, de modo que todos realicen todas las tareas (leer, explicar/resumir, opinar/argumentar).

EL ANUNCIO PROPAGANDÍSTICO

Un **anuncio propagandístico** pretende convencer y aconsejar al público para que actúe de una manera determinada e influir sobre su conducta.

¿De qué te quiere convencer este **anuncio?**

ACTIVIDADES

Escucha

1. Responde a estas preguntas sobre el anuncio que acabas de escuchar:
   - ¿Cuál es su finalidad?
   - ¿Quién era Jorge Luis Borges?
   - ¿Cuál es el eslogan del anuncio?
   - ¿Qué funciones del lenguaje predominan?
2. ¿Por qué crees que la opinión de Jorge Luis Borges sobre la lectura es importante?
3. Copia en tu cuaderno los tres fragmentos literarios que has escuchado e indica de cada uno:
   - Su autor o autora.
   - De qué obra forma parte.
   - A qué género literario pertenece.
4. ¿Conocías con anterioridad alguno de los fragmentos que has escuchado?
5. En tu opinión, ¿este anuncio cumple con el objetivo de fomentar la lectura? Argumenta tu respuesta.

Un anuncio propagandístico…

Puede adoptar distintas formas: social, cultural, cívica, deportiva, etc.

- Suele incluir un **eslogan** breve que capta la atención de los oyentes.
- En muchas ocasiones, incluye **música** o una **canción** que llama la atención del público y consigue despertar su interés.

Habla

6. Imagina que trabajas en una agencia de publicidad junto con tu socio y que la biblioteca municipal os ha contratado para crear un anuncio propagandístico que fomente la lectura entre los lectores más pequeños (6 a 9 años).

   — Seguid estos pasos para crear vuestro anuncio:
   - Elegid un fragmento de un cuento infantil (popular, tradicional, moderno, etc.) que penséis que puede resultar motivador para los niños y niñas.
   - Elaborad un guion en el que incluyáis un eslogan atractivo y divertido.
   - Cread un texto que motive al público y logre que se interese por la lectura.
   - Escoged una música o canción que acompañe al anuncio.

   — Una vez que tengáis el guion elaborado, podéis proceder a grabar vuestro anuncio siguiendo estas indicaciones:
   - Descargad la aplicación Audacity que permite grabar archivos de voz y editarlos.
   - Haced varias pruebas hasta que obtengáis el resultado deseado.
   - Una vez tengáis el archivo definitivo, compartidlo con el resto de la clase.
   - Explicad por qué habéis elegido ese fragmento de cuento y la música que lo acompaña.

Para presentar un anuncio…

- Seguid un **orden:** eslogan, texto…; la elaboración previa del guion os ayudará.
- Es importante crear un tono de **expectación** e **interés** que logre atrapar a la audiencia.
- Emplead un lenguaje claro, accesible y **comprensible** para todos y todas.
- Si se os olvida algún detalle del guion, **improvisad** y no detengáis la presentación.

EL DEBATE 12

El **debate** es un acto de comunicación en el que varias personas exponen su opinión sobre un tema y aportan argumentos en apoyo de esa opinión o en contra de las opuestas.

ACTIVIDADES

Escucha

Escucha este interesante **debate**

1. Contesta a las siguientes preguntas acerca del debate que acabas de escuchar:
   - ¿Sobre qué tema se está debatiendo?
   - ¿Quién es la moderadora del debate?
   - ¿Cuál es la función de la moderadora del debate?
   - ¿Quiénes son los participantes en el debate?
   - ¿En calidad de qué interviene cada uno de los participantes?

2. Completa esta información sobre los participantes en el debate:

Ponente	Tesis que defiende	Argumentos que aporta
Aurora	...	...
Oponente	**Tesis que defiende**	**Argumentos que aporta**
Joaquín	...	...

3. Indica con qué participante en el debate estás más de acuerdo y di por qué.

4. Actualmente, las redes sociales se han convertido en un espacio donde la gente debate distintos temas de manera informal.
   - ¿Crees que en las redes sociales se cumplen las normas de respeto requeridas?
   - ¿Se respetan las opiniones de todos y todas?

Habla

5. Os proponemos que abráis un debate a partir de esta cuestión que os planteamos:

¿La vida es igual en todas las partes del mundo? ¿Todo el mundo es capaz de vivir en todos los lugares del planeta?

— Vuestro profesor/a puede ejercer de moderador y encargarse de conceder el turno de palabra a los participantes.

— Dividíos en **dos** grupos:

Ponentes: defienden una opinión. Están a favor de la afirmación propuesta.

Oponentes: defienden la opinión contraria. Están en contra de la afirmación propuesta.

— Ambos grupos elaborarán la lista de los argumentos a favor o en contra de sus tesis.

— En cada grupo decidirán qué miembro expondrá los argumentos públicamente.

En un debate...

- Argumentad de forma clara y precisa.
- Adaptad vuestros argumentos al nivel de conocimiento de los oyentes.
- Evitad las repeticiones y las referencias a asuntos que se alejen del tema.
- Procurad mantener el interés a lo largo de todo el debate.
- Tened en cuenta que todas las opiniones son dignas de ser escuchadas.
- Respetad el turno de palabra de cada participante.

LA CONVERSACIÓN ESPONTÁNEA

Una **conversación o diálogo espontáneo** es una interacción oral, que se da de forma espontánea, en la que dos o más interlocutores intercambian impresiones, opiniones e información.

¿Qué son los tepuyes?
Escucha y descúbrelo

ACTIVIDADES

Escucha

1. Responde a estas preguntas relacionadas con la conversación que has escuchado:
   - ¿En qué país abundan los tepuyes?
   - ¿En qué zonas, concretamente?
   - Según los antiguos habitantes de estas regiones, ¿qué albergaban los tepuyes?
2. Anota tres características de los tepuyes que se citan en la audición.
3. Un conocido escritor se inspiró en los tepuyes para escribir una de sus novelas. Escribe en tu cuaderno:
   a) El nombre del autor.
   b) El título de la novela.
   c) De qué trata dicha novela.
4. Escribe el nombre de los dos tepuyes que se mencionan en la audición. Explica, también, alguna de sus características.
5. Una *muletilla* es una palabra o expresión que se repite en una conversación con excesiva frecuencia. Anota la muletilla que emplea Sonia constantemente.
6. Tras escuchar la conversación entre Mario y Sonia, elige las características de la conversación espontánea.
   a) Tiene carácter informal.
   b) Es formal y tiene una estructura fija.
   c) Emplea un registro formal de la lengua.
   d) Se pueden producir interrupciones entre los participantes.
   e) Utiliza un registro coloquial de la lengua.

Habla

7. En parejas, elegid una de estas situaciones y preparad un diálogo espontáneo:
   a) Luis y Pilar, compañeros de tercer curso de ESO, coinciden en la biblioteca cuando ambos quieren coger en préstamo el mismo libro.
   b) Andrés y Elena, vecinos de toda la vida y ya entrados en años, se encuentran en el rellano de la escalera y ven que no funciona el ascensor.
   c) Carla es la tía de Mateo, que tiene 10 años; Carla telefonea a su sobrino para saber si le apetece ir con ella al cine a ver la última película de su saga favorita.
8. A continuación, representad vuestro diálogo ante la clase. No podéis utilizar soporte escrito, pero está permitido improvisar lo que sea necesario.

En una conversación...

- Prestad atención a cómo habla la gente a vuestro alrededor.
- Emplead **muletillas, interjecciones** y **exclamaciones;** por ejemplo:

  ¡Ya te digo!
  ¿Eh?, ¿verdad?, ¿no?
  ¡Vale!
  ¡Y que lo digas!
- Pensad en la **edad** de los participantes en el diálogo: no habla de la misma manera una chica de vuestra edad que un anciano.
- Leed algún guion de cine u obra de teatro para inspiraros: son buenos **modelos** de diálogos espontáneos.

EL COLOQUIO 14

El **coloquio** es una conversación sobre un tema entre varios participantes que intercambian opiniones y experiencias. Es similar al debate, pero a diferencia de este las ideas que se intercambian en el coloquio no necesariamente deben ser opuestas.

¿Educación emocional?
Escucha el coloquio

ACTIVIDADES

Escucha

1. Señala cuál es el tema del coloquio:
   a) La presentación de un libro de texto.
   b) La introducción de nuevas asignaturas en el currículo escolar.
   c) La necesidad de la educación emocional en el ámbito escolar.

2. Responde a estas preguntas:
   - ¿Cuántas personas intervienen en el coloquio?
   - ¿Desempeñan todas la misma función en el intercambio comunicativo? Justifica tu respuesta.
   - Según Javier, ¿se da a la educación emocional la importancia que merece en el sistema escolar?
   - ¿Qué es un *maestro del corazón*? ¿Se necesita una preparación especial para serlo?
   - ¿Piensan de la misma manera los dos participantes en el coloquio? Justifica tu respuesta.

3. ¿Qué es la *empatía*?

4. Explica con tus palabras qué significa la siguiente afirmación en el contexto en que aparece: «A veces tenemos dentro a un gran desconocido».

Habla

5. Organizad en clase un coloquio sobre la importancia de la lectura en la infancia. Para ello, seguid estos pasos:
   - Buscad información individualmente sobre el tema para construir vuestra opinión.
   - Elegid a una persona para que modere el coloquio y dé la palabra a los participantes.
   - El moderador o moderadora introducirá el tema del coloquio y hará la primera pregunta.
   - Cada participante expondrá su opinión y el moderador establecerá el tiempo de participación de cada uno.
   - El moderador seguirá con las preguntas hasta que considere que es el momento de terminar.

En un coloquio...

- Exponed vuestras opiniones de forma clara y precisa.
- Aportad datos y explicaciones a la información que deis.
- Emplead un tono de voz adecuado para que vuestro mensaje sea claro y, para mantener la atención del público, intentad que no resulte monótono.
- Respetad el turno de palabra de cada participante.

15 LA EXPOSICIÓN ORAL

La **exposición oral** tiene como finalidad transmitir de forma oral una determinada información de forma clara y objetiva sobre un tema determinado.

Escucha este caso de **convivencia entre culturas**

ACTIVIDADES

Escucha

1. Contesta a las siguientes preguntas acerca del texto que acabas de escuchar:
   - ¿Cómo es la relación entre cristianos y musulmanes durante la Edad Media en la Península?
   - Describe la importancia del legado árabe en la cultura hispánica.
   - ¿En qué áreas del conocimiento es más visible la herencia árabe en la cultura española?
   - ¿Qué influencia tiene la lengua árabe sobre el castellano? ¿Es importante?
   - ¿Qué ejemplo de convivencia se cita entre las culturas cristiana, musulmana y judía?

Habla

2. La Edad Media es un período en el que coinciden en la Península tres culturas: cristiana, musulmana y judía, lo cual comporta continuas luchas territoriales entre los reinos de la Península.

   En la actualidad en la Península Ibérica también hay una gran confluencia de culturas debido en buena medida a la inmigración, que se aceleró a finales del siglo XX.

   Formad grupos de cuatro personas y preparad un texto expositivo sobre las diferentes culturas que conviven en vuestro barrio o localidad.

   — Pueden ayudarte las siguientes preguntas:
   - ¿Qué culturas conviven? ¿Cuál es su lugar de origen?
   - Si son de fuera, ¿cuál es el motivo que les llevó a emigrar?
   - ¿Cuál es su situación en nuestro país?
   - ¿Cómo conviven las diferentes culturas entre ellas?

3. Exponed oralmente la información que habéis recopilado. Para ello debéis tener en cuenta los consejos del margen de esta página.

En una exposición oral...

Si se trata de una exposición en grupo, pactad de antemano qué parte explicará cada uno: la introducción, los diferentes aspectos sobre el tema y finalmente las conclusiones.

- Prepara un guion sobre tu exposición para que te sirva de apoyo.
- Habla despacio para que la información sea comprensible para el oyente.
- Durante la exposición, utiliza conectores que enlacen y cohesionen las ideas: *asimismo, ciertamente, en primer lugar, por esta razón, para terminar, en conclusión...*
- Una vez terminada la exposición, abre un turno de preguntas para que tus compañeros puedan exponer sus dudas.

LA OPINIÓN 16

Expresar la **opinión** abiertamente es un derecho de todas las personas. De hecho, a lo largo del día, manifestamos nuestra opinión en muchos aspectos de la vida cotidiana: por ejemplo, opinamos sobre una película que hemos visto, sobre un libro que hemos leído, sobre el color del que nos gustaría pintar nuestra habitación...

De manera más formal, encontramos opiniones en diversos contextos y sobre distintos temas, como por ejemplo, la crítica de un espectáculo teatral, de una exposición de pintura, de una obra literaria....

ACTIVIDADES

Escucha

¿Te gusta el teatro?
Escucha esta crítica teatral

1. **Explica con tus palabras qué significa que los actores de Ron Lalá son *auténticos animales de escena.***

   — Escribe los argumentos que da Alfonso para apoyar esta tesis.

2. **Indica la opinión de Alfonso acerca de los siguientes aspectos de la obra:**

   a) Iluminación

   b) Vestuario

   c) Escenografía

   d) Efectos especiales, diálogos y canciones

3. **Después de escuchar la opinión del experto, ¿te animarías a ver esta obra? Justifica tu respuesta.**

4. **Explica si has visto alguna vez alguna obra teatral de un autor clásico.**

   — ¿Qué otras obras teatrales has visto?

Habla

5. **Expresa tu opinión sobre un espectáculo que hayas visto (puede ser una película, un recital, un concierto...) o sobre un libro que hayas leído.**

   — Para ello, sigue estos pasos:

   - Antes de expresar tu opinión, **piensa** en aportar información sobre:

     a) Qué has entendido del argumento.

     b) Cómo son los personajes.

     c) Qué te ha gustado más.

     d) Qué cambiarías y por qué.

   - **Refuerza** tu opinión con razones lógicas, ejemplos o experiencias de la vida cotidiana, datos objetivos, estadísticas, etc.

   - **Respeta** las opiniones de tus compañeros y compañeras, y no intentes imponer la tuya.

   - **No te enfades** si otras personas tienen una opinión distinta a la tuya.

   - No **eleves** el tono de **voz;** gritar o hablar más alto no hace que tengas más razón.

A la hora de opinar...

Para **dar tu opinión:**

Me parece que…
Opino que…
A mi juicio…
Pienso que…
Desde mi punto de vista…
A mi modo de ver…
Considero que…
A mi entender/parecer…

Para **pedir opinión:**

¿Qué piensas de…?
¿Cómo valorarías…?
¿A ti qué te parece…?
Y tú, ¿cómo ves…?
¿Qué opinas de…?
¿Qué crees sobre…?

EL REPORTAJE AUDIOVISUAL

¿Crear un grupo de teatro?
Escucha el **reportaje**

El **reportaje audiovisual** tiene como objetivo **contar** unos hechos de interés a través de la imagen y el sonido. En ocasiones, se acompañan de **entrevistas** a personas relacionadas con el tema.

ACTIVIDADES

Escucha

1. **Contesta a estas preguntas sobre el reportaje de la productora La Mosca Azul.**
   - ¿Quiénes han sido los creadores del grupo de teatro en el IES Rosa Parks?
   - ¿Cuál es su objetivo principal?
   - ¿Qué características tienen los chicos y chicas que participan?
   - ¿Sobre qué temas versan sus obras?
   - ¿Quién escribe los textos que después se representan?

2. **Indica cuáles de las siguientes afirmaciones son verdaderas (V) y cuáles son falsas (F). Justifica tu respuesta.**

	V	F
Gran parte del alumnado se quedó sin plaza en el grupo de teatro.		
El equipo directivo del centro no estuvo de acuerdo con esta iniciativa.		
La relación entre todos los miembros del grupo es muy buena.		

3. **Señala cuáles de estas características has detectado en el reportaje:**
   - El lenguaje es sencillo y comprensible.
   - El periodista tiene buena entonación y dicción.
   - La estructura es muy clara: tiene introducción, nudo y desenlace.
   - Incluye una entrevista que refuerza la información que se está presentando.

Habla

4. **Imaginad que trabajáis para una empresa productora de reportajes y estáis elaborando uno sobre la última película del actor o actriz que el año pasado recibió el Premio Goya al mejor actor o actriz revelación.**

— En parejas, representad la entrevista. Para ello, repartíos los roles de periodista y entrevistado y seguid estas indicaciones:

Periodista

- Prepara un guion con las **preguntas:** la obra, vocación de actor, su modo de ensayar y actuar, en qué se inspira y otras curiosidades.
- Antes de empezar a preguntar, saluda, di quién eres y justifica la **finalidad** de la entrevista.
- Formula alguna pregunta **improvisada.**

Actor/actriz

- Busca **información** sobre la carrera profesional y la faceta personal del personaje.
- Muestra **seguridad** en tus respuestas y no vaciles al contestar.
- Cuida el lenguaje **verbal** y el **no verbal.** Cuida los gestos.
- Despídete y expresa tu **agradecimiento** por la entrevista.

— Grabad la entrevista en vídeo o con una grabadora y compartidla con el resto de la clase.

Para realizar una entrevista...

Seguid estas **recomendaciones:**

- Respetad el **turno de palabra:** no interrumpáis a vuestro interlocutor o interlocutora.
- Si eres el entrevistador o entrevistadora, manifiesta **interés** por lo que contesta la persona a la que entrevistas.
- No formuléis preguntas demasiado largas ni os extendáis demasiado en las respuestas.
- **Sentaos** uno frente al otro, para que ambos interlocutores podáis veros las caras.

LA MAGIA DE LOS LIBROS

Escucha la **NARRACIÓN**

Antes de leer el siguiente fragmento del libro *La historia interminable*, te invitamos a escuchar la opinión de alguien que ya lo ha leído...

Las pasiones humanas son un misterio, y a los niños les pasa lo mismo que a los mayores. Los que se dejan llevar por ellas no pueden explicárselas, y los que no las han vivido no pueden comprenderlas. Hay hombres que se juegan la vida para subir a una montaña. Nadie, ni siquiera ellos, puede explicar realmente por qué. Otros se arruinan para conquistar el corazón de una persona que no quiere saber nada de ellos. Unos cuantos creen que solo serán felices en algún lugar distinto, y recorren el mundo durante toda su vida. Y unos pocos no descansan hasta que consiguen ser poderosos. En resumen, hay tantas pasiones distintas como hombres distintos hay.

La pasión de Bastián Baltasar Bux eran los libros.

Quien no haya pasado nunca tardes enteras delante de un libro, con las orejas ardiéndole y el pelo caído por la cara, leyendo y leyendo, olvidado del mundo y sin darse cuenta de que tenía hambre o se estaba quedando helado...

Quien nunca haya leído en secreto a la luz de la luna de una linterna, bajo la manta, porque su padre o su madre o alguna otra persona solícita le ha apagado la luz con el argumento bien intencionado de que tiene que dormir, porque mañana hay que levantarse temprano...

Quien nunca haya llorado abierta o disimuladamente lágrimas amargas, porque una historia maravillosa acaba y había que decir adiós a personajes con los que había corrido tantas aventuras, a los que quería y admiraba, por los que había temido y rezado, y sin cuya compañía la vida parecería vacía y sin sentido...

Quien no conozca todo eso por propia experiencia no podrá comprender probablemente lo que Bastián hizo entonces...

Miró fijamente el título del libro y sintió frío y calor a un tiempo. Eso era, exactamente, lo que había soñado tan a menudo y lo que, desde que se había entregado a su pasión, venía deseando: ¡Una historia que no acabase nunca! ¡El libro de todos los libros!

¡Tenía que conseguirlo, costase lo que costase!

¿Costase lo que costase? ¡Eso era muy fácil de decir! Aunque habría podido ofrecerle más de los tres marcos y cincuenta *pfennig* que le quedaban de su paga..., aquel antipático señor Koreander le había dado a entender con toda claridad que no le vendería ningún libro. Y, desde luego, no se lo iba a regalar. La cosa no tenía solución...

Y, sin embargo, Bastián sabía que no podría marcharse sin el libro. Ahora se daba cuenta de que precisamente por aquel libro había entrado allí, de que el libro lo había llamado de una forma misteriosa porque quería ser suyo, porque, en realidad, ¡le había pertenecido siempre!

Antes de darse cuenta de lo que hacía, se había metido muy deprisa el libro bajo el abrigo y lo sujetaba contra el cuerpo con ambos brazos. Sin hacer ningún ruido, se dirigió a la puerta

solícita: servicial y atenta.

marcos: monedas alemanas.

pfennig: moneda de céntimo de marco.

latón: aleación de cobre y de cinc.

naftalina: hidrocarburo que se usa como desinfectante.

entarimado: suelo formado por tablas ensambladas.

de la tienda andando hacia atrás y mirando entre tanto temerosamente a la otra puerta, la del despacho. Levantó el picaporte con cautela. Quería evitar que las campanillas de latón sonaran y abrió la puerta de cristal solo lo suficiente para poder deslizarse por ella. Silenciosa y cuidadosamente, cerró la puerta por fuera.

Y solo entonces comenzó a correr.

Los cuadernos, los libros del colegio y la caja de lápices saltaban y tableteaban en su cartera al ritmo de sus piernas. Le dio una punzada en el costado, pero siguió corriendo.

La lluvia le resbalaba por la cara, metiéndosele por el cuello. El frío y la humedad le calaban el abrigo, pero Bastián no lo notaba. Sentía calor, y no era solo de correr.

Su conciencia, que antes, en la tienda, no había dicho esta boca es mía, se había despertado de repente. Todas las razones que habían sido tan convincentes le parecieron de pronto totalmente increíbles, y se fundieron como monigotes de nieve bajo el aliento de un dragón.

Había robado. ¡Era un ladrón!

Lo que había hecho era incluso peor que un robo corriente. Aquel libro era seguramente un ejemplar único e insustituible. Sin duda había sido el mayor de los tesoros del señor Koreander. Quitarle a un violinista el violín o a un rey su corona era peor que llevarse el dinero de un banco.

Bastián había dejado de correr. Ahora andaba despacio y, al final de la calle, vio el edificio del colegio. De pronto se le ocurrió el lugar adecuado, el único en donde —por lo menos, de momento— no le buscarían ni encontrarían.

El desván era grande y oscuro. Olía a polvo y a naftalina. No se oía ningún ruido, salvo el suave tamborileo de la lluvia sobre las planchas de cobre del gigantesco tejado. Fuertes vigas, ennegrecidas por el tiempo, salían a intervalos regulares del entarimado, uniéndose más arriba a otras vigas del armazón del tejado y perdiéndose en algún lado en la oscuridad. Aquí y allá colgaban telas de araña, grandes como hamacas, que se columpiaban suave y fantasmalmente en el aire.

Poco a poco sus ojos se iban acostumbrando a la penumbra. Conocía el lugar. Seis meses antes, el portero del colegio le había pedido que le ayudase a transportar un gran cesto de ropa lleno de viejos formularios y papeles que había que dejar en el desván. Entonces Bastián había visto dónde se guardaba la llave de la puerta: en un armarito que había en la pared, junto al tramo superior de la escalera. Desde entonces no había vuelto a pensar en ello. Pero ahora se había acordado otra vez.

Bastián comenzó a tiritar. Se quitó el abrigo mojado y lo colgó en el ropero. Se quitó también las botas empapadas. En calcetines, se sentó al estilo árabe sobre las colchonetas y, como un indio, se echó las mantas grises por los hombros. Junto a él tenía su cartera... y el libro de color cobre.

Pensó que los otros, en la clase de abajo, debían de estar dando precisamente Lengua. Quizá tuvieran que escribir una redacción sobre algún tema aburridísimo.

Bastián miró el libro.

«Me gustaría saber», se dijo, «qué pasa realmente en un libro cuando está cerrado. Naturalmente dentro hay solo letras impresas sobre el papel; pero sin embargo... Algo debe de pasar, porque cuando lo abro aparece de pronto una historia entera. Dentro hay personas que no conozco todavía, y todas las aventuras, hazañas y peleas posibles... y a veces se producen tormentas en el mar o se llega a países o ciudades exóticos. Todo eso está en el libro de algún modo. Para vivirlo hay que leerlo, eso está claro. Pero está dentro ya antes. Me gustaría saber de qué modo».

Y de pronto sintió que el momento era casi solemne.

Se sentó derecho, cogió el libro, lo abrió por la primera página y comenzó a leer...

Michael Ende, *La historia interminable*. Alfaguara.

ACTIVIDADES

Obtención de información

1. Responde a estas preguntas sobre el texto:
   - ¿Por qué el libro llama la atención de Bastián?
   - ¿Por qué no puede comprarlo? ¿Cómo consigue llevárselo?
   - ¿Cómo se siente el protagonista tras llevarse el libro? ¿Dónde lo lee?
   - ¿Qué sensaciones experimenta Bastián antes de empezar a leerlo?

   — Resume el texto a partir de las respuestas.

2. Localiza en el texto una oración que pueda servir como título.

Interpretación

3. ¿En cuántas partes puede dividirse el texto? Señálalas.

4. Escribe un sinónimo para cada una de las palabras y expresiones subrayadas.
   - Levantó el picaporte con <u>cautela</u>.
   - No se oía ningún ruido, salvo el <u>suave</u> <u>tamborileo</u> de la lluvia.
   - <u>Fuertes</u> vigas, <u>ennegrecidas</u> por el tiempo, salían a intervalos regulares del entarimado.
   - <u>Poco a poco</u> sus ojos se iban acostumbrando a la <u>penumbra</u>.

5. Explica qué significa la expresión subrayada:

   Su conciencia, que antes, en la tienda, no había dicho <u>esta boca es mía</u>, se había despertado de repente.

6. ¿En qué persona gramatical se cuenta la historia? ¿Cómo es el narrador, observador u omnisciente? Razona tus respuestas.

Reflexión

7. Indica cuál crees que es la finalidad del texto.
   - El autor pretende que comprendamos el comportamiento de Bastián.
   - El autor pretende mostrar al lector, a través de la historia de Bastián, lo positivo de la pasión por los libros y la lectura.
   - El autor pretende hacer reflexionar al lector sobre las pasiones y las consecuencias de dejarse llevar por ellas.

8. La pasión de Bastián son los libros. ¿En qué parte de la lectura se transmite la sensación que experimenta cada vez que abre un libro? Escoge la imagen o la idea que más te guste y explica por qué.

   — ¿A qué otras pasiones se hace referencia en el texto? Cítalas empleando únicamente un sustantivo.

   — ¿Cuál es tu pasión? Redacta un texto en tu cuaderno explicando, brevemente, en qué consiste y valorando qué aporta a tu vida.

Expresión

9. Busca en Internet el tráiler de la película *La historia interminable,* basada en la novela de la que forma parte el texto de la lectura.

   — Quizá ya hayas visto la película; si no es así, imagina a partir de las imágenes cuál puede ser el argumento de la historia y redáctalo.

LA HIJA DEL TUAREG

Escucha esta **NARRACIÓN**

Antes de leer el siguiente fragmento del libro *La hija del tuareg*, te invitamos a escuchar la opinión de alguien que ya lo conoce...

Lo primero que debo decir es que mi nombre no es María, sino Meryem. Y aunque mi piel es blanca, mis cabellos, castaños, y mis ojos, color miel, nací en el desierto, entre un puñado de palmeras que forman un oasis en medio de la nada y cuyo único atractivo son las caravanas que vienen de Tombuctú y se dirigen hacia el norte del país.

A pesar de lo que pueda parecer, mi infancia, como la de los otros niños que vivían allí, estuvo revestida de paz y serenidad. Nuestra vida transcurría entre juegos, las clases que nos impartía Abu Yunan, mi abuelo, la ayuda que prestábamos a nuestros padres a la hora de agrupar el ganado por las tardes, la confección de quesos y la recolección de dátiles.

Los primeros recuerdos que acuden a mi mente son las noches frías del desierto; cuando los niños nos sentábamos en torno al fuego y Abu Yunan nos relataba historias sobre nuestros antepasados, los tuareg, los hombres del velo. [...]

Sí, yo soy una mujer tuareg. Aunque ahora ejerzo de abogada en un prestigioso bufete de Almería, soy una imushaq, una hija del desierto. Mi piel debería ser más oscura, y mis ojos y mis cabellos, negros, pero mi padre se enamoró perdidamente de una mujer de origen circasiano y yo soy una mezcla de ambos. Esto no estaba bien visto por los de su clan y lo repudiaron cuando la tomó por esposa, así que dejó la tribu y se instaló en el oasis de Nesft, un antiguo pozo que había pertenecido a la casta de los Alberdíes y el lugar donde vivía mi abuelo Abu Yunan. [...] Mi padre sustituyó la jaima del abuelo, a pesar de sus protestas, por una choza de barro con techo de cañas y aneas, y se dedicó al pastoreo y a servir de guía a los turistas que llegaban con ganas de vivir alguna aventura en el desierto. Mi padre era muy bien considerado por los habitantes del oasis. [...]

Al principio el oasis rebosaba de gente. Había personas de todo sitio y condición. Las mujeres se dedicaban al ganado y a la casa y la mayoría de los hombres, excepto mi padre, prestaba servicios a las caravanas.

De vez en cuando llegaba alguna excursión de turistas y buscaban a «Yunan el tuareg» (así le llamaban), para que les acompañase al interior del desierto. [...] Pero, poco a poco, esta actividad fue disminuyendo. Los coches venían equipados con GPS que los llevaba hasta el lugar exacto sin necesidad de contratar la ayuda de un guía. A lo sumo llegaban al poblado, se hacían algunas fotos junto a mi padre para exhibirlas y presumir de que habían estado al lado de un tuareg, y se marchaban sin más.

revestida: presentar determinadas cualidades o carácter.

imushaq: sinónimo de tuareg denominado en su idioma.

circasiano: natural de Circasia, región de la Rusia europea.

jaima: tienda de campaña de los pueblos nómadas del norte de África.

aneas: plantas de tallo largo y hojas en forma casi de espada.

En esa época empezó también una reducción del número de caravanas y muchas familias se desplazaron hacia el norte en busca de una vida mejor. Era el *boom* de la emigración. De vez en cuando llegaban al oasis hombres cargados de promesas y fotos para convencer a los jóvenes de que se fueran a trabajar a Europa. Mi tío Samir, uno de los hermanos de mi madre, comandaba aquellas partidas que iban recogiendo hombres a lo largo del desierto. Les hacía pagar una buena cantidad de dinero y les prometía trabajo al otro lado del estrecho.

—Anímate, Yunan —le oí decir un día mientras tomaban té frente a la casa—. Allí vas a estar mucho mejor que aquí. En España es fácil encontrar trabajo. [...]

—No insista, Samir, yo soy un hombre del desierto. Este es mi mundo —explicó mi padre.

Un año más tarde, el mismo día que yo cumplía los diez, murió mi abuelo. [...] Él había sido, durante los primeros años de mi vida, el centro de mi existencia. Me había enseñado a leer y a escribir en árabe y en francés y a chapurrear algo de español. [...] La muerte de mi abuelo sirvió para que mi padre se acercara a mí. Temiendo que enfermara, se pegó como un caracol a una pita. [. . .]. Incluso me llevó con él a Tombuctú para vender la lana de las ovejas. [. . .] No abrió la boca en todo el trayecto. Luego, después de la cena, me sorprendió. Empezó a relatarme cosas de la ciudad que íbamos a visitar. Era la primera vez que lo hacía y tuve la sensación de que trataba de imitar el tono y la cadencia del habla del abuelo.

—¿Sabes que Tombuctú la fundaron nuestros antepasados?

Negué con la cabeza desde el otro lado de la hoguera.

—Pues sí, así es. La llaman la puerta del desierto o la de los 333 santos. Hay un proverbio tuareg que dice: «El oro viene del sur, la sal, del norte y el dinero, del país del hombre blanco, pero los cuentos maravillosos y la palabra de Dios solo se encuentran en Tombuctú». [...]

Después de dos jornadas más en camello, que para mí pasaron en un suspiro a pesar del calor sofocante que tuvimos que soportar y del cansancio, llegamos a Tombuctú.

Nada más asomar la cabeza, se apresuró hacia nosotros un hombre bajito, barrigudo y con perilla. [...] Miguan, así se llamaba, enseguida mandó traer comida: una bandeja con cordero asado, cuscús, dátiles, plátanos y una jarra de té.

—El negocio va mal, Yunan. Mira la cantidad de mercancía que tengo acumulada —señaló dibujando un círculo con el brazo abierto—. Ahora pasan muy pocas caravanas que la lleven al norte. Así que hoy voy a comprarte la lana, pero de momento no me traigas más.

Mi padre se agitó, bebió un sorbo de té y comentó:

—Las cosas tampoco van muy bien en el Nesft. Todo el mundo se está marchando a Europa.

—Allí está el futuro, Yunan. Hay que marcharse al norte. [...]

Mi padre giró la cabeza, me contempló un instante al tiempo que esbozaba una sonrisa y volvió a la conversación con el mercader.

—No sé —dijo mirándose la punta de los dedos—, no sé si sería capaz de adaptarme a otra forma de vida.

—La vida es igual en todas partes. Y si nosotros hemos sobrevivido en este lugar, podemos hacerlo en cualquier otro.

Francisco Díaz Valladares, *La hija del tuareg*. edebé.

comandaba: mandaba, dirigía.

pita: planta con hojas carnosas y espinas.

Tombuctú: ciudad, capital de la República de Malí.

cadencia: ritmo.

ACTIVIDADES

Obtención de información

1. Responde a estas preguntas:
   - ¿Quién es el narrador de este fragmento?
   - ¿Dónde vive?
   - ¿Quién era su padre?
   - ¿Qué importancia tuvo su abuelo en su vida?
   - ¿Cómo se llama María en realidad?
   - ¿Dónde nació y vivió su infancia?
   - ¿A qué se dedicaba?
   - ¿Cómo era la infancia de los niños en su lugar de origen?

2. Compara cómo era la vida en el oasis donde vivían al principio y cómo era últimamente.

	La vida en el oasis al principio	La vida en el oasis últimamente
Habitantes	....	....
Turistas	....	....

Interpretación

3. ¿En qué persona gramatical se cuenta la historia? ¿De qué tipo de narrador se trata? Razona tu respuesta.

4. Según el momento desde el que habla el narrador, señala en cuántas partes puede dividirse el texto.

5. Explica qué significa la expresión: «Temiendo que enfermara, se pegó como un caracol a una pita».

6. Lee estos fragmentos extraídos del texto e interpreta qué ha querido decir la narradora con estas palabras:
   - «Lo primero que debo decir es que mi nombre no es María, sino Meryem. Y aunque mi piel es blanca, mis cabellos, castaños, y mis ojos, color miel, nací en el desierto».
   - «Sí, yo soy una mujer tuareg. Aunque ahora ejerzo de abogada en un prestigioso bufete de Almería, soy una imushaq, una hija del desierto. Mi piel debería ser más oscura, y mis ojos y mis cabellos, negros».

7. Explica cuál es el tema principal del fragmento de texto que has leído.

Reflexión

8. Reflexiona sobre la gravedad de la situación que viven algunos emigrantes que llegan en condiciones muy duras a nuestro país y al resto de Europa.

— Relaciona esta reflexión con este fragmento de la lectura:

> Era el *boom* de la emigración. De vez en cuando llegaban al oasis hombres cargados de promesas y fotos para convencer a los jóvenes de que se fueran a trabajar a Europa. Mi tío Samir, uno de los hermanos de mi madre, comandaba aquellas partidas que iban recogiendo hombres a lo largo del desierto. Les hacía pagar una buena cantidad de dinero y les prometía trabajo al otro lado del Estrecho.

— ¿Por qué crees que vienen estos emigrantes a Europa?

Expresión

9. El protagonista de esta lectura es un tuareg. A los tuaregs se les denomina «los hombres azules del desierto». Investiga quiénes son, por qué se les denomina de esta manera, cómo vivían tradicionalmente y cuál es su situación actual.

LA CARTA NIGERIANA 20

Escucha esta **NARRACIÓN**

Antes de leer el siguiente fragmento del libro *Las cosas que me gustan*, te invitamos a escuchar la opinión de alguien que ya lo ha leído.

Pensaba en mi bisabuelo, Padrín, en su viaje a Buenos Aires. Los espejos de Casa Pachu, que Pipo coloca con esmero, reflejaban a la clientela. Por la puerta entró Abu, al que ya había tratado unas cuantas veces. Le guiñé un ojo y él se sentó un rato conmigo. Lo convidé y, después de charlar un poco, me soltó:

esmero: mucho cuidado.

—El mi problema —me dice Abu en la mesa corrida de Casa Pachu— ye que so nigerianu.

Me lo dice así, medio en castellano medio en asturiano, a trompicones, poniendo cara muy seria y apartando, un momentito, los cedés de las películas que vende bajo manga a quien se los quiera comprar. Yo, inmediatamente, me pongo a pensar en la cuestión racial y en la difícil situación de la extranjería, que por cuatro papeles te deportan, y se lo digo, que es muy duro ser vendedor ambulante en un país extranjero. Se ríe y me dice que no será para tanto, por lo menos para algunos. Él es nigeriano, y ese es el problema: si fuera senegalés le iría mucho mejor.

deportan: envían a su país de origen.

—Se cubren unos a otros, son muchos. Monopoly del negocio. Nigerianos menos y tenemos menos cobertura —aclara.

Abu salió hace diez años de su aldea. Tardó tres, casi cuatro, en llegar a Melilla. No me quiere decir cómo pasó el Estrecho.

—Me dieron los papeles en Melilla y aquí ando —miente.

Yo callo, aunque pienso en la patera, en el dolor humano. Quise contarle que mi bisabuelo fue de polizón a Buenos Aires en 1908. Había llevado con él, desde Paniceiros, un perrito con el que hizo el camino andando hasta La Coruña. Mi bisabuelo se metió a escondidas en las bodegas del barco y veía por un ventanuco al perro buscándole por el puerto.

polizón: persona que se embarca de manera clandestina.

—Era un gran perro —contaba muchos años después, ya en Paniceiros—. Nunca me abandonó la pena por él.

Abu se ríe. Tiene el día feliz y los agobios para llegar al día de hoy son cosa del pasado. Yo me acuerdo de que quien sobrevive suele celebrar con una risa la desgracia pasada.

Abu solo bebe un zumo de melocotón, pero tiene los ojos achispados.

—¿Sabes? Estoy esperando una carta —me dice poniendo cara de abordar un asunto muy importante.

Lee este texto en **asturiano**

estipulado: acordado.

legua: medida que equivale a unos 5,5 kilómetros.

Inmediatamente pienso en sus papeles.

—¿No me habías dicho que te dieron el permiso en Melilla? —aventuro imprudentemente.

A Abu le cuesta hablar en nuestra lengua y se expresa como un niño. Cuatro palabras, las justas. Después de un momento de incertidumbre, se ríe:

—No, esos no. Una carta de casa. Llevo tres años esperándola. Está a punto de llegar. Mi vida está a punto de cambiar.

Me cuenta, porque algo hay que contar a la hora del vermú los domingos, que él en realidad es brujo de oficio, por el rito *tdeyé*. Tuvo que dejar sus poderes, comenta, escondidos junto a un pozo, y su familia se los ha secuestrado hasta que envíe lo estipulado y necesario para sacar adelante a dos hermanos pequeños que tiene, comprar tres ovejas y un televisor de plasma. Cuando envíe todo ese dinero, que es mucho, su padre le mandará sus poderes por carta certificada. Él tiene que leerla recitando las palabras que allí vengan muy despacio, una noche de luna. Después tiene que buscar un árbol muy grande, y encontrarlo antes de que la noche acabe, y dormir debajo. Al despertar, por la mañana muy temprano, ya tendrá dentro del cuerpo la energía mágica.

—¿Y qué cosas podrás hacer con tu magia? —le pregunto.

Sus ojos vuelven a reír. Me dice que la magia *tdeyé* sirve para encontrar tesoros, ver a doce leguas de distancia lo que está haciendo la mujer que amas y hacerse invisible y casi volador.

Lo miro con un gesto de asombro. Abu me dice que también sirve para transformar las piedras en serpientes y hacer que se equivoque el que te quiere clavar un puñal por la espalda.

Le pregunto cuánto falta para que le envíen la carta y saca, de su bolsa, una libreta en la que lleva las cuentas. Apenas nada, 1.500 euros.

—Y si se equivoca el que te quiere clavar un puñal por la espalda, ¿qué pasa? —pregunto.

Abu hace un gesto de que eso no tiene ninguna importancia.

—Muere otro, claro.

Le compro unas películas, finalmente. Yo siempre pago por las historias.

Xuan Bello, *Las cosas que me gustan*. Xordica.

ACTIVIDADES

Obtención de información

1. Responde a estas preguntas sobre Abu:
    - ¿A qué se dedica?
    - ¿Cuál es, en realidad, su verdadero oficio?
    - ¿De qué país procede? ¿Cuánto tiempo lleva fuera de allí?
    - ¿Cuánto tiempo tardó en llegar desde su país hasta Melilla?
    - ¿En qué pueblo reside ahora?
    - ¿Qué día de la semana se produjo ese encuentro?

2. Abu le comenta al narrador que está esperando una carta muy importante. Indica quién es el remitente de la carta, a cambio de qué se la enviará a Abu y qué conseguirá este cuando la reciba.

3. El bisabuelo del narrador tuvo una experiencia similar a la de Abu cuando abandonó su país. Localízala en la lectura y anótala.

4. Enumera todo lo que puede hacer la magia *tdeyé.*

5. Describe con tus palabras el ritual que tiene que llevar a cabo Abu para recuperar sus poderes.

Interpretación

6. Explica con tus propias palabras qué significan las siguientes expresiones:
    - a trompicones
    - bajo manga

7. El asturiano se habla en Asturias y en algunas zonas de León.
    — Localiza en la lectura una frase escrita en asturiano.
    — ¿La has entendido? Si es así, tradúcela al castellano; si no, puedes consultar en internet un traductor asturiano castellano.

8. El texto es un acercamiento a la realidad que viven los inmigrantes. El narrador habla del «dolor humano». ¿A qué se refiere?

9. El relato de Abu tiene muchos componentes míticos. Indica cuáles son:
    - Acontecimientos irreales
    - Seres mágicos
    - Poderes sobrenaturales
    - Pueblos antiguos

Reflexión

10. La carta nigeriana no solo da el título al texto, sino que encierra las ilusiones de vida de Abu. Aunque el narrador es consciente de la fantasía que encierra la historia de la carta, ¿crees que debe quitarle su ilusión? ¿Por qué?

11. Fíjate en la afirmación final: «Le compro unas películas, finalmente. Yo siempre pago por las historias». ¿Crees que es una transacción justa?

Expresión

12. El texto recoge una dificultad añadida con la que se encuentran algunos inmigrantes cuando llegan a nuestro país: el choque cultural. Estableced una conversación entre toda la clase para comentar en qué consiste este choque cultural.

21 TERCIA

Escucha la **LECTURA**

Antes de leer el siguiente fragmento del libro *El nombre de la rosa*, te invitamos a escuchar la opinión de alguien que ya lo conoce...

Donde Guillermo mantiene una instructiva conversación con el Abad.

cillerero: mayordomo de un monasterio.

El cillerero era un hombre grueso y de aspecto vulgar pero jovial, canoso pero todavía robusto, pequeño pero ágil. Nos condujo a nuestras celdas en la casa de los peregrinos. Mejor dicho, nos condujo a la celda asignada a mi maestro, y me prometió que para el día siguiente desocuparían otra para mí, pues, aunque novicio, también era yo huésped de la abadía y, por tanto, debía tratárseme con todos los honores. Aquella noche podía dormir en un nicho largo y ancho, situado en la pared de la celda, donde había dispuesto que colocaran buena paja fresca. [...]

Después los monjes nos trajeron vino, queso, aceitunas y buena uva, y se retiraron para que pudiéramos comer y beber. Lo hicimos con gran deleite. Mi maestro no tenía los hábitos austeros de los benedictinos, y no le gustaba comer en silencio. [...] Ya otras veces le había escuchado hablar con mucho escepticismo de las ideas universales y con gran respeto de las cosas individuales, e incluso, más tarde, llegué a pensar que aquella inclinación podía deberse tanto al hecho de que era británico como al de que era franciscano. Pero aquel día no me sentía con fuerzas para afrontar disputas teológicas. De modo que me acurruqué en el espacio que me habían concedido, me envolví en una manta y caí en un sueño profundo.

Cualquiera que entrase habría podido confundirme con un bulto. Sin duda, así lo hizo el Abad cuando, hacia la hora tercia, vino a visitar a Guillermo. De esa forma pude escuchar sin ser observado su primera conversación.

perífrasis: expresión en la que se utilizan más palabras de las necesarias.

Así pues, llegó Abbone. Pidió disculpas por la intrusión, renovó su bienvenida y dijo que debía hablar a Guillermo, en privado, de cosas bastante graves. [...] Inició, pues, escogiendo con mucha prudencia las palabras y recurriendo a largas perífrasis, el relato de un acontecimiento singular que se había producido pocos días atrás, y que había turbado sobremanera a los monjes. [...] El hecho era que Adelmo da Otranto, monje aún joven, pero ya famoso maestro en el arte de la miniatura, que estaba adornando los manuscritos de la biblioteca con imágenes bellísimas, había sido hallado una mañana por un cabrero en el fondo del barranco situado al pie del torreón este del edificio.

completas: última oración del día; se reza antes de dormir.

maitines: hora del rezo antes del amanecer.

Los otros monjes lo habían visto en el coro durante completas, pero no había asistido a maitines, de modo que su caída se había producido, probablemente, durante las horas más oscuras de la noche. [...] Como en su caída había rebotado muchas veces, no era fácil decir desde donde exactamente se había precipitado. Aunque, sin duda, debía de haber sido por una de las ventanas de los tres órdenes existentes en los tres lados del torreón que daban al abismo. [...]

—Ya veo —dijo Guillermo—, y veo que vuestro problema es que si pensarais en una caída accidental, al día siguiente habríais encontrado abierta una de aquellas ventanas, pero las encontrasteis todas cerradas. [...]

—¿Quién os lo ha dicho?

—Vos me lo habéis dicho. Si la ventana hubiera estado abierta, enseguida habríais pensado que se había arrojado por ella. [...]

—Así es... —dijo el abad, [...]—. Lo que me habían dicho de vuestras virtudes no era suficiente [...]. Las cosas sucedieron como vos decís. Comprended ahora mi angustia. [...] Pero tengo razones para pensar que otro se ha manchado con un pecado no menos terrible. Y si solo fuera eso.

—Ante todo, ¿por qué uno de los monjes? En la abadía hay muchas otras personas: mozos de cuadra, cabreros, servidores...

—Sí, la abadía es pequeña pero rica —admitió con cierto orgullo el abad—. Ciento cincuenta servidores para sesenta monjes. Sin embargo, todo sucedió en el edificio. [...] Después de la cena, el edificio se cierra y una regla muy estricta prohíbe la entrada de toda persona. —Y enseguida, adivinando la pregunta de Guillermo, añadió, aunque, como podía advertirse, de mal grado—: Incluidos los monjes, claro, pero...

—¿Pero?

—Pero descarto totalmente, sí, totalmente, que un servidor haya tenido el valor de penetrar allí durante la noche. [...]

—Cuando hablasteis de un posible homicidio, dijisteis: «Y si solo fuera eso». ¿En qué estabais pensando?

—¿Dije eso? Bueno, no se mata sin alguna razón, aunque esta sea perversa. Me estremece pensar en la perversidad de las razones que pueden haber impulsado a un monje a matar a un compañero. Eso quería decir. [...]

—Bueno —dijo entonces Guillermo—, ¿podré hacer preguntas a los monjes?

—Podréis.

—¿Podré moverme libremente por la abadía?

—Os autorizo a hacerlo.

—¿Me encomendaréis *coram monachis* esta misión?

—Esta misma noche.

—Sin embargo, empezaré hoy, antes de que los monjes sepan que me habéis confiado esta investigación. Además, una de las razones de peso que yo tenía para venir aquí era el gran deseo de conocer vuestra biblioteca, famosa en todas las abadías de la cristiandad.

El abad casi dio un respingo y su rostro se puso repentinamente tenso.

—He dicho que podréis moveros por toda la abadía. Aunque, sin duda, no por el último piso del edificio, la biblioteca.

—¿Por qué? [...]

—La biblioteca se construyó según un plano que ha permanecido oculto durante siglos y que ninguno de los monjes está llamado a conocer. Solo posee ese secreto el bibliotecario, que lo ha recibido del bibliotecario anterior, y que, a su vez, lo transmitirá a su ayudante, con suficiente antelación como para que la muerte no lo sorprenda y la comunidad no se vea privada de ese saber [...]. Solo el bibliotecario sabe, por la colocación del volumen, por su grado de inaccesibilidad, qué tipo de secretos, de verdades o de mentiras encierra cada libro. Solo él decide cómo, cuándo, y si conviene, suministrarlo al monje que lo solicita, a veces no sin antes haber consultado conmigo. Porque no todas las verdades son para todos los oídos, ni todas las mentiras pueden ser reconocidas como tales por cualquier alma piadosa [...], y, por último, los monjes están en el *scriptorium* para realizar una tarea determinada, que requiere la lectura de ciertos libros y no de otros, y no para satisfacer la necia curiosidad que puedan sentir, ya sea por flaqueza de sus mentes, por soberbia o por sugestión diabólica.

—De modo que, salvo dos personas, nadie entra en el último piso del edificio.

El abad sonrió.

—Nadie debe hacerlo. Nadie puede hacerlo. Y, aunque alguien quisiera hacerlo, no lo conseguiría. La biblioteca se defiende sola, insondable como la verdad que en ella habita, engañosa como la mentira que custodia. Laberinto espiritual, y también laberinto terrenal. Si lograseis entrar, podríais no hallar la salida. Aclarado esto, desearía que respetaseis las reglas de la abadía.

Umberto Eco, *El nombre de la rosa*. Lumen.

coram monachis: expresión en latín que significa 'delante de los monjes'.

respingo: sacudida violenta del cuerpo, causada por un sobresalto, una sorpresa...

scriptorium: lugar de los monasterios dedicado a la copia de manuscritos por los monjes.

ACTIVIDADES

Obtención de información

1. Responde a estas preguntas:
   - ¿Qué personajes intervienen en este fragmento?
   - ¿En qué lugar del edificio (la abadía) tiene lugar la acción?
   - ¿Quién es el narrador?
   - ¿Qué hecho se relata?

2. Ahora que ya sabes que en la abadía se ha cometido un crimen, completa esta información:
   a) Nombre de la víctima: …
   b) Su ocupación en la abadía: …
   c) Última vez que se le vio con vida: …
   d) Quién encontró su cuerpo: …
   e) Dónde se halló su cuerpo: …
   f) Cuándo se produjo la muerte: …

Interpretación

3. Busca en estas oraciones un sinónimo para las palabras destacadas en negrita:
   a) El abad **inició** el relato de un **acontecimiento singular** que se había producido pocos días atrás.
   b) El abad esperaba que Guillermo pudiese dedicar una parte de su preciosísimo tiempo al **esclarecimiento** de tan doloroso **enigma.**
   c) La biblioteca se **construyó** según un plano que ha permanecido **oculto** durante siglos.

4. Lee este fragmento de la lectura que describe cómo es el personaje de fray Guillermo:

   «Mi maestro no tenía los hábitos austeros de los benedictinos, y no le gustaba comer en silencio. […] Ya otras veces le había escuchado hablar con mucho escepticismo de las ideas universales y con gran respeto de las cosas individuales, e incluso, más tarde, llegué a pensar que aquella inclinación podía deberse tanto al hecho de que era británico como al de que era franciscano».

   — ¿En qué se diferencia Guillermo del resto de los monjes benedictinos de la abadía?

5. Explica a qué conclusiones llega Guillermo al conocer el siguiente hecho: «Todas las ventanas estaban cerradas».

6. El abad autorizó a Guillermo a empezar una investigación para esclarecer la muerte de uno de los monjes.
   — ¿Cuál es el único lugar de la abadía que el abad prohíbe a Guillermo?
   — A partir de las siguientes afirmaciones que hace el abad, ¿cuál crees que es el verdadero motivo por el que no permite a casi nadie acceder a ese lugar?
   - «La biblioteca se defiende sola, insondable como la verdad que en ella habita, engañosa como la mentira que custodia. Laberinto espiritual, y también laberinto terrenal».

7. En cuanto a la forma del texto, encontramos dos partes bien diferenciadas. ¿Cuáles son?

Reflexión

8. En este fragmento de la novela los protagonistas son el abad Abbone y fray Guillermo. Uno de ellos simboliza el concepto de fe medieval y el otro, la razón que se va abriendo hacia un pensamiento más ilustrado. ¿Quién simboliza la fe medieval y quién, la razón? Justifica tu respuesta.

Expresión

9. El abad no permite el acceso a la zona de la abadía donde está guardado el conocimiento. En algunos países todavía se censura cierta información, por ejemplo limitando el acceso a Internet.
   — Estableced un debate en clase sobre la limitación del acceso a la información.

LOS ENIGMAS DE VELÁZQUEZ

Escucha este **REPORTAJE**

Antes de leer el siguiente reportaje, que habla sobre los misterios que encierra la famosa obra de Diego Velázquez *Las meninas*, escucha la opinión de alguien que ya lo ha leído.

El lienzo del pintor sevillano perdura como la gran obra maestra del Museo del Prado desde hace 200 años.

SÍLVIA COLOMÉ. Madrid, 28-7-2019.

Puede hasta parecer un sacrilegio. Un museo con tantas obras maestras como las expuestas en el Prado cuenta con una, especialmente una, identificada como la joya de la corona desde su apertura hace 200 años. Efectivamente, se trata de *Las meninas* de Velázquez, o *La familia de Felipe IV*, como se la conoció originariamente cuando fue pintada en 1656. Su calidad artística resulta definitiva para que ocupe esta primera posición, pero los misterios que esconde han contribuido en gran medida a que mantenga este liderazgo. Dos siglos después, sigue siendo, indiscutiblemente, la número uno.

sacrilegio: profanación de un lugar u objeto sagrado.

«Uno de sus grandes atractivos es que hasta ahora se ha mantenido en el misterio», comenta Javier Portús, jefe de Conservación de Pintura Española hasta 1700 del Museo del Prado. [...]

El escritor Théophile Gautier exclamó ante su presencia: «¿Dónde está el cuadro?». No lo veía claro, y no hay para menos. De hecho, el logro más evidente de Velázquez es precisamente este: eliminar como por arte de magia la barrera que separaba obra y espectador. «Transgrede los límites entre lo vivo, lo experimentado, y lo representado», analiza el experto. «Este es el punto de partida de *Las meninas* y lo que la ha convertido en una obra maestra desde que se creó», añade.

Así pues, dejémonos llevar también por esta invitación de Velázquez y adentrémonos en el mismísimo cuadro, en esa estancia del Alcázar de Madrid. «Nadie sale defraudado», advierte Portús, «desde los que buscan los mensajes más recónditos hasta los que ven cómo la pintura usurpa la propia realidad», añade. Vamos allá.

recónditos: escondidos.

usurpa: se apodera de.

Juego de espejos

Desde siempre ha ocupado un espacio prominente en el Museo del Prado. Empezó expuesto en el mismo lugar donde se encuentra actualmente la llamada sala Basilical. Solo que en un principio tenía como compañeras otras obras maestras de grandes artistas y ahora la rodean únicamente sus hermanas, todas hijas legítimas de Velázquez. Pero no siempre fue así. Durante decenios permaneció sola en una estancia creada solo para ella y que reproducía el mismo ambiente que el cuadro. A la derecha, una ventana proyectaba luz natural (tal y como ocurre en la pintura) y un espejo situado en el fondo introducía todavía más al espectador dentro de la obra.

«Si se miraba al espejo, desaparecía el marco, con lo que la sensación de tridimensionalidad se hacía más profunda», detalla Portús. «El espectador podía concebirse como dentro del cuadro». Sin duda, el objetivo era «potenciar las capacidades ilusionistas de la obra».

Así la vieron la mayoría de los artistas antes citados y su experiencia resultó reveladora. «No era un espacio neutro ni inocente, condicionaba la visión del espectador», valora el experto. De ahí que se optase por reubicar *Las meninas* a la gran sala Basilical, la número 12 del museo.

Una constelación oculta

[...] No son pocos los que han querido ver un mensaje dinástico en la pintura. A falta, en aquel momento, de un hijo varón, Felipe IV depositaba la continuidad de la Corona en la infanta Margarita, su primogénita [...]. Incluso hay quien ha ido más lejos, afirmando que las cabezas de los personajes principales dibujan la constelación Corona Borealis, cuya estrella principal recibe el nombre de Margarita y ocuparía el lugar donde se encuentra la infanta.

Para Portús, la teoría política no viene avalada por la documentación histórica. «El rey todavía esperaba tener un hijo varón», y si realmente el cuadro señalaba a Margarita como princesa y no como a infanta, significaba «un gran monumento a la imposibilidad del rey de concebir un heredero masculino», apunta el conservador. De hecho, al cabo de unos años nacerían Felipe Próspero (que fallecería a los tres años) y Carlos II (que se convertiría en el siguiente rey). Eso sí, el testamento de Felipe IV no excluyó la posibilidad de que Margarita accediese al trono si su enfermizo hermano menor no llegaba a sobrevivir. No olvidemos que la famosa ley sálica no estaba en vigor.

ley sálica: ley que impedía reinar a las mujeres y a sus descendientes. Fue derogada en 1830.

La reivindicación de Velázquez

Otro de los mensajes más notorios del cuadro se centra en el mismísimo Velázquez. Si nos fijamos bien, él parece ser el gran protagonista de la obra. «Es un mensaje de autoafirmación como pintor», expone Portús. Su importancia es incuestionable, incluso luce en el cinto la llave de aposentador de palacio, un cargo muy cercano al rey que velaba por mantener el orden en todos los lugares por donde transcurría la vida cotidiana del monarca.

cinto: faja para ceñir la cintura.

aposentador: cargo de palacio dedicado a dar aposento (alojamiento) a los que vivían allí.

«Alude a su doble condición de servidor del palacio y de retratista de cámara», afirma el experto, pero, sobre todo, se centra en poner de manifiesto una vieja reivindicación de los artistas del siglo XVI. «La pintura era considerada una artesanía» y Velázquez quiso demostrar que era una «cosa mentale», como dejó escrito Leonardo da Vinci en su famoso *Tratado de la pintura*. Por eso, «no está pintando, nos está mirando con una frente ancha sobre la que cae la luz», analiza Portús, es decir, la intelectualidad que eleva la artesanía a arte.

El misterio de la cruz

Otras incógnitas permanecen abiertas, aunque parecen menores al lado de esta voluntad de trascendencia. ¿A quién pintaba? ¿A los reyes que aparecen reflejados en el espejo? ¿A la infanta Margarita y sus meninas? ¿A sí mismo? [...]

No se conoce la identidad de cada uno de los personajes retratados ni tampoco quién añadió sobre su pecho la famosa cruz de la Orden de Santiago. Le fue concedida poco antes de morir, cuando el cuadro ya llevaba tiempo terminado. El propio rey tuvo que mediar para que no se tuviera en cuenta el único inconveniente que impedía que le fuese otorgada: Velázquez no había podido demostrar limpieza de sangre. «Un punto para nada baladí», añade Portús.

baladí: de poca importancia.

¿Quién pintó esa cruz? La leyenda indica que el mismo Felipe IV. «Eso demostraba que Velázquez era estimado por el rey y que la pintura era un arte tan noble como para que el monarca supiera pintar». Parecía que el artista sevillano habría logrado su objetivo final, aunque en realidad seguramente fue él mismo quién cogió el pincel para dejar constancia de su último reconocimiento, el que lo encumbraba entre la más alta sociedad de la época sin ser noble, pero sí un genio de la pintura. Pero eso es solo una interpretación, como las miles que siguen surgiendo con la observación del cuadro. «Es una obra de arte abierta, con infinitas llaves», mantiene Portús. Está claro que la que Velázquez lleva en su cinto es la única que abre la verdadera puerta de *Las meninas*, y allí quedó, en el cuadro, a la vista de todos, pero para siempre inalcanzable.

La Vanguardia (digital)

ACTIVIDADES

Obtención de información

1. Completa esta información sobre *Las meninas:*

Autor	....
Fecha de creación	....
Título original	....
Primer lugar de exposición	....
Lugar posterior de exhibición	....
Ubicación actual	....

2. Responde a estas preguntas:
   - ¿Qué dos razones hacen que *Las meninas* sea la obra número 1 expuesta en el Prado?
   - ¿Cuál es el mayor logro de Velázquez en esta obra?

3. Describe la relación entre el pintor Diego Velázquez y el rey Felipe IV. Aporta fragmentos de la lectura que justifiquen tu respuesta.

4. ¿Qué función tienen en el artículo las intervenciones de Javier Portús, jefe de Conservación del Museo del Prado?
   a) Aportar información sobre la vida de Diego Velázquez.
   b) Aportar información sobre los misterios que oculta *Las meninas.*
   c) Aportar información sobre la familia real que representa *Las meninas.*

5. ¿Qué ventajas e inconvenientes tenían los espejos en la sala donde estaba expuesta la obra? ¿Por qué se reubicó?

6. Explica con tus palabras cómo dejó el pintor constancia de sí mismo en el cuadro que ha pintado.

Interpretación

7. ¿Qué significa la expresión *limpieza de sangre*?
   — Busca información y responde a esta pregunta: En la época de Velázquez, ¿quiénes debían demostrar limpieza de sangre?

8. Propón un título alternativo al artículo y justifica tu elección.

9. ¿Por qué se pone en duda la teoría de la constelación oculta? ¿En qué se basa esta teoría?

Reflexión

10. Una obra de arte ¿puede disfrutarse por sí misma o se disfruta más y mejor si un experto, como Portús, nos enseña sus claves? Argumenta tu respuesta.

Expresión

11. ¿Sabías que Picasso dedicó una serie de pinturas a *Las meninas*? Busca estas obras y compáralas con la obra de Velázquez.
    — Redacta un breve texto argumentativo titulado: «Arte figurativo versus arte abstracto».

LAS CARACTERÍSTICAS DEL TEXTO

El texto es una unidad de comunicación, de extensión variable, que transmite un mensaje con sentido completo.

Veamos, a partir del siguiente ejemplo, cuáles son las características que debe presentar un texto:

Título

Conectores

Párrafos

UNA JERARQUÍA CASI UNIVERSAL DE LOS CINCO SENTIDOS

1 Los humanos necesitan de los cinco sentidos para sentir este mundo. Un estudio con 13 culturas e idiomas, entre ellos el español, muestra que la vista es el sentido más universal de todos. **Sin embargo,** la importancia relativa del oído, el tacto, el gusto o el olfato depende de cada cultura.

2 Una decena de psicolingüistas y antropólogos del Instituto Max Planck ha recopilado durante años conversaciones de hablantes de 13 idiomas diferentes. Buscaban una forma de medir la importancia de cada uno de los cinco sentidos contando la frecuencia de uso de palabras que se refirieran a ver, oír, tocar... Entre las lenguas analizadas están algunas de las más extendidas del planeta, como el chino mandarín, el inglés o el español, pero también varias habladas por solo unos miles de personas, como el chintang (Nepal) [. . .].

3 Las conversaciones, grabadas en vídeo, tuvieron lugar durante la realización de tareas cotidianas, como preparar la comida, la charla de después de la cena o en los descansos en el trabajo. Especialistas en cada cultura, apoyados en traductores locales, midieron la aparición de palabras que reflejaran la percepción física. **También** tuvieron en cuenta la existencia de significados no sensoriales, como cuando se usa el «mira» o el «oye» para captar la atención del interlocutor.

4 En las 13 culturas analizadas, la vista es el sentido al que los humanos dan más importancia. En todas, las palabras y los verbos relacionados con ver, mirar, observar, ojear, leer... suponen más del 60 % de los vocablos referidos a los sentidos. En el chino mandarín, **por ejemplo,** en una hora de conversación, aparecen 72 usos de verbos relacionados con la vista. El 84 % de las palabras sensoriales tenían que ver con este sentido.

5 En los grandes idiomas occidentales analizados, el porcentaje de presencia de palabras relacionadas con la vista oscila entre el 70 % y el 80 %. La vista sería **entonces** el más universal de los sentidos.

6 "Hay tres razones principales que, creemos, subyacen en la mayor frecuencia de referencias a la vista en todas las culturas", dice la investigadora del Instituto Max Planck de Psicolingüística y coautora de la investigación, Asifa Majid. "En primer lugar, tendría relación con la arquitectura cerebral. Casi el 50 % del cerebro está dedicado al procesamiento visual", añade. Desde un punto de vista evolutivo, la vista habría sido fundamental para la supervivencia de los primeros humanos.

7 Pero también hay otras explicaciones. Existen más palabras referidas a la vista porque vemos más. "Incluso cuando parpadeamos, nuestra mente rellena el hueco, por lo que experimentamos una imagen constante", recuerda Majid. Sin embargo, solo se huele cuando se inspira y no cuando se expira. En cuanto al sabor, no se come o bebe todo el tiempo.

8 Como menciona la investigadora, hay una tercera alternativa más social. "Coordinamos el conjunto de nuestras experiencias a través del sentido de la vista. Puedes usar una palabra como *mira* en sentido literal , pero también puedes usarla en la conversación con otros significados. No sabemos cuál de estas es la razón principal. Creo, como sostenemos en la investigación, que todas juegan un papel", sostiene Majid.

Miguel Ángel Criado,
El País [en línea]

Un texto tiene que ser **adecuado**, **coherente** y estar **cohesionado**.

ADECUACIÓN

Un texto debe adaptarse a la situación comunicativa: **tema** que se trata, **intención** del autor y **destinatario** al que se dirige. Esto condiciona el nivel del lenguaje, el tipo de texto y su presentación formal. En el texto *Una jerarquía casi universal de los cinco sentidos,* el lenguaje es estándar y formal, ya que se trata de un texto expositivo cuya finalidad es transmitir una información objetiva. Además, se emplea un vocabulario preciso, pero simple y claro, pues está destinado a un público amplio, no necesariamente experto en la materia.

COHERENCIA

Las ideas de un texto responden a un **tema**, que le da **unidad** y que suele recogerse en el título.

Además, las ideas se **organizan** de forma lógica en distintos **párrafos** separados por puntos y aparte.

En el texto *Una jerarquía casi universal de los cinco sentidos,* el tema es la importancia de los sentidos en diferentes culturas. El texto se organiza en cinco párrafos, y cada uno de ellos desarrolla una idea.

COHESIÓN

Para que podamos hablar de coherencia y cohesión en un texto, todas las **ideas** deben **estar relacionadas** explícitamente entre sí mediante el empleo de elementos de unión, como **conectores** *(por ejemplo, también...).*

En el texto texto *Una jerarquía casi universal de los cinco sentidos,* se usan diversos conectores: adversativos *(sin embargo...),* aditivos *(también),* explicativos *(por ejemplo),* consecutivos *(entonces...),* etc.

ACTIVIDADES

1. Analiza las características de este texto:

> **Las arañas**
>
> En tu casa probablemente has visto moscas y mosquitos, polillas y esos insectos que corren rápidos por las paredes. Más discretas, escondidas en rendijas o colgando de sus telas, te guste o no, hay arañas.
>
> Aunque te asusten, las arañas domésticas no suelen ser peligrosas y nos hacen un favor: por un lado, se comen muchos bichos dañinos que devoran libros, ropa o muebles, que nos pican o transmiten enfermedades. Por otro lado, fuera de nuestras casas, en los cultivos, las arañas pueden usarse para controlar plagas, ahorrando el gasto de cuantiosas sumas de dinero en plaguicidas.
>
> Además, la araña produce de forma natural una tela que podría tener gran utilidad, ya que es tres veces más resistente que los tejidos artificiales con los que hoy se fabrican las prendas a prueba de balas.
>
> Berta García Sabatés, *Disfruta con la mitología.* edebé.

— ¿Quiénes crees que son los destinatarios del texto y cuál es la intención del autor? Argumenta tu respuesta.

— Localiza los conectores del texto y explica su función.

— Relaciona las cuestiones anteriores con cada una de las características que debe tener un texto:

a) Adecuación

b) Coherencia

c) Cohesión

2. **Lee el siguiente texto e incluye en él puntos y aparte para organizar la información en párrafos:**

> Tareas tan sencillas como caminar o beber café se convierten en toda una odisea una vez se sale de la atmósfera de la Tierra. Los astronautas no pueden beber líquidos de un vaso, pues la ingravidez hace que los fluidos floten por el aire. Los cosmonautas deben succionar sus bebidas de una bolsa. Por eso, investigadores de la Universidad Estatal de Portland crearon una taza en la que cada curva y forma geométrica está diseñada para que el movimiento del líquido sea controlado, según indica Wired. La extraña forma de la taza fue determinada mediante modelos matemáticos. La publicación agrega que las esquinas de la taza actúan como una mecha para llevar el líquido a la boca. Un invento que le permitiría a los astronautas beber un delicioso café en el espacio.
>
> <http://cnnespanol.cnn.com>

— Escribe la idea principal de cada párrafo.

3. **Redacta un texto breve sobre los animales en peligro de extinción, dirigido a niños de 7 años. Sigue estos pasos:**

- Busca información sobre el tema, anota las ideas que encuentres y ordénalas mediante párrafos.
- Utiliza conectores para organizar la información.
- Usa un lenguaje adecuado para la edad de los lectores.
- Fíjate en la presentación: respeta las normas ortográficas y los márgenes e introduce un elemento gráfico.

LA ADECUACIÓN TEXTUAL

Uno de los requisitos que debe cumplir un texto bien elaborado es la **adecuación.**

Para que un texto sea adecuado, debe ser **correcto formalmente** y estar **adaptado a la situación.** Un texto escrito es formalmente correcto si tiene una **buena presentación;** es decir, si:

- Respeta los **márgenes** y distribuye la información en distintos párrafos.
- Emplea **recursos gráficos** para destacar las partes del texto que interesa remarcar (en el texto *Igualdad de género para 2030,* se destacan con negrita el título y el subtítulo).
- Respeta la **normativa:** ortográfica, sintáctica, léxica...

Observa este ejemplo:

IGUALDAD DE GÉNERO PARA 2030

El Día Internacional de la Mujer es un buen momento para reflexionar acerca de los avances logrados, pedir más cambios y celebrar la valentía y la determinación de las mujeres de a pie que han tenido un papel clave en la historia de sus países y comunidades.

El mundo ha logrado avances sin precedentes, pero ningún país ha alcanzado la igualdad de género.

Hace 50 años, llegamos a la Luna; en la última década, hemos descubierto nuevos ancestros humanos y hemos fotografiado un agujero negro por primera vez.

Mientras tanto, existen restricciones legales que impiden a 2 700 millones de mujeres acceder a las mismas opciones laborales que los hombres. [...].

Soy de la Generación Igualdad

Este año el tema se denomina «Soy de la Generación Igualdad: Por los derechos de las mujeres», siguiendo los pasos de la campaña de ONU Mujeres con el mismo nombre (Generación Igualdad) y que conmemora el 25º aniversario de la Declaración y Plataforma de Acción de Beijing (1995), la hoja de ruta más progresista para el empoderamiento de las mujeres y las niñas en todo el mundo.

Además, en este año, también se celebrarán otros logros significativos para la Organización, como puede ser el 10.º aniversario de la creación de ONU Mujeres, entre otros.

El consenso que está surgiendo a nivel mundial es que, a pesar de algunos progresos, el cambio real ha sido desesperadamente lento para la mayoría de las mujeres y niñas en el mundo. Al día de hoy, ningún país puede pretender haber alcanzado la igualdad de género. Hay una serie de obstáculos que permanecen sin cambios. Las mujeres y las niñas siguen siendo infravaloradas; trabajan más, ganan menos y tienen menos opciones; y sufren múltiples formas de violencia en el hogar y en espacios públicos. Además, existe una amenaza significativa de reversión de los logros feministas que tanto esfuerzo costó conseguir.

Naciones Unidas, *Día Internacional de la Mujer, 8 de marzo.*

Para adaptarse a la situación, el texto debe tener en cuenta: el **destinatario** del mensaje, el canal en que se produce y la **intención** que persigue.

EL DESTINATARIO

El texto debe ajustarse al **nivel cultural** del destinatario y al **tipo de relación** que el autor mantenga con él. Dependiendo del tipo de receptor, el texto emplea un lenguaje básico, medio o elevado, en un registro formal o informal.

↓

El texto *Igualdad de género para 2030* se dirige a **ciudadanos** que ya no son niño/as. Se utiliza, por tanto, un **lenguaje formal,** con un vocabulario claro y preciso para transmitir una información objetiva.

EL CANAL

El texto debe adecuarse al **medio** (oral o escrito) en el que se difunde y que condiciona el **registro** lingüístico. Así, en la comunicación oral suele emplearse un lenguaje más coloquial que en la escrita, aunque hay excepciones.

↓

El texto *Igualdad de género para 2030* está editado en un **medio escrito.** Se trata de un organismo institucional dedicado a temas **educativos** y **humanitarios.** En este tipo de texto se utiliza un **registro formal.**

LA INTENCIÓN

El texto debe amoldarse a la **intención** que persigue su autor. No exige el mismo uso de la lengua, por ejemplo, un texto exclusivamente informativo que uno que expresa una denuncia y una opinión.

↓

La intención del texto *Igualdad de género para 2030* es transmitir una información y denunciar una situación. Emplea un **lenguaje objetivo** en cuanto a la exposición de datos y cierta **subjetividad** cuando expresa una denuncia.

En resumen, el texto del ejemplo es adecuado porque tiene una buena presentación y el autor ajusta el **registro** (formal) al **destinatario** al que se dirige (ciudadanos), al **canal** en el que se difunde (un medio escrito) y a su **intención** (transmitir una información acompañada de denuncia).

ACTIVIDADES

1. Este texto no es adecuado formalmente. Vuelve a escribirlo de forma correcta.

> Los anglicismos, galicismos y demás extranjerismos no causan alergias, ni hacen que baje el porducto interior bruto, ni aumentan la contamnación ambiental. No matan a nadie. No constituyen en sí mismos un mal para el idrioma. Ahí está «fútbol, por ejemplo, que viene de *football* y se istaló con naturalirdad mediante su adaptación como voz llana en España y aguda en América.
>
> Álex Grijelmo, *El País* [en línea].

2. Escribe un texto teniendo en cuenta los siguientes factores relacionados con el registro:

- **Canal:** carta formal (registro formal).
- **Destinatario:** director/a del centro escolar (nivel culto).
- **Intención:** solicitud de una beca para llevar a cabo un curso de idiomas en el extranjero.

3. Valora en estos textos si el registro es adecuado al canal, al destinatario y a la intención con que se escriben:

A

Para poner en marcha la lavadora, levante la tapa de la puerta de carga e introduzca la ropa. Añada el detergente en la cubeta y seleccione la temperatura que desee. Elija el programa adecuado a las necesidades de lavado y ponga en marcha el aparato apretando el interruptor.

B

¡Hola, Jorge!

Mañana kdamos en la puerta del insti, como cada día. Llévate el skate y las rodilleras. Yo también. Dale un toke a Luis y "al loco".

Bye! Pablo

LA COHERENCIA TEXTUAL

Lee atentamente el siguiente texto:

Tema

TRUCOS PARA MEMORIZAR DATOS AL ESTUDIAR

Ideas / Párrafos

1 A la hora de estudiar existen diferentes técnicas de estudio, pero siempre dependerá del tipo de estudiante la que mejor le convenga. Pensando en esta gran variedad de opciones para memorizar textos y aprender a recuperar información que hemos leído, en Educación2 te presentamos algunos trucos para memorizar mejor el contenido.

2 **El primer paso en cualquier tarea de memorización es entender aquello de lo que estamos hablando.** La simple memorización de cosas específicas se almacena en nuestra memoria a corto plazo, cualquier distracción puede hacer que nos olvidemos. Sin embargo, el aprendizaje significativo evita que nos olvidemos del eje de la cuestión, luego es más fácil agregar otros detalles que se quedarán fijados con mayor sencillez.

Crear pistas

3 Las pistas son pequeñas señales que ayudan a recordar aquello que hemos leído. Las más comunes son las denominadas reglas mnemotécnicas, pero también se pueden utilizar fichas o «machetes» (chuletas), que luego no son necesarias en el examen porque el contenido ya forma parte de nuestro conocimiento a largo plazo.

Concentración

4 La clave para mejorar la memorización es concentrarse en aquello que estamos haciendo. Si nos distraemos con música o charlas, lo más probable es que nos olvidemos de todo aquello que hemos estado intentando aprender.

Repetir listados

5 Al tratar de memorizar un listado es importante que repitamos una y otra vez los componentes para que no se nos olviden. Normalmente esto nos obliga a aprendernos en orden determinados conceptos, que es una ayuda para no olvidar detalles que pueden incluir desde nombres de personas hasta características de una célula.

6 También puedes ayudarte a memorizar listas mediante la agrupación por categorías o la asociación de palabras. Los trucos para memorizar no son infalibles, pero siempre que los utilices obtendrás mejores resultados que si intentaras simplemente leer y que mágicamente todos los conceptos se queden en tu memoria.

Educación 2.0

La **coherencia textual** es una **propiedad** que deben poseer los textos para ser considerados como tales. Se trata de las adecuadas trabazón y relación que guardan todas las ideas del texto, con relación a un **tema** que le da unidad.

Como puedes comprobar, el tema del texto *Trucos para memorizar datos para estudiar* gira en torno a «los trucos para memorizar», y las ideas que se desarrollan están relacionadas entre sí y se organizan de una forma lógica dando unidad al texto. Por todo ello, se puede decir que el texto es coherente.

Un texto es **coherente** si las ideas que expone están relacionadas correctamente y adquieren entre sí un significado unitario.

Un texto **coherente** posee las siguientes características:

— Se estructura en torno a un **tema**. Las **ideas** desarrolladas tienen que estar **relacionadas** con dicho tema. Este puede estar explícito en el texto o no, en cuyo caso el lector o la lectora tendrá que inferirlo. En el ejemplo anterior, el tema (los trucos para memorizar) se recoge en el título.

— Cuenta con un **orden lógico** de las **ideas,** de manera que haya una **progresión de la información.** Las ideas se organizan de modo que forman una estructura, que puede ser:

- **Externa,** si se refiere a las partes visibles del texto: título, párrafos, oraciones... También se consideran estructura externa los apartados y subapartados, los esquemas, las clasificaciones...
- **Interna,** si alude al desarrollo interno de las ideas. La estructura interna varía en virtud del tipo de texto que se trate; por ejemplo, en un texto expositivo las ideas suelen organizarse en introducción, desarrollo y conclusión.

ACTIVIDADES

1. Analiza la estructura externa e interna del texto *Trucos para memorizar datos para estudiar:*

Estructura externa	Evolución de las ideas	Estructura ....
Párrafo 1	**Idea A:** existen muchos trucos o técnicas para memorizar el contenido.	Introducción
Párrafo 2	**Idea B:** el primer paso es entender	....
Párrafo 3	**Idea C:**	
Párrafo 4	**Idea D:**	
Párrafo 5	**Idea E:**	
Párrafo 6	**Idea F:**	....

Tema: ....

2. Lee este texto, di cuál es el tema y señala la estructura interna:

Los accidentes nucleares son los que se originan en centrales nucleares o lugares en donde se utiliza la energía nuclear. Se caracterizan por producir emisiones radiactivas o emitir productos radiactivos al medio.

Las radiaciones afectan principalmente al sistema inmunológico de todos los organismos que quedan expuestos. Además, pueden perdurar durante generaciones.

Las centrales nucleares siguen unas medidas de seguridad muy rigurosas para evitar estos accidentes.

Ciencias de la Naturaleza 1 ESO. edebé.

— Escribe un texto sobre los riesgos de la radiactividad en las personas y en el medio ambiente.

3. Explica por qué este texto no es coherente:

Ahora vivo en Madrid, aunque mi mejor amigo es bajito y peludo. Mi amigo tiene un *skate* como el mío y nos encontramos todas las mañanas y vamos juntos al instituto. Antes de vivir en Madrid viví en Alicante y en Granada, pero mis verdaderos amigos son unos fanáticos del *skateboarding*. Me pongo casco y rodilleras para salir con ellos a rodar. Estoy terminando la enseñanza secundaria y el próximo año nos trasladaremos de nuevo a una ciudad diferente.

LA COHESIÓN TEXTUAL

Lee este texto:

TWITTER PREDICE EL RIESGO DE SUFRIR ENFERMEDADES CARDIACAS

Evidentemente, Twitter es un termómetro del clima social pero, como demuestra un interesante estudio de la Universidad de Pensilvania, también de la salud psíquica y física de sus usuarios.

Rastreando los **«trinos»** de una determinada zona han descubierto que hay una clara correlación entre las manifestaciones de enfado, estrés y fatiga con el riesgo de **enfermedades** cardíacas. Y al contrario: la abundancia de **tuits** que expresan entusiasmo y optimismo coincide con una incidencia más baja de estos trastornos, el primer motivo de muerte en el planeta.

La investigación, realizada por el equipo de expertos en psicología y computación que forma el World Well-Being Project, ayuda a establecer una conexión difícil de comprobar empíricamente: la influencia del bienestar mental en la salud corporal. Ya hace tiempo que se conocen los efectos nocivos de la **hostilidad** y la **depresión**, **por ejemplo,** ya que esos **estados de ánimo** conducen, **además,** a conductas insalubres como el alcoholismo, el aislamiento o la mala alimentación.

La red social de microblogging, donde la gente deja constancia de sus quejas e inquietudes, brinda en este sentido una valiosísima herramienta para visualizarlo.

Los expertos han comparado las estadísticas de enfermedades coronarias y **fallecimientos** por esta causa en 1 300 condados de Estados Unidos (el 88 % del país) y **las** han comparado con los tuits que podían ser geolocalizados, **a los que** han sometido a un análisis lingüístico para detectar expresiones emocionales.

Y sorprendentemente los mapas coinciden: donde abundaban palabras como «odio» o similares había más **muertes** por **dolencias** cardíacas, **mientras que** si destacaban términos como «maravilloso» o «amigos», ocurría lo contrario.

Pablo Colado, *Muy interesante* [en línea].

SINÓNIMOS

HIPÓNIMOS E HIPERÓNIMOS

PRONOMBRES

CONECTORES

ELIPSIS

Twitter es un termómetro del clima social, pero también (es un termómetro) de la salud psíquica y física de sus usuarios.

Un texto es coherente si posee unidad de sentido, es decir, si trata un mismo tema que se desarrolla por medio de varias ideas.

Estas ideas, a su vez, deben estar conectadas entre sí mediante una compleja **red de conexiones lingüísticas**: sinónimos, conectores, pronombres... Estas palabras constituyen los **mecanismos de cohesión** que dan unidad al texto.

> Un texto está **cohesionado** cuando las distintas partes que lo forman se unen entre sí por medio de procedimientos lingüísticos.

Mecanismos de cohesión textual

Los procedimientos para cohesionar un texto son de muchos tipos, aunque los podemos englobar en: *mecanismos de referencia*, de *conexión* y la *elipsis*.

MECANISMOS DE REFERENCIA

Se trata de la sustitución de un elemento (palabra, sintagma...) por otro, para **dar unidad sin repetir** innecesariamente las mismas palabras. Entre estos dos elementos se crea un vínculo semántico que da cohesión. Algunos casos son:

- **Sustitución sinonímica.** La cohesión se consigue sustituyendo expresiones por sus sinónimos: *trinos* por *tuits*.
- **Pronominalización.** La cohesión se consigue sustituyendo partes del texto por pronombres, que evitan la repetición y lo ensamblan: *las estadísticas* por *las* (han comparado...).
- **Hipónimos e hiperónimos.** Sustitución de hipónimos por el hiperónimo que los agrupa: *hostilidad* y *depresión* por *estados de ánimo*.

MECANISMOS DE CONEXIÓN

La relación se establece mediante palabras o expresiones llamadas **conectores**, cuya función es unir las partes del texto.

Según los diferentes **tipos** de relaciones que se pueden establecer, los conectores se clasifican, entre otros:

- **Adversativos:** *sin embargo...*
- **Causales:** *porque...*
- **Consecutivos:** *en consecuencia...*
- **Explicativos:** *es decir...*
- **Aditivos:** *también...*

ELIPSIS

La **elipsis** es otro mecanismo de cohesión que consiste en la supresión de una o varias palabras que ya han aparecido previamente en el texto, o que se pueden sobreentender: *Twitter es un termómetro del clima social, pero también (es un termómetro) de la salud psíquica y física de sus usuarios.*

ACTIVIDADES

1. **Completa este texto con los conectores que se indican y di de qué tipo son:**

igualmente - pero - también - y - sin embargo

La mitología es un conjunto de mitos relativamente cohesionados: relatos que forman parte de una determinada religión o cultura. .... se denomina mito a las narraciones o expresiones culturales de origen sagrado, ... que posteriormente fueron secularizadas y tratadas como discursos relativos a una cultura, a una época o a una serie de creencias de carácter imaginario.

Los mitos son relatos basados en la tradición y en la leyenda creados para explicar el universo, el origen del mundo, los fenómenos naturales y cualquier cosa para la que no haya una explicación simple. ...., no todos los mitos tienen por qué tener este propósito explicativo. ...., la mayoría de estos están relacionados con una fuerza natural o deidad, ... muchos son simplemente historias y leyendas que se han ido transmitiendo oralmente de generación en generación.

Texto adaptado de Wikipedia en http://es.wikipedia.org/wiki/Mitología

— Encuentra en el texto anterior un ejemplo de sinonimia y otro de pronominalización.

2. **Mejora la cohesión de este texto. Vuelve a escribirlo sustituyendo las palabras subrayadas por pronombres (P) o sinónimos (S). Haz los cambios necesarios.**

Dos hombres coincidieron en un viaje y un hombre (P) preguntó al otro hombre (P) cosas de los lugareños del pueblo del hombre (P). Así, cambió su viaje (S) y decidió visitar el pueblo (S) y, con lo que sabía de los lugareños (S), convenció a los vecinos (P) de que era adivino. Los vecinos creyeron al hombre (S) y durante algún tiempo dieron al hombre (P) muchos regalos.

Un día los vecinos descubrieron que el adivino (S) se había marchado del pueblo con todos los regalos (S) y que en realidad era un farsante. Pero ya era demasiado tarde porque el farsante (S) estaba muy lejos del pueblo (S). Nadie volvió a hablar del hombre (S).

3. **Justifica que el siguiente texto está cohesionado, e indica qué recursos se emplean para ello.**

No necesito drogas para divertirme. En primer lugar, porque no me gusta perder el control de mis actos. En segundo lugar, porque las drogas distorsionan la amistad; es decir, la gente que se droga, al final, solo se relaciona a través del consumo. Por último, y lo que es más grave, el consumo de alcohol y drogas afecta muy gravemente a la salud de los jóvenes desde el primer momento. En definitiva, encuentro muchos más inconvenientes que ventajas, por eso, libremente, decido no tomar drogas.

LOS PROCESADORES DE TEXTOS

Los procesadores de textos son una herramienta para crear y editar documentos de texto. Suponen una importante ayuda en la recopilación, el tratamiento y la presentación de la información.

Existen muchos procesadores de textos (quizá los más utilizados sean Word y OpenOffice). Todos pueden trabajar con distintos formatos de párrafo, tamaño y tipo de fuentes; utilizar **negritas**, *cursivas* o subrayados; incluir tablas, listas e imágenes. Además, ofrecen la posibilidad de cortar y copiar texto, fijar espacio entre líneas y entre párrafos, alinear párrafos, establecer márgenes y sangrías o visualizar las páginas editadas. Vamos a verlo:

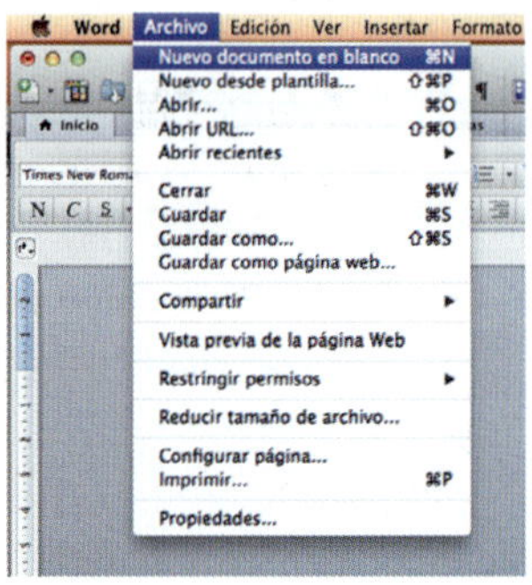

1. Crear un documento nuevo

Una vez tienes recopilada la información que necesitas para realizar un trabajo, lo primero que debes hacer es crear un documento nuevo para empezar a redactar.

2. Escribir y editar

A medida que escribes, seguramente te interesará **resaltar** en tu trabajo algunas palabras o partes de la información. Para ello, el procesador de textos dispone de una barra de herramientas para señalar distintos *tipos, tamaños* y *estilos de letras*.

Ten en cuenta los usos específicos de los diferentes tipos de letra:

- La letra redonda se emplea para el cuerpo del texto.
- La *cursiva* se usa en las citas textuales o en los títulos de obras.
- La **negrita** sirve para destacar apartados y subapartados.
- La VERSALITA se utiliza, sobre todo, para citar en la bibliografía o en textos literarios los nombres de los autores de un libro.

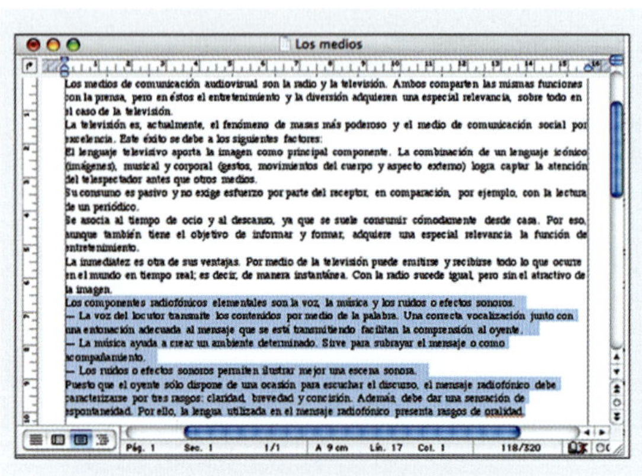

3. Modificar

Imagina que cuando revises lo que has escrito te das cuenta de que la información de un párrafo tendría más coherencia en otro lugar de tu trabajo. Puedes **cambiar la posición del párrafo** sin necesidad de volver a escribirlo.

Para ello, señala con el cursor el fragmento que quieras trasladar y selecciona la opción *copiar* en el menú *Edición* del programa *Word*. Dirígete al punto que te interese y selecciona la opción *pegar*.

4. Guardar

Es posible que no puedas redactar el trabajo de un tirón. Por ello, el procesador de textos dispone de la opción *guardar*. De este modo, podrás recuperar tu documento tal como lo dejaste y volver a trabajar sobre él cada vez que quieras.

El corrector ortográfico

La mayoría de los procesadores de texto incorpora también correctores automáticos de ortografía y gramática, así como diccionarios que facilitan la labor de redacción. Tanto el corrector como el diccionario te resultarán muy útiles para entregar tu trabajo sin faltas de ortografía y sin otras incorrecciones.

Estos son algunos aspectos que debes tener en cuenta:

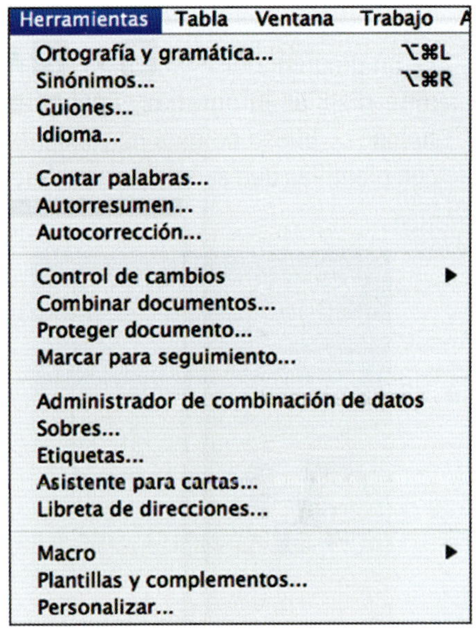

- Comprueba que el idioma seleccionado es el que vas a utilizar en tu trabajo, y si no es así, cámbialo para que el corrector ortográfico seleccione el diccionario correspondiente.
- Esta herramienta te permite corregir **automáticamente** algunos errores que se cometen con frecuencia **mientras tecleas,** como escribir dos mayúsculas seguidas, no escribir con mayúscula la inicial de una palabra después de un punto...
- El corrector subraya en color rojo posibles errores gramaticales que haya en el documento (expresiones incorrectas, duplicación de palabras, concordancia de género y número...) y ortográficos (palabras mal escritas, acentos omitidos...) y sugiere diferentes opciones de sustitución.

No olvides que debes efectuar una **lectura final** de tu texto, ya que los correctores ortográficos presentan dos tipos de **limitaciones:**

— Solo reconocen las palabras que están **recogidas en su diccionario interno** y, por tanto, pueden considerar como incorrecciones palabras que son correctas, pero que no están incluidas en su base de datos: tecnicismos, palabras de otras lenguas (*reality show,* por ejemplo), topónimos, sustantivos propios, etc.

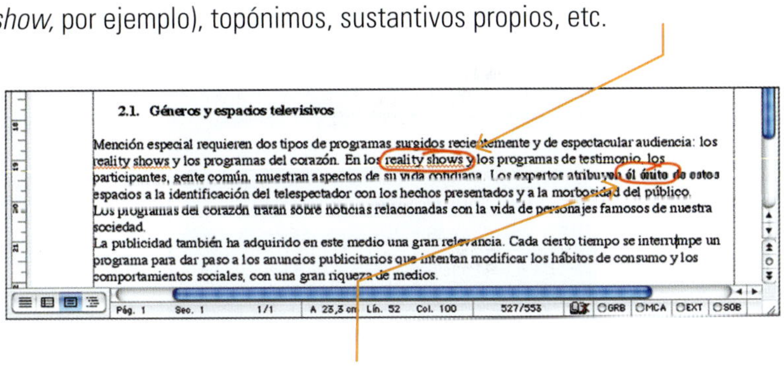

— No reconocen como errores el **uso incorrecto** de palabras que contemplan en su diccionario (pronombre personal *él* utilizado como artículo determinado *el: él éxito*).

Finalmente, antes de entregar tu trabajo, comprueba que cumple los siguientes requisitos formales:

- Utilizar papel de tamaño **DIN-A4.**
- Disponer la información de forma adecuada creando **márgenes** y **sangrías.**
- Ordenar la información en **apartados** y **subapartados.**
- Respetar un **interlineado** correcto entre líneas y entre párrafos.
- Utilizar el mismo **cuerpo de letra** en todo el documento (excepto títulos, notas a pie de página...).
- Resaltar palabras con **tipografía** diferente: **negrita,** *cursiva,* subrayado...

PRESENTACIÓN DE LA INFORMACIÓN

Una vez has finalizado tu trabajo, te queda un paso más: presentarlo. Puedes utilizar distintos programas, según si necesitas realizar una presentación, un vídeo, un audio... Además de los convencionales *PowerPoint, Glogster...*, te presentamos otras opciones:

1. Genially

Es un programa diseñado para crear **recursos digitales.** Permite diseñar infografías, imágenes interactivas, líneas del tiempo... El uso de esta herramienta es muy sencillo. Se ofrecen plantillas que se adaptan a diferentes tipos de infografías...

2. Moovly

Esta herramienta permite realizar **presentaciones y animaciones** en formato de vídeo. Estos vídeos se pueden compartir en la red (*YouTube, Facebook*...).

3. Wevideo

Es un programa que permite crear y **editar vídeos** de manera sencilla. Se pueden insertar vídeos propios para editarlos o crear otros nuevos. Posibilita añadir textos, música, imágenes...

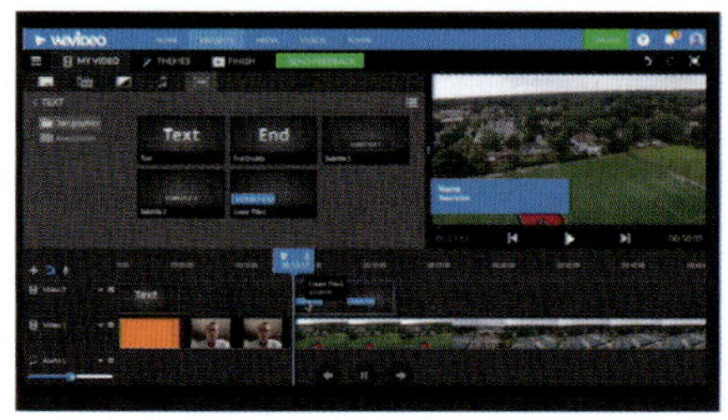

4. Audacity

Esta herramienta permite **grabar audios** y editarlos de manera sencilla. Es posible cortar, copiar, eliminar el ruido de fondo, combinar pistas de sonido... También pueden añadirse efectos en las grabaciones.

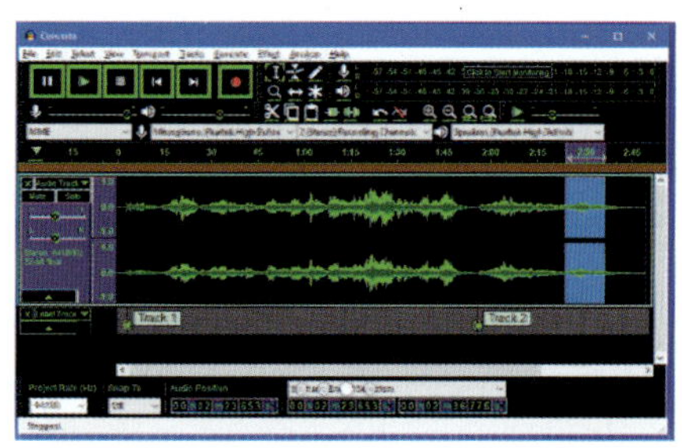

5. Popplet

Esta aplicación permite, de forma gráfica, estructurar y organizar ideas. Se pueden crear **mapas mentales,** conceptuales, murales..., y añadir imágenes, textos, dibujos y vídeos.

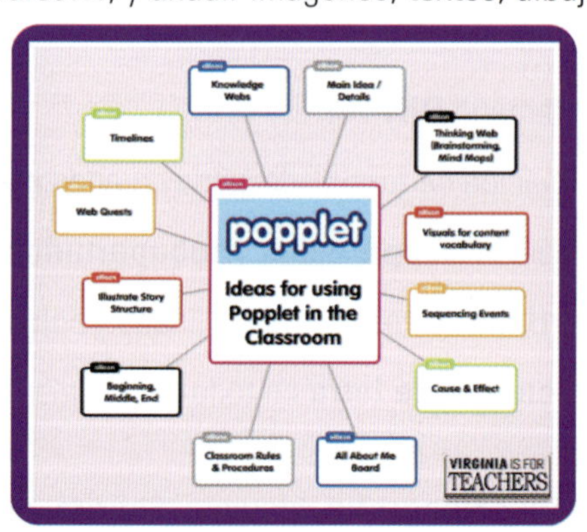

¡Ahora te toca a ti!

Te proponemos que planifiques y redactes un trabajo sobre este tema: *La novela picaresca.*

Sigue estos pasos:

Búsqueda de la información

- Dirígete a una biblioteca y haz una búsqueda por materia. A continuación, localiza los títulos que te interesen en la sección correspondiente.
- Si entre los resultados de la búsqueda por materia aparece algún artículo dentro de una publicación periódica, dirígete a la hemeroteca y consúltalo.
- Entra en un buscador en Internet y escribe una o varias palabras clave. Lee el resumen que aparece en el enlace y entra en las páginas que más te interesen.
- Sigue navegando por Internet y entra en alguna enciclopedia virtual que conozcas. Realiza una consulta por materia.

Tratamiento de la información

- Selecciona aquella información que creas primordial para tu trabajo de entre todo el material que has consultado.
- Con la información seleccionada y debidamente ordenada, redacta tu trabajo utilizando un procesador de textos.
- Recuerda que todo trabajo debe contar con una introducción, un cuerpo o desarrollo y una conclusión.
- Ten en cuenta los siguientes aspectos formales:
  - — Tipo de letra o fuente.
  - — Tamaño de la letra.
  - — Interlineado.
  - — Usos de las **negritas,** las *cursivas*, las VERSALITAS...

Revisión

- Una vez redactado el texto, pasa el corrector ortográfico para detectar posibles errores.
- Realiza una lectura final por si el corrector no ha detectado todos los errores o ha señalado algunos que no lo son.

Presentación

- Elabora un mapa mental seleccionando las ideas que quieras destacar de tu trabajo. Puedes usar, entre otros, Popplet para crearla.
- Con la ayuda de Genially, crea una línea del tiempo interactiva con la fecha de publicación de las obras más relevantes de la novela picaresca. Si quieres, puedes añadir imágenes.
- Utiliza Audacity para grabar una breve introducción al tema de la novela picaresca. Guárdala en un archivo MP3.
- Incluye la línea del tiempo y el archivo MP3 en un vídeo con Wevideo.

29 FUENTES DE INFORMACIÓN FIABLES

Características de las fuentes de información fiables

/// EDUCACIÓN LITERARIA

30 ¿QUÉ ES LA LITERATURA?

Podemos definir la literatura como el **arte** que tiene como medio de expresión la lengua y busca la **belleza** a través de las palabras.

La diferencia entre un texto literario y un texto no literario está en su **forma**.

Un **texto literario** reúne las siguientes características:

- Utiliza un lenguaje bello, rico y atractivo de forma original y creativa.
- Emplea recursos literarios, como la metáfora, la hipérbole, la anáfora…; y, en el caso de la lírica, suelen sumarse otros recursos, como la rima.
- Expresa sentimientos, deseos, opiniones… Por eso decimos que es subjetivo.

Por otro lado, un texto no literario tiene una función principalmente **informativa** o **didáctica.** Por ejemplo, son textos no literarios una enciclopedia, una noticia, una receta de cocina... Las características principales de estos textos son las siguientes:

- Presentan la información de forma objetiva con un lenguaje claro, conciso y directo.
- Pretenden transmitir conocimientos.

Vamos a ver ahora la diferencia entre un texto literario y uno no literario con un ejemplo:

TEXTO LITERARIO

Este jardín de casa de muñecas era un país encantado, un bosque de flores transitado por criaturas que yo jamás había visto. Entre los **gruesos** y **sedosos** pétalos de cada capullo de rosa vivían **arañitas como cangrejos,** que se escabullían de lado si se las molestaba. Sus **cuerpecitos** translúcidos tenían igual coloración que su flor respectiva: rosa, marfil, corinto o amarillo manteca. Sobre los tallos de los rosales, incrustados de pulgón, las mariquitas se movían **como juguetes recién pintados.**

Gerald Durrell, *Mi familia y otros animales*. Alianza.

↑

Uso de comparaciones, adjetivos calificativos y diminutivos afectivos. Todo ello dota de belleza el mensaje.

TEXTO NO LITERARIO

Tusal jarabe es un medicamento utilizado en el tratamiento sintomático de la tos.

Este medicamento contiene sacarosa.

Si padece una intolerancia a ciertos azúcares, consulte con su médico antes de tomar este medicamento.

Las tomas deben repartirse a lo largo del día y al acostarse para calmar la tos nocturna.

Si considera que la acción de Tusal jarabe es demasiado fuerte o débil, comuníqueselo a su médico o farmacéutico.

↑

Uso de lenguaje técnico y específico del campo médico.

ACTIVIDADES

1. Lee este texto e indica si es literario o no literario. Justifica tu respuesta.

Agua, ¿dónde vas?
Riyendo voy por el río
a las orillas del mar.

Mar, ¿adónde vas?
Río arriba voy buscando
fuente donde descansar.

Federico García Lorca, «Agua, ¿dónde vas?», en *Canciones (1921-1924)*. Alianza.

2. Escribe un texto no literario sobre el mismo tema que el texto de la actividad anterior.

3. Redacta un texto literario sobre uno de los temas siguientes:

a) Los cerezos que empiezan a florecer.

b) Contemplar y escuchar una bandada de pájaros.

c) Un paseo en barca por los arrozales.

d) Las vacaciones.

LOS GÉNEROS LITERARIOS 31

Según el **contenido** que expresan y la **forma** que adoptan, podemos distinguir tres géneros literarios:

LÍRICA

- Su finalidad es expresar emociones y sentimientos.
- Generalmente, se escribe en verso.
- Emplea figuras literarias.

→

La primera emoción
fue el olor de la tierra
mojada, oscura y fría
en un mundo vidriado.

Ida Vitale, «Invernadero», en *Poesía reunida*. Tusquets.

NARRATIVA

- Explica hechos que les suceden a unos personajes en un tiempo y un espacio determinados. Los hechos se explican con coherencia y apariencia de verdad.
- Se escribe en prosa.
- Por lo general, aparece un narrador/a en 1.ª o en 3.ª persona.

→

Pero ¿dónde está aquel descampado? No conozco Getxo, me llevaron allí en coche. Era una pequeña casa rodeada de cultivos. Sí, y un gran árbol junto a la casa. El camino pasaba por delante. Un camino que bajaba y bajaba…

La luz de la linterna alumbra las fachadas de casas de dos y tres pisos. Seguramente, son las últimas del pueblo. Estoy bajando una carretera. Pero a la casa que busco se llegaba por un camino.

Ramiro Pinilla, *La higuera*. Círculo de Lectores.

DRAMÁTICA

- Los textos representan hechos reales o imaginarios.
- Las obras se desarrollan a partir del diálogo entre dos o más personajes.
- Su finalidad es la representación ante un público.

→

ESTRAGÓN. ¡Delicioso lugar! *(Se vuelve, avanza hasta la rampa, mira hacia el público.)* Semblantes alegres. *(Se vuelve hacia VLADIMIR.)* Vayámonos.

VLADIMIR. No podemos.

ESTRAGÓN. ¿Por qué?

VLADIMIR. Esperamos a Godot.

ESTRAGÓN. Es cierto. *(Pausa.)* ¿Estás seguro de que es aquí?

VLADIMIR. ¿Qué?

ESTRAGÓN. Donde hay que esperar.

VLADIMIR. Dijo delante del árbol. *(Miran el árbol.)* ¿Ves algún otro?

ESTRAGÓN. ¿Qué es?

VLADIMIR. Parece un sauce llorón.

Samuel Beckett, *Esperando a Godot*. Editorial Último Recurso.

ACTIVIDADES

1. **Lee este texto e indica a qué género pertenece. Señala las características que justifican tu respuesta.**

La primera vez que vi actuar a Samarkanda fue en agosto de 1992, en el estadio de fútbol Vicente Calderón de Madrid. Fue un concierto memorable en el que actuaron media docena de grupos. El plato fuerte fueron Samarkanda y Rosendo Mercado. Cómo olvidar aquel concierto. Por aquella época yo todavía soñaba con ser crítico musical y publicar reseñas y entrevistas en la revista *Rolling Stone*.

Luis Leante, *Maneras de vivir*. edebé.

LA EDAD MEDIA

LA EDAD MEDIA

Abarca los SIGLOS V-XV

476

La caída del **Imperio romano** supone el comienzo de la Edad Media. Se crea en la Península el **Reino visigodo de Toledo.**

711

Los musulmanes invaden la Península y conforman **al-Ándalus.** Los hispanovisigodos se repliegan en el norte. Estos núcleos cristianos empiezan pronto su expansión hacia el sur, formando distintos reinos.

1252-1284

En el reinado del rey castellano **Alfonso X el Sabio,** las reformas políticas y económicas van acompañadas de un impulso cultural con la Escuela de Traductores de Toledo.

1492

El final lo marcan dos hechos, en el reinado de los Reyes Católicos: la **toma de Granada,** último territorio musulmán, y el **descubrimiento de América,** que señala el inicio de la Edad Moderna.

SOCIEDAD

Estamental

Sistema que divide a la sociedad en **tres estamentos:** la nobleza, el clero y el pueblo. A estos se accede por nacimiento y resulta imposible cambiar de uno a otro.

Privilegiados

La nobleza

El **rey** y los **nobles** están ligados entre sí por pactos de fidelidad o **vasallaje.** Poseen las tierras y gozan de privilegios. Ejercen poder sobre la población.

El clero

Está constituido por **sacerdotes** y **clérigos.** Son los responsables de mantener el espíritu religioso y de proteger la cultura.

No privilegiados

El pueblo

Los **villanos** (personas libres) y los **siervos** (privadas de libertad) trabajan para sus señores, en condiciones precarias, a cambio de protección y una renta de subsistencia.

CULTURA

Teocentrismo

Forma de pensamiento que rige durante la Edad Media y que supone que **Dios** es el **centro** del Universo y el eje de la existencia.

Literatura religiosa

Refleja el poder de la religión. En los **monasterios** se gesta gran parte de la producción literaria (**mester de clerecía**), que tiene como objetivo difundir y preservar las **ideas cristianas.**

Literatura épica

Esta época se caracteriza por las guerras entre reinos cristianos y musulmanes. Para reforzar la pertenencia a una comunidad, se genera una literatura épica, que **ensalza hazañas de guerreros,** como las del Cid.

Convivencia entre diferentes culturas

En esta etapa coinciden tres culturas: **cristiana, musulmana** y **judía.** Esta confluencia enriquece todos los ámbitos del conocimiento y, en muchos periodos, es ejemplo de **tolerancia.** Por ejemplo, los primeros poemas en lengua romance, las **jarchas,** están escritos en alfabeto árabe.

LA LITERATURA MEDIEVAL

La literatura de la Edad Media se transmite de forma **oral,** la mayor parte es de **autor desconocido** y tiene una **función didáctica:** transmitir los valores cristianos y enseñar modelos de conducta. A lo largo de la Edad Media, se produce una evolución en las formas, los temas y los géneros, que se plasma en una literatura popular y una literatura culta.

LITERATURA POPULAR	LITERATURA POPULAR
Las primeras muestras son de los siglos X-XIII, recogidas por escrito con posterioridad.	Surge a partir del siglo XIII, en centros religiosos y posteriormente en la corte.
Son obras **anónimas,** sin autor conocido, y se transmiten **oralmente** de generación en generación.	Producida por las clases privilegiadas para el **disfrute de la corte.**
Es producida **para el pueblo** con el fin de transmitir valores y/o entretener.	Surge a partir del siglo XIII, en centros religiosos y posteriormente en la corte.
Lírica. De temática variada, predomina el tema amoroso puesto en boca de una mujer.	**Lírica.** El tema predominante es el amor, pero también se tratan temas como la muerte y la sociedad.
Narrativa (en verso). Relata **sucesos heroicos** con base histórica (épica). Entretiene al público y fomenta el sentimiento de comunidad.	**Narrativa.** Surge una narrativa en verso de **carácter religioso** (mester de clerecía); más adelante aparece una prosa didáctica para entretener e instruir con consejos.

ACTIVIDADES

1. Explica cómo es la sociedad medieval apoyándote en el siguiente texto. Razona tu respuesta.

> El hombre medieval vive conforme en el estado en que ha nacido, sea rey, caballero, jurista, mercader, labrador o mendigo. Los humildes viven conformes y sin asomo de rebeldía, que suponen imposible, como elementos de una estructuración social fija e inmutable: los poderosos son los de arriba; los indigentes, los de abajo. Nada puede igualar a unos y otros sino la Muerte, de quien serán víctimas todos los hombres, desde el Papa y el emperador, hasta el último pordiosero.
>
> M. de Riquer y J. M. Valverde, *Historia de la literatura universal.* Gredos.

2. Lee estos fragmentos y responde a las preguntas:

A

Con vos conquisté Turquía
Junto con vuestro esfuerzo
mataste a los moros
recorrí los caminos
no conquisté Zaragoza,
y Roma cerca estaba.
entramos en España,
y las tierras ganabas,
del apóstol Santiago;
donde me hirió tal lanzada.

Cantar de Roncesvalles.

B

Vayse meu corachón de mib	Mi corazón se va de mí.
Ya Rab, ¿si se me tornarád?	Oh Dios, ¿acaso regresará?
¡Tan mal meu doler li-l-habib!	¡Tan fuerte mi dolor por el amado!
Enfermo yed, ¿cuánd	[Mi corazón] enfermo
sanarád?	está, ¿cuándo sanará?

Jarcha número 9.

— ¿A qué estamento social crees que pertenece cada uno de los protagonistas o yo poético? Explica por qué.

— ¿De qué trata cada poema?

— ¿Qué composición atribuirías a la literatura popular y cuál, a la literatura culta? Justifica tu respuesta.

3. Busca en Internet y escucha la versión cantada de la cantiga «Tres moças cantavan d'amor».

— Explica qué rasgos de la lírica popular presenta.

34 LA LÍRICA POPULAR

La lírica
¿Lo vemos en digital?

¡Vamos a leer y analizar **más ejemplos!**

El inicio de la literatura castellana lo encontramos en **sencillos poemas** que las gentes del pueblo cantaban para festejar el amor, las cosechas, las celebraciones... Se trata de **composiciones breves,** en su mayoría **anónimas,** que se transmiten **oralmente** de generación en generación. Sus características básicas son:

— La **métrica** de los poemas es **irregular,** los versos son de **arte menor** (tienen menos de ocho sílabas) y, en general, de **rima asonante** (solo se repiten las vocales a partir de la última vocal acentuada).

— Poseen un **estilo sencillo.** Se emplean técnicas de repetición (estribillos, anáforas…), que dotan a los textos de mayor **intensidad lírica.** También es frecuente el uso de apóstrofes, exclamaciones e interrogaciones, diminutivos afectivos…

La lírica popular de la Edad Media presenta una gran riqueza y variedad; nos detendremos en tres de sus manifestaciones: la lírica mozárabe, la lírica galaico-portuguesa y la lírica castellana.

¡Tanto amare, tanto amare,
habib, tanto amare!
Enfermeron olios nidios
e dolen tan male.

TRADUCCIÓN:

¡Tanto amar, tanto amar,
amado, tanto amar!
Enfermaron mis ojos brillantes
y duelen tanto.

Lírica mozárabe: las jarchas

A la lírica mozárabe pertenecen las **muestras más antiguas** de la literatura peninsular, en torno al siglo X. Las jarchas son los **versos finales** de composiciones más extensas, árabes o hebreas, llamadas *moaxajas*. Generalmente, son de **tema amoroso,** y en ellas una muchacha se lamenta por la ausencia del amado *(habib)*.

Lírica galaico portuguesa: las cantigas

En el siglo XIII, en la actual Galicia y el norte de Portugal, se desarrolla una lírica en galaico-portugués: las cantigas. Son **composiciones sencillas** en las que una mujer se lamenta por la ausencia del amado. Pueden ser: de **amor,** de **escarnio** y de **amigo.**

Lírica castellana: los villancicos

A partir del siglo XV, los autores cultos empiezan a recopilar en cancioneros las **composiciones orales.** La forma principal es el villancico, que suele presentar la siguiente estructura:

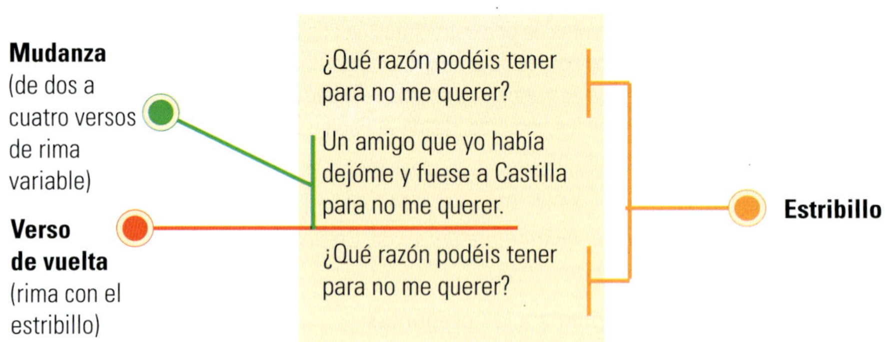

ACTIVIDADES

1. Formad grupos, buscad en Internet el texto poético completo «Ay, que non hay» y escuchadlo.
   — ¿Qué rasgos de la poesía popular podéis identificar en este poema?

2. Busca en internet muestras de las tres clases de lírica popular castellana en la Edad Media.
   — Analiza los recursos que predominan en cada una de las muestras que has propuesto.

EL MESTER DE CLERECÍA 35

El mester de clerecía (oficio de clérigos) es la **escuela literaria** de **autores cultos** que surgió en el siglo XIII. En esta época, el clérigo podía ser una persona culta que no tuviera ninguna relación con la Iglesia.

La finalidad de las obras de clerecía es **persuadir** y **educar al público** en las doctrinas de tipo religioso y **transmitir conocimientos** y **valores de carácter cristiano.**

Las obras compuestas por esta escuela se caracterizan por utilizar un tipo de **estrofa regular:** la **cuaderna vía.**

Mester traigo fermoso: non es de juglaría,
mester es sin pecado, ca es de clerecía:
hablar curso rimado por la **cuaderna vía**
a sílabas contadas, ca es gran maestría.

Libro de Alexandre.

Regularidad métrica

Estrofa utilizada: 7+7 = 14 sílabas

Oficio de clérigo, **algo más que un monje**

Descubre más sobre **estas obras**

Las composiciones tratan **asuntos religiosos** (vidas de santos, de la Virgen...) y **novelescos** (aventuras de personajes ficticios).

El estilo es **culto** y cuidado, con influencias de la cultura clásica. Emplean algunos recursos literarios sencillos y la técnica de descripción explicativa.

Gonzalo de Berceo

Es el primer escritor en lengua castellana cuyo nombre conocemos y uno de los máximos representantes del mester de clerecía. Su obra más importante es *Milagros de Nuestra Señora.*

Juan Ruiz, arcipreste de Hita

Su obra más destacada es el *Libro de buen amor.* La finalidad del autor en sus obras es, sobre todo, enseñar modelos de conducta. Esta obra es una narración autobiográfica, en la que el autor relata una serie de episodios y aventuras sentimentales que ha experimentado y que expone a modo de lección y advertencia.

ACTIVIDADES

1. **En este fragmento del *Libro de buen amor,* del arcipreste de Hita, don Melón (representación del propio autor) describe a doña Endrina, de la que se ha enamorado.**

   — Léelo y responde a las preguntas.

   ¡Ay, Dios! ¡Y qué hermosa viene doña Endrina por la plaza!
   ¡Qué talle, qué donaire, qué alto cuello de garza!
   ¡Qué cabellos, qué boquita, qué color, qué buenandanza!
   Con dardos de amor hiere cuando sus dos ojos alza.

   Hija, siempre vos estáis en casa tan encerrada
   que sola envejeceréis, debéis ser más esforzada:
   salir, andar por la plaza; pues vuestra beldad loada,
   entre estas paredes sola, no os ha de servir de nada.

   Muy bien me reciben todos en esta mi poquedad;
   el más noble y el mejor en linaje y en bondad
   es don Melón de la Huerta mancebillo de verdad,
   supera a todos los otros en hermosura y beldad.

   — Explica la técnica descriptiva de este fragmento y señala los recursos literarios que emplea.
   — Analiza la métrica de la tercera estrofa.
   — ¿Por qué se alude a unos «dardos de amor» en el verso cuarto? ¿A qué personaje mitológico se refiere?

2. **Busca una música que te parezca apropiada para acompañar la recitación del fragmento anterior. Grábate recitando el fragmento con la música de fondo.**

36 LA LÍRICA CULTA

A partir del siglo XV la nobleza empieza a interesarse por el mundo de las artes y las letras. Para satisfacer las necesidades de la aristocracia, los poetas cultivan un tipo de **poesía culta,** con una **finalidad estética,** en la que la forma de decir las cosas es tan importante como lo que se dice. Los rasgos principales de esta poesía son:

A

Yo vos serví lealmente
con muy presta voluntad,
y nunca hallé piedad
en vos, ni buen continente;

antes vuestra crueldad
me hace ser padeciente;
¡ay de quien con vos contiende!

Marqués de Santillana.

Temas

— **El amor (A).** Sigue las reglas del amor cortés: un caballero sufre por una dama distante y fría a la que idealiza.

— **La muerte (B).** La fugacidad de la vida y el poder igualatorio de la muerte.

— **La sociedad.** Las intrigas de la corte y las costumbres de la nobleza inspiran la composición de poemas de tema crítico y social.

Métrica y estilo

Regularidad de los versos, en los que predominan el **octosílabo** y el **endecasílabo.** Las estrofas más utilizadas son el **soneto,** la **canción** y la **copla de pie quebrado.**

En el estilo se mantiene un **lenguaje cuidado,** abundan las palabras cultas y los recursos literarios, como las metáforas.

Jorge Manrique (1440-1479)

Como noble dedicado a las armas pasó su vida entre batallas, defendiendo el trono de la reina Isabel I. Esto explica el tono guerrero que se percibe en su obra, ya que todavía era más un hombre de armas con mentalidad medieval que un prehumanista. Poco se sabe de su personalidad, pero algunos cronistas lo definen como un hombre muy reflexivo, reservado y amante de las letras.

Conoce más sobre **Jorge Manrique**

Jorge Manrique

Jorge Manrique es el autor más destacado de la segunda mitad del siglo XV. Su obra más importante es *Coplas a la muerte de su padre.*

Está formada por **cuarenta coplas** en las que se tratan diversos temas relacionados con la **fugacidad de la vida,** la **llegada de la muerte** y la **alabanza de su padre.**

La estrofa utilizada es la **copla de pie quebrado.** Está compuesta por dos sextillas de pie quebrado con el siguiente esquema métrico:

B

Copla	sextilla	Recuerde el alma dormida	8a
		avive el seso e despierte	8b
		contemplando	4c
		cómo se pasa la vida,	8a
		cómo se viene la muerte	8b
		tan callando;	4c
	sextilla	cuán presto se va el placer,	7+1=8d (aguda)
		cómo, después de acordado	8e
		da dolor;	3+1=4f
		cómo, a nuestro parecer,	7+1=8d (aguda)
		cualquiera tiempo pasado	8e
		fue mejor.	3+1=4f

Estructura de las *Coplas*

La obra se divide en tres partes, que van de lo más general a lo más particular.

1.ª parte: vida terrenal (coplas I-XIII). Reflexión acerca de la brevedad de la vida y la pronta llegada de la muerte.

2.ª parte: vida de la fama (coplas XIV-XXIV). Se concretan los mismos temas que en la primera parte, haciendo referencia a personajes históricos de la corte.

3.ª parte: vida eterna (coplas XXV-XL). Dedicada a alabar la figura de su padre.

ACTIVIDADES

1. Lee estos poemas del Marqués de Santillana:

Cuando yo so delante aquella *donna*[1],
a cuyo mando me sojuzgó Amor,
cuido[2] ser uno de los que en *Tabor*[3]
vieron la grand claror que se razona,

o aquella sea *fija*[4] de *Latona*[5],
segúnd su aspecto e grande resplandor:
así que punto yo non he vigor
de mirar fijo su *deal*[6] persona.

El su grato favor dulce, amoroso,
es una maravilla çiertamente,
en modo nuevo de humanidad:

el andar suyo es con tal reposo,
honesto e manso, e su continente,
que libre, vivo en cautividad.

Marqués de Santillana, *Poesías completas.*

[1] **donna:** mujer. / [2] **cuido:** creo. / [3] **Tabor:** monte en que Jesucristo mostró su apariencia divina a los apóstoles.
[4] **fija:** hija. / [5] **Latona:** diosa romana. / [6] **deal:** divina.

— ¿Cuál es el tema del poema?
— ¿Qué recursos utiliza para idealizar a su amada?
— Analiza la métrica. ¿De qué tipo de combinación estrófica se trata?

2. Lee esta copla de Jorge Manrique y responde a las preguntas que se plantean:

III
Nuestras vidas son los ríos
que van a dar en la mar,
qu'es el morir,
allí van los señoríos
derechos a se acabar
e consumir;
allí los ríos caudales,
allí los otros medianos
e más chicos;
allegados, son iguales
los que viven por sus manos
e los ricos.

Jorge Manrique, *Coplas a la muerte de su padre.* Castalia didáctica.

— ¿Cuál es el tema de la composición?
— ¿Con qué se compara la vida humana en el poema? ¿Qué nombre recibe este recurso literario?
— ¿Quiénes son «los que viven por sus manos» del verso 11? ¿Cómo se alude a ellos metafóricamente en los versos anteriores?
— Escribe el esquema métrico y explica de qué estrofa se trata.
— ¿A qué parte de las *Coplas a la muerte de su padre* pertenece este fragmento? Justifica tu respuesta.

3. Lee estas otras estrofas de las *Coplas* de Jorge Manrique:

V
Este mundo es el camino
para el otro, qu'es morada
sin pesar;
mas cumple tener buen tino
para andar esta jornada
sin errar.
Partimos cuando nascemos,
andamos mientra vivimos,
e llegamos
al tiempo que feneçemos;
así que cuando morimos,
descansamos.

Jorge Manrique, *Coplas a la muerte de su padre.* Castalia didáctica.

VI
Este mundo bueno fue
si bien usásemos dél
como debemos,
porque, segund nuestra fe,
es para ganar aquél
que atendemos.
Aun aquel fijo de Dios
para sobirnos al cielo
descendió
a nescer acá entre nos,
y a vivir en este suelo
do murió.

Jorge Manrique, *Coplas a la muerte de su padre.* Castalia didáctica.

— ¿Crees que la época en la que vivió el poeta pudo motivar esta forma de pensar? ¿Estás de acuerdo con su idea sobre la vida?
— Extrae palabras o expresiones del poema que confirmen esta idea: «La vida solo es el paso que lleva hasta la muerte».

4. **Escribe un texto breve que reflexione sobre tu idea personal de la vida, tal como lo hizo Jorge Manrique.**

LA NARRATIVA EN LA EDAD MEDIA

Fíjate cómo va evolucionando **el concepto de héroe**

Hasta el siglo XIII la narrativa se escribe fundamentalmente en **verso** y se transmite **oralmente** por los **juglares.** Estos relataban de memoria las hazañas que más interesaban al público y las recitaban acompañadas de un instrumento musical. La corriente literaria en la que se inscriben estos juglares se denomina **mester de juglaría** («oficio de juglares»).

La épica castellana: los cantares de gesta

Como ocurre en el resto de Europa, entre los siglos XII y XIV surge en la Península un tipo de literatura dedicada a ensalzar las hazañas de los grandes **héroes** medievales. Estas composiciones, transmitidas por los juglares, se llaman **cantares de gesta** y son extensas narraciones en verso, generalmente **anónimas.**

Presentan unos rasgos comunes, derivados de su transmisión oral:

Contenido	Protagonista-héroe	Métrica	Finalidad
Narran **sucesos históricos** (batallas, conquistas...), a veces mezclados con **elementos legendarios** para ensalzar al héroe.	Es un **noble** o un **caballero** convertido en modelo de virtudes. Sus características son positivas: es leal al rey y a sus amigos, valeroso, excelente luchador, buen padre y esposo fiel (el héroe medieval).	**Irregular,** aunque predominan los versos de 14 o 16 sílabas, divididos en dos **hemistiquios** por una cesura (pausa). **Rima asonante.**	Su objetivo es **informar** de las hazañas bélicas y **enseñar** pautas de comportamiento que sirviesen de modelo a la sociedad.

Descubre curiosidades sobre **el manuscrito del *Cantar***

El *Cantar de Mio Cid*

Es el cantar de gesta más extenso y de los pocos que se conservan de la literatura en castellano. De carácter **anónimo,** relata las hazañas de un personaje histórico, **Rodrigo Díaz de Vivar, el Cid Campeador.** Se considera la primera gran obra literaria castellana.

Se desconoce la fecha exacta de composición. Aunque se conserva en un manuscrito copiado en 1307 por un tal Per Abbat, hay estudiosos que defienden que fue compuesto por dos juglares en el siglo XII.

En el *Cantar de Mio Cid* aparecen reflejadas las principales características de los cantares de gesta castellanos; además destacan los siguientes rasgos:

— **Carácter juglaresco.** El *Cantar* fue compuesto para ser recitado. Por ello, abundan los recursos que permiten mantener la atención del público: epítetos épicos (que facilitaban la memorización), repeticiones, exclamaciones...

— **Sencillez estilística.** Escasean los recursos y elementos complejos; la narración y el dramatismo se combinan con sencillez.

Mío Cid Ruy Díaz, **que en buena hora ciñó espada,**
venció dos reyes de moros en esta batalla;
sobejana[1] es señor, // la su ganancia.
A vos, rey **honrado,** este presente manda;
bésavos[2] los pies y las manos ambas;
que le hagáis merced, **¡así el Criador os valga!**

[1] **sobejana:** sobrada, abundante. / [2] **bésavos:** os besa.

Epíteto épico
Hemistiquios divididos por una cesura
Adjetivos
Exclamaciones retóricas

Estructura y argumento

El *Cantar de Mio Cid* se divide en tres partes o **cantares:**

1. **«Cantar del destierro».** El Cid es desterrado por el rey y abandona Castilla.

2. **«Cantar de las bodas».** El Cid conquista Valencia. El rey le recompensa y casa a sus hijas con los infantes de Carrión.

3. **«Cantar de la afrenta de Corpes».** Los infantes golpean a sus esposas y el Cid las venga venciéndolos en un torneo. El rey vuelve a casar a las hijas con nobles.

Los romances

Descarga
más ejemplos

A mediados del siglo XIV, los episodios más interesantes de los cantares de gesta empiezan a narrarse por separado. De esta fragmentación nacen los **romances.**

Como puede verse en el siguiente esquema, cada uno de los hemistiquios del cantar de gesta se convierte en un verso octosílabo del romance (tirada); de este modo, los versos pares conservan la rima asonante y quedan sueltos los impares.

CANTAR DE GESTA			ROMANCE
Hemistiquio		Hemistiquio	
Después que el rey don Rodrigo	//	a España perdido había,	Después que el rey don Rodrigo a España perdido había,
íbase desesperado	//	por donde más le placía.	íbase desesperado por donde más le placía.
Métese por las montañas	//	las más espesas que había,	Métese por las montañas las más espesas que había...
por que no le hallen los moros	//	que en su seguimiento iban.	

Los romances se caracterizan por los siguientes rasgos:

— **Carácter oral.** Estas composiciones, como los **cantares de gesta,** emplean recursos propios del discurso oral: repeticiones, apóstrofes, frases introductorias, llamadas de atención, exclamaciones... Se recitaban de memoria ante un público.

— **Fragmentarismo.** Se centran en un momento de la acción y, con frecuencia, la narración se interrumpe bruscamente sin que se conozca el desarrollo final.

— **Sencillez** y **sobriedad de recursos.** Descripciones breves, escasez de adjetivos, uso del diálogo para aportar agilidad al texto...

Fíjate en el texto que aparece a continuación. Se trata del *Romance de Abenámar.*

Repeticiones — ¡Abenámar, Abenámar,
moro de la morería,
el día que tú naciste,
grandes señales había! — **Exclamaciones**
Estaba la mar en calma,
la luna estaba crecida;
moro que en tal signo nace
no debe decir mentira. — **Uso del diálogo**

—Yo te la diré, señor,
aunque me cueste la vida. — **Escasa descripción**

—Yo te agradezco, Abenámar,
aquesta tu cortesía.

Según el **tema,** podemos clasificar los romances en **novelescos** e **históricos.**

— **Novelescos.** Tratan asuntos variados, sobre todo de tema amoroso, protagonizados por personajes anónimos. Suelen introducir elementos fantásticos.

— **Históricos.** Recrean pasajes históricos protagonizados por personajes nobles.

El *Cantar de Roldán*

El *Cantar de Roldán* es el cantar de gesta más importante de la **épica francesa.**

De autor **anónimo,** se conserva en un manuscrito del **siglo XI.**

Como el *Cantar de Mio Cid*, tiene una base histórica (la batalla de Roncesvalles); sin embargo, la finalidad principal de este cantar es ensalzar la figura del héroe, Roldán, y las de los nobles que murieron con él.

El **protagonista** es un caballero al que se atribuyen múltiples cualidades: valeroso, fiel a su misión y a su rey, hábil en el manejo de las armas...

Como en la épica castellana, se emplean **recursos** para destacar las hazañas del héroe: adjetivos, verbos de acción, exclamaciones...

Si quieres leer la obra completa puedes buscarla en internet.

ACTIVIDADES

1. Lee estos versos del *Cantar de Mio Cid* y realiza las actividades siguientes:

Embrazan[1] los escudos, ante los corazones
bajan las lanzas envueltas en los *pendones*[2],
inclinaron las caras sobre los *arzones*[3],
íbanlos a herir con fuertes corazones.
A grandes voces llama el que en buena hora nació:
–«¡Heridlos, caballeros, por amor del Creador!:
Yo soy Ruiz Díaz, el Cid de Vivar Campeador!».
Veríais tantas lanzas bajar y alzar,
tanta *adarga*[4] *horadar*[5] y atravesar
tanta *loriga*[6], romper y desmallar,
tantos pendones blancos salir *bermejos*[7] de sangre,
tantos buenos caballos sin sus dueños andar.

[1] **embrazan:** meten los brazos por las embrazaduras de los escudos. [2] **pendones:** estandartes. / [3] **arzones:** sillas de montar. [4] **adarga:** escudo. / [5] **horadar:** agujerear. / [6] **loriga:** armadura para defender el cuerpo. / [7] **bermejos:** de color rojo.

— ¿Qué escena se narra en estos versos?
— Indica qué cualidades del Cid se destacan en el poema.
— Fíjate en los versos 9 a 12 e indica qué recurso literario se utiliza para reproducir el fragor de la batalla.
— Analiza la métrica y la rima de los cuatro primeros versos.
— Señala los recursos propios de los cantares de gesta que aparecen en el texto (adjetivos, exclamaciones...) y explica su función.

2. ¿Crees que el Cid es un modelo representativo de los héroes épicos? Razona tu respuesta.

— Formad grupos y comparad un superhéroe de cómic con un héroe épico. Confeccionad un Power Point comparando estos rasgos: características físicas, valores, poderes, motivación.

3. Investigad en grupo acerca de la pervivencia de los romances y recopilad dos ejemplos.

— Un romance de un poeta del siglo XX.
— Un romance oral que haya pervivido hasta nuestros días.

4. Lee el fragmento del poema *Romance del enamorado y la muerte* y realiza las actividades.

Vi entrar señora tan blanca,
muy más que la nieve fría.
—¿Por dónde has entrado, [amor?
¿Cómo has entrado, mi vida?
Las puertas están cerradas,
ventanas y celosías.
—No soy el amor, amante:
la Muerte que Dios te envía.
—¡Ay, Muerte tan rigurosa,
déjame vivir un día!
—Un día no puede ser,
una hora tienes de vida.
Muy deprisa se calzaba,
más deprisa se vestía;
ya se va para la calle,
en donde su amor vivía. [...]
—Si no me abres esta noche,
ya no me abrirás, querida;
la Muerte me está buscando,
junto a ti vida sería.
—Vete bajo la ventana
donde labraba y cosía,
te echaré cordón de seda
para que subas arriba,
y si el cordón no alcanzare,
mis trenzas añadiría.
La fina seda se rompe;
la muerte que allí venía:
—Vamos, el enamorado,
que la hora es ya cumplida.

— Haz un resumen de lo que relata el poema.
— ¿A qué grupo pertenece este romance, novelesco o histórico?
— Señala qué rasgos propios de los romances se aprecian en el texto.

5. Busca en Internet una versión del poema *Romance del enamorado y la muerte*. ¿Por qué estos poemas se pueden cantar con facilidad?

LA PROSA DIDÁCTICA 38

Durante la Edad Media asistimos al nacimiento de la **prosa escrita en castellano,** tanto en obras de ficción como en textos de pensamiento (históricos, científicos...).

Hasta el siglo XIII, los textos en prosa se escriben básicamente en latín, la lengua de la cultura. Incluso las obras griegas, árabes o hebreas (abundantes en materias científicas) se traducen al latín. La labor de la **Escuela de Traductores de Toledo** (siglo XII) es esencial en este cometido.

El conocimiento cada vez más escaso del latín y el creciente interés por estas obras contribuyen al uso gradual del castellano. La labor de **Alfonso X el Sabio** fue decisiva para el establecimiento del castellano como lengua de cultura.

La prosa y Alfonso X el Sabio

En la corte de Alfonso X el Sabio se concentraron sabios hebreos, cristianos y musulmanes que, bajo su dirección, tradujeron al castellano obras de la Antigüedad clásica. También se escribieron textos originales en castellano que él mismo supervisaba.

El conde Lucanor, de don Juan Manuel

Durante el siglo XIV, la prosa adquiere una **intención didáctica.** Así se refleja en la narrativa, cuyo máximo exponente es don Juan Manuel.

Su obra más conocida es *El conde Lucanor* o *Libro de Patronio,* una colección de **51 cuentos breves** estructurados del siguiente modo: Patronio, criado de don Juan Manuel, cuenta una historia a su amo, cada vez que este le pide consejo sobre algún caso. La finalidad de la obra es enseñar a partir de un cuento o *enxiemplo*.

Los cuentos empiezan con el **planteamiento** de la cuestión, seguido de un **cuento** o **ejemplo;** a continuación aparece el consejo, que es la aplicación del cuento al problema planteado al inicio, y terminan con la **enseñanza** a modo de moraleja, en verso.

Don Juan Manuel es el primer escritor con conciencia de autor. En su obra se aprecia la voluntad de crear obras bien escritas y una preocupación por el lenguaje.

Sumérgete en la vida y obra de **Alfonso X y don Juan Manuel**

ACTIVIDADES

1. A partir de la lectura del siguiente cuento adaptado de *El conde Lucanor*, realiza las actividades:

> —Patronio, un hombre me ha propuesto una cosa y también me ha dicho la forma de conseguirla. Os aseguro que tiene tantas ventajas que, si con la ayuda de Dios pudiera salir bien, me sería de gran utilidad y provecho, pues los beneficios se ligan unos con otros, de tal forma que al final serán muy grandes. [...]
>
> —Señor conde —dijo Patronio—, había una mujer que se llamaba doña Truhana, que era más pobre que rica, la cual, yendo un día al mercado, llevaba una olla de miel en la cabeza. Mientras iba por el camino, empezó a pensar que vendería la miel y que, con lo que le diesen, compraría una partida de huevos, de los cuales nacerían gallinas, y que luego, con el dinero que le diesen por las gallinas, compraría ovejas; y así fue comprando y vendiendo, siempre con ganancias, hasta que se vio más rica que ninguna de sus vecinas.
>
> »Luego pensó que, siendo tan rica, podría casar bien a sus hijos e hijas, y que iría acompañada por la calle de yernos y nueras; y pensó también que todos comentarían su buena suerte pues había llegado a tener tantos bienes aunque había nacido muy pobre.
>
> »Así, pensando en esto, comenzó a reír con mucha alegría por su buena suerte y, riendo, riendo, se dio una palmada en la frente, la olla cayó al suelo y se rompió en mil pedazos. Doña Truhana, cuando vio la olla rota y la miel esparcida por el suelo, empezó a llorar y a lamentarse muy amargamente porque había perdido todas las riquezas que esperaba obtener de la olla si no se hubiera roto. Así, porque puso toda su confianza en fantasías, no pudo hacer nada de lo que esperaba y deseaba tanto.
>
> »Vos, señor conde, si queréis que lo que os dicen y lo que pensáis sean realidad algún día, procurad siempre que se trate de cosas razonables y no fantasías o imaginaciones dudosas y vanas. Y cuando quisiereis iniciar algún negocio, no arriesguéis algo muy vuestro, cuya pérdida os pueda ocasionar dolor, por conseguir un provecho basado tan solo en la imaginación.

— Indica qué personajes intervienen en este cuento.

— Señala la estructura del cuento (planteamiento, ejemplo, consejo y enseñanza) y explica qué sucede en cada parte.

— Explica la enseñanza del cuento.

— ¿Qué título le pondrías al cuento?

2. Formad parejas y repartíos los papeles del conde y Patronio, como si fuerais vosotros mismos. Preparad un vídeo en el cual el conde Lucanor plantee un problema actual y Patronio le aconseje con una anécdota. Visualizadlo en clase y preguntad a los compañeros cuál es la enseñanza o moraleja.

EL TEATRO EN LA EDAD MEDIA

Fernando de Rojas (1470-1541)

Nacido en La Puebla de Montalbán (Toledo), estudia Derecho en Salamanca. De ahí que se manifiesten en su obra conocimientos jurídicos (en el catálogo de penas que conlleva la práctica de la alcahuetería, por ejemplo). Se cree que es autor de una sola obra, *La Celestina,* considerada una de las mejores de la literatura castellana después del *Quijote*.

Las primeras muestras teatrales son de carácter **religioso** y en ellas se potencia el sentimiento de comunidad cristiana. En algunos momentos de la ceremonia religiosa, o al final, se representan escenas de la vida de Jesucristo.

La única obra teatral que conservamos de este tipo es el *Auto de los Reyes Magos*. Escrita a finales del siglo XII, es de carácter anónimo y se conserva de forma fragmentaria.

Con el paso del tiempo, el teatro religioso se sustituye por un tipo de teatro **profano,** que acaba convirtiéndose en una auténtica representación teatral. El espectáculo se traslada a las **plazas públicas,** como un elemento de diversión para los espectadores.

La Celestina

La mayoría de los estudios defienden que el autor de *La Celestina* es **Fernando de Rojas,** como aparece en unos versos acrósticos que introducen la obra. Pero también se afirma en el texto que Rojas encontró escrito el primer acto y decidió continuarlo.

Una obra original.
Descubre por qué

Publicado 1499
Primer acto es anónimo
Segunda edición 1502 (21 act.)
Pecados: Lujuria, codicia

La originalidad de *La Celestina* hace que sea una obra de difícil clasificación. Algunos la consideran una novela dialogada, debido a las dificultades para la representación. Sin embargo, en la actualidad nadie duda de su carácter **dramático** o teatral, puesto que lo fundamental es el **diálogo.** Destaca también el uso de **apartes,** recurso utilizado para decir algunas palabras sin que las oigan los personajes.

Al abordar el sentido de *La Celestina*, hay que tener en cuenta que se escribió en una época (finales del siglo XV), en la que empiezan a surgir las características del Renacimiento. De ahí la **combinación** de **elementos medievales** (tratamiento realista de los personajes, carácter moralizante y didáctico que advierte sobre los riesgos de las pasiones y lenguaje popular de los personajes plebeyos) y **renacentistas** (valoración del amor y del placer, individualismo de los personajes y lenguaje culto de los personajes nobles).

En el siguiente fragmento, la Celestina inicia los servicios para los que ha sido contratada e informa a Melibea de los sentimientos de Calisto:

Melibea. —Di, madre, todas tus necesidades, que si yo las pudiere remediar, de *muy buen grado*[1] lo haré, por el pasado conocimiento y vecindad que pone obligación a los buenos.

Celestina. —Doncella graciosa y de alto linaje, tu suave habla y alegre gesto, junto con el aparejo de *liberalidad*[2] que muestras con esta pobre vieja, me dan osadía a te lo decir. Yo dejo un enfermo a la muerte, que con sola palabra de tu noble boca salida que le lleve metida en mi seno, tiene por fe que sanará, según la mucha devoción que tiene en tu gentileza.

Melibea. —Por Dios, sin más dilatar, me digas quién es ese doliente, que de mal tan *perplejo*[3] se siente que su pasión y remedio salen de una misma fuente.

Celestina. —Bien tendrás, señora, noticia en esta ciudad de un caballero mancebo, gentilhombre de clara sangre, que llaman Calisto.

Melibea. —¡Ya, ya, ya! Buena vieja, no me digas más, no pases adelante. ¿Ese es el doliente por quien has hecho tantas premisas en tu demanda?, ¿por quien has venido a buscar la muerte para ti?, ¿por quien has dado tan dañosos pasos, desvergonzada barbuda? ¿Qué siente ese perdido, que con tanta pasión vienes? De locura será su mal.

Fernando de Rojas, *La Celestina*. Cátedra.

[1] **de muy buen grado:** gustosamente. / [2] **liberalidad:** generosidad. / [3] **perplejo:** confuso.

Argumento de *La Celestina*

Calisto, un joven noble y rico, se enamora perdidamente de **Melibea.** Aconsejado por su criado **Sempronio,** contrata los servicios de la vieja **Celestina.** Sempronio y **Pármeno,** el otro criado de Calisto, exigen a Celestina que comparta con ellos las ganancias que esta obtiene de su amo. Llevada por la avaricia, Celestina se niega, y muere a manos de los criados de Calisto que, a consecuencia de ello, son ejecutados. En una de sus citas nocturnas, Calisto se cae al intentar saltar la tapia del jardín de Melibea y muere. Cuando Melibea se entera de la muerte de su amante, se tira desde una torre en presencia de su padre, **Pleberio.**

ACTIVIDADES

Actividades interactivas

1. El siguiente fragmento pertenece al prólogo de la obra, escrito por Fernando de Rojas. Léelo y responde a las preguntas.

La Comedia o Tragicomedia de Calisto y Melibea, compuesta en reprehensión de los locos enamorados, que, vencidos en su desordenado apetito, a sus amigas llaman e dizen ser su dios. Así mesmo fecha en el aviso de los engaños de las alcahuetas e malos e lisonjeros sirvientes.

— ¿Cuál es la finalidad de la obra según el autor?

— Teniendo en cuenta el argumento de la obra, ¿te parece una tragedia o una tragicomedia? Justifica tu respuesta.

2. Lee este fragmento de *La Celestina* y contesta a las preguntas:

Calisto. —Començo por los cabellos. ¿Vees tú las madejas de oro delgado que hilan en Arabia? Más lindos son e no resplandecen menos. Su longura hasta el postrero asiento de sus pies; después, crinados e atados con la delgada cuerda, como ella se los pone, no ha más menester para convertir los hombres en piedras.

Sempronio. —(¡Más en asnos!)

Calisto. —¿Qué dizes?

Sempronio. —Dixe que esos tales no serán cerdas de asno.

Calisto. —¡Veed qué torpe e qué comparación!

Sempronio. —(¿Tú cuerdo?)

Calisto. —Los ojos verdes, rasgados; las pestañas luengas; las cejas delgadas e alçadas; la nariz mediana; la boca pequeña; los dientes menudos e blancos; los labrios colorados e grosezuelos; el torno del rostro poco más luengo que redondo; el pecho alto. La tez lisa, lustrosa; el cuero suyo escurece la nieve; la color mezclada, qual ella la escogió para sí.

Sempronio. —(¡En sus treze está este necio!)

— ¿Qué orden sigue Calisto en la descripción de Melibea?

— Extrae las metáforas y las comparaciones que se emplean para describir a Melibea.

— Señala las coincidencias de este retrato con el que Amor hace de la mujer bella al arcipreste de Hita en el *Libro de buen amor*. Puedes buscarlo en Internet, escribiendo en un buscador ***Condiciones que ha de tener la mujer para ser bella.***

3. Imaginad qué aspecto tenían Calisto y Melibea. Cread, mediante fotografías, vuestra versión del siglo XXI de estos personajes. Proyectadla en clase. ¿En qué se parecen y diferencian las diversas versiones? Relexionad sobre el canon de belleza actual, su influencia en nosotros y las consecuencias que conlleva.

4. Busca en Internet información sobre el personaje de Trotaconventos que aparece en el *Libro de buen amor* del arcipreste de Hita, y compáralo con el de Celestina.

— Indica en qué se parecen y en qué se diferencian.

5. Lee este otro fragmento de *La Celestina* y responde a las preguntas:

Melibea. —[...] a la vuelta de su venida, como de la fortuna mudable estuviese dispuesto y ordenado según su desordenada costumbre; como las paredes eran altas, la noche escura, la escala delgada, los sirvientes que traía no diestros en aquel género de servicio, y él bajaba presuroso a ver un ruido que con sus criados sonaba en la calle, con el gran ímpetu que llevaba, no vido bien los pasos, puso el pie en vacío y cayó. De la triste caída sus más escondidos sesos quedaron repartidos por las piedras y paredes. Cortaron las hadas sus hilos, cortáronle sin confesión su vida, cortaron mi esperanza, cortaron mi gloria, cortaron mi compañía. Pues ¿qué crueldad sería, padre mío, muriendo él despeñado, que viviese yo penada? Su muerte convida a la mía, convídame y fuerza que sea presto, sin dilación; muéstrame que ha de ser despeñada por *seguille*[1] en todo. ¡Oh, mi amor y señor Calisto! Espéreme, ya voy; detente, si me esperas; no me *incuses*[2] la tardanza que hago, dando esta última cuenta a mi viejo padre, pues le debo mucho más. ¡Oh, padre mío muy amado! Ruégote, si amor en esta pasada y penosa vida me has tenido, que sean juntas nuestras sepulturas.

[1] **seguille:** seguirle. / [2] **incuses:** acuses.

— ¿A quién se dirige Melibea? ¿Qué le pide?

— ¿Qué crees que quiere transmitir el autor con el final que le da a estos dos personajes?

— ¿Qué otras obras conoces con un final parecido?

40 EL RENACIMIENTO

EL RENACIMIENTO

SIGLOS XV-XVI

1492

La **conquista de Granada** por los Reyes Católicos marca el final de la Edad Media.

El **descubrimiento de América** supone la apertura de nuevas rutas comerciales. España se convierte en una potencia mundial.

La **convivencia entre religiones** provoca tensiones sociales, que los Reyes Católicos resuelven con la **expulsión de los judíos.**

1516-1556

Durante el reinado de **Carlos I,** España se abre a las **influencias extranjeras.**

1556-1598

Con el reinado de **Felipe II,** en la segunda mitad del siglo XVI, España entra en una etapa de **aislamiento.** Los **problemas** internos y las **guerras imperialistas** llevan al país a la decadencia.

El Renacimiento aparece en Italia y va extendiéndose por toda Europa. Se trata de un movimiento cultural y filosófico que muestra un **renovado interés por el ser humano** y el **pasado grecolatino.** Esta mentalidad está impulsada por el auge de la burguesía, que reactiva el conocimiento y deja atrás la oscuridad de la Edad Media. Se inicia así el camino hacia la **modernidad.**

SOCIEDAD

BURGUESÍA

Esta época está marcada por grandes cambios sociales. En las ciudades adquiere gran importancia una nueva clase social, la **burguesía,** que va prosperando y rompe la rígida estructura social medieval.

El **impulso económico** producido por la conquista de América supone un revulsivo que sitúa a España como primera potencia del mundo. La actividad económica se desplaza del campo a las **ciudades,** y el **comercio** experimenta un importante crecimiento.

POLÍTICA

MONARQUÍA

Siglo XV

El matrimonio de los Reyes Católicos a finales del siglo XV supone la **unificación política** de los reinos cristianos. Los conflictos sociales provocados por la heterogeneidad religiosa se resuelven de forma traumática con la **expulsión de los judíos.**

Siglo XVI

Durante la primera mitad, con el reinado de **Carlos I** (1516-1556), el país se abre a las **influencias europeas** y el poder se centraliza en la figura del monarca.

Durante la segunda mitad, con el reinado de **Felipe II** (1556-1598), se impone la ortodoxia religiosa de la **Contrarreforma.** La Monarquía se convierte en la defensora del catolicismo frente al avance del protestantismo. Los conflictos internos y las guerras imperialistas van conduciendo a España a la bancarrota y al aislamiento.

CULTURA

HUMANISMO

Sitúa al **ser humano** en el centro de la existencia. Se produce un interés por la **cultura** y se fundan nuevas universidades transmisoras de conocimiento. La invención de la **imprenta,** en la segunda mitad del siglo XV, contribuye a difundir las nuevas ideas.

El arte busca la **belleza y el equilibrio.** Es más refinado y sensual y busca satisfacer a la burguesía, que encuentra en la cultura un signo de distinción social. Los **clásicos grecolatinos** se convierten en los grandes modelos.

La literatura española alcanza un gran esplendor durante este siglo, el cual, junto con el XVII, es conocido como **Edad o Siglo de Oro.**

LA LÍRICA EN EL PRIMER RENACIMIENTO

La pujanza de la burguesía y la influencia del humanismo provocan una **nueva forma** de entender el mundo. La vida se concibe como un tiempo de placer y se expresa la necesidad de gozarla. En la literatura se distinguen dos períodos, conocidos como **primer** y **segundo Renacimiento,** que coinciden con los reinados de Carlos I y Felipe II, respectivamente.

Primer Renacimiento

Durante este período siguen gozando de éxito los **cancioneros** de la tradición medieval y aparece con fuerza una corriente **lírica italianizante.**

La lírica se dirige a un público burgués, que busca en la literatura un modo de entretenimiento. Se trata de una literatura intimista, que utiliza una forma y un estilo naturales para expresar historias de contenido amoroso y fantástico.

Los temas de la nueva lírica

Los temas más frecuentes son el amor, la naturaleza y la mitología; todos ellos de clara influencia grecolatina.

— **El amor** es el tema más importante. La amada se convierte en un ideal de perfección y belleza, inalcanzable para el poeta (**amor platónico**). La belleza de la mujer se considera un reflejo de Dios.

Efectos de la belleza de la dama.

Nadie puede ser dichoso,
señora, ni desdichado,
sino que os haya mirado.

El poeta concibe el amor como un servicio a la dama, que lo dignifica.

Porque la gloria de veros
en este punto se quita
que se piensa mereceros.

Garcilaso de la Vega,
Obra poética. Clásicos Alce.

— **La naturaleza.** El poeta recurre a los elementos de la naturaleza (árboles, fuentes, ríos...) para expresar sus sentimientos. La naturaleza se presenta como un **espacio idealizado** de perfección y armonía (*locus amoenus*).

El poeta siente consuelo en los árboles, en las piedras, en los pájaros.

La naturaleza se transforma y se humaniza al escuchar los lamentos del poeta.

Con mi llorar las piedras enternecen
su natural dureza y la quebrantan;
los árboles parece que se inclinan;
las aves que me escuchan cuando cantan,
con diferente voz se condolecen,
y mi morir cantando me adivinan.

Garcilaso de la Vega,
Obra poética. Clásicos Alce.

— **La mitología.** Por la influencia de la cultura clásica, los poetas recurren a los temas mitológicos para ejemplificar experiencias personales y vivencias humanas, como muestra de **admiración por los textos clásicos** y para **embellecer el poema.** En el poema de la derecha, Garcilaso se rebela contra el destino trágico de Leandro y pide a las olas que le dejen ver a su amada una última vez antes de su muerte.

Dolce stil novo

Con este nombre se conoce a la escuela poética que surge en Italia a finales del siglo XIII y cuya renovación poética marcará las pautas de la poesía renacentista europea. Sus máximos representantes son **Dante Alighieri** y **Francesco Petrarca;** este último inaugura la poesía europea del siglo XVI con su obra *Cancionero (Canzoniere).*

Fíjate en las características del **primer Renacimiento**

¡Qué típicos estos **tópicos!**

Pasando el mar **Leandro** el animoso,
en amoroso fuego todo ardiendo,
esforzó el viento, y fuese embraveciendo
el agua con un ímpetu furioso.

Vencido del trabajo presuroso,
contrastar a las ondas no pudiendo,
y más del bien que allí perdía muriendo
que de su propia vida congojoso,

como pudo, esforzó su voz cansada
y a las ondas habló d'esta manera,
mas nunca fue su voz dellas oída:

«Ondas, pues no se escusa que yo muera,
dejadme allá llegar, y a la tornada
vuestro furor esecutá en mi vida».

Garcilaso de la Vega, *Obra poética.*
Clásicos Alce.

Formas y estilo sencillos

La literatura del primer Renacimiento persigue la armonía, la **expresión natural** y el **buen gusto.** Para ello, huye de toda complejidad y emplea recursos de **fácil comprensión** (metáforas, comparaciones, epítetos...).

Se emplean las estrofas propias de la métrica italiana, preferentemente los versos endecasílabos (11 sílabas) y heptasílabos (7 sílabas), con los que se consigue una musicalidad que no poseía el monótono octosílabo medieval. Las composiciones más frecuentes son:

— El **soneto.** Catorce versos endecasílabos, agrupados en dos cuartetos y dos tercetos.

— La **silva.** Conjunto variable de versos endecasílabos y heptasílabos con rima libre.

— La **lira.** Estrofa de cinco versos endecasílabos y heptasílabos, que riman en consonante el primero con el tercero, y el segundo con el cuarto y el quinto.

Si de mi baja l**ira**
tanto pudiese el son que en un
mom**ento**
aplacase la **ira**
del animoso vi**ento**
y la furia del mar y el movimi**ento**. [...]

Garcilaso de la Vega, «Oda a la flor de Gnido», *Canción V*, en *Poesía lírica del Siglo de Oro*. Cátedra.

ACTIVIDADES

1. Lee este fragmento de la *Égloga I* de Garcilaso:

Corrientes aguas, puras, cristalinas,
árboles que os estáis mirando en ellas,
verde prado, de fresca sombra lleno,
aves que aquí sembráis vuestras querellas,
hiedra que por los árboles caminas,
torciendo el paso por su verde seno:
yo me vi tan ajeno
del grave mal que siento
que de puro contento
con vuestra soledad me recreaba.

— ¿Qué visión de la naturaleza proporciona el poema?
— Haz una lista con los adjetivos del texto. ¿Qué cualidades resaltan?
— ¿Qué efectos produce la naturaleza en el poeta?

2. **Haz una** *lluvia de ideas* sobre la visión de la naturaleza en la poesía renacentista. Para ello sigue las instrucciones siguientes:

— Conformar diferentes grupos de trabajo.
— Establecer un tiempo límite durante el cual se van a generar las ideas.
— Toda idea es bienvenida.
— Toda crítica está prohibida.
— Generar tantas ideas como sea posible.
— Una vez generadas las ideas, tratar de mejorarlas y seleccionar las más adecuadas.

3. Lee el siguiente poema de Garcilaso de la Vega:

A Dafne ya los brazos le crecían
y en luengos ramos vueltos se mostraban;
en verdes hojas vi que se tornaban
los cabellos que el oro escurecían;
de áspera corteza se cubrían
los tiernos miembros que aun bullendo estaban;
los blancos pies en tierra se hincaban
y en torcidas raíces se volvían.
Aquel que fue la causa de tal daño,
a fuerza de llorar, crecer hacía
este árbol, que con lágrimas regaba.
¡Oh miserable estado, oh mal tamaño,
que con llorarla crezca cada día
la causa y la razón por que lloraba!

Garcilaso de la Vega, «Soneto XIII», en *Poesía castellana completa*. Cátedra.

— ¿Qué tema de la lírica renacentista se trata en este poema? Para responder, busca en Internet información sobre Dafne y Apolo.
— El tipo de composición y el estilo, ¿son propios del período renacentista? Justifica tu respuesta.
— Explica la transformación que se describe en los cuartetos.
— ¿Por qué el personaje describe su estado como «miserable»? ¿Qué ocurre cuando llora sobre su amada?

4. Consulta en Internet y busca tres poemas de Garcilaso de la Vega en que se muestren los temas más importantes de su poesía.

GARCILASO Y LA RENOVACIÓN DE LA LÍRICA

Garcilaso de la Vega es el **máximo exponente** de la poesía renacentista. Fue el primero en introducir los moldes poéticos italianos que acabamos de describir. Por este motivo, se le conoce como «el príncipe de los poetas españoles».

Su obra poética forma un **cancionero** (al estilo del de Petrarca) que canta el dolor que le produce el amor imposible de Isabel Freire. En él, la naturaleza idealizada se convierte en el marco perfecto de la expresión del **sentimiento amoroso** por la dama.

Temas y estilo en la obra de Garcilaso

La obra de Garcilaso refleja todas las características del primer Renacimiento. En el siguiente poema, el autor pone en boca de un pastor su lamento amoroso. Observa cómo se tratan los **temas** y **recursos** de la época:

La vida en el campo representa el **ideal** de retiro espiritual y la pureza frente a la corrupción de la ciudad y la corte.

Por ti el silencio de la selva umbrosa,
por ti la esquividad y apartamiento
del **solitario monte me agradaba**;
por ti la **verde hierba,** el **fresco viento,**
el **blanco lirio y colorada rosa**
y **dulce primavera** deseaba.
¡Ay, cuánto me engañaba!
¡Ay, cuán diferente era
y cuán de otra manera
lo que en **tu falso pecho** se escondía!
Bien claro con su voz me lo decía
la siniestra corneja, repitiendo
la desventura mía.
Salid sin duelo, lágrimas, corriendo.

Garcilaso de la Vega, «Égloga I», en *Poesía castellana completa.* Cátedra.

La **naturaleza** es armónica y bella. Este rasgo se observa claramente en los epítetos, con los que se da una idea de perfección.

El amor es el **tema** central; el poeta expresa una queja por el rechazo de la amada.

Estilo sencillo y equilibrado. El lenguaje es natural y elegante.

Garcilaso de la Vega (1501-1536)

Garcilaso encarna el ideal renacentista del cortesano: hombre de armas y letras.

De familia noble, se educó en la corte de Carlos I y formó parte de su guardia personal.

En el año 1525 se casó con Elena de Zúñiga, dama de honor de Leonor de Austria, hermana de Carlos I.

Al año siguiente se enamoró de una dama portuguesa, Isabel Freire, que no le correspondió. Este amor frustrado inspiró muchos de sus poemas. Murió joven, con 35 años, en acto de servicio.

Lee otros **sonetos** de Garcilaso

ACTIVIDADES

1. **Lee este fragmento, en el que el pastor Albanio descubre a su amada Camila, y contesta a las preguntas que se plantean a continuación:**

Si mi turbada vista no me miente,
paréceme que vi entre rama y rama
una ninfa llegar a aquella fuente.
Quiero llegar allá: quizá si ella ama,
me dirá alguna cosa con que engañe,
con algún falso alivio, aquesta llama.
Y no se me da nada que desbañe
mi alma si es contrario a lo que creo,
que a quien no espera bien, no hay mal que dañe.
¡Oh santos dioses!, ¿qué es esto que veo?
¿Es error de fantasma convertida
en forma de mi amor y mi deseo?
Camila es esta que está aquí dormida;
no puede de otra ser su hermosura.

Garcilaso de la Vega, «Égloga II», en *Poesía castellana completa* Cátedra.

— ¿Cómo se explica que haya personajes mitológicos como las ninfas?
— ¿Qué sentimientos expresa el poeta hacia Camila? ¿Su amor es correspondido?
— ¿Cómo es la amada a los ojos del poeta?
— ¿A qué remite la metáfora «aquesta llama»?
— Busca ejemplos de la sencillez en el estilo.

2. **Lee el «Soneto I» (puedes descargarlo en «los Sonetos de Garcilaso») y responde a las preguntas:**

— ¿A qué «tanto mal» se refiere el poeta? ¿Está relacionado con el sentimiento amoroso?
— La amada es siempre el centro del poema renacentista. ¿Aparece descrita en este caso?
— ¿Qué es lo que más teme el poeta?
— ¿Crees que el poeta da importancia a sus sentimientos? ¿Este aspecto guarda relación con la corriente renacentista?

43 LA LÍRICA EN EL SEGUNDO RENACIMIENTO

Fray Luis de León (1527-1591)

Fue profesor de la Universidad de Salamanca. Tradujo partes de la Biblia a lengua vulgar y cultivó la poesía ascética.

Tenía un fuerte carácter, si bien su poesía se caracteriza por la búsqueda de la paz espiritual y el deseo de soledad y de retiro en la naturaleza.

Durante la segunda mitad del siglo XVI, España vive un proceso de desgaste político y de crisis moral y religiosa. Las **guerras** con otros países europeos arrastran al reino a una etapa de pesimismo y decadencia.

La **Contrarreforma,** impulsada por el Concilio de Trento (1545-1563), fija la orientación de la Iglesia católica, en una época de gran debate religioso. Reflejo de la situación del país, los principales temas tratados en la literatura son la **preocupación nacional** y la **reflexión filosófica y religiosa.** En este período aparecen tres corrientes con importantes diferencias entre ellas: la escuela sevillana, la escuela salmantina y la poesía mística.

La escuela sevillana y la escuela salmantina

— Los poetas de la **escuela sevillana,** entre los que destaca **Fernando de Herrera,** se caracterizan por emplear un estilo rebuscado y elaborado, con abundantes adornos retóricos. Este gusto por la complejidad formal (manierismo) será la puerta de entrada a la poesía barroca del siglo XVII.

Clara, süave luz, **alegre** y **bella,**
que los **zafiros** y **color del cielo**
teñís de la esmeralda con el velo,
que resplandece en una y otra estrella;

Abundante **adjetivación:** hasta cuatro adjetivos en torno a un sustantivo.

En el retrato femenino, se describen los ojos de la mujer, pero sin nombrarlos, solo emplea metáforas («estrella»).

— Los escritores de la **escuela salmantina** cultivan una poesía sencilla y natural, de temática moral y religiosa, con la que pretenden dar una respuesta a la crisis social y religiosa del momento.

El máximo representante de este grupo es **fray Luis de León.** Su obra refleja la condición mundana del ser humano y expone la necesidad de una vida retirada y reflexiva para alcanzar la perfección espiritual (**ascética**).

¡Oh, despertad, mortales!
¡Mirad con atención en vuestro **daño**!
Las almas inmortales,
hechas a bien tamaño,
¿podrán **vivir de sombras y de engaño**?

Fray Luis de León

ACTIVIDADES

1. Lee este poema de fray Luis de León y contesta a las siguientes cuestiones:

¡Qué descansada vida
la del que huye del mundanal ruïdo,
y sigue la escondida
senda, por donde han ido
los pocos sabios que en el mundo han sido! [...]
Vivir quiero conmigo,
gozar quiero del bien que debo al cielo,
a solas, sin testigo,
libre de amor, de celo,
de odio, de esperanzas, de recelo.

— Indica cuál es el tema del poema.
— Describe el concepto de sabiduría que se muestra en él.
— Justifica la pertenencia del poema a la lírica renacentista.

2. Lee el siguiente fragmento de un poema de Fernando de Herrera y responde a las cuestiones planteadas:

Rojo sol que con hacha luminosa
coloras el purpúreo alto cielo,
¿hallaste tal belleza en todo el suelo,
que iguale a mi serena luz dichosa?

— ¿Cuántos adjetivos hay en los dos primeros versos?
— ¿Hay algún sustantivo acompañado de más de un adjetivo?
— ¿Cuántas oraciones subordinadas aparecen?
— ¿Hay algún hipérbaton?
— Según las respuestas anteriores, ¿en qué corriente renacentista situarías el poema? ¿Por qué?

La poesía mística

La poesía se centra en el tema religioso y se convierte en un **camino para conocer a Dios.** Los poetas expresan mediante la literatura sus vivencias espirituales. Se trata de experiencias únicas, a las que solo pueden acceder aquellos que han renunciado a los deseos terrenales y se han preparado para el encuentro con la divinidad.

Este movimiento espiritual se llama mística. Entre los poetas místicos destacan **Teresa de Jesús** y **Juan de la Cruz,** ambos canonizados con posterioridad.

En la mística la experiencia religiosa se describe con mucha frecuencia como un encuentro amoroso, que simboliza la **unión con Dios.**

Los místicos recurren a las **metáforas** y los **símbolos** amorosos para expresar su vivencia religiosa. El **estilo** es **sencillo** y **depurado,** huye de toda artificiosidad. Los versos se componen de **oraciones simples,** y el **léxico** es **natural** y **elegante.**

Vamos a ver estas características en los siguientes poemas:

En una **noche oscura,**
con ansias, en amores inflamada,
¡oh dichosa ventura!,
salí sin ser notada,
estando ya mi casa sosegada. [...]
En la noche dichosa,
en secreto, que nadie me veía,
ni yo miraba cosa,
sin otra **luz** ni guía
sino la que en el **corazón ardía.**
Aquesta me guiaba
más cierto que la luz del mediodía
a donde me esperaba
quien yo me sabía
en parte donde nadie parecía.

Juan de la Cruz,
«Noche oscura del alma».

- Ausencia de Dios.
- La búsqueda de Dios se describe como una aventura de amor.
- La luz y el Amado representan a Dios.
- Lenguaje amoroso.

Ya toda me entregué y di,
y de tal suerte he trocado,
que es mi Amado para mí,
y yo **soy para mi Amado.**
Cuando el dulce Cazador
me tiró y dejó rendida,
en los **brazos del amor**
mi alma quedó caída,
y **cobrando nueva vida**
de tal manera he trocado,
que es mi Amado para mí,
y yo soy para mi Amado.
[...]

Teresa de Jesús, «Dilectus meus mihi».

Teresa de Jesús (1515-1582)

Sintió la llamada religiosa muy joven e ingresó en las carmelitas a los 19 años. Fue una mujer con un carácter fuerte. Reformó su orden y fundó 32 conventos.

Juan de la Cruz (1542-1591)

Ingresó en los carmelitas y, a pesar de su carácter reservado, encabezó la reforma de esa orden, junto con Teresa de Jesús. Fue perseguido por sus ideas y lo llegaron a encarcelar en Toledo, de donde logró escapar.

Conocer a los místicos

ACTIVIDADES

3. Indica el tema del siguiente fragmento del poema de Teresa de Jesús y justifica por qué puede considerarse un poema místico:

Esta divina prisión,
del amor en que yo vivo,
ha hecho a Dios mi cautivo,
y libre mi corazón;
y causa en mí tal pasión
ver a Dios mi prisionero,
que muero porque no muero.
¡Ay, qué larga es esta vida!
¡Qué duros estos destierros,
esta cárcel, estos hierros
en que el alma está metida!
Solo esperar la salida
me causa dolor tan fiero,
que muero porque no muero.

Teresa de Jesús, «Vivo sin vivir en mí»
Obras completas. Galaxia Gutenberg.

4. Lee este poema de Juan de la Cruz y realiza las siguientes actividades:

Buscando mis amores
iré por esos montes y riberas;
ni cogeré las flores,
ni temeré a las fieras,
y pasaré los fuertes y fronteras.
¡Oh bosques y espesuras
plantadas por la mano del Amado!
¡Oh prado de verduras
de flores esmaltado,
decid si por vosotros ha pasado!

— ¿Cuál es el tema del poema?
— Analiza el significado de las siguientes metáforas: «las flores», «las fieras», «los fuertes y fronteras».
— Indica qué características de la poesía mística presenta.

44 LA NARRATIVA EN EL RENACIMIENTO

¿Evasión o **realidad,** qué prefieres?

Como sucede en la lírica, el cambio de mentalidad conlleva una transformación en la narrativa. Con la **novela realista,** que aparece en la segunda mitad del siglo XVI, se reflejan problemas sociales de la época mediante personajes marginales que explican su propia experiencia.

Sin embargo, en la primera mitad del siglo continuaba vigente la **novela idealista.** Sus obras representan un mundo idealizado, alejado de la realidad.

La novela idealista

Se trata de una **literatura de evasión.** Sus protagonistas pertenecen a la aristocracia y responden a modelos de perfección (valentía, fidelidad, tenacidad…), y sus historias transcurren en parajes exóticos o imaginarios. Los principales tipos se resumen en la siguiente tabla:

	NOVELA PASTORIL	NOVELA DE CABALLERÍAS	NOVELA BIZANTINA	NOVELA MORISCA
Espacio	Naturaleza idealizada.	Lugares lejanos y remotos.	Lugares lejanos y exóticos.	Mundo árabe en la época de la Reconquista.
Personajes	Pastores cultos y refinados.	Valientes caballeros.	Pareja de enamorados.	Personaje musulmán con cualidades cortesanas.
Temática	Las alegrías y las penas de amor.	Aventuras fantásticas en busca de fama y honor.	Aventuras y peripecias que sufren los enamorados hasta reencontrarse.	Enfrentamientos entre musulmanes.
Obras	*Los siete libros de la Diana,* de Jorge de Montemayor.	*Amadís de Gaula,* de autor desconocido.	*Los trabajos de Persiles y Sigismunda,* de Cervantes.	*Historia del Abencerraje y la hermosa Jarifa,* de autor desconocido.

La novela realista

Como reacción a la visión fantástica e irreal de la novela idealista, surge la novela **realista,** que quiere reflejar el lado menos amable de la sociedad.

Este tipo de novela muestra la situación de pobreza en la que se encuentra una parte de la población que acude a las ciudades en busca de un medio de ganarse la vida. Se trata de una novela de entretenimiento y de denuncia de ciertos estamentos de la sociedad. La novela picaresca es su mejor representante.

Niño campesino, de Esteban Murillo. Las novelas realistas reflejan a las personas más desfavorecidas de la sociedad.

La novela picaresca

La publicación en 1554 del *Lazarillo de Tormes* inicia el subgénero narrativo de la **novela picaresca,** que tiene gran éxito entre el público. Las principales características de estas novelas son:

— La **forma autobiográfica.** El personaje principal, y narrador de la historia, cuenta su propia vida desde su nacimiento, así como su servicio a distintos amos.

— El protagonista es un **pícaro,** de condición **humilde** y de padres sin honra, que no se mueve por los ideales cortesanos del honor.

— El **deseo de ascenso social.** El personaje debe sobrevivir en una sociedad corrupta. La necesidad y el **hambre** empujan al pícaro a la **delincuencia** en su deseo de mejorar su posición social.

— La **visión crítica de la sociedad** a través de sus personajes más significativos: mendigos, clérigos, nobles, artesanos...

Estudiaremos estos rasgos con más profundidad a partir de la obra cumbre de la picaresca: *La vida del Lazarillo de Tormes.*

EL *LAZARILLO DE TORMES* 45

La vida del Lazarillo de Tormes, publicada en 1554, se convierte en el modelo de la novela picaresca. Respecto a su autoría, aunque existen varias hipótesis sobre su autor, tradicionalmente se ha considerado una obra **anónima.**

Argumento y estructura

La obra está planteada como una carta que el protagonista, Lázaro, dirige a una persona importante de Toledo, «Vuestra Merced», cuando este le pide que le explique «el caso». Lázaro trata de desmentir el rumor de que su mujer es amante del señor al que sirve, el arcipreste de San Salvador.

La novela está formada por un **prólogo,** en el que Lázaro explica los motivos por los que debe escribir sobre su historia; y **siete tratados,** en los que narra las desventuras con los distintos amos a los que ha servido desde su infancia.

Un personaje realista: el pícaro

El protagonista de la novela es Lázaro de Tormes, un joven de **origen humilde** y bienintencionado al que la vida, a base de escarmientos, le enseña a robar y engañar como único medio de supervivencia.

Lázaro es el gran ejemplo de **pícaro,** un personaje marginado por la sociedad que lucha en su propio beneficio para salir de la miseria. El pícaro es considerado un **antihéroe:** no tiene virtudes morales, ni defiende grandes ideales como los caballeros; su objetivo es sobrevivir y conseguir comer, y para ello no duda en utilizar todo tipo de trampas.

En el fragmento de la derecha, Lázaro intenta engañar a su amo, ciego, mientras comparten un racimo de uvas.

El resto de los personajes de la novela son los **amos** de Lázaro (un ciego, un clérigo, un escudero, un fraile, un alguacil...). Que representan distintas clases sociales de la época. Lázaro los critica duramente a todos, por su crueldad y su cinismo, con excepción del escudero, pues este le inspira lástima.

—Tú picarás una vez y yo otra; con tal que me prometas no tomar cada vez más de una uva, yo haré lo mesmo hasta que lo acabemos, y desta suerte no habrá engaño. [...]

Acabado el racimo, con el escobajo en la mano y meneando la cabeza, dijo:

—Lázaro, engañado me has: jurare yo a Dios que has tú comido las uvas tres a tres.

—No comí —dije yo—, mas ¿por qué sospecháis eso?

Respondió el sagacísimo ciego:

—¿Sabes en qué veo que las comiste tres a tres? En que comía yo dos a dos y callabas.

Lazarillo de Tormes. Cátedra.

El tema de la honra y la religión

A pesar de que Lázaro quiere recuperar la honra perdida por la infidelidad de su mujer, acaba aceptando esta situación porque de ella obtiene un beneficio. Lázaro representa una sociedad corrupta, que confunde la honradez con el provecho propio y en la que solo prosperan los egoístas, que engañan y mienten a los demás.

La obra critica la falta de piedad de muchos religiosos y censura a una sociedad que ha perdido los valores cristianos de la caridad y la honradez.

Recursos y estilo

El autor utiliza un **lenguaje sencillo,** sin artificios, muy acorde con la condición social de su protagonista. Es frecuente la inclusión de **expresiones populares, dichos** y otros recursos del **habla coloquial.**

El **humor** y la **sátira** son también elementos fundamentales del libro. La historia es un cúmulo de divertidas anécdotas que, leídas atentamente, encierran una fuerte ironía y crítica social.

Escapé del trueno y di en el relámpago, porque era el ciego para con este un Alejandro Magno, con ser la misma avaricia, como he contado. No digo más, sino que toda la lacería del mundo estaba encerrada en este.

Lazarillo de Tormes. Cátedra.

ACTIVIDADES

1. **Lee este fragmento, perteneciente al prólogo de la obra y contesta a las preguntas:**

> Y pues Vuestra Merced escribe se le escriba y relate el caso muy por extenso, pareciome no tomarle por el medio, sino del principio, porque se tenga entera noticia de mi persona, y también porque consideren los que heredaron nobles estados cuán poco se les debe, pues Fortuna fue con ellos parcial, y cuánto más hicieron los que, siéndoles contraria, con fuerza y maña remando, salieron a buen puerto.

— ¿Quién es «Vuestra Merced» y qué solicita?

— ¿Por qué quiere Lázaro que se conozca su historia?

— ¿Qué significa «salieron a buen puerto»? ¿Qué sentido tiene en el contexto social en el que se publicó la obra?

2. **Lee el siguiente fragmento del *Lazarillo de Tormes* y responde a las preguntas:**

> Mi nacimiento fue dentro del río Tormes, por la cual cosa tomé el sobrenombre; y fue de esta manera: [...] estando mi madre una noche en la aceña, preñada de mí, tomole el parto y pariome allí.
>
> Mi viuda madre, como sin marido y sin abrigo se viese, determinó arrimarse a los buenos por ser uno de ellos, y vínose a vivir a la ciudad y alquiló una casilla y metiose a guisar de comer a ciertos estudiantes. [...]
>
> Ella y un hombre moreno de aquellos que las bestias curaban *vinieron en conocimiento*[1]. Este algunas veces se venía a nuestra casa y se iba a la mañana. Otras veces, de día llegaba a la puerta en achaque de comprar huevos, y entrábase en casa. Yo, al principio de su entrada, pesábame con él y habíale miedo, viendo el color y mal gesto que tenía; mas, de que vi que con su venida mejoraba el comer, fuile queriendo bien, porque siempre traía pan, pedazos de carne y en el invierno leños a que nos calentábamos.
>
> [1]**vinieron en conocimiento:** entablaron una relación.

— ¿Quién cuenta la historia y sobre quién? Es decir, ¿qué forma narrativa adquiere el relato?

— ¿Por qué acepta el protagonista al novio de su madre? ¿Qué teme más, al hambre o al miedo?

— ¿De qué tipo de novela se trata?

3. **Lee el siguiente texto y contesta a las preguntas:**

> Pensé muchas veces irme de aquel mezquino amo; mas por dos cosas no lo dejaba: la primera, por no me atrever a mis piernas, por temer de la flaqueza que de pura hambre me venía; y la otra, consideraba y decía: «Yo he tenido dos amos: el primero traíame muerto de hambre y, dejándole, topé con este otro, que me tiene ya con ella en la sepultura; pues si de este desisto y doy en otro más bajo, ¿qué será, sino fenecer?».

— ¿Qué personajes se nombran en el texto? ¿Cómo se describe Lázaro a sí mismo? ¿Y a sus amos?

— ¿Cuál es la principal preocupación de Lázaro?

— Busca ejemplos del estilo propio de la obra: uso del lenguaje coloquial, muestras de humor y de ironía.

4. **Lázaro de Tormes es el pícaro más ilustre de todos los tiempos. Trasladadlo a la sociedad actual y ayudadle a encontrar un trabajo que se ajuste a su experiencia laboral previa. Para ello, seguid estos pasos:**

— Recopilad información sobre los diferentes trabajos llevados a cabo por Lázaro.

— Convertid estos oficios en profesiones o puestos de trabajo actuales.

— Realizad una lluvia de ideas sobre posibles ocupaciones, siempre honradas, que encajen con su experiencia laboral.

— Redactad el currículum vítae de Lázaro.

— Por último, escribid una carta de recomendación, basándoos en el conocimiento que tenéis sobre su vida y sus esfuerzos por salir adelante.

5. **Imaginad que os encargan la adaptación al cine de esta novela. Redactad la ficha técnica de la película:**

— Título.

— Género al que pertenece.

— Reparto de actores (qué compañeros o compañeras son los más adecuados para cada papel).

— Edad recomendada...

DON QUIJOTE DE LA MANCHA 46

El *Quijote,* de Miguel de Cervantes, se publicó a principios del siglo XVII en dos partes.

Por sus características, podría incluirse dentro de la **novela realista** del Renacimiento, pero se trata de una obra única, que recoge toda la tradición narrativa anterior y la refunde en nuevos moldes creando la novela moderna. Sus rasgos más característicos son:

— **Realismo.** La novela debe surgir de la **experiencia diaria,** ya que no se entiende como una vía de escape, sino como un reflejo de la realidad cotidiana.

— **Dinamismo.** Los personajes **evolucionan** a lo largo de la novela. Las experiencias los transforman, cambian su forma de ver las cosas.

— **Perspectivismo.** Sancho y don Quijote presentan diferentes puntos de vista. El autor no toma partido por ninguno, y deja libre la interpretación de los hechos.

— **Verosimilitud.** En esta novela se mezclan la realidad y la ficción. Lo que se cuenta es una invención, pero con elementos reales y apariencia de verdad.

Miguel de Cervantes (1547-1616)

Encarnó el ideal cortesano de hombre de armas y letras. Su vida fue un tanto azarosa. En 1569, fue a Roma y entró al servicio del cardenal Giulio Acquaviva. Dos años más tarde, participó en la batalla de Lepanto contra los turcos, donde perdió la movilidad de la mano izquierda. De vuelta a España, su barco fue apresado por unos piratas turcos y permaneció cautivo en Argel durante cinco años.

El Quijote, obra maestra de la literatura universal

Argumento y estructura

La novela relata la historia de un viejo **hidalgo** de la Mancha que **pierde el juicio** de tanto leer libros de caballerías, y se cree un caballero andante.

> En resolución, se enfrascó tanto en su lectura, que se le pasaban las noches leyendo de claro en claro, y los días de turbio en turbio; y así, del poco dormir y del mucho leer, se le secó el celebro, de manera que vino a perder el juicio. Llenósele la fantasía de todo aquello que leía en los libros, así de encantamientos como de pendencias, batallas, desafíos, heridas, requiebros, amores, tormentas y disparates imposibles.
>
> Miguel de Cervantes, «Capítulo I», *Don Quijote de la Mancha I.* edebé.

El *Quijote* se publicó en dos partes; la primera, en 1605, y la segunda, en 1615.

Novelas en la novela

Cervantes inserta en la primera parte del *Quijote* varias novelas cortas con relatos secundarios, ajenos a la historia principal: *El curioso impertinente, La historia del cautivo, El cuento de la Pastora Marcela*. El autor incluyó estas narraciones para amenizar la lectura. Son una muestra de los principales tipos de novela de la época: pastoril, morisca…

ESTRUCTURA	SALIDAS
Primera parte Capítulos I-LII	**Primera salida.** Alonso Quijano (don Quijote) sale en busca de aventuras, movido por el noble deseo de la justicia y la libertad. Se hace armar caballero en una venta y, tras varios infortunios, vuelve a casa para recuperarse. En el pueblo intentan disuadirlo para que desista de su desvarío, pero no lo consiguen. Finalmente, convence a un labrador, Sancho Panza, para que lo acompañe en sus andanzas a cambio del gobierno de una ínsula.
	Segunda salida. Amo y escudero protagonizan múltiples peripecias, todas ellas caracterizadas por la confusión de don Quijote entre la realidad y la ficción. Don Quijote y Sancho siempre salen malparados por la locura del hidalgo y la simpleza del sirviente.
Segunda parte Capítulos I-LXXIV	**Tercera salida.** Se repiten las aventuras con una diferencia: ahora no es don Quijote el que inventa los disparates, sino que son los otros personajes quienes lo inducen a engaño. En una de estas aventuras, don Quijote es derrotado por un vecino, disfrazado de caballero, que le impone como penitencia regresar a casa. A la vuelta, el hidalgo recupera el juicio, reniega de la orden de caballería y muere.

Personajes

Los protagonistas son don **Quijote** y **Sancho Panza.** Alrededor de ellos aparecen numerosos personajes secundarios (el ama, la sobrina, el bachiller, el cura...), que brindan a los protagonistas la oportunidad de vivir aventuras y mostrarse tal y como son. Entre ellos destaca Dulcinea del Toboso, una tosca aldeana a la que el hidalgo idealiza en una bella dama.

Don Quijote y Sancho son dos personajes opuestos y a la vez complementarios. Don Quijote es culto y refinado; Sancho Panza, rudo y sencillo; uno se mueve por los grandes ideales, y el otro, por el interés personal.

La grandeza del *Quijote* consiste en que amo y escudero **mezclan sus personalidades.** A lo largo de la historia don Quijote recupera su cordura, mientras que Sancho se deja arrastrar por la fantasía de gobernar una ínsula.

Dos maneras de hablar

La manera de hablar de don Quijote y la de Sancho son muy distintas. La del primero es pomposa, mientras que el segundo se expresa de forma llana, como correspondía a su condición humilde.

En la serie que se hizo para televisión puedes percibir estas diferencias en la forma de hablar. Puedes visualizar algunos de sus capítulos en Internet.

Estilo y recursos

El *Quijote* introduce nuevas técnicas narrativas que abren paso a la novela moderna. Sus principales innovaciones estilísticas son:

— **Estilo sencillo.** El *Quijote* responde a la **naturalidad** del Renacimiento. Su lenguaje es sencillo y se adapta a la situación social y cultural de cada personaje.

—No te entiendo, Sancho —dijo luego don Quijote—, pues no sé qué quiere decir *soy tan fócil.*

—*Tan fócil* quiere decir —respondió Sancho— «soy tan así» [...].

—Ya, ya caigo —respondió don Quijote— en ello: tú quieres decir que eres tan *dócil* que tomarás lo que yo te dijere y pasarás por lo que te enseñare.

Miguel de Cervantes, «Capítulo VII», *Don Quijote de la Mancha II.* edebé.

— Los **diálogos** están llenos de **agudeza** y **vivacidad.** La conversación entre don Quijote y Sancho es uno de los grandes tesoros de la novela. Este recurso permite conocer a los personajes por sus palabras.

— El **humor.** El enfrentamiento entre la realidad y la imaginación de don Quijote crea situaciones cómicas. Cervantes se ríe de los disparates de Sancho y don Quijote, pero también siente compasión por ellos y los humaniza.

¡Lee más aventuras de estos dos ilustres **personajes!**

—Por lo menos quiero, Sancho [...], que me veas en cueros, y hacer una o dos docenas de locuras, que las haré en menos de media hora, porque, habiéndolas tú visto por tus ojos, puedas jurar a tu salvo en las demás que quisieres añadir; y asegúrote que no dirás tú tantas cuantas yo pienso hacer.

—Por amor de Dios, señor mío, que no vea yo en cueros a vuestra merced, que me dará mucha lástima y no podré dejar de llorar [...].

Miguel de Cervantes, «Capítulo XXV», *Don Quijote de la Mancha I.* edebé.

Temas

Cervantes declara en el *Quijote* su propósito de **ridiculizar los libros de caballerías.** Don Quijote es una caricatura del caballero medieval. El autor considera las novelas de caballerías una literatura inverosímil y de escasa calidad, y defiende una novela apegada a la realidad.

Otro tema que aparece es la lucha entre la **realidad** de Sancho y el **ideal** de don Quijote. Cervantes recrea este **conflicto** universal entre lo que es y lo que debería ser; es decir, entre la visión idealizada y la visión realista del mundo.

Llevad la mira puesta a derribar la máquina mal fundada destos caballerescos libros, aborrecidos de estos y alabados de muchos más, que si esto alcanzásedes, no habríamos alcanzado poco.

El Quijote I (Prólogo).

1. Lee esta reflexión que ofrece Rosa Navarro en la adaptación del Quijote y responde a las preguntas:

> Su primera salida la hace solo; pero Cervantes se da cuenta enseguida de que le era indispensable al caballero andante (además de armas, caballo y dama, como él mismo dice) un escudero. Gracias a la creación extraordinaria de Sancho Panza, fluye entre los dos un diálogo inolvidable. Son dos personajes opuestos: uno, alto y enjuto; el otro, bajo y grueso; don Quijote solo piensa en su Dulcinea, y Sancho, en su provecho, en su ínsula y en comer. Don Quijote ve castillos, gigantes, ejércitos y aventuras por todas partes; Sancho ve ventas, molinos, rebaños y la vida cotidiana; pero sus mundos se mezclan y se confunden, y además nace entre ambos tal amistad que no pueden vivir uno sin el otro. Como le confesará Sancho a la duquesa: «No puedo más, seguirle tengo; somos de un mismo lugar, he comido su pan, quiérole bien, es agradecido, diome sus pollinos, y, sobre todo, yo soy fiel, y, así, es imposible que nos pueda apartar otro suceso que el de la pala y azadón».
>
> Miguel de Cervantes, *Don Quijote de la Mancha*. edebé.

— ¿Por qué Cervantes proporciona un compañero a don Quijote?

— ¿Qué visión contrapuesta encarna cada uno de ellos?

— ¿Cuáles son las razones que tiene Sancho Panza para acompañar a su amo? ¿Te parecen propias del escudero de una novela de caballerías?

2. Lee el siguiente diálogo entre don Quijote y Sancho Panza, y contesta a las preguntas que se plantean:

> —En decir que maldecía mi fortuna dijiste mal —dijo don Quijote—, porque antes la bendigo y bendeciré todos los días de mi vida, por haberme hecho digno de merecer amar tan alta señora como Dulcinea del Toboso.
>
> —Tan alta es —respondió Sancho— que a buena fe que me lleva a mí más de un *coto*[1].
>
> Miguel de Cervantes, «Capítulo XXXV», *Don Quijote de la Mancha I*. edebé.
>
> [1] **coto:** medio palmo.

— El lenguaje de don Quijote es enrevesado y pomposo, y el de Sancho, sencillo. Pero ¿por qué cada personaje habla de manera distinta?

— ¿Qué juego de palabras realiza el autor con el adjetivo *alta*?

— A partir del texto, define los rasgos principales de don Quijote y de Sancho Panza.

— Teniendo en cuenta las preguntas anteriores, explica cómo se refleja en el texto el conflicto entre la realidad y el ideal.

3. Lee el capítulo VI de la primera parte de la obra y responde a las siguientes preguntas:

— ¿Por qué el barbero y el cura actúan de ese modo?

— ¿Qué obras salvan en su escrutinio? ¿Por qué lo hacen?

— ¿A qué género pertenece la mayoría de los libros que eliminan? ¿De qué tipo son las obras que se encuentran en la biblioteca de Alonso Quijano?

4. Lee este fragmento, en el que el narrador se pregunta por el verdadero nombre de don Quijote:

> Quieren decir que tenía el sobrenombre de Quijada o Quesada, que en esto hay alguna diferencia en los autores que de este caso escriben; aunque, por conjeturas verosímiles, se deja entender que se llamaba Quejana. Pero esto importa poco a nuestro cuento; basta que en la narración de él no se salga un punto de la verdad.
>
> Miguel de Cervantes, «Capítulo I», *Don Quijote de la Mancha I*. edebé.

— ¿Crees que el narrador pretende que su relato parezca verdadero? ¿Por qué?

— ¿En qué parte del texto Cervantes deja claro que no hay una única forma de interpretar la lectura?

5. Aplica en la siguiente actividad la **técnica cooperativa** de *TGT (Teams-Games-Tournaments)*.

— Formad equipos de tres personas.

— Por turnos, de las fichas que os ha entregado el profesor o profesora con preguntas, coged una: *¿en qué entorno se ambientaban las novelas pastoriles?; ¿a qué grupo de novelas pertenece Amadís de Gaula?; ¿cuál es la novela picaresca más conocida de todos los tiempos?; ¿quién es Dulcinea del Toboso?...*

— Leed la pregunta y respondedla. Si la respuesta es correcta, quedaos la ficha. Si no lo es, colocadla debajo del montón.

— Los otros dos miembros del equipo podéis refutar la respuesta del primero si creéis que no es correcta. Si acertáis, quedaos la ficha. Si no, debéis poner una de las fichas que ya habéis ganado debajo del montón.

6. Imaginad que don Quijote es actualmente un *influencer* y desde su cuenta de una red social publica *posts* de allí por donde pasa (descripción de paisajes, personajes, reflexiones...).

— Convertíos en este Quijote moderno y seleccionad los pasajes de la obra que podrían ser sus *posts* con el *hashtag* #enunlugarde.

EL BARROCO

(Habsburgos)

EL BARROCO
SIGLO XVII

1598-1621

Felipe III demuestra su incapacidad y su desinterés por gobernar. Durante su reinado, el país pierde la hegemonía política exterior e inicia una grave **crisis económica.**

1609-1613

La **expulsión de los moriscos** en 1609 origina graves repercusiones económicas. Los enfrentamientos religiosos son una constante durante este período.

1621-1665

El reinado de **Felipe IV** está dominado por continuas guerras y revueltas, que, junto con los problemas económicos y demográficos, producen el declive definitivo del Imperio español **(Paz de Westfalia)**.

1665-1700

Carlos II. Su reinado llevó a España a la decadencia económica, política y social. Su muerte desencadenó la guerra de sucesión al trono español.

Este movimiento cultural se produce en toda Europa. Frente al equilibrio y la armonía del período anterior, esta etapa se caracteriza por el pesimismo, las contradicciones y el desengaño producidos por la crisis política, económica y social que atraviesa el país. A pesar de este contexto, el Barroco, junto con el Renacimiento, representa uno de los momentos de máximo esplendor cultural, y forma parte del período conocido como **Siglo de Oro.**

SOCIEDAD

Las **clases privilegiadas** mantienen sus tierras y riquezas. Se alían con la monarquía y el clero para frenar el impulso de la burguesía.

El **clero** aumenta por un gran número de eclesiásticos sin vocación, que buscan un modo de asegurarse el sustento.

La **burguesía** sigue teniendo poder económico, pero debe luchar contra la **nobleza,** que no quiere perder sus privilegios.

Las clases más **desfavorecidas** huyen de las zonas rurales y se instalan en las ciudades, donde la necesidad incrementa la delincuencia y la mendicidad.

POLÍTICA

Es un período marcado por una fuerte **crisis política, económica** y **social,** que refleja un profundo **pesimismo** y **decadencia** en la mentalidad de la época.

El **sistema político** es **absolutista;** todo el poder se concentra en el monarca. Este, incapaz de solucionar los problemas de Estado, deja el gobierno en manos de sus hombres de confianza o validos. Entre ellos destacan el duque de Lerma (valido de Felipe III) y el conde-duque de Olivares (valido de Felipe IV). Ambos desarrollan una pésima gestión económica y política.

Como resultado, la **economía** del país se resiente y el Imperio español se desmorona con sublevaciones en distintas partes. Las guerras, las epidemias y las malas cosechas provocan mortandad y sumen al país en una grave **crisis económica** y **demográfica.**

CULTURA

El hombre del Barroco adopta una **actitud pesimista** ante la vida.

La realidad no es perfecta, sino variada y cambiante: es bella y fea a la vez. Es una época de **contrastes,** en que se mezclan el lujo y la miseria, el esplendor y la decadencia.

Se repiten algunos temas de la **tradición literaria,** en los que se refleja una visión amarga y pesimista del mundo: la vida no es solo para gozarla, porque el tiempo es fugaz, pasa inexorable y dirige inevitablemente a la **muerte.**

El **arte** continúa cumpliendo una función **propagandística.** La Monarquía y las clases privilegiadas fomentan el arte y la cultura, ejerciendo de mecenas (protectores) de artistas. Esto conlleva la creación de monumentos y obras artísticas que son una muestra de poder.

LA LITERATURA BARROCA

Niños comiendo uvas y melón, de Bartolomé Esteban Murillo (1645-1650).

La literatura barroca está muy influida por la situación de crisis que vive el país. Los autores muestran una actitud de **desengaño** y **rebeldía** en contraste con la serenidad y el equilibrio del Renacimiento. El Barroco quiere **conmover, impresionar;** para ello se vale de la **complejidad** y la **originalidad del lenguaje.**

La diferencia más importante respecto a la literatura renacentista radica en la manera de tratar los temas y en el **uso artificial de los recursos literarios.** Los **temas** tratados a lo largo de la literatura se presentan desde una **visión amarga** y **pesimista.**

— **Social.** Los autores critican la situación del momento mediante la sátira y la burla.

— El **amor** se muestra como una experiencia dolorosa.

— **Moral** o **filosófico.** El pesimismo lleva a los escritores a reflexionar sobre temas como la fugacidad de la vida, el tránsito hacia la muerte y la banalidad del mundo. Observa la diferencia entre el tono alegre del poema de Garcilaso, propio del Renacimiento, y el pesimismo del de Góngora, uno de los autores más importantes del Barroco.

Lenguaje claro, sencillo y elegante.

En tanto que de rosa y azucena
se muestra la color en vuestro gesto,
y que vuestro mirar ardiente, honesto,
con clara luz la tempestad serena;

Idealización de la belleza de la amada.

y en tanto que el cabello que en la vena
del oro se escogió, con vuelo presto
por el hermoso cuello blanco, enhiesto,
el viento mueve, esparce y desordena;

Carpe diem (invitación a gozar).

coged de vuestra alegre primavera
el dulce fruto antes que el tiempo airado
cubra de nieve la hermosa cumbre.

Garcilaso de la Vega, «Soneto XXIII», en *Obra poética*. Clásicos Alce.

Complejidad formal y ruptura con el lenguaje.

Mientras por competir con tu cabello
oro bruñido al sol relumbra en vano,
mientras con menosprecio en medio el llano
mira tu blanca frente al lilio bello;

Mientras a cada labio, por cogello,
siguen más ojos que al clavel temprano,
y mientras triunfa con desdén lozano
del luciente cristal tu gentil cuello.

Tempus irreparabile fugit: realidad amarga, desengaño ante el inevitable paso del tiempo.

Goza cuello, cabello, labio y frente,
antes que lo que fue en tu edad dorada
oro, lirio, clavel, cristal luciente,

Inconsistencia y banalidades de la vida.

no solo en plata o vïola troncada
se vuelva, más tú y ello juntamente
en tierra, en humo, en polvo, en sombra, en nada.

Luis de Góngora, *Antología poética*. Crítica.

El **lenguaje** se vuelve más complicado, para impresionar al lector con el uso de **recursos formales** y de **contenido.** Según cuál de estos tenga más peso, se habla de dos corrientes literarias distintas: **culteranismo,** que muestra una clara preferencia por la belleza formal; y **conceptismo,** en la cual se antepone el contenido y la profundidad de las ideas a la forma.

ACTIVIDADES

1. Observa la obra *Niños comiendo uvas y melón,* de Bartolomé Esteban Murillo, y compárala con *Las meninas,* de Diego Velázquez. Busca esta última obra en Internet para poder comparar las dos imágenes:

   — ¿Qué realidad social refleja cada obra? ¿Qué contrastes aprecias?

   — Tomando como ejemplo los cuadros anteriores, explica brevemente cómo era la situación histórica en el Barroco.

2. Señala cómo eran tratados los siguientes temas en cada uno de los períodos que conforman el Siglo de Oro:

   - El amor
   - La vida humana
   - La llegada de la muerte
   - La gloria, la fama, las riquezas
   - La sociedad
   - La religión

EL TEATRO BARROCO

El género dramático alcanza su máximo **esplendor** durante la época barroca, convirtiéndose en un espectáculo de masas al que acuden todas las clases sociales.

Aunque se cultivan multitud de géneros, tales como comedias cortesanas o autos sacramentales, la **comedia nueva** se convierte en un fenómeno de interés **nacional.** Con ella, además, se **profesionaliza** el oficio teatral.

La comedia nacional

Este nuevo género se caracteriza por romper con la rigidez del teatro clásico y por crear una nueva forma teatral que se adapta al **gusto del público.**

Lope de Vega está considerado el precursor de esta nueva forma de hacer teatro. En su obra *Arte nuevo de hacer comedias en este tiempo,* fija las directrices de la comedia nacional, que consisten básicamente en: imitar las acciones de las personas, retratar las costumbres y agradar al público en general (texto **A**).

A

... y escribo por el arte que inventaron
los que el vulgar aplauso pretendieron,
porque, como las paga el vulgo, es justo
hablarle en necio para darle gusto.

Arte nuevo de hacer comedias.

Características del nuevo teatro

— **Estructura.** A diferencia del teatro clásico, la comedia barroca se estructura en **tres actos:** en el primero se presenta el asunto **(exposición)**; en el segundo los personajes entran en disputa **(nudo)**; y en el tercero se resuelve el conflicto **(desenlace)** (texto **B**).

B

En el acto primero ponga el caso,
en el segundo enlace los sucesos,
de suerte que hasta medio del tercero
apenas juzgue nadie en lo que para.

Arte nuevo de hacer comedias.

La nueva comedia rompió definitivamente con las unidades clásicas, que exigían la representación de una sola acción, en un mismo día.

— **Temática.** Los temas más cultivados son el **amor** y el **honor.** Este último suele llevar a los personajes a un conflicto que se resuelve generalmente con la muerte.

— **Mezcla de lo trágico y lo cómico.** Hasta entonces, los asuntos graves se reservaban para la tragedia, y lo gracioso, para la comedia. En el Barroco, ambos registros conviven en una misma obra.

— **Personajes.** Pertenecen tanto a la nobleza como al pueblo. Forman unos tipos que se repiten en distintas obras. Algunos de ellos son:

El galán	Joven noble que encarna las virtudes de la época: el valor, la generosidad, el linaje y el honor.
El gracioso	Suele ser el criado del galán y protagoniza los momentos cómicos de la obra. Representa la clase humilde.
La dama	Enamorada del galán, posee las cualidades de la belleza, el linaje y la dedicación desmedida a su amor.

— El **estilo** de las obras es claro y sencillo con la finalidad de ser asequible y agradable al público. Están escritas en verso y el tipo de estrofa varía, adaptándose al personaje y a la situación de la escena concreta (texto **C**).

C

Acomode los versos con prudencia
a los sujetos de que va tratando.
Las décimas son buenas para quejas;
el soneto está bien en los que aguardan;
las relaciones piden los romances,
aunque en octavas lucen por extremo.
Son los tercetos para cosas graves,
y para las de amor, las redondillas.

Arte nuevo de hacer comedias.

Los corrales de comedia: un nuevo espacio teatral

Debido a la gran popularidad que alcanza el teatro, proliferan en las ciudades espacios fijos dedicados a la representación: los **corrales de comedias.**

Su origen lo encontramos en los **patios traseros** de las casas vecinales. A pesar de la escasez de recursos, su estructura física se amolda bastante bien a las necesidades escénicas.

La distribución del público es un reflejo de la sociedad de la época, donde cada grupo tenía su propio espacio. Fíjate en el lugar destinado a las distintas clases sociales:

El **escenario** se encuentra al fondo del patio, rodeado por casas en sus costados y cubierto por un tejadillo.

Los hombres del pueblo y los mosqueteros se sitúan en el **patio** y permanecen de pie todo el espectáculo.

Las ventanas y los balcones de las casas contiguas sirven como **palcos** y se alquilan a la nobleza, a la alta burguesía y al clero. Los **aposentos** que dan al patio también se reservan a las gentes principales. Los **desvanes** eran los aposentos más altos.

En el lado opuesto al escenario, tras unas rejas, se reserva un espacio elevado y aislado para las mujeres: la **cazuela.**

ACTIVIDADES

1. Estos fragmentos pertenecen a la obra *Arte nuevo de hacer comedias*, de Lope de Vega. Léelos y responde a la pregunta:

   Pero la solución no la permita
   hasta que llegue a la postrera escena,
   porque, en sabiendo el vulgo el fin que tiene,
   vuelve el rostro a la puerta y las espaldas
   al que esperó tres horas cara a cara,
   que no hay más que saber que en lo que para.

   [...]

   Si hablare el rey, imite cuanto pueda
   la gravedad real; si el viejo hablare,
   procure una modestia sentenciosa:
   describa los amantes con afectos
   que muevan con extremo a quien escucha.

   — ¿A qué aspectos de la nueva forma de hacer teatro se refiere cada fragmento?

2. ¿A qué se refería Lope cuando hablaba de poner el «caso» en el primer acto (texto B)? Busca en Internet la versión online del Diccionario crítico e histórico de la práctica escénica en el teatro de los Siglos de Oro y consulta el significado de esta palabra.

3. El Teatro Español se encuentra actualmente en la plaza de Santa Ana de Madrid, donde estaba situado el antiguo Corral del Príncipe. Busca en Internet imágenes de cómo era este corral e imprímelas.

   — Confróntalo con la imagen de un teatro actual y redacta un texto donde compares los dos espacios.

4. Busca en Youtube el vídeo Historia de España: el corral de comedias:

   — Justifica cuáles de los elementos y costumbres que rodeaban una representación teatral en un corral de comedias perviven en la actualidad, y cuáles no.

LOS DRAMATURGOS DEL BARROCO (I)

Félix Lope de Vega (1562-1635)

Dedicó su vida a sus dos pasiones: el amor y la literatura.

Lope de Vega cultivó varios géneros. Escribió multitud de poemas, pero destacó sobre todo por sus obras dramáticas (de las cuales se conservan más de cuatrocientas) y por haber renovado el género teatral con su *Arte nuevo de hacer comedias en este tiempo*.

¿Cómo es este **nuevo teatro?**

Mira cómo se analiza la métrica de los versos

Shakespeare y **Molière,** maestros del teatro

La obra teatral de Lope de Vega

La figura de Lope de Vega es esencial para entender el teatro de su tiempo, ya que su producción dramática describe las características que él mismo definió para la nueva comedia.

Sus obras teatrales se caracterizan por presentar variedad de temas y personajes. Los **temas** principales son el amor y la honra:

AMOR	Obras llenas de enredos e intrigas, en las que los enamorados tienen que recurrir a diferentes engaños para que el amor triunfe. Ejemplos de este tipo de obras son: *El perro del hortelano* y *La discreta enamorada.*
HONRA	Los protagonistas sufren una afrenta de honor y se ven obligados a restablecer su honra. En la mayoría de los casos, al final es el rey quien vuelve a instaurar el orden y el honor perdido.

Veamos cómo se trata el tema del honor en el siguiente fragmento de *Peribáñez y el comendador de Ocaña.*

Comendador. —Ya no puede mi afición
sufrir, temer ni callar.
Yo soy el comendador,
yo soy tu señor.

Casilda. —No tengo
señor, más que a *Pedro*[1].

Comendador. —Vengo
esclavo, aunque soy señor
[...].

Casilda. —Mujer soy de un *capitán*[2],
si vos sois comendador;
y no os acerquéis a mí,
porque a bocados y a coces
os haré...

Comendador. —*Paso*[3] y sin voces.

Peribáñez. —*(Oculto.)* ¡Ay, honra!, ¿qué
aguardo aquí?
Mas soy pobre labrador,
bien será llegar y hablarle...
Pero mejor es matarle. *(Sale, con la espada en la mano.)*
Perdonad, comendador,
que la honra es encomienda
de mayor autoridad. *(Lo hiere.)*

Comendador. —¡Jesús! Muerto soy.
¡Piedad! [...]
Diome la muerte no más.
Más el que ofende merece.
[...]
Yo le abono.
No es villano, es caballero;
que pues le ceñí la espada
con la guarnición dorada,
no ha empleado mal su acero.

Lope de Vega, *Peribáñez y el comendador de Ocaña.* Cátedra.

[1] **Pedro:** se refiere a su marido. / [2] **capitán:** el comendador había nombrado capitán a Pedro para alejarlo de su casa. / [3] **Paso:** despacio, en voz baja.

El teatro de Lope posee una gran variedad de **personajes,** que encarnan los rasgos más característicos de la sociedad de la época:

— El **rey.** Representa el poder y es el encargado de resolver los conflictos e impartir justicia.

— El **noble poderoso.** Actúa injustamente y abusa de su poder, por lo que crea un conflicto con sus vasallos. Finalmente, es castigado por el rey o por el pueblo.

— El **caballero.** Vela por el honor de la dama o de su propia familia.

— El **villano.** Hombre honrado y sencillo, que tiene que defenderse de los abusos del poderoso.

En cuanto al **estilo,** el lenguaje y la versificación se adaptan al contexto y destacan por su expresividad y su ritmo.

1. El siguiente fragmento corresponde a la parte final de *Peribáñez y el comendador de Ocaña*. Léelo y fíjate en quiénes intervienen.

Peribáñez. —Y como vi que de noche
era mi deshonra clara,
en una yegua a las diez
de vuelta en mi casa estaba [...].
Hallé mis puertas rompidas
y a mi mujer destocada,
como corderilla simple
que está del lobo en las garras.
Dio voces, llegué, saqué
la misma daga y espada
que ceñí para servirte,
no para tan triste hazaña;
pasele el pecho, y entonces
dejó la cordera blanca,
porque yo, como pastor,
supe del lobo quitarla. [...]

Rey. —*(A la reina.)* ¿Qué os parece?

Reina. —Que he llorado
que es la respuesta que basta
para ver que no es delito,
sino valor.

Rey. —¡Cosa extraña!
¡Que un labrador tan humilde
estime tanto su fama!
¡Vive Dios, que no es razón
matarle! Yo le hago gracia
de la vida. Mas ¿qué digo?
esto justicia se llama. [...]

Reina. —A vos, labradora honrada,
os mando de mis vestidos
cuatro, porque andéis con galas
siendo mujer de soldado.

Peribáñez. —Senado, con esto acaba
la tragicomedia insigne
del Comendador de Ocaña.

— ¿Qué personajes tipo de los que has estudiado son?

— ¿Estos personajes cumplen su función característica?

— Describe brevemente cuál es la función de cada uno de ellos a partir de los versos.

2. En *El perro del hortelano*, de Lope de Vega, son frecuentes las contradicciones producidas por los celos y las envidias. Lee esta conversación y realiza las actividades:

Teodoro. —No sé, Tristán; pierdo el seso
de ver que me está adorando,
y que me aborrece luego.
No quiere que sea suyo
ni de Marcela, y si dejo
de mirarla, luego busca
para hablarme algún enredo.
No dudes; naturalmente
es del hortelano el perro:
ni come ni comer deja,
ni está fuera ni está dentro.

Tristán. —Contáronme que un doctor,
catedrático y maestro,
tenía un ama y un mozo
que siempre andaban riñendo.
Reñían a la comida,
a la cena, y hasta el sueño
le quitaban con sus voces;
que estudiar, no había remedio.
Estando en lición un día,
fuele forzoso corriendo
volver a casa, y entrando
de improviso en su aposento,
vio el ama y mozo acostados
con amorosos requiebros,
y dijo: «¡Gracias a Dios,
que una vez en paz os veo!».
Y eso imagino de entrambos,
aunque siempre andáis riñendo.

— ¿Cuál es el problema que tiene Teodoro?

Realiza el análisis métrico desde el verso 4 hasta el verso 11 de la intervención de Teodoro.

— ¿Qué tipo de versos son? ¿Cómo es la rima?

3. Aplica en esta actividad la **técnica cooperativa** *Estructura 1-2-4.*

— Dentro de tu equipo base, interpreta individualmente y escribe en un folio el significado del refrán «El perro del hortelano, que ni come ni deja comer».

— A continuación, poneos de dos en dos, intercambiad vuestras respuestas y comentadlas, hasta llegar a una conclusión común.

— Finalmente, todo el equipo decide conjuntamente cuál es la respuesta más adecuada.

51 LOS DRAMATURGOS DEL BARROCO (II)

Pedro Calderón de la Barca (1600-1681)

Estudió en las universidades de Alcalá de Henares y Salamanca, se ordenó sacerdote y llegó a ser capellán del rey.

Calderón de la Barca fue el autor preferido de la corte. Sus obras, dirigidas a un público culto y reducido, se servían de maquinaria escenográfica, lo cual convertía las representaciones en un espectáculo.

Aun así, también se ganó el aprecio del público en general con sus piezas para los corrales de comedias madrileños de la Cruz y el Príncipe.

Seguidor de Lope, pero con **rasgos propios**

Lee más textos de **Calderón**

Aunque en un principio siguió los pasos de Lope de Vega, las obras de Calderón fueron adoptando un tono más culto, reflexivo y filosófico, reflejo del carácter pesimista y desengañado de la época.

A partir de los temas que aparecen en sus obras, podemos hacer la siguiente clasificación:

— **Comedias de capa y espada o de enredo.** Siguen los preceptos de Lope de Vega. Los temas principales son la **honra** (*El alcalde de Zalamea* y *El médico de su honra*) y el **enredo** (*La dama duende*).

— **Autos sacramentales.** Representadas durante la festividad del Corpus, son obras en las que dialogan personajes alegóricos, es decir, personajes que encarnan ideas abstractas (*El gran teatro del mundo* o *El gran mercado del mundo*).

— **Dramas filosóficos y morales.** Tratan temas más profundos, como el **sentido de la vida,** la **libertad** o la **religión.** A este grupo pertenece su obra más conocida, *La vida es sueño.* En ella queda patente la visión desengañada del mundo que caracteriza al hombre del Barroco.

Fíjate en este fragmento de *La vida es sueño.* Habla Segismundo, que desde pequeño fue encarcelado en una torre por su padre para evitar que se cumpliera un sueño que tuvo en el que su hijo se sublevaba contra él.

Segismundo.
—¡Ay, mísero de mí! ¡y ay, infelice!
Apurar, cielos, pretendo,
ya que me tratáis así,
qué delito cometí
contra vosotros naciendo;
aunque si nací, ya entiendo
qué delito he cometido.
Bastante causa ha tenido
vuestra justicia y rigor,
pues el delito mayor
del hombre es haber nacido.
Solo quisiera saber,
para apurar mis desvelos,
(dejando a una parte, cielos,
el delito de nacer),
qué más os pude ofender
para castigarme más.
¿No nacieron los demás?
Pues si los demás nacieron,
¿qué privilegios tuvieron
que yo no gocé jamás?
Nace el ave, y con las galas
que le dan belleza suma,
apenas es flor de pluma
o ramillete con alas,
cuando las etéreas salas
corta con velocidad,
negándose a la piedad
del nido que deja en calma,
¿y teniendo yo más alma,
tengo menos libertad? [...]
Nace el pez, que no respira,
aborto de ovas y lamas,
y apenas bajel de escamas,
sobre las ondas se mira,
cuando a todas partes gira,
midiendo la inmensidad
de tanta capacidad
como le da el centro frío;
¿y yo, con más albedrío,
tengo menos libertad?

Calderón de la Barca,
La vida es sueño. Austral.

— El número de **personajes** es mucho menor que en el de la obra de Lope. Además, los personajes están más elaborados y su comportamiento responde a la necesidad del autor de transmitir las ideas barrocas.

— En cuanto a su **estilo,** Calderón se vale de recursos para lograr la belleza formal de sus composiciones. Estos recursos afectan tanto a la forma (metáforas, hipérbatos...) como al contenido (ideas o realidades opuestas...).

ACTIVIDADES

Actividades interactivas

1. Lee el siguiente monólogo de *La vida es sueño*, de Calderón de la Barca, y realiza las actividades:

— Segismundo es liberado después de vivir preso en una torre. Su malvado comportamiento le conduce otra vez a la cárcel, lo que le lleva a pensar que todo ha sido un sueño.

Sueña el rey que es rey, y vive
con este engaño mandando,
disponiendo y gobernando;
y este aplauso que recibe
prestado, en el viento escribe
y en cenizas le convierte
la muerte, ¡desdicha fuerte!
¡Que hay quien intente reinar,
viendo que ha de despertar
en el sueño de la muerte!

Sueña el rico en su riqueza
que más cuidados le ofrece;
sueña el pobre que padece
su miseria y su pobreza;
sueña el que a medrar empieza,
sueña el que afana y pretende,
sueña el que agravia y ofende,
y en el mundo, en conclusión,
todos sueñan lo que son,
aunque ninguno lo entiende.

Yo sueño que estoy aquí
de estas prisiones cargado,
y soñé que en otro estado
más lisonjero me vi.
¿Qué es la vida? Un frenesí.
¿Qué es la vida? Una ilusión,
una sombra, una ficción,
y el mayor bien es pequeño;
que toda la vida es sueño,
y los sueños, sueños son.

— Busca en el diccionario el significado de estas palabras del texto: *medrar, afanar, agraviar, lisonjero, frenesí.*

— El tema de este fragmento podría enunciarse del siguiente modo: la vida es un sueño del que despertamos con la muerte. Justifícalo con palabras del texto, que además se relacionen con:

- La inconsistencia de la vida.
- La fugacidad de la vanagloria mundana.
- La distinción entre lo real y lo ficticio, lo que permanece y lo pasajero.

— Fíjate en las palabras subrayadas de la segunda estrofa. ¿Qué nombre recibe la figura literaria que aparece en estos versos? Explica el significado que adquiere en el texto.

2. Busca en Internet el monólogo de Segismundo.

— Imagina que eres Segismundo y vives en la época actual.

— Crea la página de un diario personal y expón en ella, con tus palabras, las reflexiones que el personaje expresa en su monólogo.

3. Aplica la **destreza de pensamiento** *Compara y contrasta* en la siguiente actividad. Copia un organizador gráfico como el que tienes a continuación y responde a estas preguntas:

— ¿En qué se parecen el teatro de Lope de Vega y el de Calderón de la Barca?

— ¿En qué se diferencian?

— ¿Cuáles de estas semejanzas y diferencias te parecen importantes?

— ¿A qué conclusión final has llegado tras esta comparación?

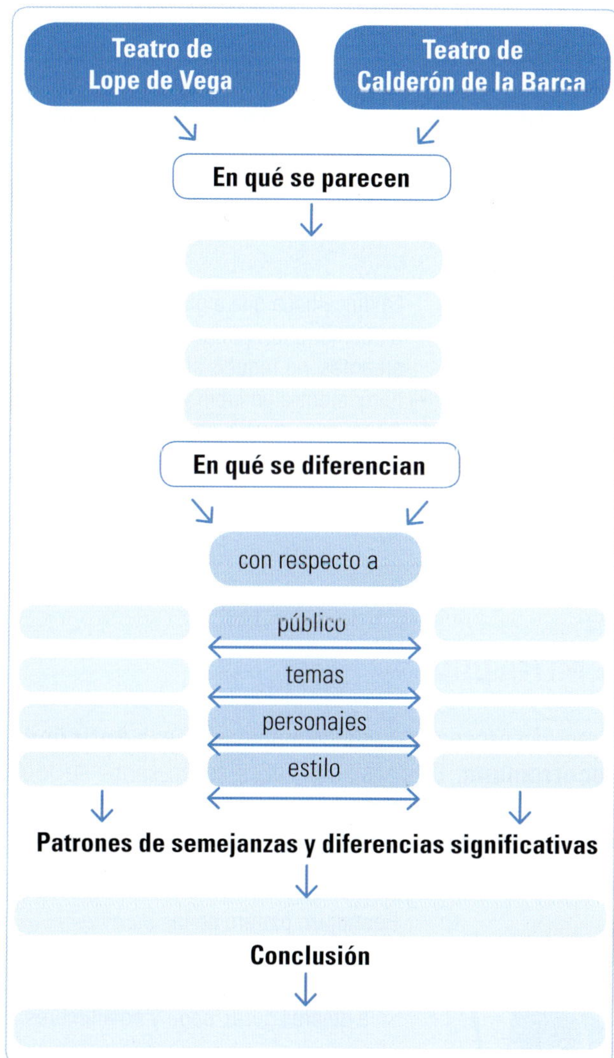

4. Elabora un mapa mental sobre el teatro barroco.

52 LA LÍRICA DEL BARROCO

William Shakespeare (1564-1616)

Además de dramaturgo, fue uno de los autores más importantes de la poesía barroca europea. Su primer éxito como poeta lo logra con la publicación en 1593 de *Venus y Adonis*, poema narrativo de tema mitológico. Pero es la colección de sonetos de temática amorosa lo que le sitúa entre los más grandes poetas de su época.

Los poetas del siglo XVII buscan la **genialidad** por medio de unos **textos más complicados** y **brillantes,** que exigen el **esfuerzo intelectual** de los lectores y despiertan su admiración. Esta genialidad se concreta en dos tendencias líricas: una culta y una popular.

— **Lírica culta.** Se emplea un lenguaje literario **complicado,** de **metáfora difícil.** Dentro de esta vertiente se distinguen dos corrientes literarias: el **culteranismo** y el **conceptismo,** en las que destacan **Góngora** y **Quevedo,** respectivamente.

— **Lírica popular.** Se caracteriza por la **sencillez** del lenguaje y la **claridad** formal. Esta corriente incluye villancicos y letrillas, que glosan canciones de la lírica tradicional; o romances, que imitan el estilo y los temas tradicionales. Lope de Vega recreó y elaboró las composiciones de la lírica tradicional que circulaban entre el pueblo.

La realidad se concibe como **inestable** y **cambiante;** por ello, se tiende a los extremos: se idealiza la realidad y se crea otro tipo de belleza, o se la ridiculiza con la burla y la sátira.

Los **temas** más representativos de la lírica barroca se heredan del Renacimiento, pero adquieren la visión pesimista propia de la época.

EL AMOR

Se concibe como una experiencia engañosa por el **contraste** entre la **dicha** y el **dolor** que comporta el sentimiento amoroso. Góngora advierte en estos versos de los peligros del amor:

La dulce boca que a gustar convida
un humor entre perlas destilado [...],
amantes, no toquéis si queréis vida;
porque entre un labio y otro colorado
Amor está, de su veneno armado,
cual entre flor y flor sierpe escondida.

DESENGAÑO Y VISIÓN PESIMISTA

Se introducen temas morales y filosóficos como la **visión pesimista** y la **fugacidad** de la vida. En los siguientes versos, Quevedo alude a la debilidad y a la fragilidad de la existencia.

¡Oh condición mortal! ¡Oh dura suerte!
¡Que no puedo querer vivir mañana,
sin la pensión de procurar mi muerte!

Cualquier instante de la vida humana
es nueva ejecución, con que me advierte
cuán frágil es, cuán mísera, cuán vana.

LA MITOLOGÍA

Se recrean escenas del mundo mitológico de la **Antigüedad grecorromana.** Esta visión a veces se presenta de forma ridícula y burlesca, como en estos versos de Francisco de Quevedo, en los que se parodia el mito de Apolo y Dafne:

Bermejazo platero de las *cumbres*[1],
a cuya luz se espulga la *canalla*[2],
la ninfa Dafne, que se *afufa*[3] y calla,
si la quieres gozar, paga y no alumbres.

[1]**cumbres:** se refiere al dios Sol de forma despectiva. / [2]**canalla:** gente baja y de mala condición. / [3]**afufar:** (coloquial) huir.

LA CRÍTICA SOCIAL

Los poemas reflejan la realidad social y política de la época desde una visión **crítica** y **burlesca.** En estos versos, Quevedo critica el poder del dinero al que todos aspiran y el rechazo de la pobreza:

¿Quién hace de piedras pan,
sin ser el Dios verdadero?
El Dinero. [...]
¿Quién hace que al hombre aqueje
el desprecio y la tristeza?
La pobreza.

ACTIVIDADES

1. Lee estos dos textos y realiza las actividades propuestas:

A

Dígame quién lo sabe: ¿cómo es hecha
la red de Amor, que tanta gente prende?
¿Y cómo, habiendo tanto que la tiende,
no está del tiempo ya rota o deshecha?

¿Y cómo es hecho el arco que Amor flecha,
pues hierro ni valor se le defiende?
¿Y cómo o dónde halla, o quién le vende,
de plomo, plata y oro tanta flecha?

Y si dicen que es niño, ¿cómo viene
a vencer los gigantes? Y si es ciego,
¿cómo toma al tirar cierta la mira?

Y si, como se escribe, siempre tiene
en una mano el arco, en otra el fuego,
¿cómo tiende la red y cómo tira?

Hernando de Acuña, «Soneto sobre la red de amor». Biblioteca Virtual Cervantes.

B

En los claustros del alma la herida
yace callada; mas consume hambrienta
la vida, que en mis venas alimenta
llama por las medulas extendida.

Bebe el ardor hidrópica mi vida,
que ya, ceniza amante y macilenta,
cadáver del incendio hermoso, ostenta
su luz en humo y noche fallecida.

La gente esquivo y me es horror el día;
dilato en largas voces negro llanto
que a sordo mar mi ardiente pena envía.

A los suspiros di la voz del canto;
la confusión inunda el alma mía;
mi corazón es reino del espanto.

Francisco de Quevedo, «En los claustros del alma la herida», en *Poesía varia*. Cátedra.

— Completa en tu cuaderno una tabla con la siguiente información:

	A	B
Tema		
Lenguaje		
Recursos		
Período literario		

— A partir de la información anterior, justifica qué poema pertenece al Renacimiento, y cuál, al Barroco.

2. Lee los siguientes fragmentos de poemas barrocos e identifica los temas de cada uno:

A

Tras vos un Alquimista va corriendo,
Dafne, que llaman Sol, ¿y vos tan cruda?
Vos os volvéis murciélago sin duda,
pues vais del Sol y de la luz huyendo.

Francisco de Quevedo, «A Dafne, huyendo de Apolo», en *Poesía varia*. Cátedra.

B

Alma a quien todo un dios prisión ha sido,
venas que humor a tanto fuego han dado,
medulas que han gloriosamente ardido,
su cuerpo dejará, no su cuidado;
serán ceniza, mas tendrá sentido;
polvo serán, mas polvo enamorado.

Francisco de Quevedo, «Amor constante más allá de la muerte», en *Poesía varia*. Cátedra.

C

Vivir es caminar breve jornada,
y muerte viva es, *Lico*[1], nuestra vida,
ayer al frágil cuerpo amanecida,
cada instante en el cuerpo sepultada. [...]

Como el que divertido el mar navega,
y sin moverse vuela con el viento,
y antes que piense en acercarse, llega.

Francisco de Quevedo, *Poesía varia*. Cátedra.

[1] **Lico:** nombre del destinatario del poema.

3. Construye tu primera antología de poemas barrocos y preséntala al resto del grupo. Incluye, al menos, una composición de estos poetas: Luis de Góngora, Francisco de Quevedo y Lope de Vega.

— Elige un poema que responda a cada uno de los temas característicos del Barroco.

— Puedes empezar buscando en internet poemas de estos autores.

— Compartid vuestra selección con el resto de la clase y explicad por qué habéis elegido esos poemas.

4. Observa de nuevo los temas más representativos de la lírica barroca y llévalos a nuestros días.

— Piensa en las series y programas de televisión actuales que tratan sobre los mismos temas: amor, crítica social...

— Realiza una tabla en la que estos temas se pongan en relación con el programa de televisión y la serie actuales.

— Justifica tu elección en cada caso.

53 LOS GRANDES POETAS DEL BARROCO

Luis de Góngora y **Francisco de Quevedo** son los poetas más representativos del Barroco. Ambos se caracterizan por el empleo de un lenguaje difícil, con abundantes recursos literarios, para escribir una poesía complicada de gran agudeza verbal y conceptual.

Luis de Góngora (1561-1627)

Tuvo fama de huraño y orgulloso, pero también destacó por su inteligencia y su profunda sensibilidad, siempre en busca de la belleza y la perfección.

Mantuvo una fuerte pugna con poetas de su tiempo, como Quevedo, en defensa de la tendencia literaria que él representaba: el culteranismo.

Murió en Córdoba de una apoplejía, tras haber perdido la memoria, y totalmente arruinado.

Lee más poemas
¡Y consigue descifrarlos!

Luis de Góngora, poeta culteranista

Fue el mayor representante del **culteranismo,** corriente basada en el empleo de **artificios formales** con el objetivo de buscar la oscuridad y la dificultad. Góngora escribe una poesía complicada, inteligible solo para un público culto e inteligente.

Vamos a ver en el siguiente poema algunos de los **rasgos** más característicos de su **poesía.** Pertenece a la obra cumbre de Góngora, **«Fábula de Polifemo y Galatea».** En ella evoca la leyenda del cíclope Polifemo, enamorado de la ninfa Galatea. Al sentirse rechazado, lanza una piedra contra el amante de Galatea, Acis, que queda convertido en un manantial. En este fragmento describe la cueva en la que vive Polifemo:

De este, pues, formidable de la tierra
bostezo, el melancólico vacío
a Polifemo, horror de aquella sierra,
bárbara choza es, albergue umbrío[1],
y redil[2] espacioso donde encierra
cuanto las cumbres ásperas, cabrío,
de los montes esconde: copia bella
que un silbo[3] junta y un peñasco sella.

Alusiones a la mitología: Polifemo

Abundantes cultismos: redil, silbo

Complicación formal: hipérbaton o alteración del orden lógico de la frase: formidable de la tierra bostezo

Metáforas complicadas: albergue umbrío

Recursos dirigidos a los sentidos: ásperas

[1] **umbrío:** lugar donde da poco el sol.
[2] **redil:** paraje para recoger el ganado.
[3] **silbo:** sonido agudo para llamar a las ovejas.

Góngora emplea un **lenguaje oscuro,** alejado de la realidad. Los objetos pocas veces se nombran directamente, sino que se alude a ellos por sus elementos más característicos o se describen asociados a otros objetos.

ACTIVIDADES

1. Lee el poema y realiza las actividades que tienes a continuación:

La dulce boca que a gustar convida
un humor entre perlas destilado,
y a no envidiar aquel licor sagrado
que a Júpiter ministra el garzón de Ida,
amantes no toquéis si queréis vida;
porque entre un labio y otro colorado
Amor está, de su veneno armado,
cual entre flor y flor sierpe escondida.
No os engañen las rosas que a la Aurora
diréis que, aljofaradas y olorosas,
se le cayeron del purpúreo seno;
manzanas son de Tántalo y no rosas,
que después huyen del que incitan ahora,
y solo del Amor queda el veneno.

Luis de Góngora, *Antología poética*. Austral.

— Busca en el diccionario el significado que tienen en el texto estas palabras: *humor, garzón, sierpe, aljofaradas*.

— Localiza las referencias mitológicas que aparecen en el poema y busca su significado en Internet.

— ¿Cuál es el tema del poema? Indica el contenido de cada estrofa.

— El poema de Góngora presenta un contraste entre el deseo y el sufrimiento. ¿En qué versos se encuentra esta idea?

— ¿A quién se dirige el poeta?

— ¿Por qué crees que la palabra *Amor* aparece en mayúscula? ¿Qué nombre recibe este recurso?

— Identifica en el poema algunos rasgos propios de la lírica barroca.

— ¿Crees que se trata de un poema optimista? Formad grupos y debatid esta idea con los compañeros.

Obra poética

La producción poética de Góngora está formada por una vertiente **popular** y otra **culta.** Pertenecientes a esta última, sus grandes poemas llegan a transgredir el decoro y la convención literaria del momento.

— **Poemas populares,** compuestos en versos de arte menor (romances y letrillas). Tienen una gran difusión debido a su aparente **sencillez** formal, aunque realmente emplean recursos retóricos similares a los de los poemas extensos, si bien quedan disimulados por la brevedad del metro.

— **Poemas cultos,** de gran complejidad formal, dirigidos a una minoría letrada. Esta parte de su producción está constituida por:

- **Sonetos** amorosos, mitológicos, satíricos y burlescos, religiosos y de reflexión moral. En ellos se trata principalmente la muerte y el desengaño de la vida.
- La **«Fábula de Polifemo y Galatea»,** poema escrito en octavas reales. Mediante el juego de opuestos propio del Barroco, evoca el amor de la bella ninfa Galatea y el celoso cíclope Polifemo.
- **«Soledades».** Está escrito en silvas y hace referencia a las cuatro edades simbólicas del ser humano, aunque el autor solo escribe dos de ellas. Lee a continuación una de sus estrofas:

Odiseo en la cueva de Polifemo, de Jacob Jordaens. En la mitología griega, los cíclopes eran gigantes barbudos con un solo ojo en medio de la frente.

Del Océano, pues, antes sorbido,
y luego vomitado
no lejos de un escollo coronado
de secos juncos, de calientes plumas,
alga todo y espumas,
halló hospitalidad donde halló nido
de Júpiter el ave.

Versos heptasílabos

Versos endecasílabos

Hipérbaton

Referencia mitológica

ACTIVIDADES

2. A partir de estos versos, responde a las preguntas:

¡Que se nos va la Pascua, mozas,
que se nos va la Pascua!

Por eso, mozuelas locas,
antes que la edad avara
el rubio cabello de oro
convierta en luciente plata,
quered cuando sois queridas,
amad cuando sois amadas,
mirad, bobas, que detrás
se pinta la ocasión calva.

¡Que se nos va la Pascua, mozas,
que se nos va la Pascua!

— ¿Cuál es el significado de «la Pascua»? ¿Por qué crees que el poeta utiliza esta metáfora?

— ¿A quién se dirige el poeta?

— ¿A qué tópico renacentista alude el poema?

— ¿Pertenece a la producción culta o a la popular?

3. Lee los siguientes versos y realiza las actividades que se plantean:

Un monte era de miembros eminente
este que, de Neptuno hijo fiero,
de un ojo ilustra el *orbe*[1] de su frente,
émulo[2] casi del mayor lucero;
cíclope, a quien el pino más valiente,
bastón, le obedecía, tan *ligero*[3],
y al grave peso junco tan delgado,
que un día era bastón y otro *cayado*[4].

Luis de Góngora, «Fábula de Polifemo y Galatea». Cátedra.

[1] **orbe:** mundo. / [2] **émulo:** competidor. / [3] **ligero:** ágil, veloz. / [4] **cayado:** bastón.

— ¿El texto describe un lugar o una persona? ¿Qué sustantivo lo especifica?

— ¿Aquello de lo que habla el poema es grande o pequeño?

— ¿Crees que los versos cumplen las características del culteranismo? Justifica tu respuesta con el uso de algunas figuras retóricas que se emplean.

FRANCISCO DE QUEVEDO

Francisco de Quevedo (1580-1645)

Quevedo fue un hombre de gran cultura e ingenio, delicado y cruel, expresivo y preocupado por los acontecimientos de su tiempo. Su enemistad con Góngora y otros personajes coetáneos fue motivo de inspiración de muchas de sus composiciones satíricas.

Fue el máximo representante del **conceptismo,** movimiento en el que el ingenio del poeta se manifiesta en el contenido, es decir, en el **significado** y el **doble sentido de las palabras.** Más que la belleza formal, lo que importa es **sugerir** y **asociar ideas** con el máximo ingenio.

Vamos a ver algunos de los rasgos más característicos de su poesía en el siguiente poema, donde emplea el recurso de la **hipérbole** para burlarse y exagerar las cualidades de un hombre narigudo (refiriéndose a Góngora).

Estructura paralelística

Hipérboles

Palabras nuevas

Érase un hombre a una nariz pegado,
érase una nariz superlativa,
érase una nariz sayón y escriba,
érase un *peje*[1] espada muy barbado.
Era un reloj de sol mal encarado,
érase una *alquitara*[2] pensativa,
érase un elefante boca arriba,
era Ovidio Nasón más narizado.
Érase un espolón de una galera,
érase una pirámide de *Egito*[3],
las *doce tribus*[4] de narices era;
érase un naricísimo infinito,
frisón[5] archinariz, *caratulera*[6],
sabañón[7] garrafal, morado y frito.

[1] **peje:** pez. / [2] **alquitara:** alambique con una parte alargada y enroscada. / [3] **Egito:** Egipto. / [4] **doce tribus:** tribus de ascendencia judía. / [5] **frisón:** grande (como los caballos de Frisia). / [6] **caratulera:** máscara teatral que exageraba los rasgos, en especial la nariz. / [7] **sabañón:** hinchazón de la piel a causa del frío.

Una **lucha estética** como las «batallas de gallos» del siglo XVI

Los recursos más utilizados son:

— **Hipérboles.** Todo el poema es una exageración de los rasgos físicos de la persona que describe: *Érase un hombre a una nariz pegado.*

— **Estructura paralelística.** Repetición de la misma estructura que insiste en el significado y lo suma verso a verso: *Érase..., érase...*

— **Dilogías** o **juegos de palabras.** Se emplean términos con más de un sentido o se juega con su significado: *Ovidio Nasón más narizado* (juega con el nombre del poeta y con el tamaño de su nariz).

— **Creación de palabras.** Se crean palabras nuevas, en este caso usando la terminación superlativa del adjetivo en un sustantivo: *archinariz.*

Observa en la siguiente tabla la diferencia entre los rasgos del culteranismo (Góngora) y los del conceptismo (Quevedo):

CULTERANISMO

- La **forma** prevalece sobre el contenido.
- Períodos sintácticos extensos.
- Numerosos cultismos (de ahí el nombre de la corriente).
- **Abundancia de recursos:** metáforas, hipérbatos, perífrasis e hipérboles.
- Referencias **mitológicas.**

CONCEPTISMO

- El **contenido** prevalece sobre la forma.
- Concisión en la sintaxis, con frecuentes elipsis, sobre todo de verbos.
- Las expresiones se condensan para decir lo máximo en el menor número de palabras: uso de sustantivos polisémicos.
- Figuras retóricas basadas en el **significado de las palabras:** antítesis, paradojas, ironía, hipérboles.

Obra poética

La obra poética de Francisco de Quevedo puede clasificarse en tres grupos, según el tema.

1. Poesía de **tema amoroso.** En algunos poemas se expresa un concepto del **amor idealizado** o que pervive más allá de la muerte: el amor es el único que puede vencerla. Pero en otros, más cercanos a la concepción barroca, el amor es entendido como una inútil esperanza, un sentimiento contradictorio, frustrado y doloroso...

→

Es hielo abrasador, es fuego helado,
es herida que duele y no se siente,
es un soñado bien, un mal presente,
es un breve descanso muy cansado.

2. Poesía de **tema satírico-burlesco.** En ella se hace una **crítica** burlesca de profesiones y costumbres, así como de instituciones políticas. Tampoco se libran sus enemigos literarios.

En una serie de poemas se muestra el enfrentamiento de Quevedo con los cultistas o **culteranos,** entre los que se encuentran Góngora y sus seguidores. En este fragmento, el autor proporciona un listado de palabras (*esta cartilla*) para los poetas que quieren escribir de forma complicada y hacerse incomprensibles (*babilones*).

→

Quien quisiere ser culto en solo un día,
la jeri (aprenderá) gonza siguiente:
fulgores, arrogar, joven, presiente,
candor, construye, métrica armonía;
[...]

Que ya toda Castilla,
con sola esta cartilla,
se abrasa de poetas babilones,
escribiendo sonetos confusiones;
y en la Mancha, pastores y gañanes
atestadas de ajos las barrigas,
hacen ya cultedades como migas.

3. Poesía de **tema filosófico** y **moral** en la que trata la **fugacidad** de la vida, el **inexorable** paso del **tiempo,** el **destino** del ser humano, la angustia ante la muerte y la **decadencia.**

→

Miré los muros de la patria mía,
si un tiempo fuertes, ya desmoronados,
de la carrera de la edad cansados,
por quien caduca ya su valentía. [...]

Entré en mi casa; vi que, amancillada,
de anciana habitación era despojos;
mi báculo más corvo y menos fuerte;
[...]

ACTIVIDADES

1. **Lee este fragmento de un poema de Quevedo y responde a las preguntas:**

Madre, yo al oro me humillo,
él es mi amante y mi amado,
pues de puro enamorado
de continuo[1] anda amarillo;
que pues, *doblón*[2] o *sencillo*[3],
hace todo cuanto quiero,
poderoso caballero
es don Dinero.

Nace en las Indias honrado
donde el mundo le acompaña;
viene a morir en España
y es en Génova enterrado;
y pues quien le trae al lado
es hermoso aunque sea *fiero*[4],
poderoso caballero
es don Dinero.

[1] **de continuo:** continuamente. / [2] **doblón:** nombre de la moneda. / [3] **sencillo:** moneda de menor valor que el doblón. / [4] **fiero:** que da miedo.

— Explica el tema del poema y relaciónalo con los de la poesía barroca.

— ¿A qué estamentos o grupos sociales crees que critica el autor? Relaciona esta crítica con el pensamiento barroco.

¿Cómo se llaman los versos finales de cada estrofa? ¿Qué efecto producen?

— ¿Crees que el tema del poema puede trasladarse a la actualidad? Justifica tu respuesta.

2. **En el poema «Érase un hombre a una nariz pegado», Quevedo emplea diferentes metáforas para describir la nariz de Góngora. Analiza la que se refiere a las pirámides de Egipto y completa una tabla como esta:**

PIRÁMIDE DE EGIPTO	NARIZ DE GÓNGORA
....	....

— ¿Cuáles son las características más destacadas de ambos elementos? ¿Qué similitudes guardan?

— ¿Qué diferencia ambos elementos? ¿Cuál es el objetivo del autor al establecer esta analogía?

55 LA RENOVACIÓN DE LA LÍRICA POPULAR

Formas métricas tradicionales

Entre las formas métricas tradicionales utilizadas en el Barroco, encontramos las siguientes:

- **Romance:** número indeterminado de versos octosílabos con rima asonante en los pares.
- **Romancillo:** romance compuesto por versos de menos de siete sílabas.
- **Letrilla:** composición de versos octosílabos o hexasílabos, con un estribillo que se repite al final de cada estrofa, y de tema generalmente burlesco o satírico.
- **Seguidilla:** estrofa de cuatro versos (los impares, heptasílabos y los pares, pentasílabos) con rima asonante.
- **Villancico:** formado por un estribillo de dos, tres o cuatro versos; una mudanza, que puede ser de una redondilla o de cuarteta: y versos de vuelta que riman con el último verso de la mudanza y con el estribillo.

En la producción poética de Góngora y de Quevedo, la lírica culta convive con la popular. En ella se incluyen **villancicos** y **letrillas** que glosan canciones de la lírica tradicional castellana, o romances que imitan el estilo y los temas de los romances populares. Estas composiciones se caracterizan por la **claridad** en la expresión y la **sencillez** en el lenguaje, ya que van dirigidas al público en general.

La obra poética de Lope de Vega

Aunque Lope de Vega es conocido principalmente por su obra dramática, también escribió multitud de poemas, tanto en su vertiente culta como en la popular. Mediante su poesía **refleja** su **experiencia vital:** sus amores, sus desgracias familiares y sus crisis religiosas.

Lope recoge composiciones de la **lírica tradicional** castellana que circulan entre el pueblo con múltiples variantes, las recrea y las elabora para devolvérselas enriquecidas.

Las formas que mejor utilizó fueron el **romance,** el **villancico** y la **seguidilla.** Muchas de estas composiciones se encuentran intercaladas en su teatro.

Blanca me era yo
cuando entré en la siega;
diome el sol y ya soy morena.
Blanca solía yo ser
antes que a segar viniese;
mas no quiso el sol que fuese
blanco el fuego en mi poder.
Mi edad al amanecer
era lustrosa azucena;
diome el sol y ya soy morena.

Lope de Vega, «Cantar de siega»,
en *Poesía*. Libertarias Prodhufi.

La obra poética de sor Juana Inés de la Cruz

Fue una religiosa dedicada plenamente a la escritura y exponente de la literatura del Siglo de Oro. Su obra es muy extensa e incluye una rica variedad de géneros. Compuso **obras teatrales,** entre comedias y autos sacramentales, obras en **prosa**... Pero sobre todo destaca por su **obra poética,** género que constituye más de la mitad de su producción.

Su lírica se compone de poemas **amorosos,** en honor a personajes de la época... Los grandes temas son: el **amor** verdadero, la integridad del **valor** y la **virtud,** y las alusiones **mitológicas.**

El **estilo** de su escritura es fundamentalmente **barroco** (adjetivos, verbalización de sustantivo...) y las formas poéticas que más utiliza son la **redondilla,** el **villancico,** el **romance** y, en especial, el **soneto.**

Algunos estudiosos defienden que en la obra de sor Juana se da un cierto feminismo, dado que en parte de sus composiciones aboga por la **igualdad** y por el derecho de la mujer a adquirir **conocimientos.**

¿En perseguirme, mundo, qué interesas?
¿En qué te ofendo, cuando solo intento
poner bellezas en mi entendimiento
y no mi entendimiento en las bellezas?

Yo no estimo tesoros ni riquezas,
y así, siempre me causa más contento
poner riquezas en mi entendimiento
que no mi entendimiento en las riquezas.

Sor Juana Inés de la Cruz, «Quéjase de la suerte», en *Poesía*.

ACTIVIDADES

Actividades interactivas

1. En grupos, decidid si estas afirmaciones se refieren al **culteranismo** o al **conceptismo**. Podéis consultar la **ficha 54:**

El **contenido** prevalece sobre la forma.	
La **forma** prevalece sobre el contenido.	
Empleo de períodos sintácticos largos y **circunloquios** en el modo de expresión.	
Las expresiones se **condensan** para decir lo máximo en un mínimo de palabras.	
Abundancia de **recursos retóricos léxicos,** es decir, que se centran en la forma de las palabras (aliteraciones, hipérbatos, perífrasis...).	
Abundancia de **recursos retóricos semánticos,** es decir, centrados en el significado (paradojas, ironías, hipérboles).	
El escritor más destacado de esta tendencia literaria es **Luis de Góngora.**	
El escritor más destacado de esta tendencia literaria es **Francisco de Quevedo.**	

— A partir de los resultados, redactad un breve texto con las similitudes y las diferencias entre ambas corrientes literarias. Justificad las respuestas con algún ejemplo.

2. Lee el poema y responde a las preguntas.

Íbase la niña,
noche de San Juan,
a coger los aires
al fresco del mar.
Miraba los remos
que remando van
cubiertos de flores,
flores de azahar.
Salió un caballero
por el arenal,
dijérale amores
cortés y galán.
Respondió la esquiva,
quísola abrazar;
con temor que tiene
huyendo se va.

— Resume el tema del poema.

— Realiza el análisis métrico de esta composición. Justifica, por el tema y por la métrica, su carácter popular.

3. Lee estos versos de sor Juana Inés de la Cruz y comenta a partir del texto su visión de la mujer:

¿En qué te ofendo, cuando sólo intento
poner bellezas en mi entendimiento
y no mi entendimiento en las bellezas?

4. Lee el fragmento de esta letrilla de Góngora y contesta a las preguntas que te planteamos.

Ándeme yo caliente
y ríase la gente.

Traten otros del gobierno
del mundo y sus monarquías,
mientras gobiernan mis días
mantequillas y pan tierno,
y las mañanas de invierno
naranjada y aguardiente,
y ríase la gente. [...]

Cuando cubra las montañas
de blanca nieve el enero,
tenga yo lleno el brasero
de bellotas y castañas,
y quien las dulces patrañas
del Rey que rabió me cuente,
y ríase la gente. [...]

Pues Amor es tan crüel,
que de Píramo y su amada
hace tálamo una espada,
do se junten ella y él,
sea mi Tisbe un pastel,
y la espada sea mi diente,
y ríase la gente.

Luis de Góngora.

— ¿Qué concepto del amor recoge el poema?

Vuelve a leer la primera estrofa y escribe las palabras que la forman según el orden lógico que tú utilizarías. ¿Cómo se llama este recurso?

— Analiza la métrica del poema. Justifica por qué se trata de una letrilla.

— ¿Qué rasgos característicos del Barroco presenta la composición?

5. Como ya sabes, Góngora y Quevedo tuvieron varios enfrentamientos poéticos.

— Averigua en qué consistió exactamente esta rivalidad y pon ejemplos concretos que lo expliquen.

6. En la obra lírica de Lope de Vega encontramos poemas como «Desmayarse, atreverse, estar furioso», que aparece en la adaptación cinematográfica *Lope*, sobre la vida del poeta, de Andrucha Waddington.

— Buscad en internet esta película y escuchad el soneto.

— ¿Estáis de acuerdo con lo que dice? Discutid sobre esta visión del sentimiento amoroso.

56 CANTAR DE MIO CID

Comentar un texto consiste en analizar el **contenido** (qué quiere decir el autor) y la **forma** (cómo está escrito el texto), y argumentar si el texto cumple la intención de su autor y si este ha empleado para ello los recursos expresivos adecuados (opinión crítica).

En el comentario distinguimos **dos fases:**

— **Estudio del texto.** Se analiza el contenido y se extrae la información más importante, para lo cual proponemos una secuencia de actividades.

— **Redacción del comentario.** Con la información obtenida en la fase anterior, se redacta el comentario siguiendo la estructura de este tipo de textos.

Existen muchas formas de comentar un texto. En este libro proponemos una estructura de análisis, en todos los comentarios, para sistematizar una **metodología** de comentario, aplicable a cualquier texto.

Ya por la ciudad de Burgos el Cid Ruy Díaz entró.
Sesenta pendones lleva detrás el Campeador.
Todos salían a verle, niño, mujer y varón,
a las ventanas de Burgos mucha gente se asomó.
¡Cuántos ojos lloraban de grande que era el dolor!
Y de los labios de todos sale la misma razón:
«¡Qué buen vasallo sería si tuviese buen señor!».
De grado le albergarían, pero ninguno lo osaba,
que a Ruy Díaz de Vivar le tiene el rey mucha saña.
La noche pasada a Burgos llevaron una real carta
con severas prevenciones y fuertemente sellada
mandando que a Mio Cid nadie le diese posada,
que si alguno se la da, sepa lo que le esperaba:
sus haberes perdería, más los ojos de la cara,
y además se perdería salvación de cuerpo y alma.
Gran dolor tienen en Burgos todas las gentes cristianas,
de Mio Cid se escondían: no pueden decirle nada.
Se dirige Mio Cid adonde siempre paraba;
cuando a la puerta llegó se la encuentra bien cerrada,
por miedo del rey Alfonso acordaron los de casa
que como el Cid no la rompa no se la abrirán por nada.
La gente de Mio Cid a grandes voces llamaba,
los de dentro no querían contestar una palabra.
Mio Cid picó el caballo, a la puerta se acercaba,
el pie sacó del estribo, y con él gran golpe daba,
pero no se abrió la puerta que estaba muy bien cerrada.
La niña de nueve años muy cerca del Cid se para:
«Campeador que en bendita hora ceñiste la espada
el rey lo ha vedado, anoche a Burgos llegó su carta,
con severas prevenciones y fuertemente sellada.
No nos atrevemos, Cid, a darte asilo por nada,
porque si no perderíamos los haberes y las casas,
perderíamos también los ojos de nuestras caras.
Cid, en el mal de nosotros vos no vais ganando nada.
Seguid y que os proteja Dios con sus virtudes santas».
Esto dijo la niña y se volvió hacia su casa.

Cantar de Mio Cid (versión modernizada de Pedro Salinas). Alianza.

Recuerda cómo se comenta un texto

1.ª fase: estudio del texto

ANÁLISIS DEL CONTENIDO

Comprensión. Se trata de obtener la información necesaria para comprender el texto de forma general.

1. ¿Qué significan: *pendones, saña, estribos, prevención*...?
2. ¿Qué problema tiene el Cid? ¿Cómo reacciona el pueblo ante su llegada? ¿Por qué le niegan cobijo los burgaleses? ¿Por qué la niña es la única que le habla?

Contextualización. Sitúa el texto en el contexto histórico e ideológico de su tiempo. Indica también el género al que pertenece.

3. ¿Qué suceso histórico recrea el texto? ¿De qué época es el *Cantar de Mio Cid*? Explica, con la ayuda del texto, cómo era la sociedad medieval y qué estamentos tenía.
4. ¿A qué género pertenece el cantar? ¿Qué forma de expresión emplea, prosa o verso? ¿Qué características tiene la épica? ¿Qué función cumplía? ¿Quiénes recitaban estos textos?

Tema y estructura. Consiste en identificar el tema (idea principal) y los subtemas (ideas secundarias). A partir de estas ideas, se estructuran las partes del texto y la relación entre ellas.

5. ¿Qué valores encarna el Cid? ¿Qué injusticia sufre? ¿En qué parte del texto se expresa esta idea? (Idea principal).
6. ¿Cómo viven los burgaleses la prohibición del rey? ¿En qué parte del texto se percibe esto? (Idea secundaria).
7. Sitúa el fragmento en la temática general del *Cantar*.

ANÁLISIS DE LA FORMA

Estilo. Estudiamos el modo en que está escrito el texto, relacionándolo con el contenido y la intención del autor:

- Recursos lingüísticos: analizar el valor de las formas verbales, el léxico, la sintaxis... y ver qué papel cumplen.
- Recursos literarios: detectar los recursos estilísticos (metáforas, epítetos...) y la función que desempeñan en el texto.

8. ¿Por qué se emplean diferentes tiempos verbales?
9. Indica el esquema métrico del texto. Compáralo con la versión original del *Cantar de Mio Cid.*
10. Señala si predomina la narración o la descripción. ¿Qué ritmo imprime el autor al relato con esta técnica.
11. ¿Qué busca el autor con el diálogo entre el Cid y la niña?
12. Localiza estos recursos, propios del mester de juglaría, y explica con qué finalidad se emplean: fórmulas épicas, epítetos, exclamaciones, repeticiones.

Opinión crítica. Valora el texto con argumentos críticos y da tu opinión.

13. ¿Qué ha querido expresar el autor del texto? ¿Crees que lo consigue? ¿Emplea los recursos adecuados?
14. ¿Por qué es tan importante este texto en la literatura? ¿Conserva su interés? Y sus valores ¿son actuales?
15. ¿Qué opinión te merece?

2.ª fase: redacción del comentario

Sigue estas instrucciones para redactar tu comentario:

INTRODUCCIÓN. Indica, de forma directa y sencilla, cuál es la intención del autor (actividad 13). Por ejemplo:

Con este texto, el autor quiere reflejar la injusticia que se comete con el Cid y el pesar del pueblo...

A partir de esta idea (tesis) se desarrolla el comentario y se construye el discurso.

DESARROLLO. Explica cómo el autor consigue su objetivo. Puedes seguir el orden de los apartados de la 1.ª fase, aunque no aparezcan los títulos en la redacción.

Tema y estructura. La intención del autor se relaciona con las ideas del texto. Enlaza el primer párrafo del comentario (introducción) con los temas del fragmento y cómo están ordenados (actividades 5, 6 y 7). Por ejemplo:

El tema principal del fragmento es el destierro del Cid y la negación de ayuda de los burgaleses... Otros subtemas son el dolor de la gente ante la situación, la exaltación del héroe...

Relaciona los temas con la contextualización. Comenta el hecho histórico que recrea el texto y explica cómo era la sociedad medieval (actividad 3) para entender por qué los burgaleses no dan cobijo al Cid, por obediencia al rey. Indica también el género de la obra (actividad 4).

Estilo. Explica cómo logra el autor transmitir su mensaje. Localiza los principales recursos y comenta su función.

Empieza por los recursos lingüísticos (uso de las formas verbales, léxico...). Comenta solo aquellos recursos que tengan una intención determinada (actividad 8): dar énfasis al relato, resaltar una acción... Por ejemplo:

El autor emplea el presente de indicativo para dar más cercanía y realismo al relato...

Incluye algún comentario a la métrica e indica el tipo de estrofa (actividad 9) y su funcionalidad.

Prosigue con los recursos retóricos: predominio de la narración, ritmo ágil, uso de fórmulas épicas (exclamaciones, epítetos, diálogos...). Localiza estos recursos en el texto y explica su función (actividades 10 a 12). Por ejemplo:

El texto, recitado por juglares, se dirige a un auditorio; por ello usa fórmulas para llamar su atención, como...

CONCLUSIÓN. Justifica si el texto transmite las emociones y la intención del autor (actividad 13).

Valora la importancia del texto y si el tema conserva la actualidad (actividad 14). Para acabar, añade, si lo deseas, tu opinión personal (actividad 15).

LAZARILLO DE TORMES

Yo, como *estaba hecho*[1] al vino, moría por él, y viendo que aquel remedio de la paja no me aprovechaba ni valía, acordé en el *suelo*[2] del jarro hacerle una fuentecilla y agujero sutil, y, delicadamente, con una muy delgada tortilla de cera, taparlo; y, al tiempo de comer, fingiendo haber frío, entrábame entre las piernas del triste ciego a calentarme en la pobrecilla lumbre que teníamos, y al calor de ella luego derretida la cera, por ser muy poca, comenzaba la fuentecilla a destilarme en la boca, la cual yo de tal manera ponía que maldita la gota se perdía. Cuando el pobreto iba a beber, no hallaba nada. Espantábase, maldecíase, daba al diablo el jarro y el vino, no sabiendo qué podía ser.

—No diréis, tío, que os lo bebo yo —decía—, pues no le quitáis de la mano.

Tantas vueltas y tientos dio al jarro, que halló la fuente y cayó en la burla; mas así lo disimuló como si no lo hubiera sentido.

Y luego otro día, teniendo yo *rezumando*[3] mi jarro como solía, no pensando el daño que me estaba *aparejado*[4] ni que el mal ciego me sentía, senteme como solía; estando recibiendo aquellos dulces tragos, mi cara puesta hacia el cielo, un poco cerrados los ojos por mejor gustar el sabroso licor, sintió el desesperado ciego que agora tenía el tiempo de tomar de mí venganza, y con toda su fuerza, alzando con dos manos aquel dulce y amargo jarro, le dejó caer sobre mi boca, ayudándose, como digo, con todo su poder, de manera que el pobre Lázaro, que de nada de esto se guardaba, antes, como otras veces, estaba descuidado y gozoso, verdaderamente me pareció que el cielo, con todo lo que en él hay, me había caído encima.

Fue tal el golpecillo, que me desatinó y sacó de *sentido*[5], y el jarrazo tan grande, que los pedazos de él se me metieron por la cara, rompiéndomela por muchas partes, y me quebró los dientes, sin los cuales hasta hoy me quedé.

Desde aquella hora quise mal al mal ciego, y aunque me quería y regalaba y me curaba, bien vi que se había *holgado*[6] del cruel castigo. Lavome con vino las roturas que con los pedazos del jarro me había hecho y, sonriéndose, decía:

—¿Qué te parece, Lázaro? Lo que te enfermó te sana y da salud.

Y otros *donaires*[7], que a mi gusto no lo eran.

Anónimo, *Lazarillo de Tormes* (Tratado I). Cátedra.

[1] **estaba hecho:** acostumbrado. / [2] **suelo:** base. / [3] **rezumando:** cayendo líquido de él. / [4] **estaba aparejado:** me esperaba. / [5] **me sacó de sentido:** me desmayé. / [6] **holgado:** divertido, burlado. / [7] **donaires:** gracias, chistes ingeniosos.

1.ª fase: estudio del texto

ANÁLISIS DEL CONTENIDO

Comprensión

1. Busca en el diccionario el significado de las siguientes palabras: *agora, gozoso, desatinó, quebró.*
2. Responde a las siguientes preguntas sobre el texto:
   - Explica las argucias de Lázaro para sisarle el vino al ciego.
   - ¿Qué pasa cuando el ciego va a beber de la jarra?
   - ¿Cómo reacciona el ciego cuando descubre la trampa?
   - ¿Cómo se siente Lázaro después del castigo que recibe? ¿Qué conclusión saca del episodio?

Contextualización

3. Indica algunas de las características de la novela picaresca que aparecen en el texto.
4. ¿Qué tipo de personaje representa Lázaro? ¿Qué circunstancias económicas y sociales dieron lugar a la aparición de este personaje?
5. ¿Qué actitudes pretende denunciar el autor del *Lazarillo*?

Tema y estructura

6. Indica cuál es el tema de este fragmento.
7. Observa las tretas de Lázaro y el ciego, y determina en cuántas partes está dividido el texto.
8. ¿Qué intención tiene Lázaro en todo lo que hace? Justifica tu respuesta con algunos ejemplos del texto.
   — Localiza la oración en la que se advierte que Lázaro ya ha aprendido de otros errores y no es tan inocente como cuando empezó a servir al ciego.
9. ¿Cómo son, moralmente, los dos personajes que aparecen en el texto? ¿En qué se diferencian?
10. ¿Cómo piensa el ciego que debe enseñar a Lázaro?

ANÁLISIS DE LA FORMA

Estilo

11. ¿Cómo es el lenguaje que emplea el autor? ¿Predominan los verbos o los sustantivos?
12. ¿Quién es el narrador? ¿A quién le cuenta la historia? ¿Por qué?
13. Localiza los diminutivos que aparecen en el texto y explica su función.
14. ¿Qué idea representa la contraposición de adjetivos en «dulce y amargo jarro»?
15. En el *Lazarillo* predominan el humor y la ironía. Busca algún ejemplo del texto que cumpla estas características.

Opinión crítica

16. ¿Qué opinión te merece el texto? ¿Crees que el autor logra transmitir su visión de la sociedad?
    — Reflexiona sobre la trascendencia de esta obra en el marco de la literatura española.

2.ª fase: redacción del comentario

INTRODUCCIÓN

Comienza el comentario exponiendo, de forma clara y sencilla, cuál es la intención del autor. Para ello, puedes utilizar la información de la actividad 5.

Con la explicación de las peripecias que vive Lázaro al servicio de varios amos, el autor pretende...

DESARROLLO

Indica qué ideas contiene el texto, cómo están ordenadas (tema y estructura) y qué recursos emplea el autor (expresión) para lograr su propósito.

Tema y estructura

- Expón el tema y los subtemas que se desarrollan en el fragmento narrativo (actividad 6). A continuación, explica las partes en que se divide la narración (actividades 7 y 8).
- Relaciona los temas con el momento histórico en que fue escrita la obra y las circunstancias que dieron lugar a escribir un texto de este tipo (actividades 3 y 4).

En la segunda mitad del siglo XVI se produce una serie de cambios sociales y económicos que influyen en la aparición de la novela realista...

Personajes y estilo

- Explica cómo son los personajes que intervienen en la escena y cómo se muestran (actividades 9 y 10).
- Señala los adjetivos con los que el narrador se refiere al ciego y explica qué opinión crees que tiene Lázaro de él. ¿Varía a lo largo del relato?

Lázaro y su primer amo, el ciego, representan la pérdida de valores que el autor de la obra pretende denunciar. Se trata de dos personajes que se rigen por...

- Comenta el lenguaje (actividad 11). Ten en cuenta el realismo con el que reproduce el habla de la clase social a la que representa.
- Indica cómo se muestra la figura del narrador (actividad 12). Explica por qué a veces Lázaro habla de sí mismo en tercera persona.
- Comenta el léxico y la función que cumple el uso de diminutivos y de adjetivos. ¿Qué tono logra el autor con este recurso? ¿Consideras que se trata de un relato divertido? (actividades 13, 14 y 15).

CONCLUSIÓN

- Termina el comentario con tu opinión sobre el texto (actividad 16). Ten en cuenta la importancia de la obra en el momento en el que fue escrita y las repercusiones que tuvo en la sociedad de la época.

FUENTE OVEJUNA

ACTO PRIMERO

Laurencia y Frondoso, labradores del pueblo de Fuente Ovejuna, son dos jóvenes enamorados. Fernán Gómez, el comendador, encarna al personaje antagonista, repudiado por el pueblo porque abusa de su poder para acosar a Laurencia.

Comendador. —No es malo venir siguiendo
un corcillo temeroso,
y topar tan bella gama.
Laurencia. —Aquí descansaba un poco
de haber lavado unos paños.
Y así, al arroyo me torno,
si manda su señoría.
Comendador. —[...] Mas, si otras veces pudiste
huir mi ruego amoroso,
agora no quiere el campo,
amigo secreto y solo;
que tú sola no has de ser
tan soberbia que tu rostro
huyas al señor que tienes,
teniéndome a mí en tan poco. [...]
Laurencia. —[...] Id con Dios, tras vueso corzo;
que a no veros con la cruz,
os tuviera por demonio,
pues tanto me perseguís.
Comendador. —¡Qué estilo tan enfadoso!
Pongo la ballesta en tierra,
y a la práctica de manos
reduzgo **melindres**[1]. [...]
(Sale Frondoso y toma la ballesta.) [...]
Laurencia. —¡Cielos,
ayudadme agora! [...]
Frondoso. —Comendador generoso,
dejad la moza o creed
que de mi agravio y enojo
será blanco vuestro pecho. [...]

ACTO SEGUNDO

Laurencia y Frondoso se casan. El comendador, preso de la rabia, irrumpe en la fiesta.

Comendador. —Estese la boda queda[2],
y no se alborote nadie. [...]
Frondoso. —¡Muerto soy! ¡Cielos, libradme!
Laurencia. —Huye por aquí, Frondoso.
Comendador. —Eso, no. ¡Prendedle, atadle!
Juan Rojo. —Date, muchacho, a prisión.
Frondoso. —Pues ¿quieres tú que me maten?
Juan Rojo. —¿Por qué?
Comendador. —No soy hombre yo
que mato sin culpa a nadie,
que si lo fuera, le hubieran
pasado de parte a parte
esos soldados que traigo.
Llevarle mando a la cárcel,
donde la culpa que tiene
sentencie su mismo padre.

ACTO TERCERO

Harto de los excesos del comendador, el pueblo de Fuente Ovejuna decide matarlo. El juez, enviado por los reyes, tortura a los villanos para que confiesen quién mató a Fernán Gómez, el comendador.

Juez. —Decid la verdad, buen viejo.
Frondoso. —Un viejo, Laurencia mía,
atormentan.
Laurencia. —¡Qué porfía!
Esteban. —Déjenme un poco.
Juez. —Ya os dejo.
Decid, ¿quién mató a Fernando?
Esteban. —Fuente Ovejuna lo hizo. [...]
Juez. —Ese muchacho
aprieta, perro, yo sé
que lo sabes. ¡Di quién fue!
¿Callas? ¡Aprieta, borracho!
Niño. —Fuente Ovejuna, señor. [...]
Frondoso. —¡Que a un niño le den tormento,
y niegue de aquesta suerte!
Laurencia. —¡Bravo pueblo!
Frondoso. —Bravo y fuerte.
Juez. —¡Esa mujer al momento
en ese potro[3] tened!
Dale esa mancuerda luego.
Laurencia. —Ya está de cólera ciego.
Juez. —Que os he de matar, creed,
en ese potro, villanos.
¿Quién mató al comendador?
Pascuala. —Fuente Ovejuna, señor.
Juez. —¡Dale!

Lope de Vega, *Fuente Ovejuna.*

[1] **melindres:** palabras y gestos excesivamente delicados y afectados. / [2] **queda:** quieta. / [3] **potro:** aparato de madera en el cual sentaban a los procesados para obligarles a declarar por medio de la tortura.

1.ª fase: estudio del texto

ANÁLISIS DEL CONTENIDO

Comprensión

1. Busca en el diccionario el significado de estas palabras: *corcillo (corzo), gama, ballesta, mancuerda.*
2. Responde a las siguientes preguntas sobre el texto:
   - ¿Qué medidas toma el comendador tras irrumpir en la celebración de la boda?
   - ¿Cómo intenta cortejar el comendador a Laurencia? ¿De qué manera reacciona esta? ¿Quién sale en ayuda de la campesina y qué hace para defenderla?
   - ¿A qué personajes tortura el juez y de qué manera lo hace? ¿Consigue que los torturados confiesen?

Contextualización

3. ¿Qué conflicto social queda reflejado en esta obra? ¿Crees que responde a la realidad que se vivía en la época?

Tema y estructura

4. ¿Qué dos temas fundamentales se tratan?
5. ¿Por qué crees que el autor escoge a unos personajes concretos para representar la escena de la tortura? ¿Qué enseñanza pretende transmitir?
6. ¿En qué frase se percibe la unidad del pueblo ante las injusticias cometidas?
7. La obra está dividida en tres actos. ¿Responde a las directrices marcadas por Lope para definir la comedia nacional? Localiza en el texto otros elementos propios del nuevo teatro.
8. La obra termina con la declaración de algunos ciudadanos de Fuente Ovejuna frente a los reyes. ¿Piensas que serán declarados inocentes o culpables?
9. Di qué semejanzas encuentras con una de las obras del mismo autor: *Peribáñez y el comendador de Ocaña.*

ANÁLISIS DE LA FORMA

Estilo

10. ¿Qué forma de la lengua literaria se emplea en la obra?
    — Analiza la métrica del fragmento comprendido entre los versos 8 y 15.
11. Di qué diferencias fundamentales encuentras entre el lenguaje empleado por el comendador y el de los villanos. Justifica tus respuestas con ejemplos del texto.
12. ¿Qué metáfora emplea el comendador al principio del fragmento para adular a Laurencia?

Opinión crítica

13. Explica el tema del honor a partir de la obra de Lope.
    — ¿Por qué crees que era tan importante este sentimiento en la sociedad de la época?
14. Imagina que la acción transcurre en la actualidad:
    — ¿Qué clase de cargo podría tener hoy el comendador?
    — ¿Qué tipo de mujer sería Laurencia?
    — ¿Qué colectivo podría representar el pueblo de Fuente Ovejuna?

2.ª fase: redacción del comentario

INTRODUCCIÓN

- Indica de forma sencilla y directa cuál es la intención del autor (actividad 5).

El autor quiere expresar el abuso de poder del comendador y cómo todo el pueblo de Fuente Ovejuna se une ante esta injusticia.

DESARROLLO

Tema y estructura

- Enlaza el primer párrafo del comentario (introducción) con los temas del fragmento y con el modo como se muestran (actividades 3 a 6).

El tema principal del texto es la importancia del mantenimiento de la honra. Otros subtemas son la resistencia del pueblo ante el comportamiento injusto del comendador y la nobleza de los personajes protagonistas más allá de su condición social.

- Relaciona los temas con la contextualización. Comenta aquello que recrea el texto y relaciónalo con los valores de la época y con otras obras del momento, para entender la pretensión del comendador, cómo reacciona el personaje protagonista y cómo lo hacen los demás labradores; también, el género de la obra (actividades 7 a 9).

Estilo

- Empieza por los recursos lingüísticos (el verso, la rima...). Comenta solo aquellos que el autor use para expresar lo que desea con una intención determinada: el lenguaje de los personajes dependiendo de la clase social (actividades 11 a 13).

Los personajes emplean un lenguaje propio de su condición social, lo cual da realismo a la obra y hace que el público se identifique y...

- Incluye en este momento algún comentario sobre la métrica e indica el tipo de estrofa (actividad 10) y si varía en algún momento en las obras teatrales del Barroco.

A pesar de estar escrito en verso, los diálogos intentan reproducir diferentes formas de expresión. Así, el comendador, de clase noble, se sirve, en ocasiones, de metáforas al hablar.

CONCLUSIÓN

- Justifica si el texto consigue transmitir las emociones y la intención del autor, amoldándose al tiempo en que fue escrito (actividad 13).
- Valora la importancia del texto en la actualidad, si el tema conserva la misma vigencia (actividad 14).
- Para acabar, añade, si lo deseas, tu opinión personal.

«HOMBRES NECIOS QUE ACUSÁIS»

Hombres necios que acusáis
a la mujer sin razón,
sin ver que sois la ocasión
de lo mismo que culpáis.

Si con ansia sin igual
solicitáis su desdén,
¿por qué queréis que obren bien
si las incitáis al mal?

Combatís su resistencia
y luego con gravedad
decís que fue liviandad
lo que hizo la diligencia.

Parecer quiere el denuedo
de vuestro parecer loco
al niño que pone el coco
y luego le tiene miedo.

Queréis con presunción necia
hallar a la que buscáis,
para pretendida, Tais,
y en la posesión, Lucrecia.

¿Qué humor puede ser más raro
que el que, falto de consejo,
él mismo empaña el espejo
y siente que no esté claro?

Con el favor y el desdén
tenéis condición igual,
quejándoos, si os tratan mal,
burlándoos, si os quieren bien.

Opinión ninguna gana,
pues la que más se recata,
si no os admite, es ingrata,
y si os admite, es liviana.

Siempre tan necios andáis
que con desigual nivel
a una culpáis por cruel
y a otra por fácil culpáis.

¿Pues cómo ha de estar templada
la que vuestro amor pretende,
si la que es ingrata ofende
y la que es fácil enfada?

Mas entre el enfado y pena
que vuestro gusto refiere,
bien haya la que no os quiere
y quejaos enhorabuena.

Dan vuestras amantes penas
a sus libertades alas
y después de hacerlas malas
las queréis hallar muy buenas.

¿Cuál mayor culpa ha tenido
en una pasión errada:
la que cae de rogada
o el que ruega de caído?

¿O cuál es más de culpar,
aunque cualquiera mal haga:
la que peca por la paga
o el que paga por pecar?

Pues ¿para qué os espantáis
de la culpa que tenéis?
Queredlas cual las hacéis
o hacedlas cual las buscáis.

Dejad de solicitar
y después con más razón
acusaréis la afición
de la que os fuere a rogar.

Bien con muchas armas fundo
que lidia vuestra arrogancia,
pues en promesa e instancia
juntáis diablo, carne y mundo.

Sor Juana Inés de la Cruz, «Hombres necios que acusáis».
Antología Cátedra de Poesía de las Letras Hispánicas,
Cátedra (2011).

1.ª fase: estudio del texto

ANÁLISIS DEL CONTENIDO

Comprensión

1. Consulta en el diccionario el significado que tienen en el texto estas palabras: *necio, desdén, liviandad, diligencia, denuedo, templada.*
2. ¿A quiénes se dirige la autora en el poema?
3. Busca en Internet quiénes fueron Thais y Lucrecia, las mujeres a las que se alude en el poema. ¿Cuál es el tipo de actitud que representa cada una?

Contextualización

4. Señala la época a la que pertenece el poema. Justifica tu respuesta con alguna característica del texto.
5. ¿Quién fue sor Juana Inés de la Cruz y cuáles son las características de su lírica?
6. ¿Qué actitudes critica sor Juana Inés de la Cruz? ¿Cuál es la contradicción o hipocresía que identifica en el comportamiento de los hombres?

Tema y estructura

7. ¿Cuál es el tema del poema? Localiza una estrofa donde se encuentre la idea central.
8. ¿Qué diferentes ejemplos propone la autora para defender su tesis? (Idea secundaria).
9. Identifica los versos donde la autora reclama a los hombres que sean coherentes en su trato con las mujeres.

ANÁLISIS DE LA FORMA

Estilo

10. ¿Qué forma de la lengua literaria se emplea en la obra?
11. ¿Aparece alguna interrogación retórica en el poema? ¿Qué función tiene?
12. La antítesis aparece en el poema como forma para mostrar las contradicciones mencionadas anteriormente. Busca un ejemplo.
13. Busca algún símil que se utilice para describir la actitud de los hombres necios.
14. Elabora el esquema métrico de las estrofas. ¿De qué composición poética se trata?

Opinión crítica

15. Explica la importancia de este texto en la historia de la literatura.
16. ¿Te parece que el tema que propone la autora tiene vigencia en la actualidad?

2.ª fase: redacción del comentario

INTRODUCCIÓN

Comienza explicando, de forma sencilla y directa, qué intenta transmitir la autora en el poema (actividades 2 y 6) y a quién se dirige. Por ejemplo:

El poema constituye una sátira a la hipocresía masculina, puesto que los hombres rechazan tanto a las mujeres que cometen pecado como a aquellas que son recatadas. El poema va dirigido a los hombres...

DESARROLLO

Tema y estructura

— Enlaza el primer párrafo del comentario (introducción) con el tema del poema (actividad 7).

El tema principal del poema de sor Juana Inés de la Cruz es...

— Ejemplifica con los argumentos que se desarrollan en el poema la tesis que defiende la autora (actividades 8 y 9).

En la segunda estrofa la autora ya pregunta por la contradicción que se desarrolla a lo largo del poema...

Estilo

— Explica los recursos lingüísticos más significativos empleados por la autora (actividades 11 a 13).

Aparecen numerosos símiles para ejemplificar la actitud de los hombres hacia las mujeres. La antítesis es la figura que utiliza para expresar formalmente la contradicción...

Además, se emplea la interrogación retórica en...

— Explica de qué tipo de composición se trata y la métrica: verso y tipo de rima (actividad 14):

La composición es una..., compuesta por... La rima es...

CONCLUSIÓN

— Comenta la importancia, la oportunidad y la vigencia del texto en la actualidad (actividades 15 y 16).

Este poema adquiere especial relevancia porque trata el tema de...

En la actualidad...

60 EL TRABAJO CRÍTICO

El **trabajo crítico** de una obra literaria consiste en **analizar los elementos** que forman el texto (argumento, estructura, personajes) para averiguar qué ha querido transmitir el autor. Además, el trabajo **valorará** la importancia histórica y literaria de la obra, así como su vigencia.

Recuerda que antes de proceder a la redacción de un trabajo crítico debes leer la obra con detenimiento y buscar información sobre ella, el autor y la época.

A continuación te ofrecemos el esquema que debes seguir a la hora de llevar a cabo un trabajo crítico:

Contextualización. ¿Quién escribió la obra y cuándo?
Se deben aportar aquellos datos de la época y del autor que sirvan para explicar y comprender mejor la obra.
Argumento. ¿Qué sucede en la obra?
En este punto hay que redactar un resumen, ni demasiado extenso ni tampoco muy breve, del argumento de la obra. Este resumen ha de dar una idea clara de lo que sucede, pero sin entrar en detalles superfluos.
Estructura. ¿Cómo se organizan los hechos?
Se ha de hacer referencia a la estructura formal (partes físicas en las que se divide la obra: capítulos, tratados, escenas, estrofas, etc.) y a la estructura del contenido (organización del texto según la información que contiene).
Personajes. ¿Quiénes intervienen?
En este apartado hay que realizar una caracterización de los personajes principales de la obra, qué problemas característicos de la sociedad encarnan, qué mentalidad de la época reflejan…
Temas. ¿De qué trata la obra?
Las obras tienen, generalmente, un tema principal y varios secundarios, relacionados con este. En este sentido, hay que profundizar en la intención del autor al tratar un tema determinado, ya que esta será la clave para comprender la obra.
Recursos y técnicas. ¿Cómo está escrita?
Aquí hay que analizar las técnicas y recursos literarios empleados por el autor para alcanzar su intención en la obra.
Conclusión y valoración. ¿Qué opinión te merece?
Por último, se debe redactar un texto en el que, a modo de conclusión, se resuman los aspectos generales de la obra: género literario, relevancia histórica, ideas que se defienden, etc. Y también se puede añadir un juicio personal de la obra en el que se valoren sus cualidades artísticas, su capacidad expresiva o la vigencia de su contenido en relación con nuestra sociedad.

/// REFLEXIÓN SOBRE LA LENGUA

- GRAMÁTICA
- ORTOGRAFÍA
- LÉXICO

61 EL SINTAGMA O GRUPO NOMINAL

Descubre más sobre **los sintagmas**

Al hablar y al escribir, las **palabras** se agrupan en unidades superiores llamadas **sintagmas** o **grupos,** y estos a su vez se combinan para formar **oraciones.** Un sintagma es una palabra o un **grupo** de palabras que presenta estos rasgos:

— Se estructura alrededor de un **núcleo** (palabra principal).

Mi mejor **amiga.**

— Forma una unidad; es decir, realiza la función de una **palabra.**

Mi mejor amiga pasea. ⟶ **Sofía** pasea.

— En la oración desempeña una sola **función sintáctica.**

Mi mejor amiga pasea diariamente a su perro.
Sujeto

> El **sintagma** es una palabra o un **grupo** de palabras con una misma **función sintáctica** que se articula en torno a un **núcleo.**

Tipos de sintagma

Según la categoría gramatical a la que pertenezca la palabra que funciona como núcleo, el sintagma o grupo puede ser de diferentes tipos:

- Sintagma nominal (SN): el núcleo es un sustantivo (*su perro fiel*).
- Sintagma verbal (SV): el núcleo es un verbo (*paseaban*).
- Sintagma adjetival (SA): el núcleo es un adjetivo (*muy relajados*).
- Sintagma adverbial (SAdv): el núcleo es un adverbio (*muy cerca*).

Si un sintagma o grupo va precedido de una **preposición,** se convierte en **sintagma** o **grupo preposicional.**

El sintagma o **grupo nominal (SN)** tiene como núcleo un **sustantivo** o un **pronombre,** cuya presencia es **imprescindible,** aunque a veces va acompañado por determinantes y complementos. Puede presentar diversas estructuras:

SN

determinantes	+	**núcleo**	+	**complementos**
artículo, demostrativo, posesivo...		sustantivo, pronombre		adjetivo calificativo, sustantivo o SPrep
↓ su		↓ perro		↓ fiel

ACTIVIDADES

Actividades interactivas

1. Señala el núcleo de cada uno de estos sintagmas y di de qué tipo son:
   - Aquellos maravillosos años.
   - De noche.
   - Acabaremos pronto.
   - Muy especial.
   - Un anuncio interesante.
   - Llegamos tarde.
   - Demasiado lejos.
   - Todas las mañanas.
   - Poco espacio.

EL SUSTANTIVO O NOMBRE 62

Los sustantivos o nombres designan distintas **realidades:** objetos (*libro*), personas (*Bastián*), animales (*tiburón*) o ideas (*pasión*). Vamos a ver su morfología y su función.

¿Cuáles son los **tipos de sustantivos?**

El género

El sustantivo es una palabra variable, pues admite flexión de género y número. Está formado por una **raíz** y unos **afijos** flexivos, de género y número.

El **género** es un rasgo gramatical, según el cual todos los sustantivos en español se dividen en **masculinos** (*libro, dedo*) o **femeninos** (*lengua, mesa*).

En los sustantivos referidos a personas o animales, el género viene determinado por el sexo de estos (*chico/chica*). En el resto, el género es arbitrario (*mesa, mantel*).

Formación del género femenino

- **Sustitución** de los afijos **Ø, -o, -e** por **-a:** *león/leona, niño/niña.*
- Cambio de la **terminación (-esa, -isa, -triz):** *príncipe/princesa, sacerdote/sacerdotisa, actor/actriz.*
- Empleo de una **palabra distinta (heterónimo):** *hombre/mujer, toro/vaca.*
- Mediante el **artículo:** *el o la pianista.*

El número

El **número** es el otro rasgo gramatical del sustantivo que indica si este se refiere a una sola entidad de la realidad, **singular,** o a más de una, **plural.**

El plural se forma a partir del singular siguiendo estas normas:

Desinencia Ø	En sustantivos no agudos acabados en **-s** o en **-x,** no se añade marca de plural y el número está indicado por el artículo: *el análisis / los análisis, el tórax / los tórax.*
Desinencia -s	Sustantivos que terminan en **vocal átona:** *dedo/dedos.*
Desinencia -es	• **Sustantivos agudos** acabados en **-s:** *revés/reveses.* • Sustantivos terminados en **consonante,** excepto *-s*, precedidas por vocal: *ciudad/ciudades, pez/peces…* • Sustantivos acabados en **diptongo tónico:** *rey/reyes, ley/leyes.*

Los sustantivos terminados en vocal tónica *í* o *ú* forman el plural bien con **-s,** bien con **-es:** *rub**ís**/rub**íes**; tab**ús**/tab**úes**.* Algunos, sin embargo, solo aceptan una forma: ***menús, champús.***

Casos especiales de género

- Sustantivos de género **común.** Se trata de sustantivos que designan seres animados y presentan la misma forma para los dos géneros *(periodista).* Por eso, el género lo indicarán un artículo (el/la periodista) o un adjetivo *(pianista alemán / pianista alemana).*
- Sustantivos de género **epiceno.** Tienen una forma única y un solo género, con el que designan el referente de sexo masculino y de sexo femenino. Por ejemplo, *el tiburón* (sustantivo masculino) sirve para referirse al tiburón macho y al tiburón hembra.
- Sustantivos de género **ambiguo.** Admiten indistintamente género masculino y femenino sin variar el significado: *el/la dote, el/la azúcar…*

Casos especiales de número

- **Singularia tántum (*solamente singulares*).** Son sustantivos que solo pueden utilizarse en singular (*oxígeno, justicia, norte*).
- **Pluralia tántum (*solamente plurales*).** Son sustantivos que solo se utilizan en plural (*víveres, gárgaras*).
- El plural en los **cultismos** es muy heterogéneo: pueden ser invariables (*el lapsus/los lapsus*); o bien forman el plural añadiendo -s (*déficit/déficits*) o añadiendo -es (*plus/pluses*).

Función del sustantivo

El sustantivo es el núcleo del SN y puede desempeñar varias funciones dentro de la oración, aunque la más importante es la de **sujeto.**

El pájaro levantó el vuelo.

El sujeto designa la persona, el animal o la cosa (*el pájaro*) de la que se dice algo en el predicado (*levantó el vuelo*).

El método más eficaz para averiguar cuál es el sujeto de una oración es fijarse en la concordancia de número y persona con el núcleo del SV.

El pájaro levant**ó** el vuelo. (pájaro ↓ singular; levantó ↓ singular)

Los pájaros levant**aron** el vuelo. (pájaros ↓ plural; levantaron ↓ plural)

Además de sujeto, el sustantivo puede desempeñar otras funciones, como complementar a otro sustantivo. Puede hacerlo de dos formas:

directamente ↓

En el acuario vimos un pez **payaso.** (Aposición)

mediante una preposición ↓

Me apetece un té **con leche.** (CN)

Precedido de una preposición, el sustantivo puede funcionar como cualquier tipo de complemento verbal (CD, CI, CC…).

> El **sustantivo** es una palabra variable (tiene género y número) que sirve para nombrar seres, objetos o entidades concretas o abstractas, y cuya función principal es la de sujeto.

ACTIVIDADES

1. Completa estas oraciones con un sustantivo del tipo que se indica entre paréntesis:
   - Mañana acabaré el .... . (común)
   - Iremos a visitar a .... . (propio)
   - El .... fue herido. (individual)
   - El .... español ayudó en la reconstrucción del pueblo. (colectivo)
2. Escribe la forma femenina de estos sustantivos: *alcalde, hombre, gallo, emperador, duque, yerno, padrino, sacerdote, zar, poeta, héroe.*

LOS DETERMINANTES

Los determinantes son palabras que suelen acompañar a los **sustantivos precisando** o **limitando** su **significado,** y aportando información de género, número, cantidad...

Tengo **dos** manzanas verdes.
↓
Determinante

Estas son algunas de las características de los determinantes:

— **Preceden** al **sustantivo** al que acompañan:

Estas manzanas están verdes.

— **Concuerdan** en **género** y **número** con el sustantivo:

la manzana / **las** manzanas

— Desempeñan la función de **presentadores** o **cuantificadores** de los sustantivos a los que acompañan:

las manzanas / **tres** manzanas

Los artículos

Son palabras que **siempre funcionan** como **determinantes** y aparecen delante del sustantivo e indican cuál es su género y su número. Existen dos **tipos** de artículos:

— El artículo **determinado** o **definido** acompaña a un sustantivo ya conocido: Me comí la manzana.

— El artículo **indeterminado** o **indefinido** presenta al sustantivo cuando el oyente no conoce el referente concreto del que se trata: Me comeré una manzana.

Entre los artículos definidos existe la forma neutra ***lo***, pero no acompaña a sustantivos, sino que sustantiva a los adjetivos *(lo blanco, lo bello)*, oraciones de relativo *(lo que más me gusta)* o sintagmas preposicionales *(lo de ayer).*

Formas del artículo

Determinado o definido: *el/la, los/las, lo* (neutro).

Indeterminado o indefinido: *un/una, unos/unas.*

ACTIVIDADES

1. Coloca un artículo determinado y otro indeterminado delante de cada uno de estos sustantivos. Recuerda que ante un sustantivo femenino singular que empieza con *a-* o *ha-* tónicas se emplean los artículos masculinos *el* y *un.*

- .... botella
- .... alma
- .... arpa
- .... estudiante
- .... solución
- .... hacha
- .... área
- .... diccionario
- .... aula
- .... armario
- .... instituto
- .... cómic

64 LOS PRONOMBRES

Enclíticos y proclíticos

Los pronombres **enclíticos** son aquellos que se sitúan **después** del verbo y forman una palabra compuesta:

leer**lo** dándo**sela**

Los pronombres **proclíticos** son los que se sitúan **delante** del verbo sin formar una sola palabra:

me río, **te** pago, **se** salió

Conmigo, contigo, consigo

Las palabras *conmigo, contigo, consigo*, tradicionalmente consideradas pronombres, son en realidad el resultado de unir dos palabras (la preposición *con* y los pronombres personales *mí, ti, sí*).

Se escriben en una sola palabra, pero equivalen a dos y desempeñan la misma función que estas. Observa el siguiente ejemplo:

- Voy **contigo.**
- Voy **con vosotros.**

Los **pronombres** son **semánticamente** palabras que **señalan** o **remiten** a personas, cosas o hechos sin nombrarlos.

Sintácticamente, constituyen un **SN** y pueden desempeñar las **funciones** de un **sustantivo.**

Mi vecina trabaja en una librería.
Sujeto → **Ella** trabaja en una librería.
Sujeto

Morfológicamente, los pronombres poseen variación de género, número y persona.

Los pronombres personales

Son palabras que **siempre funcionan** como **pronombre. Señalan** o **remiten** a las personas que intervienen en una conversación (hablante y oyente) o a la persona o cosa de la que se habla.

Fíjate en las palabras destacadas en estas oraciones:

Laura consultó **varios libros** en la biblioteca.
→ **Ella los** consultó en la biblioteca.

Las formas de los pronombres personales son estas:

	1.ª PERSONA	2.ª PERSONA	3.ª PERSONA
Singular	*yo, mí,* ***me***	*tú, ti,* ***te,*** *usted*	*él, ella, ello,* ***le, lo, la, se,*** *sí*
Plural	*nosotros, nosotras,* ***nos***	*vosotros, vosotras,* ***os,*** *ustedes, vos*	*ellos, ellas,* ***les, los, las, se,*** *sí*

Los pronombres personales presentan **formas tónicas** y **formas átonas.** Las átonas aparecen siempre unidas o próximas a una forma verbal (*me avergüenzo, déjanos*). En la tabla anterior, aparecen destacadas en negrita.

ACTIVIDADES

1. Completa en tu cuaderno las oraciones con los pronombres personales que se indican en cada caso.

- .... iremos solos al cine. (1.ª pers.)
- Se lo has dicho .... , no lo niegues. (2.ª pers.)
- ¿.... puedes prestar el diccionario? (1.ª pers.)
- ¿Quiere .... que le acompañe hasta la puerta? (2.ª pers.)
- A .... ya .... hemos avisado. (ambos, 3.ª pers.)
- .... lo he repetido miles de veces. (2.ª pers.)
- ¿No .... has visto al salir de clase? (3.ª pers.)
- .... salí despacio para no ser escuchado (1.ª pers.).

LAS CLASES TRANSVERSALES 65

Los demostrativos, los cuantificadores, los posesivos, los relativos, y los interrogativos y exclamativos muestran **propiedades** de **varias clases de palabras,** por lo que se consideran clases transversales.

Los demostrativos

Los demostrativos indican la distancia que hay entre los interlocutores (hablante y oyente) y la realidad designada por el sustantivo al que acompañan o sustituyen. Fíjate en este ejemplo, donde *aquel* indica la **lejanía** entre el sustantivo *día* y el hablante y el oyente:

Aquel día Bastián decidió esconderse.

Las formas de los demostrativos son:

	Singular			Plural	
	Masculino	**Femenino**	**Neutro**	**Masculino**	**Femenino**
Cercanía	este	esta	esto	estos	estas
Media distancia	ese	esa	eso	esos	esas
Lejanía	aquel	aquella	aquello	aquellos	aquellas

Los cuantificadores

Los cuantificadores son las palabras que indican **cantidad** y **grado.** El sintagma en el que están puede indicar: **cantidad** de individuos (**tres** libros), de materias (**mucha** agua), de eventos (va **poco** a su casa), o **grado** (**muy** resfriado, **algo** resfriado).

Según su significado, se clasifican en:

- **Fuertes** o **universales.** Son los que afectan a todos los elementos de un conjunto (todos, ambos, cada, siempre): **Todos** los alumnos fueron a la excursión.

- **Débiles** o **no universales.** Son los que afectan a una parte de los elementos de un conjunto. La mayor parte de los cuantificadores son débiles porque no afectan a todos los elementos del conjunto: **Muchos** niños fueron a la excursión (no todos los niños fueron).

Algunas de sus caraterísticas son:

— Pueden ir con el verbo haber: Hay **dos** cajas. Hay **muchos** lápices.

— Expresan la parte de un todo: **Algunos de** los niños. **Tres de** los niños.

Se clasifican en: **existenciales** (alguien, alguno...), **evaluativos** (mucho, poco, bastante...), **numerales** (uno, dos, tres...), **comparativos** (más, menos...), y **de distinción** (cualquiera...).

Los posesivos

Los posesivos acompañan al sustantivo, expresando quién es su **poseedor.** Pueden ser determinantes, cuando van delante del sustantivo (***Su mascota; Mi libro)*** y adjetivos, cuando van detrás del sustantivo o en otras posiciones (***Un amigo nuestro; La libreta es suya).***

Los demostrativos pueden ser...

- Determinantes: *Esta casa es muy grande; Aquel libro era entretenido.*
- Pronombre: *Esta es muy grande; Aquel era entretenido.*

¿Cómo se clasifican **los cuantificadores?**

Los cuantificadores pueden ser...

- Determinantes: *Pocas mesas.*
- Pronombres: *Nadie se sienta.*
- Adverbios: *Más cerca.*
- Sustantivos: *Un par de guantes.*
- Adjetivos: *La primera semana.*

Algunos cuantificadores funcionan en una sola clase de palabra. Pero la mayor parte, según el contexto en que se emplean, pueden funcionar en diversas clases de palabras. Fíjate en el ejemplo:

- *Muchos te abandonaron.*
  pronombre
- *Muchos amigos.*
  determinante
- Limpian *mucho.*
  adverbio

Mío, tuyo y *suyo...*

Los posesivos *mío, tuyo* y *suyo* presentan diversas formas:

- Una **forma reducida o apocopada,** si se anteponen al sustantivo: mis libros.
- Una **forma plena,** si se posponen al sustantivo: los viejos libros *míos.*

Los relativos

Los relativos son palabras que hacen referencia a una **palabra anterior** del enunciado. Esta palabra recibe el nombre de **antecedente.** Además, los relativos funcionan como **enlaces.** Fíjate en los ejemplos:

La casa **que** compró. Está en el lugar **donde** lo dejé.

En la primera oración, casa es el antecedente de *que*. En la segunda, lugar es el antecedente de *donde*. Pueden ser:

DETERMINANTES

Se **anteponen** al nombre de lo **poseído,** con el que concuerdan en género y número. Son determinantes relativos: *cuyo* y *cuanto.*

Niños **cuyo** carácter sorprende. Ve a **cuantos** médicos conozcas.

PRONOMBRES

Se refieren a un **sustantivo anterior** sobre el que aportan información. Son pronombres relativos: *que, quien, cuanto,* artículo + *que* o *cual* (*el que, el cual*).

La poca paciencia **que** tienes. El abogado a **quien** contrataste.

ADVERBIOS

Aportan significados de **lugar, tiempo, modo** o **cantidad.** Son adverbios relativos: *donde, cuando, como* y *cuanto.*

El pueblo **donde** nací. La manera **como** camina.

Los interrogativos y exclamativos pueden ser...

- Determinantes: Preguntan algo o muestran sorpresa o emoción sobre el sustantivo al que acompañan. Son determinantes interrogativos y exclamativos: *qué, cuánto... (¿**Qué** hora es? ¡**Cuánto** tiempo sin verte!...).*
- Pronombres: Preguntan o expresan sorpresa o emoción por alguien o algo. Son pronombres interrogativos y exclamativos: qué, quién, cuál... (*¿**Quién** es ella? ¡**Qué** dices!...*).
- Adverbios: Preguntan algo o muestran sorpresa o emoción sobre la acción expresada por el verbo. Son adverbios interrogativos y exclamativos: dónde, cuándo, cómo... (*¿**Dónde vas**? ¡Cómo se ensució!...*).

Los interrogativos y exclamativos

Son palabras que introducen una **pregunta** o una **exclamación** respectivamente. Pueden ser **pronombres, determinantes** o **adverbios.**

ACTIVIDADES

1. Identifica los cuantificadores de estas oraciones e indica de qué tipo son y a qué clase de palabras pertenecen:
   - Hay pocos macarrones.
   - Nadie conoce nuestro secreto.
   - Nos veremos la primera semana de marzo.
   - Estas niñas sonríen mucho.
   - Hoy he merendado tres plátanos.
2. Identifica los demostrativos e indica qué clase de palabras son: determinante o pronombre.
   - Estas castañas están calientes.
   - Me gusta más esa tarta que esta.
   - Aquella chica es muy alta.
   - Ese problema era fácil, pero aquel era difícil.
   - Ese es Manuel.
   - Iremos de vacaciones a esta ciudad.
3. Identifica los posesivos de esta oración. Indica el número de poseedores que expresan y la clase de palabras a la que pertenecen.

   Conoció a mis padres y a un amigo nuestro el día de su cumpleaños.
4. Identifica los relativos de estas oraciones y subraya su antecedente:
   - He perdido el móvil nuevo que compré hace unos días.
   - La camisa estampada que estrenaste ayer es muy original.
   - La casa donde vivo está en el campo.
   - El presentador entregó el premio que los concursantes habían ganado.
   - La manera como camina es muy graciosa.

   — Ahora indica a qué clase de palabras pertenecen.
5. Escribe un diálogo informal donde aparezcan exclamativos e interrogativos.

LOS ADJETIVOS

Los adjetivos son palabras que **modifican** a un **sustantivo** aportando contenidos que se dicen de él. Por tanto, expresan una **tipología, cualidad, propiedad...** del sustantivo al que acompañan y con el que mantienen una relación de **concordancia.**

Las dos **clases** más importantes de adjetivos son los relacionales y los calificativos:

RELACIONALES	CALIFICATIVOS
Especifica la **tipología** del **sustantivo.**	Señalan **cualidades, rasgos** y **propiedades** que se agregan al **sustantivo.**
agua **mineral**	montañas **nevadas**
mineral designa el **tipo** de agua.	***nevadas*** designa un **rasgo** de la *montaña.*

Morfología

El adjetivo presenta flexión de **género** y **número,** como el sustantivo, y además sufijos de **grado** de manera exclusiva. Según el **género,** existen adjetivos de una terminación y de dos terminaciones.

- **Una terminación.** Presentan una única forma para los dos géneros: *chica feliz - chico feliz, chicas felices - chicos felices, toalla suave - pelaje suave.*
- **Dos terminaciones.** Presentan una terminación para cada género: *-o* (o bien Ø) para masculino y *-a* para femenino: *pequeño/pequeña, traidor/traidora.*

El adjetivo concuerda siempre en **número** con el sustantivo al que se refiere y sigue las mismas normas de formación del plural que este:

- **Se añade -s.** Cuando el adjetivo termina en vocal átona: *nuevo/nuevos, rojo/rojos.*
- **Se añade -es.** Cuando el adjetivo termina en consonante o en vocal tónica: *legal/legales, israelí/israelíes.*

Concordancia del adjetivo con varios sustantivos

Cuando un adjetivo califica a dos o más sustantivos coordinados, pueden darse los siguientes casos:

- Si los dos **sustantivos** son **masculinos,** el adjetivo debe aparecer en masculino plural.

Tengo un lápiz y un libro nuevos.

- Si los dos **sustantivos** son **femeninos,** el adjetivo aparece en femenino plural.

Tengo una goma y una regla nuevas.

- Si los sustantivos son de **distinto género,** el adjetivo es masculino plural.

Tengo un lápiz y una goma nuevos.

El grado del adjetivo calificativo

El **grado** es una característica **exclusiva** del **adjetivo calificativo;** indica la **intensidad** con que el adjetivo posee la **cualidad.** Estos son los grados del adjetivo:

GRADO		EJEMPLO	DEFINICIÓN
POSITIVO		Este libro es **interesante.**	Expresa una cualidad sin dar idea de intensidad.
COMPARATIVO DE...	**Superioridad**	Este libro es más **interesante** que el tuyo.	Compara una cualidad que se da en dos elementos.
	Igualdad	Este libro es tan **interesante** como el tuyo.	
	Inferioridad	Este libro es menos **interesante** que el tuyo.	
SUPERLATIVO	**Absoluto**	Este libro es muy **interesante.** Este libro es **interesantísimo.**	Expresa una cualidad en su grado máximo mediante el uso del adverbio *muy* o de los sufijos *-ísimo/a, -érrimo/a.*
	Relativo	Este libro es el más **interesante** de todos.	Expresa la máxima cualidad de algo o alguien dentro de un conjunto (*el más ... de*).

Usos del adjetivo calificativo

Según la posición que ocupa el adjetivo calificativo respecto al sustantivo y la información que nos transmite, podemos distinguir distintos usos:

Explicativos

El adjetivo tiene este uso cuando **no pone restricción** al aplicar la cualidad, sino que afecta a **todos** los seres a los que se refiere el sustantivo.

Las **contentas** jugadoras habían ganado.

El adjetivo **contentas** se refiere a todas las *jugadoras*. Suele ir delante del sustantivo o entre pausas: Las jugadoras**, contentas,** habían ganado.

Cuando el adjetivo expresa una cualidad inherente, propia o natural del sustantivo hablamos del uso **epíteto: Verde** hierba, **olorosos** nardos.

Los adjetivos **verde** y **olorosos** no aportan información relevante a los sustantivos y no alteran el significado.

Especificativos

El adjetivo expresa una **cualidad particular** de ese sustantivo que lo diferencia de los demás de su especie. Es un adjetivo **necesario,** pues sin él la referencia del sustantivo cambiaría.

cabello **rubio,** libro **interesante.**

Los adjetivos **rubio** e **interesante** no se refieren a todos los *cabellos* o *libros*, sino a los *rubios* e *interesantes* respectivamente.

Función

La función sintáctica más característica del adjetivo es **complementar** a un **sustantivo,** ya sea directamente como CN, o a través de un verbo, como atributo o C. predicativo.

La joven excursionista llegó a la cima. (joven → CN de excursionista)

La excursionista estaba **cansada.** (cansada → Atributo de excursionista)

ACTIVIDADES

1. Escribe al menos seis adjetivos que puedan acompañar a cada uno de estos sustantivos:
   - casa: *luminosa...*
   - libro
   - atleta
   - cielo
   - jardín
   - noticia

2. Identifica los adjetivos de estas oraciones y determina si son relacionales o calificativos:
   - Compra una botella de agua mineral.
   - El medicamento aporta resultados increíbles.
   - Mi marido se dedica a la actividad comercial.
   - Mi hermano pequeño tiene los brazos musculosos.
   - Tuve que hacer una llamada en una cabina telefónica.

3. Subraya los sustantivos y rodea los adjetivos de este texto:

   El cuarto era de techo bajo, con un encalado muy viejo y lleno de liquen. Enfrente de la puerta había una ventana chiquita. El lecho de la abuela era de madera oscura, ancho y largo. La cabecera estaba sobre la pared de la izquierda. Sobre la cabecera había un ramo de olivo. La abuela tenía una mecedora junto a la ventana. La mecedora tenía dos cojines muy aplastados; uno, para el respaldo, y el otro, para el asiento.

   R. Sánchez Ferlosio, *Industrias y andanzas de Alfanhuí*. Austral.

   — Indica cuál es el género y el número de los sustantivos.

   — Por último, indica si los adjetivos que aparecen en el texto son de una o de dos terminaciones. Te puede resultar útil comprobar su concordancia con un sustantivo masculino y otro femenino.

4. Identifica los adjetivos calificativos de estas oraciones y determina qué uso tienen en cada caso:
   - Era un paisaje precioso con tan blanca y fría nieve.
   - Las casas, viejas, del pueblo no han resistido el temporal.
   - Han castigado a aquellos chicos traviesos.
   - Las vacas paseaban por la verde y fresca hierba.

5. Indica en qué grado se encuentra cada uno de los adjetivos calificativos que aparecen en estas oraciones:

- La niña estaba asustada por la tormenta.
- El problema al que me enfrento es dificilísimo.
- Hemos obtenido unos resultados satisfactorios.
- Luisa es tan alta como tú.
- El pasado verano fue el más caluroso de los últimos años.
- Hoy estás menos guapo que ayer.
- Un bocadillo es más nutritivo que un bollo industrial.

— A continuación, vuelve a escribir estas oraciones empleando el adjetivo con un grado distinto.

6. Construye oraciones con los adjetivos propuestos en el grado que se indica.

- Adjetivo *sincero* en grado positivo.
- Adjetivo *alto* en grado superlativo relativo.
- Adjetivo *hábil* en grado comparativo de superioridad.
- Adjetivo *feliz* en grado comparativo de igualdad.
- Adjetivo *inteligente* en grado superlativo absoluto.

7. Completa las siguientes oraciones con un adjetivo que concuerde en género y número con los sustantivos subrayados:

- He comprado una silla y un sofá ....
- Vi unos cuadros y unas esculturas ....
- Compró un refresco y unos helados ....
- Me gustan la gastronomía y el paisaje ....
- A Eva le encantan las salsas y las especias ....

8. Lee estas oraciones e identifica las que contienen un error de concordancia:

- Tengo un libro y una libreta nuevas.
- Tengo un lápiz y una goma gastados.
- Tengo una bufanda y una chaqueta rojos.

9. Indica la función sintáctica de los adjetivos en estas oraciones:

- El sonido en aquel lugar era intenso y desagradable.
- Durante el viaje visitaremos lugares preciosos.
- El concierto de su grupo preferido fue espectacular.
- Su hermano pequeño es muy imprudente.
- Sus misteriosas sombras se perdieron a través de la oscura noche.

10. Escribe cuatro oraciones en las que aparezcan adjetivos que complementen a sustantivos, ya sea directamente como CN, o a través de un verbo, como atributo.

11. La diferencia de género en un sustantivo no siempre indica una variación de sexo. Puede indicar también cambio de tamaño, significado distinto, etc. Escribe qué indica el cambio de género en cada caso.

- naranjo / naranja
- libro / libra
- leño / leña
- barco / barca
- el coma / la coma
- el orden / la orden
- el cometa / la cometa
- el editorial / la editorial

— A continuación, escribe una oración con cada pareja de palabras.

12. Completa en tu cuaderno la siguiente tabla. Recuerda que existen algunas formas que no se ajustan a las normas y son irregulares.

Positivo	Comparativo	Superlativo
célebre	....	....
pequeño	menor	....
....	....	máximo
....	menos pobre	....
bueno	....	....

13. ¿Cuál es el grupo musical que más te gusta? Describe a tu grupo favorito utilizando adjetivos especificativos; después, describe a otro grupo que no te guste tanto utilizando adjetivos explicativos.

— A continuación, explica la diferencia entre las dos descripciones.

14. Aplicad la **técnica cooperativa** del *folio giratorio*.

— Vuestro profesor o profesora formará equipos y repartirá a cada uno un folio con una lista con sustantivos.

— Un miembro del equipo escribe un adjetivo que acompaña a uno de los sustantivos; debe señalar si es calificativo (especificativo, explicativo, explicativo epíteto) o relacional, y justificarlo.

— Una vez acabada la tarea, pasa el folio a otro miembro, y así, sucesivamente, hasta acabar con todos los sustantivos de la lista.

EL SINTAGMA O GRUPO VERBAL

El verbo,
algo más que una acción

En toda oración existe una palabra que nos ofrece información acerca de lo que alguien hace, dice, piensa... Es el **verbo.**

Entre todos **organizaremos** (verbo) la excursión a la montaña.

El médico de cabecera me **ha recetado** (verbo) jarabe para la tos.

Morfología

El **verbo** es la clase de palabras que presenta estas características:

— Expresa **acciones** (*correr*), **procesos** (*llover*) o **estados** (*esperar*).

— Constituye el **núcleo** del **SV** y puede aparecer solo o acompañado de complementos.

Los músicos **ensayaban** (**V** (núcleo)) antes del concierto (complemento).

SV = verbo + (complemento del verbo)

— Se compone de una **raíz,** que aporta el significado léxico, y de **afijos** flexivos, que aportan información gramatical sobre persona, número, tiempo, modo y aspecto.

Entre la raíz y los afijos aparece la **vocal temática** que depende de la conjugación a la que pertenece el verbo:

ensay-	**-a-**	**-ba-**	**-n**
↓	↓	↓	↓
raíz	vocal temática ↓ **-a-** 1.ª conj. (am**a**r)	tiempo, modo, aspecto	número y persona

Vocal temática		**Conjugación**
-a-	⟶	1.ª conj. (am**a**r)
-e-	⟶	2.ª conj. (tem**e**r)
-i-	⟶	3.ª conj. (part**i**r)

Los afijos flexivos o desinencias del verbo indican la **persona** y el **número,** el **tiempo,** el **modo** y el **aspecto.**

La persona y el número

El verbo presenta afijos de **persona** para indicar quién es el sujeto de la acción.

El **número** expresa si el sujeto es uno (singular) o varios (plural).

	Persona	NÚMERO Singular	Plural
1.ª	La acción la realiza el hablante o los hablantes.	bail - o	bail - amos
2.ª	La acción la realiza el oyente o los oyentes.	bail - as	bail - áis
3.ª	La acción la realiza alguien distinto al hablante o el oyente.	bail - a	bail - a

Formas no personales

Se llaman así porque **no** presentan el **afijo** flexivo de **persona,** y tampoco expresan tiempo, modo y número. Son tres:

- **Infinitivo:** *cantar, haber cantado*
- **Gerundio:** *cantando, habiendo cantado*
- **Participio:** *cantado*

Regulares e irregulares

Según la manera en que se conjugan, podemos distinguir dos clases de verbos: los regulares y los irregulares.

— Los verbos **regulares** son los que mantienen la misma raíz en todas sus formas y los afijos coinciden con los del verbo modelo de su conjugación: **cant**-*o*, **cant**-*abas*, **cant**-*aremos*, habré **cant**-*ado*...

— Los verbos **irregulares** presentan variaciones en la raíz, y/o sus afijos no coinciden con los del verbo modelo de su conjugación: *soy, fue, seamos...*

El tiempo

El afijo de **tiempo** indica el momento en que sucede la acción expresada por el verbo en relación con el momento en el que se habla: **presente, pasado** o **futuro.** Al final de esta página hay una tabla con todos los tiempos verbales en español (simples y compuestos).

El modo

El **modo** informa sobre la actitud del hablante respecto a la acción.

INDICATIVO
El hablante considera la acción como algo **real** y **objetivo:**
He estudiado durante toda la tarde.

SUBJUNTIVO
El hablante considera la acción como algo **posible** o **deseable:**
A partir de hoy quizá **estudie** por las tardes.

IMPERATIVO
El hablante presenta la acción como una **orden** o **mandato:**
Cristina, **estudia**.

El aspecto

Este afijo verbal informa del **estado** o **desarrollo** de la acción.

ASPECTO PERFECTO (acción terminada)
Indica que el hablante considera **terminada** la **acción** expresada por el verbo:
Cristina **estudió** durante toda la tarde.

ASPECTO IMPERFECTO (acción inacabada)
No indica **el final de la acción** expresada por el verbo:
Cristina **estudiaba** mientras yo **leía** una novela.

Estos son los tiempos que forman el paradigma verbal español:

MODOS	TIEMPOS VERBALES	
	Tiempos simples	Tiempos compuestos
Indicativo	Presente (*amo*)	Pretérito perfecto compuesto (*he amado*)
	Pret. imperfecto (*amaba*)	Pretérito pluscuamperfecto (*había amado*)
	Pret. perf. simple (*amé*)	Pretérito anterior (*hube amado*)
	Futuro simple (*amaré*)	Futuro compuesto (*habré amado*)
	Condicional (*amaría*)	Condicional compuesto (*habría amado*)
Subjuntivo	Presente (*ame*)	Pretérito perfecto compuesto (*haya amado*)
	Pret. imperf. (*amara* o *amase*)	Pretérito pluscuamperfecto (*hubiera o hubiese amado*)
	Futuro simple (*amare*)	Futuro compuesto (*hubiere amado*)
Imperativo	(*Ama, amad*)	

Tiempos simples y compuestos

La conjugación verbal presenta formas simples y formas compuestas. Observa las diferencias:

— Los tiempos **simples** son aquellos que reúnen la información léxica y morfológica en una sola palabra.

Espero tu llamada.

— Los tiempos **compuestos** presentan la información en dos palabras:

He esperado tu llamada.

auxiliar *haber*	participio del verbo conjugado
he	**esperado**
↓ información morfológica	↓ información léxica

Tiempos absolutos y relativos

Según su anclaje temporal, los tiempos pueden ser:

— **Absolutos:** expresan una acción que no depende de otra acción. Son tiempos absolutos el presente, el pretérito perfecto simple, el pretérito perfecto y el futuro simple.

— **Relativos:** expresan una acción que depende o se relaciona con otra acción. Son tiempos relativos el condicional, el pretérito imperfecto y todos los tiempos compuestos (excepto el pretérito perfecto).

En el ejemplo «Cuando llegué, el avión ya había aterrizado», el verbo «llegué» se refiere a una acción anterior al momento del habla, mientras que «había aterrizado» se refiere a una acción pasada anterior a otra también pasada («llegué»).

ACTIVIDADES

Actividades interactivas

1. Distingue en cada una de estas formas verbales la raíz y los afijos de persona, número, tiempo, modo y aspecto:
   - cocin - abas
   - jug - áramos
   - correspond - en
   - le - eremos
   - consum - iste
   - aprend - emos
   - quer - ías
   - mir - aríais

2. Subraya los verbos de estas oraciones y separa la raíz de los afijos flexivos:
   - ¿De dónde llegaba ese avión?
   - Estudiarán toda la tarde.
   - Goberné durante muchos años.
   - Vivían en una casa cerca de la playa.
   - Ayer no te acordaste de mi cumpleaños.

   — Indica qué información gramatical aportan estos afijos.

3. Indica el tiempo, el modo, el número y la persona de cada uno de estos verbos:
   - Aún no han traído la mesa que compraron.
   - A menudo llueve en Bilbao.
   - Permaneceré un mes en la capital francesa.
   - Espero que los abastezcan de víveres cuanto antes.
   - Has llegado muy tarde. El barco zarpó hace un rato.

   — Indica cuál de las oraciones tiene un verbo impersonal. ¿En qué persona se conjuga?

4. El tiempo presente de indicativo a veces expresa diferentes valores: presente habitual, presente histórico, presente futuro, presente imperativo.

   — Fíjate en los verbos subrayados de estas oraciones e indica qué valor de presente expresan:
   - Los viernes salgo a las dos de la tarde.
   - ¡Tú te callas!
   - El próximo lunes voy a una conferencia.
   - Cervantes publica el *Quijote* en 1605.

5. Señala el modo de los verbos subrayados e indica la actitud que muestra el hablante en cada caso.
   - Quizá mañana traigan el paquete postal.
   - Prestadme atención, chicos.
   - He comprado un kilo de naranjas.
   - El lunes nos extraerán sangre.
   - Hoy como en el colegio.
   - Ojalá aprobara el examen de acceso.

6. Los verbos pronominales son los que necesitan de un pronombre personal (*me, te, se*...). Identifica en estas oraciones los verbos pronominales:
   - Me acordé de tu encargo.
   - Busca los pantalones en el armario.
   - Pedro se enorgullece de su vistoria.
   - Esta tarde iremos al cine.
   - Luisa se queja de la comida.

7. Completa en tu cuaderno la siguiente tabla:

	persona	número	tiempo	modo	aspecto	voz
corriges						
predecía						
esperaré						
había leído						
partir						
caminaré						
hubo hecho						

8. Conjuga los verbos que se indican a continuación:
   - Presente de indicativo de *acertar*.
   - Presente de subjuntivo de *reír*.
   - Pretérito perfecto simple de indicativo de *querer*.
   - Pretérito imperfecto de subjuntivo de *traducir*.
   - Futuro de subjuntivo de *tener*.
   - Imperativo de *huir*.

9. Indica a qué conjugaciones pertenecen los verbos: *ha retransmitido, causando, amanece, inunda, ha aplaudido*.

CLASIFICACIÓN DEL VERBO

Los verbos en lengua castellana se pueden clasificar teniendo en cuenta distintos criterios: su significado, su función y su forma. Veámoslo.

SEGÚN EL SIGNIFICADO

COPULATIVOS

Son los verbos *ser*, *estar* y *parecer*. Tienen un **escaso significado léxico** y su función consiste en unir el sujeto y el atributo:

Manuel **parece** tranquilo. *Manuel = tranquilo.*

PREDICATIVOS

Son verbos **con significado propio** que expresan acciones, procesos o estados. Constituyen el núcleo semántico y sintáctico del predicado:

Rosa **come** patatas. *(Comer: 'ingerir alimentos').*

SEGÚN LA FUNCIÓN

AUXILIARES

Son verbos que **no aportan significado** y que siempre se **combinan con otros** en forma no personal para constituir las formas verbales compuestas. Son auxiliares los verbos *haber* (tiempos compuestos), *ser* (voz pasiva), *poder, deber...* (en las perífrasis):

Ya **he** comprado el pan.
forma verbal compuesta

El puente **fue** derribado.
voz pasiva

Deben de ser las diez de la noche.
perífrasis verbal

PLENOS

Son verbos que **conservan todo su significado** y que, por tanto, **no necesitan combinarse con otros verbos.** Desempeñan en la oración la función de núcleo del SV:

Víctor **duerme** plácidamente.

SEGÚN LA FORMA

REGULARES

Siguen el verbo modelo de su conjugación, sin presentar ningún tipo de variación.

Verbos modelo	cant**aré**	tem**í**	part**o**
	↓	↓	↓
Verbos regulares	camin**aré**	beb**í**	recib**o**

IRREGULARES

Presentan variaciones respecto al verbo modelo de su conjugación: en la raíz, en los afijos flexivos o en ambos. En castellano hay muchos verbos irregulares: *estar, tener, ir...*

Verbos modelo	canté	temen	parto
Verbos irregulares	estuve (~~esté~~)	tienen (~~tenen~~)	voy (~~io~~)

ACTIVIDADES

1. Identifica los verbos auxiliares de estas oraciones:

- Las instalaciones fueron desmanteladas.
- Empezaré a explicar la lección cuando hayas vuelto.
- Debían de ser las dos cuando se fue.
- Habían comprado todos los cómics que encontraron.
- Puede que llegue antes.

— Indica qué tipo de forma verbal ayuda a construir estos verbos.

2. Analiza las formas verbales que aparecen en este texto:

> Mira, Platero: el canario de los niños ha amanecido hoy muerto en su jaula de plata. Es verdad que el pobre estaba ya muy viejo... El invierno último, tú te acuerdas bien, lo pasó silencioso, con la cabeza escondida entre el plumón. Y al entrar esta primavera, cuando el sol hacía jardín la estancia abierta y abrían las mejores rosas del patio, él quiso también engalanar la nueva vida, y cantó; pero su voz era quebradiza y asmática como la voz de una flauta cascada.
>
> Juan Ramón Jiménez, *Platero y yo*. Edaf.

69 PERÍFRASIS VERBALES

Las perífrasis son formas verbales complejas que sirven para expresar matices de modo y aspecto que el verbo solo no puede señalar. Observa su estructura:

Voy a estudiar.

- Voy → verbo auxiliar
- a → nexo
- estudiar → forma no personal

Según su significado, las perífrasis se clasifican en modales o tempoaspectuales.

MODALES

Muestran la actitud del hablante ante la acción verbal.

Expresan la **necesidad** o la **obligación** de llevar a cabo la acción:
Debo ir hoy a verlo.

Tener que + infinitivo
Haber de/que + infinitivo
Deber + infinitivo

Presentan la acción como algo **posible** o **probable:**
Viene a costar unos dos euros.

Deber de + infinitivo
Venir a + infinitivo
Poder + infinitivo
Soler + infinitivo

TEMPOASPECTUALES

Especifican el estado en que se encuentra el desarrollo de la acción.

Señalan el **momento previo** al inicio de la acción:
Está a punto de llover.

Ir a + infinitivo
Pasar a + infinitivo
Estar a punto de + infinitivo

Expresan la acción en su **transcurso** o **repetición:**
Lleva leyendo una hora.

Estar + gerundio
Andar + gerundio
Llevar + gerundio
Soler + infinitivo

Presentan la acción en el momento de **comenzar:**
Juan se echó a llorar.

Echar a + inf.
Ponerse a + inf.
Empezar a + inf.

Señalan el **final** o el **resultado** de la acción:
Ha dejado de nevar.

Dejar de + inf.
Tener + participio
Llevar + participio

ACTIVIDADES

1. **Identifica las perífrasis verbales que aparecen en estas oraciones e indica qué valor tienen:**

- Dejó de hablar en cuanto entramos en la habitación.
- El viaje vino a costarnos unos 600 euros.
- No debes tirar los papeles al suelo.
- Sus padres estuvieron a punto de llorar de la emoción al escuchar sus palabras.
- Marcos anduvo preguntando por ti toda la tarde.
- Se puso a aplaudir antes de que acabara la actuación.

2. **Reescribe las siguientes oraciones empleando una perífrasis del tipo que se indica en cada caso:**

- En cinco minutos empezará la película *(previo a la acción).*
- La decoradora pinta las paredes de color rojo *(acción en transcurso).*
- El ladrón corrió cuando vio a la policía *(inicio de la acción).*
- No comeré postre porque soy alérgico a la fresa *(acción posible o probable).*
- Iré al médico porque me duele la espalda *(obligación).*

COMPLEMENTOS DEL VERBO

Pistas para identificar **los complementos del verbo**

El verbo que funciona como núcleo del SV puede ir acompañado por sintagmas.

Los complementos verbales pueden ser:

— **Argumentales.** Su presencia es obligatoria para que el verbo tenga sentido pleno. El CD es un ejemplo: Hemos *conocido* a tu compañera de piso.

— **Adjuntos.** Su presencia es opcional y añaden una información accesoria al predicado. Por ejemplo el CC: Hice deporte en el parque.

COMPLEMENTO DIRECTO (CD)

Se trata de un SN, o de un SPrep que complementa a un verbo que necesita completar su significado. Hay dos formas fundamentales de reconocerlo:

- Puede sustituirse por los pronombres *lo, la, los, las*: Ayer compré pan. → Ayer lo compré.
- Al transformar la oración en pasiva, el CD pasa a ser sujeto: Vi la película. → La película fue vista por mí.

Cuando el CD es de persona, va precedido de la preposición *a*: Vimos a Irene ayer.

COMPLEMENTO INDIRECTO (CI)

Es un SPrep precedido siempre de la preposición *a* que expresa el destinatario, es decir, quién recibe el daño o el provecho de la acción verbal.

Se reconoce porque puede sustituirse por los pronombres *le, les*.

Recomendó reposo al paciente. (al paciente: CI) — Le recomendó reposo. (Le: CI)

COMPLEMENTO CIRCUNSTANCIAL (CC)

Expresa las circunstancias (tiempo, lugar, modo, cantidad, compañía, instrumento, causa, finalidad) en que se realiza la acción verbal. Puede desempeñar esta función un SPrep, un SAv y un SN. Este complemento puede suprimirse o cambiar de sitio en la oración.

Esta mañana hemos llegado a Madrid tranquilamente. (Esta mañana: CCTiempo; a Madrid: CCLugar; tranquilamente: CCModo)

COMPLEMENTO DE RÉGIMEN (CR)

Algunos verbos (*acostumbrarse a, acordarse de, atreverse a, confiar en…*) son preposicionales porque van acompañados de una preposición para tener sentido y exigen un complemento para completar su significado. Siempre es un SPrep.

El éxito dependerá de su trabajo. (de su trabajo: CR)

COMPLEMENTO AGENTE (AG)

Indica quién realiza la acción en las oraciones pasivas. Está introducido por la preposición *por*. Al transformar una oración activa en pasiva, el sujeto se convierte en Ag, y el CD en sujeto.

Los ingenieros diseñaron los puentes. (Los ingenieros: Sujeto; los puentes: CD)

Los puentes fueron diseñados por los ingenieros. (Los puentes: Sujeto; por los ingenieros: Ag)

ATRIBUTO (ATR)

No es propiamente un complemento verbal porque no complementa al verbo, sino que indica cualidades del sujeto. Acompaña únicamente a verbos copulativos. Desempeña esta función un SN o un SA, pero puede ser cualquier otro tipo de sintagma que actúe como un sustantivo o un adjetivo. Concuerda con el sujeto y puede sustituirse por el pronombre *lo*.

Las ballenas son mamíferos acuáticos. (Las ballenas: Sujeto; mamíferos acuáticos: Atr) — Las ballenas lo son. (lo: Atr)

En el predicado nominal pueden aparecer también **complementos circunstanciales.**

PREDICATIVO (PVO)

Al igual que el atributo, no es propiamente un complemento verbal porque no complementa al verbo, sino que indica cualidades del sujeto o del CD. Acompaña a verbos predicativos. Habitualmente es un SN o un SA que concuerda en género y número con el sujeto o con el CD. A diferencia del atributo, no puede sustituirse por *lo*.

El corredor llegó agotado a la meta. (El corredor: Sujeto ⟷ agotado: Pvo) — Nombraron a mi hermana delegada. (hermana: CD ⟷ delegada: Pvo)

ACTIVIDADES

Actividades interactivas

1. **Completa las oraciones con un complemento. A continuación, especifica si se trata de un CD o de un CR.**
   - Los alumnos de tercero organizarán ....
   - La dueña del restaurante preparó ....
   - Nunca se queja de ....
   - Me alegro mucho de ....
   - En la fiesta cantaron ....
   - No te arrepientas de ....

   — ¿Qué verbos de las oraciones anteriores son transitivos? ¿Por qué?

2. **Escribe oraciones en las que aparezcan los siguientes complementos verbales:**
   - CD + CI
   - CR + CCModo
   - Atr + CCTiempo
   - Pvo + CCLugar

3. **Indica la función sintáctica de los sintagmas subrayados.**
   - He vendido <u>muy económicos</u> <u>mis libros viejos</u>.
   - <u>En aquel paraje</u> fluye <u>clara</u> el agua del río.
   - La orquesta del pueblo ha tocado <u>muy bien</u> <u>esa canción</u>.
   - Nuestro profesor confía <u>en nosotros</u> <u>a todas horas</u>.
   - Ayer entregó <u>la carta</u> el portero <u>al vecino de arriba</u>.
   - Aquellas sillas de madera parecen <u>muy incómodas</u>.
   - Este verano visitaré <u>muy ilusionada</u> <u>la ciudad de Roma</u>.

4. **Localiza los complementos verbales que aparecen en estas oraciones e indica de qué tipo son en cada caso:**
   - Cogí estas flores blancas en el jardín.
   - El árbol ha sido derribado esta mañana por un rayo.
   - El equipo local sigue invicto.
   - Tienes que repartir las hojas de inscripción a todos los participantes.
   - El delantero celebró eufórico los goles del partido.
   - Detesto la hipocresía de algunas personas.
   - Los padres se preocupan por el futuro de sus hijos.
   - ¿Te acuerdas de nuestro viaje de fin de curso?
   - Las carreteras están llenas durante el mes de agosto.
   - El acuerdo de paz fue ratificado ayer por los dirigentes de todos los países.

5. **Indica de qué tipo son los complementos verbales que aparecen subrayados en estas oraciones:**
   - Se ha retransmitido <u>en directo.</u>
   - Amanece <u>en el escenario del Lope de Vega.</u>
   - Las jirafas avanzan <u>lentas</u> junto a las elegantes gacelas.
   - Tras la aparición de los deportistas al estadio, el público ha aplaudido <u>emocionado.</u>

6. **Completa este mapa mental sobre verbos que siempre aparecen acompañados por un complemento de régimen (CR):**

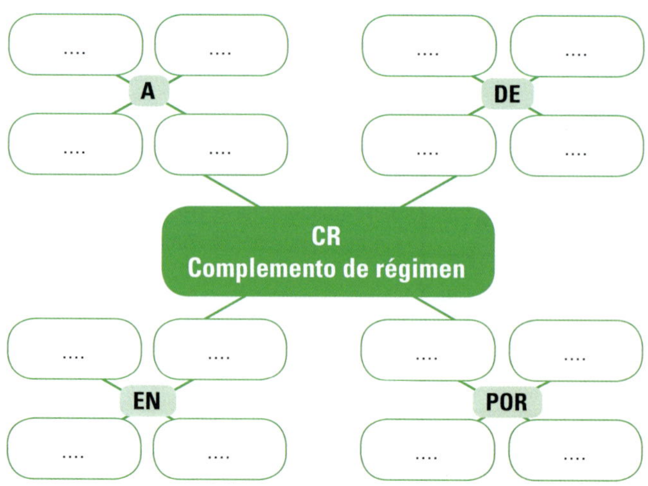

EL ADVERBIO

A diferencia de otras clases de palabras, el **adverbio** y los **elementos de relación** (preposiciones y conjunciones) no tienen **variación morfológica** (género y número).

El **adverbio** expresa las circunstancias (modo, lugar, tiempo, cantidad...) en que se desarrollan los hechos.

Me interesó **mucho** el reportaje que emitieron **ayer**.
Av Av

Sintácticamente, el adverbio modifica a un adjetivo (CA), a un verbo (CC), a otro adverbio (CAv) o a una oración (**Probablemente**, subirán las temperaturas).

Es **demasiado** lento. (CA) — Siempre llega **tarde**. (CC) — Ahí se come **muy** bien. (CAv)

Los adverbios se clasifican según su significado:

	ADVERBIOS	EJEMPLOS
Lugar	aquí, allí, arriba, lejos, dentro...	La biblioteca está lejos.
Tiempo	ayer, ahora, todavía...	Todavía no ha llegado el avión.
Modo	bien, mal, así...	Creo que no has actuado correctamente.
Cantidad	poco, mucho, demasiado...	Este regalo es demasiado caro.
Afirmación	sí, también, ciertamente...	Mi hermana también estudia Medicina.
Negación	no, nada, tampoco, nunca, jamás...	A mí tampoco me han invitado.
Duda	acaso, quizá, probablemente...	Quizá hoy podamos ir contigo.
Aspecto	ya, todavía, aún...	Todavía vive allí.

¿Qué **circunstancias** expresa?

Locuciones adverbiales

Son expresiones formadas por dos o más palabras que equivalen a un adverbio (*por encima, a menudo, a ciegas, ni más ni menos, desde luego, tal vez...*):

Viene a visitarnos **de vez en cuando.**
locución adverbial

ACTIVIDADES

1. **Localiza los adverbios y locuciones adverbiales. Después, clasifícalos según su significado.**

- Mañana no vendré por mucho que insistas.
- La caja que buscabas ayer está arriba.
- Aquí ya no vive nadie.
- Siempre habla a destiempo.
- Vamos a ensayar solo de vez en cuando.
- No lo estás haciendo muy bien.

2. **Indica cuál es la función sintáctica de los adverbios subrayados.**

- Solo sabe jugar al tenis, y muy bien, por cierto.
- Siempre camina rápidamente, sin mirar atrás.
- ¡Ojalá llueva hoy!

3. **Completa las oraciones con una locución adverbial.**

- Está lloviendo .... Ahora no podemos salir de casa.
- Suele hacer las cosas .... y, después, siempre tiene problemas.
- Hizo la maleta .... para llegar a tiempo al aeropuerto.
- Estaba durmiendo tan tranquila, y .... empezó a gritar.

4. **Algunos adverbios de cantidad coinciden en su forma con pronombres y determinantes. Distínguelos en estas oraciones:**

- Bastantes vinieron por la tarde a recoger sus notas.
- Tu última propuesta me interesa mucho.
- Con tanto trabajo no entiendo cómo puede salir tanto.
- El endocrinólogo le ha dicho que come demasiado pan.
- Casi todos llegamos puntuales a clase, menos unos pocos.

72 PREPOSICIONES Y CONJUNCIONES

Conoce más sobre estos **elementos de relación**

Son elementos de **relación,** y su función es relacionar palabras, sintagmas u oraciones.

	PREPOSICIÓN	CONJUNCIÓN
FORMA	Son palabras **invariables,** puesto que no admiten afijos de género y número.	
TIPO	**Preposiciones.** Están formadas por una sola palabra: *a, ante, bajo, cabe, con, contra, de, desde, durante, en, entre, hacia, hasta, mediante, para, por, según, sin, so, sobre, tras, versus, vía.* **Locuciones prepositivas.** Están formadas por más de una palabra: *encima de, junto a, gracias a, por culpa de...* Equivalen a una preposición.	**Conjunciones.** Pueden ser simples (*y*) o compuestas (*porque*). **Locuciones conjuntivas.** Están formadas por más de una palabra y equivalen a una conjunción: *a fin de que, si bien...*
FUNCIÓN	**Relacionan** palabras o **sintagmas** dentro de una oración, de modo que uno de los elementos pasa a ser complemento del otro. Café **de** Brasil.	Además de palabras y sintagmas, relacionan también **oraciones.** En función del tipo de oración que unen se clasifican en: **coordinantes** y **subordinantes.** Julio estudia e Isabel lee un libro. → (coordinante) Llamé para que no te olvides de mí. → (subordinante)

ACTIVIDADES

Actividades interactivas

1. Las palabras de estas oraciones están desordenadas. Ordénalas, utilizando correctamente los elementos de relación subrayados.
   - No bien muy iré al teatro no me encuentro porque.
   - Irene domingo Ramón y se casaron el.
   - Se pero apuntó al se presentó no concurso.
   - Si tema hablas sobre este prudente con Pedro, sé.
   - Hemos llegado desde Vigo hasta por este lugar ti.

2. Subraya las preposiciones y rodea las conjunciones de estas oraciones:
   - ¿Vienes con nosotros o te quedas en casa?
   - Podrás comprar las entradas para mañana si vas temprano.
   - Ayer estudié varias horas, mas el examen no ha sido fácil.
   - Saldremos hacia las seis si no llueve durante la noche.
   - Regresó desde París en tren y se dirigió hacia su hotel.

3. Completa con preposiciones o locuciones prepositivas.
   - Actuamos en todo momento .... las normas vigentes.
   - Cuenta .... nosotros .... la mudanza.
   - Tu profesor se hace pasar .... despistado.
   - Encontrarás .... María .... el despacho.
   - Daban vueltas .... parar .... la mesa.

4. Completa con conjunciones o locuciones conjuntivas, e indica de qué clase de palabra se trata en cada caso.
   - Ponte el abrigo .... no te resfríes.
   - Carlos .... Inés llegaron juntos, ... salieron por separado.
   - .... te aburres puedes leer un rato .... ver una película.
   - Llueve a cántaros, ... tendremos que posponer la excursión.
   - El avión aterrizó .... había mucha niebla.
   - Podrás salir por la tarde .... acabes las tareas.

5. Es incorrecto utilizar la preposición *de* delante de la conjunción *que* cuando no es necesaria desde el punto de vista sintáctico. Esta incorrección se denomina **dequeísmo**.

   Para averiguar si debes escribirla o no, sustituye la oración introducida por *que* por un sintagma nominal. Así, comprobarás si permanece o no la preposición. Fíjate:

   Espero ~~de~~ que llames. → Espero tu llamada.

   Habló de que irían de viaje. → Habló de sus vacaciones.

   — Indica si en estas oraciones se produce o no dequeísmo. Corrígelas, cuando sea necesario.
   - Me di cuenta de que no decía toda la verdad.
   - Comentaron de que podríamos reunirnos mañana.
   - Me pidió de que le acompañara al examen.
   - Estaba seguro de que podría confiar en ti.

EL ENUNCIADO Y LA ORACIÓN

Para comunicarnos necesitamos transmitir mensajes con sentido completo. A estos mensajes los llamamos enunciados.

Un **enunciado** es el mensaje mínimo, la unidad de comunicación. Tiene valor comunicativo, autonomía sintáctica y entonación propia.

Fíjate en los siguientes enunciados:

- **Nuestro equipo logró una buena clasificación en la liga.**
- **¡Magnífico!**

Podemos decir que los dos enunciados anteriores presentan las siguientes **características:**

- **Poseen valor comunicativo,** es decir, transmiten un mensaje con significado completo.
- Presentan **autonomía sintáctica,** esto es, no necesitan formar parte de una unidad sintáctica mayor.
- Poseen **entonación propia,** que viene dada por las pausas que los delimitan. En la lengua escrita, las pausas se marcan con los signos de puntuación, y en la lengua oral, por una entonación concreta según la intención del hablante.

Los enunciados se clasifican en:

— Los que poseen sujeto y predicado (oración):

Nuestro equipo (Sujeto) logró una buena clasificación en la liga. (Predicado)

— Los que no poseen una estructura de sujeto y predicado:

¡Magnífico!

La oración es la unidad gramatical en que se une un sujeto y un predicado. El sujeto es típicamente un SN, el predicado contiene generalmente un verbo en forma personal. Entre ellos se establece una relación de concordancia en número y persona.

ACTIVIDADES

1. Clasifica estos enunciados según sean oraciones o no. Subraya en las oraciones el verbo en forma personal.
   - Llueve.
   - Desde siempre esquía con gran soltura.
   - Cuidado con ese escalón tan alto.
   - Las noches festivas del fin de semana.
   - ¿De dónde vienes a estas horas?

2. Transforma en oraciones los titulares periodísticos que aparecen a continuación:
   - Gran concierto solidario en Madrid.
   - Nuevas evidencias de un enorme océano en Marte.
   - Posibles olimpiadas en una ciudad europea.
   - Avance espectacular en la lucha contra el sida.
   - Todos los resultados de los partidos del fin de semana.

74 CONSTITUYENTES DE LA ORACIÓN

Descubre los **tipos de sujeto** con esta infografía

¿Cuál es el sujeto?

El sujeto siempre es un SN que concuerda con el verbo de la oración; por lo tanto:

- Un SPrep nunca puede ser sujeto.

  A mí me asustan las tormentas.
  ~~Sujeto~~

- Un pronombre átono tampoco puede ser sujeto.

  A mí **me** asustan las tormentas.
  ~~Sujeto~~

En esta oración, el único SN que concuerda con el verbo y puede realizar función de sujeto es el SN *las tormentas*.

A mí me asustan **las tormentas.**
Sujeto

El núcleo de la oración

El verbo puede considerarse el núcleo gramatical de la oración. Observa que un verbo por sí solo puede formar oración; en cambio, un sustantivo no puede.

Ven.
Oración [sujeto: tú]

La razón principal es que el verbo es una clase que lleva implícita información sobre la persona que realiza la acción:

llev-amos [1.ª pers. pl.]

corr-éis [2.ª pers. pl.]

llam-a [3.ª pers. sing.]

Por eso, en español es frecuente que el sujeto no aparezca explícitamente, sino que esté implícito (sujeto tácito):

Llegaron a las nueve. **[Ellos]**

Llamé a tu primo. **[Yo]**

La oración está formada por **dos constituyentes inmediatos.** Fíjate en este ejemplo:

Sintagma o grupo nominal (SN)		Sintagma o grupo verbal (SV)
Las jugadoras del equipo (núcleo: jugadoras)	+	**celebraron entusiasmadas la victoria.** (núcleo: celebraron)
SUJETO		**PREDICADO**

Los dos constituyentes que forman la oración son el SN Sujeto y el SV Predicado.

En este caso, el SN (Las jugadoras del equipo) y el SV (celebraron entusiasmadas la victoria) serían los constituyentes inmediatos de la oración que forman.

El sujeto

El **sujeto** es la parte de la oración que expresa la entidad (persona, animal, objeto, lugar...) de la que se dice algo en la oración.

La **capitana** del equipo marcó el último gol del partido.
Sujeto

Presenta las siguientes características:

— Siempre es un **SN.** El SN es un sintagma o grupo de palabras que tiene como núcleo un sustantivo o un equivalente, como un pronombre o una palabra sustantivada.

Ellas compiten cada fin de semana. (Pronombre) **Entrenar** me cansa. (Palabra sustantivada: Infinitivo)

— Gramaticalmente, el SN que desempeña la función de sujeto se caracteriza por **concordar** en persona y número con el verbo.

Me emociona (singular) el triunfo de mi equipo (singular). Me emocionan (plural) los triunfos de mi equipo (plural).

En ocasiones, encontramos oraciones en las que el sujeto no está pero puede deducirse a partir del verbo; en ese caso, hablamos de **sujeto tácito.**

[Nosotras] ⟶ Entrenamos cada día durante dos horas.
Sujeto tácito

El predicado

El predicado es la parte que **nunca puede faltar** en una oración: es aquello que se dice del sujeto. Expresa una **acción,** un proceso o un estado.

Esta función siempre la desempeña un SV que tiene como **núcleo** un **verbo.**

La capitana del equipo **marcó el último gol del partido.**
(núcleo: marcó)

Debemos recordar que el verbo puede ir solo o acompañado de complementos:

La capitana del equipo **entrenó** (núcleo) **sin descanso** (CCModo). Las jugadoras **celebraron** (núcleo) **la victoria** (CD).

Reconocimiento del sujeto y del predicado

¿Qué oraciones no tienen **sujeto?**

El sujeto y el predicado de una oración deben mantener una **relación de concordancia.** Sigue los pasos que te indicamos a continuación para reconocerlos:

1. Localiza el sujeto de la oración:

El científico analiza las muestras.
sujeto

2. Cambia el número del sujeto (del singular al plural, o del plural al singular):

El científico analiza las muestras. (singular) **Los científicos** analizan las muestras. (plural)

Observa que, al cambiar el número del sujeto (*Los científicos*), también otras palabras de la oración sufren variaciones (*analizan*).

3. De este modo, puedes comprobar que si cambiamos el número del sujeto (SN) necesariamente cambia el verbo, que es el núcleo del predicado (SV).

Los **científicos** (SN Sujeto) **analizan** las muestras. (SV Predicado)

Existen algunos casos especiales de concordancia entre sujeto y predicado.

- Cuando aparece un **sujeto compuesto o múltiple,** el verbo concuerda en plural: *La cigüeña y la golondrina son aves migratorias. / El plato, el tenedor y la servilleta están mal colocados.*
- Si el sujeto está integrado por un **sustantivo colectivo en singular,** el verbo concordará en singular: *El grupo de músicos* ***interpretó*** *una canción.*
- Cuando el sujeto está formado por diferentes personas gramaticales, predomina la 1.ª persona sobre las demás, y la 2.ª persona sobre la 3.ª persona: *Tú y yo* ***iremos*** *juntos. / Él y tú* ***iréis*** *juntos.*

Oraciones impersonales

Una oración se compone de dos constituyentes básicos: sujeto y predicado. Sin embargo, existen algunas oraciones en las que **no aparece** ningún tipo de **sujeto,** ni expreso ni tácito (sobrentendido), puesto que no podemos deducirlo a partir del verbo. Son las **oraciones impersonales.**

Pueden ser de diversos tipos:

METEOROLÓGICAS

Se forman con verbos que designan **fenómenos meteorológicos:** *nevar, llover, tronar, amanecer, anochecer...*

Ha **nevado** durante toda la noche.

Amanecerá a las 6:07 de la mañana.

GRAMATICALIZADAS

Se trata de **estructuras gramaticales** con los verbos *haber, hacer* o *ser* en 3.ª persona singular y sin sujeto gramatical.

No **hay** posibilidades.

Hace un día espléndido.

Es muy tarde.

OCASIONALES O EVENTUALES

Son oraciones que generalmente se construyen con verbos en 3.ª pers. pl. porque se **desconoce** o no interesa el **agente de la acción.**

Dicen que perderá las elecciones.

Comentan que volverá pronto.

Llaman a la puerta.

CON *SE*

La partícula *se* (sin función sintáctica) **antepuesta** al **verbo** lo convierte en impersonal. Solo se puede conjugar en 3.ª persona del singular.

Se lee poco en España.

¿**Se** va por aquí a Zaragoza?

ACTIVIDADES

Actividades interactivas

1. Escribe en tu cuaderno un sujeto que concuerde con cada uno de estos predicados:
   - .... ignoráis la preocupación de su padre.
   - Me encantan ....
   - .... crearemos un taller literario este año.
   - .... nunca te crees lo que te cuento.

2. Ahora, añade un predicado a estos sujetos. No olvides tener en cuenta la concordancia.
   - Vosotros ....
   - El vecino del quinto ....
   - El flamante ganador del torneo ....
   - El ayuntamiento, la torre y la catedral ....
   - Las calles del centro de la ciudad ....

3. Escribe cinco oraciones en las que el sujeto sea tácito, es decir, en las que el sujeto no aparezca.
   — En las oraciones que acabas de escribir, ¿la ausencia del sujeto indica una actitud objetiva o subjetiva del emisor? Justifica tu respuesta.

4. Señala, en cada oración, el núcleo del sujeto y el núcleo del predicado. A continuación, cambia el número del verbo y efectúa las modificaciones necesarias para que se establezca concordancia.
   - Dos alumnas llegaron tarde a clase.
   - Me entusiasman las películas de acción.
   - Nosotros pagaremos vuestras deudas.
   - Mi amigo vive muy cerca de vuestro barrio.
   - Ayer fotocopié todos los apuntes de la asignatura.
   - Tú no llegarás a tiempo al aeropuerto por ese camino.
   - Por las tardes se sienta junto a la puerta de su casa.

5. Subraya el sujeto y el predicado de estas oraciones:
   - Juan es un hombre de ciudad.
   - Aquella selva era para él lo más parecido al paraíso.
   - Se encontraba muy cerca de la frontera con Portugal.
   - El todoterreno cruzó el río sin problema alguno.

6. Identifica el sujeto de estas oraciones y analízalo. Señala cuál es el núcleo y los complementos que recibe.
   - Mañana vendrán a comer los amigos de mi hijo.
   - Mi mochila grande y negra se ha extraviado.
   - El lunes llegaron los regalos de los abuelos.
   - Me prestó la revista tu compañera de clase.
   - El huésped de la habitación vecina es extranjero.
   - Esa lámpara la compró mi hermana pequeña hace años.

7. Separa las oraciones que forman el siguiente texto e identifica el sujeto y el predicado de cada una de ellas:

> Una débil claridad aparece en las altas vidrieras de la catedral. Es la hora del alba. A esta hora baja el obispo a la catedral. El palacio del obispo está unido a la catedral por un pasadizo [...]. La catedral está casi a oscuras. Resuenan unos pasos. Chirría el quicio de una reja.
>
> José Martínez Ruiz «Azorín», *Don Juan*. Espasa Calpe.

8. Indica cuáles de las siguientes oraciones son impersonales:
   - ¿Te han dado un golpe en la cara?
   - La lluvia arrastró el lodo de las calles.
   - En esta empresa se trabaja a destajo.
   - En la otra parte del planeta ya debe de ser de noche.
   - Había mucha gente en la puerta del cine.
   - Quedan algunos zumos de fruta en el frigorífico.

9. Indica de qué tipo son cada una de las siguientes oraciones impersonales:
   - En verano amanece más temprano.
   - Se vive muy bien en las islas Canarias.
   - Hubo varios espectáculos a lo largo del día.
   - Ha llovido sin descanso toda la noche.
   - Es demasiado peligroso.
   - Se disfrutó mucho durante las fiestas del pueblo.

CLASIFICACIÓN DE LAS ORACIONES

A la hora de analizar y clasificar una oración, debes tener en cuenta tres aspectos: la **naturaleza del predicado,** la **actitud del hablante** y cuál es su **complejidad.**

Según la naturaleza del predicado

Atendiendo a la naturaleza del verbo (copulativo, predicativo...) y del predicado, las oraciones se clasifican en **copulativas, transitivas** e **intransitivas.**

COPULATIVAS O ATRIBUTIVAS

Formadas por un **predicado nominal,** cuyo núcleo sintáctico es un **verbo copulativo** (*ser, estar* o *parecer*), que aparece acompañado por un **atributo:**

Mi hermana **es** **veterinaria**. Aquellos niños **parecen** **hambrientos**.
(es = VCop, veterinaria = Atr; Predicado nominal) (parecen = VCop, hambrientos = Atr; Predicado nominal)

— El **verbo copulativo** tiene un escaso significado léxico y actúa como elemento de **unión** entre el **atributo** y el **sujeto.**

Aquellos niños **parecen** hambrientos.
(Aquellos niños = Sujeto; parecen = VCop; hambrientos = Atr)

— El **atributo** es el complemento verbal y aporta el significado **léxico** del predicado. Se caracteriza por complementar al sujeto y **concuerda** en género y número con el **sujeto** de la oración, si es un adjetivo.

Reconocimiento del atributo

- Puede ser cualquier tipo de sintagma que acompañe a un verbo copulativo (SN, SA, SPrep, SAv):

  Eduardo es **de Toledo**.
  (de Toledo = SPrp/Atr)

- Concuerda en género y número con el sujeto de la oración **si es un adjetivo:**

  Eduardo es **simpático**.
  (Eduardo = masc. sing.; simpático = masc. sing.)

- Se puede sustituir por el pronombre *lo:*

  Eduardo **lo** es.

TRANSITIVAS

El verbo va acompañado de un **CD** que completa la información aportada por este. A veces, este CD está **implícito.**

Ayer **tuve** **un sueño inquietante.**

INTRANSITIVAS

El verbo no va acompañado de CD, pero sí pueden aparecer otros complementos a veces exigidos por el verbo.

Mi sobrino **duerme.**

Sin que cambie la naturaleza del verbo, se pueden expresar los contenidos oracionales con diversas **estructuras sintácticas** en **construcciones gramaticales** diferentes.

Atendiendo a este criterio, las oraciones pueden ser:

ACTIVAS

El sujeto es el **agente** de la acción o proceso expresado por el verbo.

El tribunal absolvió al acusado.
(El tribunal = Sujeto = Agente)

PASIVAS

El sujeto es el **paciente** de la acción o proceso expresado por el verbo. Pueden ser:

- **Perifrásticas.** El sujeto es paciente y aparece un complemento agente (Ag) que realiza la acción expresada por el verbo.

  El acusado fue absuelto **por el tribunal**.
  (El acusado = Sujeto; por el tribunal = Ag)

- **Reflejas.** Presentan esta estructura: partícula *se* + verbo en voz activa + sujeto:

  Se han edificado **varias casas adosadas.**
  (varias casas adosadas = Sujeto)

REFLEXIVAS

El sujeto realiza y recibe a la vez la acción del verbo:

Él **se** afeita frente al espejo.
(se = CD)

RECÍPROCAS

Existen dos o más sujetos que realizan y reciben la acción del verbo:

Paula y su amiga **se** escriben con frecuencia.
(se = CD)

¿Cómo expresamos **nuestra actitud?**

Clases de oraciones interrogativas

Las oraciones interrogativas pueden ser:

Totales. La respuesta solo puede ser sí o no: ¿Habéis ido al cine?

Parciales. Preguntan sobre un elemento concreto de la oración. Para ello llevan partículas interrogativas (*qué, quién, cuánto*...): ¿Quién ha ido al cine esta semana?

Directas. Aparecen entre signos de interrogación y tienen una entonación característica: ¿A qué hora iréis al cine el sábado?

Indirectas. No llevan signos de interrogación y dependen de verbos del habla (*decir, preguntar*...): Natalia me ha preguntado quién iba a ir al cine.

Las interjecciones

Las interjecciones son una clase de palabras invariables y se emplean para expresar impresiones, sentimientos..., o para llamar la atención del interlocutor.

Desde el punto de vista de su significado, se pueden clasificar en dos grupos:

- **Interjecciones apelativas.** Están orientadas hacia el oyente: ¡hola!, ¡adiós!, ¡ey!, ¡eh!, ¡venga!... Al igual que las oraciones exhortativas, apelan al interlocutor para que haga o deje de hacer algo.
- **Interjecciones expresivas.** Al igual que las oraciones exclamativas, manifiestan diferentes emociones y sentimientos del hablante: ¡bah!, ¡oh!, ¡uf!, ¡uy!...

Según la actitud del hablante

Teniendo en cuenta la actitud que muestra el hablante al emitir el mensaje, las oraciones se clasifican en:

Declarativas

Informan objetivamente de algo, por eso suelen construirse en modo indicativo. Pueden ser:

Afirmativas. Informan sobre un hecho afirmándolo: He preparado una tarta de queso.

Negativas. Informan sobre un hecho negándolo: Hoy no he ido al instituto.

Interrogativas

Preguntan sobre algo que se ignora y esperan una respuesta del interlocutor.

¿Quién conoce a mi amiga Laura?

Me ha preguntado si conozco a su amiga Laura.

Exclamativas

Expresan distintas **emociones y sentimientos** del hablante (alegría, tristeza, dolor...). Tienen una entonación intensa y en la escritura van entre signos de exclamación:

¡Eres el mejor! ¡Qué simpático es ese chico!

Exhortativas

Expresan un mandato, una **prohibición** o un **ruego.** Suelen usar el modo imperativo:

Escuchen la noticia con atención.

Guardad silencio, por favor.

Desiderativas

Expresan un deseo y suelen llevar marcas como *ojalá, que, así*...:

¡Que te vaya bien el examen!

Ojalá lleguemos a tiempo para el partido.

Dubitativas o de posibilidad

Expresan duda o posibilidad. Suelen llevar adverbios o locuciones adverbiales (*quizá, acaso, a lo mejor*...):

Quizá vayamos a patinar esta tarde.

Tal vez conozcas la solución a este problema.

Según su complejidad

Las oraciones pueden clasificarse según su complejidad, es decir, en función de si contienen un solo predicado (oraciones simples) o varios (oraciones compuestas):

- **Simples.** Tienen **un solo verbo,** por tanto, presentan **un único SV Predicado:** Sofía habla dos idiomas.
- **Compuestas.** Poseen **dos o más verbos,** de modo que los predicados se combinan entre sí para formar una **unidad mayor.** Las oraciones compuestas pueden ser **coordinadas, subordinadas** o **yuxtapuestas.**

¿**Vamos** al cine o **jugamos** a las cartas? *(coordinada)*
Marina me **dijo** que le **encantaba** su trabajo. *(subordinada)*
Unos días **llueve,** otros **brilla** un sol reluciente. *(yuxtapuesta)*

ACTIVIDADES

1. **Escribe una oración simple con cada uno de estos verbos e indica a continuación si el predicado es nominal o verbal:**

   - Comía
   - Parecía
   - Conduciremos
   - Estaban
   - Soñaba
   - Habremos sido

2. **Indica si estas oraciones son copulativas, transitivas o intransitivas:**

   - El primer plato estaba frío.
   - Su segundo hijo nació ayer.
   - Tu discusión con Ernesto fue innecesaria.
   - Los pájaros sobrevuelan tu casa.

3. **Fíjate en el ejemplo e indica de qué tipo son estas oraciones según la naturaleza del predicado:**

   - Esta noche he descansado mejor: *intransitiva.*
   - Sus palabras fueron conmovedoras.
   - Se cortó el dedo con un cuchillo esta mañana.
   - El ladrón fue perseguido por los turistas.
   - Julia y Roberto se cartean habitualmente tras el verano.
   - El fontanero comprobó el estado de las tuberías.
   - Se construyeron las casas a las afueras del pueblo.
   - Los días de otoño suelen ser tristes y grises.

   — Analiza el predicado e indica su núcleo y los complementos que recibe.

4. **Transforma las siguientes oraciones activas en pasivas. Realiza todas las modificaciones necesarias.**

   - El director presentó al nuevo gerente ayer.
   - Todos contemplaron el magnífico espectáculo.
   - El administrador convocará una reunión el lunes.
   - Los diputados han aprobado una nueva ley.
   - Alejandra dirigió una película sobre la inmigración.

5. **Indica a qué modalidad oracional pertenece cada una de estas oraciones:**

   - Aquella chica debe de ser la nueva profesora de Biología.
   - Recógelo todo antes de irte.
   - ¡Ojalá me inviten a su fiesta de cumpleaños!
   - ¿Han llegado los pedidos de esta semana?
   - ¡Nos ha tocado la lotería de Navidad!
   - Probablemente mi abuelo sea mayor que el tuyo.
   - Aquella higuera centenaria que está en el patio no ha dado frutos este año.

6. **Transforma las oraciones de la actividad anterior de forma que cambie su modalidad.**

7. **Separa las oraciones que forman este texto e indica a qué modalidad pertenecen, según la actitud del hablante:**

   > El viajero se lava en el zaguán, en una palangana colocada en una silla de enea. Un niño llora sin demasiadas ganas. Las gallinas empiezan a recogerse. Un perro escuálido husmea los pies del viajero. [...]
   >
   > El viajero habla con la mujer del parador.
   >
   > —¿Cómo se llama este parador?
   >
   > —No tiene nombre. Mi madre se llama Marcelina García.
   >
   > El viajero no se desanima.
   >
   > —¡Buen castillo tienen ustedes ahí!
   >
   > La mujer mira a los ojos del viajero.
   >
   > —Sí, es muy antiguo.
   >
   > Camilo José Cela, *Viaje a la Alcarria.* Austral.

8. **No debes confundir una oración pasiva refleja con una oración impersonal con *se*. Ambas se construyen con la partícula *se*, que sirve para ocultar al agente de la acción verbal.**

   Las oraciones impersonales con *se* carecen de sujeto, mientras que las pasivas reflejas presentan un sujeto explícito. Fíjate en estas dos oraciones:

Se curó a los heridos.	*Se curan las heridas.*
CD	Sujeto
Impersonal con *se*	Pasiva refleja

   Distingue cuáles de estas oraciones son impersonales y cuáles se han construido con la pasiva refleja:

   - Se compran muebles viejos.
   - Se come muy bien en este restaurante.
   - Se vende piso con cuatro habitaciones, piscina comunitaria y trastero.
   - Se ayudó a los soldados a regresar a sus casas tras el ataque.
   - Se despidió a todos los trabajadores de la empresa.
   - Se solicita ayuda económica para las personas afectadas por las inundaciones de la semana pasada.

9. Trabajad los tipos de oraciones mediante la **técnica cooperativa** del *Juego de las palabras.*

   — El profesor o profesora anotará en la pizarra el nombre de varios tipos de oraciones que se hayan trabajado (por ejemplo: oración impersonal, oración intransitiva, oración imperativa...).

   — Por grupos, escribid un ejemplo de cada uno de los tipos de oraciones que estén anotadas y, entre todos, corregidlas y ampliadlas de modo que el resultado final sea fruto de la participación de todos los miembros del grupo.

   — Poned en común las oraciones que haya propuesto cada grupo, para poder realizar una síntesis del tema.

76 LA ORACIÓN COMPUESTA

¿Qué relación existe entre **las oraciones?**

Recordemos las características que debe presentar un enunciado para que pueda ser considerado una oración. Fíjate en la siguiente oración simple:

El caballo **galopa** en el campo.
N V
Sujeto | Predicado
Oración simple

→

- **Unidad de sentido** (es decir, transmitir un mensaje con significado completo).
- Estructura de **sujeto** y **predicado.**

Sin embargo, para poder expresar determinadas ideas, a menudo utilizamos oraciones más complejas, en las que aparecen relacionados **varios predicados.** Fíjate en este ejemplo de **oración compuesta:**

El caballo **galopa** en el campo **y** los pájaros **vuelan** entre los árboles.
V conj V
Sujeto | Predicado 1 | Sujeto | Predicado 2
Oración | E | Oración
Oración compuesta

Esta oración es **compuesta** y presenta las siguientes características:

- Posee varios verbos en forma personal: *galopa* y *vuelan*.
- Está formada por dos **grupos** u **oraciones,** es decir, dos estructuras oracionales que constan de sujeto y predicado.
- Presenta un enlace (E) que une las dos estructuras; en este caso, la conjunción copulativa *y*.

En las oraciones compuestas, las oraciones simples que las forman pueden mantener una relación de **igualdad** o de **dependencia.** Se clasifican de la siguiente manera:

Oraciones con relación de igualdad

Veamos, a partir del ejemplo anterior, las características que sirven para reconocer este tipo de oraciones:

El caballo galopa en el campo **y** los pájaros vuelan entre los árboles.
Oración | Oración

— **Ninguna** de las oraciones **depende** sintácticamente de la otra.

— Si separamos las dos oraciones que forman la oración compuesta, estas tienen **autonomía sintáctica,** esto es, pueden funcionar como oraciones simples.

Sujeto | Predicado | Sujeto | Predicado
El caballo | galopa en el campo. | Los pájaros | vuelan entre los árboles.
Oración | Oración

¿Qué tipo de palabras pueden ser **enlaces**?

— Están unidas por un **enlace coordinante** (la conjunción **y**), que tiene como función **unir** las dos **oraciones**.

Cuando la relación entre las oraciones es de **igualdad,** hablamos de **coordinación.**

Oraciones con relación de dependencia

Fíjate ahora en la siguiente oración compuesta:

Los pájaros vuelan entre los árboles **que** están en el monte.
Oración — R — Oración subordinada

Una de las oraciones (denominada **subordinada**) depende de la otra, y además cumple una función **sintáctica** dentro de esta.

Oración ⟶ Los pájaros vuelan entre los árboles.
CN
Oración **subordinada** ⟶ están en el monte.

En este caso, la oración subordinada complementa a la palabra *árboles* y desempeña la función de CN.

La **oración subordinada** no puede funcionar como oración simple porque carece de **sentido completo.**

Predicado
Oración **subordinada** ⟶ **que** están en el monte.
R

Van **unidas** por un **nexo subordinante** (R); en este caso, el pronombre relativo **que.**

Cuando la relación entre las oraciones es de **dependencia,** hablamos de **subordinación.**

ACTIVIDADES

1. Subraya los verbos que aparecen en estas oraciones. Indica, después, si se trata de oraciones simples o compuestas.
   - A aquellas chicas les gusta la música clásica.
   - Entrenaré cuando tenga tiempo.
   - Me prometiste que esta tarde iríamos al circo.
   - La calle donde viven mis abuelos es muy tranquila.
   - Mi vecino me pidió que le prestara mi cámara de fotos.
   - He comprado entradas para el cine, pero no las he traído.
   - Marcos trabaja como fotógrafo para un periódico de tirada nacional.

2. Une estas parejas de oraciones simples para formar oraciones compuestas. Señala el enlace.
   a) Iré a tu casa después de clase.
   Te prestaré los apuntes de Historia.
   b) Marina habla cinco idiomas.
   Es políglota.
   c) ¿Irás al gimnasio por la tarde?
   ¿Saldrás con la bicicleta?
   d) Me encanta este programa.
   Ponen demasiados anuncios publicitarios.

3. Completa el texto con los enlaces que faltan.

   Durante una fracción de segundo, Emilio consideró la idea de contárselo todo a su madre, hablarle de la carta, de la desconocida .... de sus extrañas teorías acerca de la muerte de Matías, ... finalmente decidió no hacerlo, ... solo conseguiría alarmarla. Teresa, por su parte, interpretó la expresión dubitativa de su hijo como una muestra de tristeza. Sabía del gran cariño que Emilio sentía por su abuelo, ... lo mucho que su muerte le había afectado. De hecho, durante los últimos días le había visto trajinando entre las cosas de Matías.

   César Mallorquí, *La puerta de Agartha.* edebé.

4. Subraya los verbos que aparecen en estas oraciones compuestas y señala las palabras que sirven de unión entre las oraciones que las forman. Indica si la relación que se establece entre ellas es de igualdad o de dependencia.
   - Ponte el abrigo y coge la bufanda de lana.
   - No me gusta que andes despistado.
   - ¿Vienes a mi casa o quedamos en la puerta del instituto?
   - Ayer fui a la peluquería que han abierto en tu calle.
   - No te conozco, pero he oído hablar de ti muchas veces.

77 LAS ORACIONES COORDINADAS

Dos oraciones pueden mantener entre sí dos tipos de relación: de igualdad o **coordinación** y de dependencia.

A continuación vamos a tratar la relación de coordinación. Fíjate en estos ejemplos:

Salimos a las seis **y** **llegamos** a Toledo una hora después.

Oración coordinada | E | Oración coordinada

Aquí **hace** buen tiempo, **pero** en mi pueblo **llueve** con frecuencia.

Oración coordinada | E | Oración coordinada

El sábado Ana y yo **iremos** al teatro **o** **cenaremos** con unos amigos.

Oración coordinada | E | Oración coordinada

Las tres oraciones están compuestas por oraciones simples que se encuentran en un **mismo nivel sintáctico,** es decir, **no dependen** la una de la otra. Además, si se separan, son independientes y con sentido. Por eso decimos que las dos **oraciones** están **coordinadas.**

Sin embargo, en función del **enlace** que las une, la **relación semántica** entre las dos oraciones es **distinta.**

Vamos a ver, a continuación, los **enlaces coordinantes** y los distintos tipos de **oraciones coordinadas.**

Los enlaces coordinantes

Los enlaces son palabras o expresiones que sirven para relacionar entre sí estructuras lingüísticas. Las conjunciones (*y, e, o...*) son la clase de palabras que realizan la función de enlace.

Los enlaces coordinantes pueden unir, **sintagmas, palabras** u **oraciones.** En todos los casos, el requisito primordial es que los elementos que se unen sean equivalentes: de la misma clase de palabras, con la misma función sintáctica...

Fíjate en los enlaces que aparecen destacados en estas oraciones:

En vacaciones visitaré un país de Europa **o** un país de América.
CD CD
CD

Candela **y** María viajaron a un país exótico.
Sustantivo Sustantivo
Sujeto

Queríamos viajar a Asia **pero** fuimos a África.
Oración Oración
Oración compuesta

Conjunciones coordinantes

Según el *Glosario de términos gramaticales* (GTG), en las oraciones coordinadas, la conjunción coordinante funciona como un relacionante que introduce la segunda oración y **forma,** pues, **parte de ella:**

Juan canta **y** María baila.
R
Oración Oración

TIPOS DE COORDINACIÓN 78

Según el **enlace** que las une y la **relación** que se establece entre ellas, las oraciones coordinadas pueden ser **copulativas, disyuntivas** y **adversativas.**

¿Vemos más ejemplos de **oraciones coordinadas**?

COPULATIVAS

Las oraciones que la forman **suman** sus significados.

Abrió el periódico **y** se puso a leer las noticias.
Oración 1 E Oración 2
Oración compuesta por coordinación copulativa

No tuvo miedo **ni** se puso nervioso.
Oración 1 E Oración 2
Oración compuesta por coordinación copulativa

Enlaces	*y, e, ni*

DISYUNTIVAS

Las oraciones se unen expresando **acciones alternativas** que no pueden darse al mismo tiempo, ya que son **excluyentes,** es decir, no pueden cumplirse a la vez.

¿Vienes con nosotros **o** te quedas en casa?
Oración 1 E Oración 2
Oración compuesta por coordinación disyuntiva

Contratamos a alguien **o bien** aceptamos menos encargos.
Oración 1 E Oración 2
Oración compuesta por coordinación disyuntiva

Enlaces	*o, u, o bien*

ADVERSATIVAS

Una de las oraciones indica **oposición** o **dificultad** para el cumplimiento de la otra. Pueden ser de dos tipos: **parciales** y **totales**.

Parciales. Una oración **limita** el significado de la otra, sin ser incompatibles.

Te llamé, **pero** no cogiste el teléfono.
Oración 1 E Oración 2
O. compuesta por coordinación adversativa

Era un hombre rico **mas** nunca fue feliz.
Oración 1 E Oración 2
O. compuesta por coordinación adversativa

Enlaces	*pero, mas*

Totales. Una oración (negativa) **excluye** el significado de la otra (positiva).

No es mi hermano, **sino** mi primo.
Oración 1 E Oración 2
O. compuesta por coordinación adversativa

No compraron, **sino que** alquilaron.
Oración 1 E Oración 2
O. compuesta por coordinación adversativa

Enlaces	*sino, sino que*

Conjunciones disyuntivas compuestas o dobles

Este tipo de conjunciones, denominadas a veces **distributivas,** indican alternancia. Presentan los elementos coordinados como **alternativas** que se plantean. Se usan, sobre todo, en contextos formales: *bien... bien..., ya... ya..., ora... ora..., sea... sea..., etc.*

Vendrá, **sea** hoy, **sea** mañana.

Tradicionalmente, estas conjunciones en oraciones coordinadas daban lugar a las oraciones coordinadas distributivas. En la actualidad, se consideran un subtipo de las disyuntivas.

Las oraciones yuxtapuestas

Las oraciones compuestas por yuxtaposición están formadas por **dos** o **más oraciones** que **carecen de nexo explícito.** Van separadas por pausas en la lengua oral y por **signos de puntuación** en la lengua escrita.

Hay mucho tráfico; llegaremos tarde a la reunión.
Oración 1 — Oración 2
Oración yuxtapuesta

Desde el punto de vista del **significado,** en este tipo de oración compuesta se establecen relaciones de coordinación y, a veces, con vínculos de tipo causal, consecutivo... Esta relación se hace evidente si se explicita el nexo que se ha omitido. Fíjate:

Oración yuxtapuesta
Félix prepara la cena ; Belén pone la mesa.
↓
Félix prepara la cena y Belén pone la mesa.
coordinación copulativa

Oración yuxtapuesta
Aquel alumno está muy contento ; ha aprobado todas las asignaturas.
↓
Aquel alumno está muy contento porque ha aprobado todas las asignaturas.
con vínculo de tipo causal

En el primer caso, el punto y coma equivaldría a un nexo copulativo, podría ser *y*, que convertiría la oración en una compuesta por coordinación copulativa.

En cambio, en el segundo caso, el punto y coma oculta la relación causal que existe entre las dos oraciones, y que quedaría evidenciada si el nexo causal (*porque*) apareciera explícito.

Estas oraciones yuxtapuestas van separadas por coma, por punto y coma o por dos puntos.

Conectores discursivos

Las expresiones *es decir, esto es, o sea, por tanto, sin embargo, por consiguiente, en cambio*... **no se consideran nexos** o enlaces entre oraciones sino **conectores discursivos.** En el caso de que aparezcan en una oración que no contenga ningún nexo o enlace, esta será una oración compuesta por **yuxtaposición.**

Tenía dolor de cabeza, sin embargo, bailó durante todo el espectáculo.

ACTIVIDADES

1. Lee con atención las siguientes oraciones compuestas:

- ¿Llegas ahora o te vas?
- Regresó a casa temprano e hizo los deberes.
- He llamado a tu casa, pero nadie ha contestado.
- Tiene muchos amigos; sin embargo, recibe poca ayuda.
- Los profesores corrigen los exámenes y los alumnos están en el recreo.

— Ahora, indica en cada caso:

a) Las oraciones simples que las forman.

b) El sujeto de cada oración.

c) Los núcleos de los predicados.

d) El enlace que une las dos oraciones.

2. Indica si las conjunciones subrayadas unen palabras u oraciones.

- Padres <u>e</u> hijos juegan juntos en la plaza.
- No me gustan <u>ni</u> el queso <u>ni</u> las espinacas.
- Iría al cine contigo, <u>pero</u> no tengo dinero.
- Lucía ordena la habitación <u>e</u> Isabel estudia en el salón.
- Alberto, el profesor de Tecnología, es exigente <u>y</u> benévolo con sus alumnos.
- No veranea en el mar, <u>sino</u> en la montaña.

3. Escribe una oración con cada uno de los siguientes enlaces coordinantes. Después, indica de qué tipo es cada una de ellas.

- sino
- ni... ni
- sino que
- y
- pero
- mas

4. **Subraya los enlaces coordinantes que aparecen en estas oraciones e indica de qué tipo son:**

- Entró en su despacho e hizo varias llamadas.
- ¿Prefieres carne o pescado?
- No quiero un trozo de bizcocho, sino un helado de chocolate con nata.
- Id a comprar y volved pronto.
- ¿Preparamos unos bocadillos o encargamos una *pizza*?
- Ese bebé tenía otitis, pero no tuvo fiebre.
- No llamó por teléfono ni dejó ningún mensaje en el contestador.
- Mis amigos del instituto hacen deporte cada día, pero yo estudio a diario.

5. **Escribe un enlace entre estas oraciones coordinadas e indica qué tipo de relación se establece entre ellas:**

- Te acompañaría a la biblioteca, ... no tengo tiempo.
- Ha venido Pablo .... te ha traído los apuntes.
- Os habéis esforzado mucho .... no habéis conseguido nada.
- ¿Pones la mesa .... sacas la basura a la calle?
- El jarrón de cerámica china no lo rompió el niño pequeño, ... su padre.
- Aquel chico no es mi hermano, ... mi primo.
- .... está contenta .... triste; nunca muestra sus sentimientos.

6. **A partir de estas oraciones simples, forma oraciones compuestas por coordinación del tipo que se indica:**

- Copulativa: *Luis estudia…*
- Disyuntiva: *¿Vienes…*
- Adversativa: *Me gustaría viajar a Nueva York…*

7. **Relaciona cada pareja de oraciones con conectores adversativos.**

a) Debían hacer un reportaje sobre un tema de actualidad. Redactarán una crónica sobre algún evento ocurrido en el pasado mes.
b) Vivía un momento brillante en su vida profesional. Su vida personal no iba demasiado bien.
c) Óscar quería volver a su país para ver a su familia. Le daba miedo encontrarse con una situación desfavorable.
d) Tratamos asuntos personales en las reuniones de trabajo. Resolvemos temas laborales en las cenas de empresa.

8. **Redacta un texto en el que aparezcan:**

- Dos oraciones compuestas por coordinación copulativa.
- Una oración compuesta por coordinación adversativa.
- Una oración compuesta por coordinación disyuntiva.

9. **Identifica y clasifica las oraciones compuestas por coordinación que aparecen en este texto:**

> Una tras otra, las comadres salieron de la casa. La señorita Dubois fue la última. Antes de bajar las escaleras de la entrada, sin embargo, se volvió de nuevo hacia Isabelle y la miró a los ojos.
>
> —Es usted una mujer extraña, ¿lo sabía?
>
> Isabelle no dijo nada, pero sostuvo su mirada sin pestañear, y la anciana se preguntó cómo podían irradiar tanta fuerza los ojos de una mujer de cuerpo tan frágil y delicado.
>
> —Cuídese —concluyó la señorita Dubois—, y no haga tonterías.
>
> Tampoco esta vez respondió Isabelle, pero asintió. La señorita Dubois se unió a sus compañeras, y las cinco abandonaron el jardín de la mansión Grisard presas de un extraño abatimiento. Ninguna de ellas volvió a hablar hasta que torcieron por el recodo y la casa ya no fue visible a sus espaldas.
>
> —Está loca —dijo por fin la señora Bonnard, rompiendo el silencio.
>
> Laura Gallego, *La hija de la noche*. edebé.

10. **Aplicad en esta actividad la técnica cooperativa del *rompecabezas*.**

— Dividid la clase en grupos de tres miembros.
— Elegid cada uno un tipo de oración coordinada, y con la ayuda del profesor o profesora, preparadla a fondo (1. Copulativas; 2. Disyuntivas; 3. Adversativas)
— Reuníos los miembros de cada equipo que compartís el mismo contenido, y poned en común vuestros conocimientos hasta convertiros en «expertos» del mismo.
— Finalmente, regresad cada uno a vuestro equipo y explicad al resto el tipo de oración que habéis preparado, y sobre la cual os habéis convertido en «expertos».

Actividades interactivas

ACTIVIDADES

11. Identifica estas oraciones según sean compuestas por coordinación o por yuxtaposición:

- Eduardo prepara pasteles y su mujer los vende.
- Raquel está satisfecha; ha encontrado un buen trabajo.
- Aquel chico no era francés, sino era alemán.
- Lloraron de alegría y se abrazaron efusivamente.
- ¿Hacemos un puzle o vemos un rato la televisión?
- ¿Me envías el paquete por correo o voy a recogerlo?
- Él solo se ha metido en un buen lío; él solo tendrá que solucionarlo.
- Sigue recto; gira a la derecha; has llegado a tu destino.

12. Inventa oraciones compuestas a partir de estos sujetos. Debe haber casos de coordinación y de yuxtaposición.

- Las farolas de mi calle...
- El cirujano del hospital...
- Nuestros amigos extranjeros...
- Las malas compañías...
- El equipo de fútbol de nuestro barrio...
- Aquel banco del parque...

13. Indica qué tipo de relación (de coordinación, de causalidad o de consecuencia) se establece entre las oraciones simples que forman estas oraciones yuxtapuestas:

- Pablo cocina el bizcocho, Marina monta la nata.
- Habría comprado flores; no llevaba dinero.
- No me gusta este; prefiero aquel.
- Miguel traerá el coche; tú se lo pediste.
- Iré a verte; daremos un paseo; tomaremos un helado.
- Es muy aplicada; aprobará sin dificultad.
- Los coches no frenaron; continuaron la carrera.

14. Escribe una oración del tipo que se indica en cada caso.

- Una oración compuesta por coordinación copulativa formada por dos oraciones simples.
- Una oración compuesta por coordinación adversativa formada por dos oraciones unidas por una conjunción.
- Una oración compuesta por yuxtaposición formada por cuatro oraciones.
- Una oración compuesta por coordinación disyuntiva formada por dos oraciones.

15. La conjunción *y* se convierte en *e* delante de *i* y de *hi*. De la misma manera, la conjunción *o* se transforma en *u* delante de *o* y de *ho*.

— Completa con la conjunción (*y, e, o, u*) que convenga:

- .... está muy lejos .... Óscar se ha equivocado.
- Irene .... Isabel tienen que convalidar .... homologar los títulos de sus estudios en el extranjero.
- El Quijote fue el caballero .... hidalgo más famoso de la historia.
- No sabía distinguir si era niebla .... humo, ... Iván paró el coche en el arcén.

16. Cuando suprimimos intencionadamente nexos o enlaces en una oración, empleamos un recurso lingüístico denominado **asíndeton.** Por el contrario, la repetición de estos recibe el nombre de **polisíndeton.**

— Justifica en cuáles de estos casos hay asíndeton, y en cuáles, polisíndeton:

- El caballo corre, salta, galopa.
- Ni me gusta, ni lo quiero, ni lo compro.
- El tren se acerca, pita, se detiene.
- Había un bosque y una casa y un jardín.
- La ciudad se volcaba rota, parda, blanca.

17. Escribe estas oraciones yuxtapuestas e inserta en ellas el conector discursivo más adecuado:

por tanto - es decir - por consiguiente - en cambio

- Juana se quedó en casa, estaba enferma.
- Tienes fiebre; hoy no irás a trabajar.
- Hoy ha hecho un día espléndido; ayer estuvo lloviendo.
- Los trabajadores se negaron a colaborar; les abrieron un expediente.
- Eres mi amigo, siempre podrás contar conmigo.

LAS ORACIONES SUBORDINADAS

La subordinación es la relación gramatical que se establece entre las oraciones que forman una oración compuesta, en la cual una de ellas **depende** de la otra, a la que **complementa** o **modifica**.

Las oraciones subordinadas se clasifican en: subordinada sustantiva, subordinada de relativo y subordinada adverbial.

¿Lo vemos en un **vídeo?**

Oraciones subordinadas sustantivas

Son las oraciones subordinadas que, desde un punto de vista funcional, desempeñan las **funciones características** de los **sustantivos** o de los **sintagmas nominales** (SN). Se pueden sustituir por pronombres u otros SN.

Me disgustó **que llegaras tarde.**
Oración subordinada / Sujeto
↓
Me disgustó **tu retraso.**
predicado — sustantivo (SN) / Sujeto

Para introducir oraciones subordinadas sustantivas, se usa de forma habitual la conjunción *que*, aunque también puede utilizarse la conjunción *si*.

Estos elementos realizan una sola función: la de **relacionante** de la oración subordinada.

Antonio me comentó **que** el plazo acababa esta semana.
R — O. subordinada
Oración compuesta por subordinación sustantiva

Me preguntó **si** sabía la hora de la reunión.
R — O. subordinada
Oración compuesta por subordinación sustantiva

Las oraciones subordinadas sustantivas se **clasifican** por su forma y su significado en:

Declarativas: Expresan un juicio afirmando o negando algún estado de cosas:

Deseaban **que estuviera allí.**

Interrogativas indirectas: Reproducen preguntas o alguna incógnita relativa a personas, cosas, lugares…:

Me preguntó **si se había casado.**

Exclamativas indirectas: Reproducen una reacción emotiva ante personas, situaciones, cosas…:

Nos sorprendió **cómo vivía.**

¿Conjunción *que* o el pronombre relativo *que*?

No debes confundir la **conjunción *que*** de las oraciones subordinadas sustantivas con el **pronombre relativo *que*** de las subordinadas de relativo.

Pronombre relativo *que*

- Puede sustituirse por *el cual, la cual, los cuales, las cuales.*
- Aparece, generalmente, detrás de un sustantivo, que es su antecedente.
- Además de nexo subordinante, cumple una función sintáctica en la oración subordinada.

Conjunción *que*

- No puede sustituirse por *el cual, la cual, los cuales, las cuales.*
- Suele aparecer detrás de un verbo.
- Solo realiza la función de nexo subordinante.

Según su **función,** se comportan como los **SN,** desempeñan las mismas funciones. Para determinar su función, hay que sustituirla por un SN:

FUNCIÓN

SUJETO

Me importa **que te pongas el casco.** → Me importa **tu seguridad.**

- Me (Pron) importa (V) — Predicado
- que (R) te pongas el casco — O. subordinada sustantiva — Sujeto
- tu seguridad — Sujeto

COMPLEMENTO DIRECTO (CD)

Carlos averiguará **si está abierto por la tarde.** → Carlos averiguará **el horario.**

- Carlos (N) — Sujeto
- averiguará (V) si (R) está abierto por la tarde — Predicado
- si está abierto por la tarde — O. subordinada sustantiva — CD
- el horario — CD

COMPLEMENTO DE RÉGIMEN (CR)

El entrenador confía **en que conseguiré la medalla.** → El entrenador confía **en mi éxito.**

- El (Det) entrenador (N) — Sujeto
- confía (V) en (Prep) que (R) conseguiré la medalla — Predicado
- que conseguiré la medalla — O. subordinada sustantiva
- en que conseguiré la medalla — SPrep/CR
- en mi éxito — CR

COMPLEMENTO DEL NOMBRE (CN)

Ana tenía la certeza **de que Andrés volvería.** → Ana tenía la certeza **de su retorno.**

- Ana (N) — Sujeto
- tenía (V) la (Det) certeza (N) de (Prep) que (R) Andrés volvería — Predicado
- que Andrés volvería — O. subordinada sustantiva
- de que Andrés volvería — SPrep/CN
- la certeza de que Andrés volvería — CD
- de su retorno — CN

COMPLEMENTO DEL ADJETIVO (CA)

Jorge está seguro **de que ganará el juicio.** → Jorge está seguro **de su triunfo.**

- Jorge (N) — Sujeto
- está (V) seguro (A) de (Prep) que (R) ganará el juicio — Predicado
- que ganará el juicio — O. subordinada sustantiva
- de que ganará el juicio — SPrep/CA
- seguro de que ganará el juicio — Atr
- de su triunfo — CA

COMPLEMENTO ADVERBIAL (CAv)

Ella saldrá antes **de que empiece a llover**. → Ella saldrá antes **de la tormenta.**

- Ella (Pron) — Sujeto
- saldrá (V) antes (A) de (Prep) que (R) empiece a llover — Predicado
- que empiece a llover — O. subordinada sustantiva
- antes de que empiece a llover — SPrep/CAv

ACTIVIDADES

Actividades interactivas

1. Identifica la oración subordinada en estas oraciones compuestas:
   - Asfaltaron las calles antes de que llegara el verano.
   - Me gusta que vengas a verme.
   - Admiro que seas tan constante en el estudio.
   - Estaba convencida de que vendrías este fin de semana.
   - El presidente del país declaró que la situación era muy complicada.

2. Clasifica estas oraciones en simples y compuestas. En las compuestas, subraya la oración subordinada e indica si es sustantiva o no.
   - Marta está embarazada de nuevo.
   - Me preocupa que comas tantos dulces.
   - A veces imagina que está en una nave espacial.
   - Raquel estudia Derecho y Medicina.
   - Ayer vi la película que me recomendaste.

3. Sustituye la palabra o expresión subrayada por una oración subordinada sustantiva.
   - Me encantan <u>las celebraciones.</u>
   - Habían previsto <u>la subida de la gasolina.</u>
   - Mi madre confía en <u>mi victoria</u>.
   - Me interesa <u>tu opinión.</u>
   - La policía y los bomberos llegaron antes <u>de su llegada.</u>
   - Juan tenía pruebas de <u>su culpabilidad.</u>

4. Indica qué función realizan los sintagmas subrayados. Después, sustitúyelos por una oración subordinada sustantiva que realice la misma función.
   - Me divierte <u>tu sentido del humor</u>.
   - Julián nos prometió <u>una cena estupenda</u>.
   - Desde hace tiempo estoy harto <u>de sus quejas</u>.
   - Tenía la esperanza de <u>su retorno</u>.
   - Mi hermana está convencida de <u>su victoria</u>.
   - Únicamente te informo de <u>tus obligaciones</u>.

5. Completa estas oraciones con una oración sustantiva.
   - Nos recomendaron...
   - El director de la empresa declaró...
   - A nuestra llegada a París, María me comentó...

6. Convierte estas oraciones interrogativas directas en indirectas realizando todas las modificaciones necesarias. Fíjate en el ejemplo.
   - ¿Dónde está mi teléfono?

   Preguntó dónde estaba su teléfono.
   - ¿Qué parte no has entendido?
   - ¿Conoces a mi vecino?
   - ¿Cuál es tu canción favorita?
   - ¿Qué libro escogerías tú?

7. Subraya las oraciones subordinadas sustantivas e indica si son declarativas, interrogativas indirectas o exclamativas indirectas.
   - Los ladrones no sabían que la policía les vigilaba.
   - Dígame qué hora es.
   - Me gustó cómo me habían tratado.
   - Necesito que alguien me escuche.
   - Preguntó si lo acompañábamos.
   - Decidió que no iría a trabajar.

8. Escribe una oración subordinada sustantiva que desempeñe cada una de estas funciones:
   - Sujeto: *Me ilusiona...*
   - Complemento del adjetivo: *Estaba muy nervioso....*
   - Complemento del nombre: *Tiene el convencimiento...*
   - Complemento directo: *El presentador dijo....*
   - Complemento de régimen: *Me acostumbré a...*

80 ORACIONES SUBORDINADAS DE RELATIVO

¿Lo vemos en un **vídeo?**

Son las oraciones subordinadas encabezadas por un pronombre, adverbio o determinante relativo.

Compré una alfombra **que** está hecha en México.
Oración subordinada de relativo

Los **relativos** que las encabezan presentan las siguientes características:

— Siempre hacen referencia a un elemento nominal denominado **antecedente**, que puede estar **expreso** o **no** en la oración compuesta.

Ella es la *persona* **que** conocí. (antecedente expreso)

Quien salga elegido ganará el premio. (sin antecedente expreso (tácito))

— Desempeñan **dos funciones** en la oración subordinada. Fíjate en este ejemplo:

Leí el *libro* **que** ganó el premio.
R/S
Oración subordinada

- Funciona como **nexo de subordinación (relacionante)** que introduce la oración subordinada.
- Desempeña una **función sintáctica dentro de la oración subordinada**; en este caso, el pronombre *que* realiza la función de sujeto.

Según si el antecedente aparece explícito o no en la oración compuesta, se clasifican en:

— **Subordinadas de relativo con antecedente expreso**:

- Se caracterizan porque desempeñan siempre la **función** de **complemento del nombre (CN)**. El elemento nominal al que complementa la relativa es el antecedente del relativo.
- Dependiendo de cómo inciden en el significado del antecedente, pueden ser:

Especificativas	Explicativas
La subordinada concreta o delimita el significado del antecedente al que complementa. Se escriben sin comas. Los alumnos **que aprobaron** fueron de excursión. ↓ No todos los alumnos aprobaron.	La subordinada solo añade una explicación complementaria, pero no ayuda a concretar el antecedente. Se escriben entre comas. Los alumnos, **que aprobaron,** fueron de excursión. En este caso, se entiende que todos los alumnos aprobaron.

Relativos

Los relativos que encabezan las oraciones de relativo son:

- Un **pronombre:** *que, cual, quien, cuanto.*
- Un **adverbio:** *donde, adonde, como, cuando.*
- Un **determinante relativo:** *cuanto/a/os/as, cuyo/a/os/as.*

— **Subordinadas de relativo sin antecedente expreso**. Estas oraciones pueden clasificarse en dos grupos:

- **Relativas libres:** si el antecedente se encuentra incorporado en el mismo relativo.

  Ø *Quien* recite el poema ganará.
  ↓
  antecedente omitido con rasgo de persona + relativo = *la persona que*

- **Relativas semilibres:** cuando el antecedente está omitido. El artículo informa de los rasgos de género y número del antecedente omitido:

  ***Los* Ø que vengan** estudiarán.
  ↓
  informa del género y número del antecedente omitido Ø

Actividades interactivas

ACTIVIDADES

1. Sustituye el adjetivo subrayado por una oración subordinada de relativo.

- Señaló en el mapa un punto lejano.
- Premiaron a aquel niño estudioso.
- Miguel es un amigo sincero.
- Había alguien en el coche estacionado.
- Me quemé con la rama ardiente.

2. Subraya la oración subordinada de relativo. Indica el antecedente del relativo y explica la función sintáctica del relativo en la oración subordinada.

- El alumno que es aplicado suele aprobar.
- La casa en la que viven está en venta.
- El palacio donde reside el rey está en obras.
- He prestado el libro que leí ayer.

3. Indica si las oraciones subordinadas subrayadas son de relativo o sustantivas. Justifica tus respuestas.

- Los alumnos que aprobaron recibieron un aplauso.
- Estamos orgullosos de que te hayas esforzado.
- Anunciaron que haría mal tiempo.
- He visto una película que trata sobre las estrellas.
- No hablaré del tema que tanto te asusta.
- He decidido que voy a estudiar Arquitectura.

4. El uso indebido de la preposición *de* delante de la conjunción *que* sin estar exigida por ningún elemento de la oración se denomina DEQUEÍSMO.

— Señala este uso incorrecto y corrige las oraciones.

- Me contó de que el programa le había gustado.
- Acuérdate de que tienes que traerme el abrigo.
- No me arrepiento de que hayas venido.
- Comentamos de que lo compraríamos mañana.
- Me pidió de que bajara el volumen de la radio.

5. Distingue la **conjunción *que*** del **pronombre relativo *que*.**

— Indica qué tipo de nexo introduce las oraciones de las siguientes oraciones compuestas:

- Estoy leyendo desde ayer un libro que narra una historia fantástica.
- El director le pidió que cesara de su cargo.
- Anunciaron que haría muy buen tiempo.
- Los alumnos que aprobaron recibieron un aplauso.
- Se ha acabado el chocolate que los abuelos nos trajeron de Suiza.
- Nos dijeron que aquel grupo tocaba muy bien.

81 ORACIONES SUBORDINADAS ADVERBIALES

Las **oraciones subordinadas** adverbiales son aquellas oraciones que están introducidas por una conjunción o una locución conjuntiva subordinante adverbial. Este nexo puede aportar un significado léxico de modo o de tiempo:

Nos vestimos para el evento **según nos indicaron**.

Carmen escucha música **mientras su hermana hace deporte**.

Clases de subordinadas adverbiales

Según el significado que expresen, podemos diferenciar dos clases de subordinadas adverbiales: de modo o de tiempo.

Subordinadas adverbiales de modo

— Están encabezadas por una **conjunción** o **locución conjuntiva modal**, como por ejemplo, *según, conforme,* y *como si*.

— Indican la **manera** en que sucede la acción expresada por el verbo de la oración en la que se insertan.

— Realizan la función de CCM.

Resolvimos el problema ***conforme* nos indicó el profesor.**
Oración subordinada adverbial de modo / CCM
Oración compuesta por subordinación adverbial modal

Subordinadas adverbiales de tiempo

— Están encabezadas por una **conjunción** o **locución conjuntiva temporal**, como por ejemplo, *mientras, mientras que, apenas, según, luego que, en cuanto que…*

— Indican el **momento** en que se produce la acción expresada por el verbo de la oración en la que se insertan.

— Realizan la función de CCT.

Lo reconocí ***apenas* cruzó la puerta**.
Oración subordinada adverbial de tiempo / CCT
Oración compuesta por subordinación adverbial de tiempo

ACTIVIDADES

1. Localiza las oraciones compuestas por subordinación adverbial e indica de qué tipo es la subordinada.

- Te aconsejo que vengas mañana.
- El vecino del quinto me llamó mientras hablaba contigo.
- Monté el armario según indicaban las instrucciones.
- No pierdas el tiempo y actúa ya.
- Apenas puse el pie en la calle, se desató la tormenta.
- Se comportaron conforme les advirtió el director.

LAS ESTRUCTURAS ORACIONALES BIMEMBRES

Se llaman **estructuras oracionales bimembres** aquellas que contienen una oración subordinada que **no depende del verbo de la oración a la que se adjunta**, sino que funciona como **modificador oracional** de toda ella.

Según la relación de significado que se establece entre la oración subordinada y la oración a la que se adjunta, distinguimos los siguientes tipos: causales, ilativas, condicionales y concesivas.

Causales

— La subordinada indica la **razón** o el **motivo** por el que sucede lo expresado en la oración a la que modifican.

— Los **nexos** que introducen las subordinadas causales son: *como, pues, ya que, dado que, visto que, puesto que, supuesto que.como, pues, ya que, dado que, visto que, puesto que, supuesto que.*

No viajó a Asia ***puesto que* no estaba vacunado**
O. subordinada / Modificador oracional

Ilativas

— La subordinada expresa la **consecuencia** lógica de lo expresado en la oración a la que se adjunta y aparece siempre pospuesta a esta.

— Los **nexos** que introducen las subordinadas ilativas son: *conque, luego, así que, de modo que, de ahí que.*

Tu idea no funciona, ***así que* tendrás que pensar otra.**
O. subordinada / Modificador oracional

Condicionales

— La subordinada expresa una **condición** para la realización de lo expresado en la oración a la que se adjuntan.

— Los **nexos** que introducen las subordinadas condicionales son: *si, como, siempre que, siempre que.*

***Si* tienes paciencia,** lo conseguirás.
O. subordinada / Modificador oracional

Concesivas

— La subordinada indica una **dificultad** u **objeción** para que suceda lo que afirma en la oración a la que se adjunta.

— Los **nexos** que introducen las subordinadas concesivas son: *aunque, si bien, aun cuando, mientras que.*

***Aunque* está lloviendo,** saldremos a pasear.
O. subordinada / Modificador oracional

ACTIVIDADES

1. Indica de qué tipo son las siguientes estructuras oracionales bimembres:

- Aunque lo jures, no te creeré.
- Tu idea no funciona, así que piensa en otra.
- Si vienes puntual, podremos adelantar trabajo.
- Aprende rápido puesto que tiene un buen maestro.

2. Completa estas estructuras oracionales bimembres con el nexo correspondiente e indica de qué tipo son:

- .... vienes el domingo, comeremos en el restaurante de María.
- Mañana iremos a la piscina .... no te olvides la crema solar.
- .... al principio tuvo algunos problemas, acabó por adaptarse rápidamente.
- No pudo leer la inscripción .... ya era noche oscura.

83 DIPTONGOS, TRIPTONGOS E HIATOS

TILDE EN DIPTONGOS

Un **diptongo** es la unión de dos vocales en una misma sílaba:

soc**ie**dad **cié**naga

Se acentúan si les corresponde según las reglas generales de acentuación.

Si está formado por una vocal abierta y una cerrada, la tilde va en la abierta. Si está formado por dos vocales cerradas (*i*, *u*), se acentúa la segunda:

ven-**ció** cons-**truí**

TILDE EN TRIPTONGOS

Un **triptongo** es la unión de tres vocales que se pronuncian en una misma sílaba:

buey aprec**iái**s

- En los triptongos que son sílaba tónica, la tilde siempre se coloca sobre la vocal abierta (*a*, *e*, *o*):

a-pa-ci-g**uái**s

a-li-v**iéi**s

TILDE EN HIATOS

Un **hiato** es cuando dos vocales seguidas dentro de una palabra pertenecen a sílabas distintas:

can**oa** z**oó**logo

Los hiatos que contienen una vocal cerrada tónica siempre se tildan en esta vocal, con independencia de las reglas generales de acentuación:

ser**ía**s m**ío** r**aí**z r**eí**r

En los hiatos formados por dos vocales abiertas se aplican las reglas generales de acentuación.

o-**cé**-a-no fa-ra-**ón**

Recuerda qué son los **diptongos, triptongos e hiatos**

ACTIVIDADES

Actividades interactivas

1. Separa las sílabas de las siguientes palabras e indica si contienen un diptongo, un triptongo o un hiato:

caos	oasis	infusión
caimán	laúd	ensuciáis
limpiáis	ahumado	higiénico

2. Subraya la sílaba tónica de estas palabras y clasifícalas según sean agudas, llanas o esdrújulas:

tebeo - bailéis - diálogo - archipiélago - niebla
miércoles - torreón - pensión - acuciáis

3. Justifica por qué llevan tilde o no estas palabras:

ración	guiais	viéramos
ingenuo	intuí	efectuéis
cuídate	vieira	anciano
acuífero	miércoles	contiguo

4. Lee las siguientes palabras, indica si contienen un diptongo o un hiato y acentúalas si es necesario:

oceano	meandro	egoismo
Lucia	peine	transeunte
biombo	Matias	aereo
freir	miercoles	craneo

5. En estas oraciones, destaca del mismo color las vocales de las palabras que forman un diptongo y de otro color las vocales que se separan en diferentes sílabas y forman un hiato. Después, pon la tilde si es preciso. Fíjate en el ejemplo:

El gato de mis vecinos m**aú**lla (*hiato*) durante toda la noche desde el alf**éi**zar (*diptongo*) de la ventana.

- Reunete con nosotros el miercoles en el sitio de siempre.
- Amanecio y nos dirigimos hacia la estacion del tranvia.
- Este baul es idoneo para lo que necesita. Compruebelo.
- Esta composicion no se adecua a las normas establecidas.
- Siguio un tratamiento terapeutico y gracias a la medicacion ha mejorado mucho.

6. La *h* intercalada y la diéresis no impiden la formación de diptongo, triptongo o hiato: *a-ve-ri-güéis* (triptongo) / *mo-ho* (hiato) / *ci-güe-ña* (diptongo).

— Acentúa estas palabras cuando sea necesario:

rehen	lingüistica	antigüedad
vehiculo	alhaja	desahuciar
buho	vergüenza	deshollinar

7. DICTADO Escucha y realiza el dictado.

CASOS DE ACENTUACIÓN ESPECIAL

Tilde diacrítica

Diferencia palabras que tienen la **misma forma** pero **distintas categorías,** y que no se acentuarían según las reglas generales:

- **Sin tilde:** de (preposición)
- **Con tilde:** dé (verbo dar)

Parecen iguales pero no lo son:
la tilde diacrítica

Tilde en palabras compuestas

- En los compuestos **sin guion,** se siguen las reglas generales de acentuación: décimo + séptimo = decimoséptimo.
- Los **adverbios** formados por un adjetivo y el sufijo *-mente* conservan la tilde del adjetivo si antes la llevaba: fácil + mente = *fácilmente.*
- Siguen las normas de acentuación las **formas verbales** a las que se añade un **pronombre enclítico:** coge + lo = *cógelo.*

Tilde en mayúsculas

Las **mayúsculas** también se acentúan si así lo establecen las reglas generales de acentuación.

Tilde en préstamos

Los **préstamos** de otras lenguas que se han adaptado al castellano se ajustan asimismo a las reglas generales de acentuación.

ACTIVIDADES

Actividades interactivas

1. Coloca las tildes que faltan en estas oraciones:

- Entre tu y el podreis preparar un te para mi.
- No se si lo que usted le de le gustara.
- Teneis mas de lo que podeis gastar, mas nunca pensais en mi.
- Me gusta mas la idea de que seas tu quien conduzca el coche.
- Este no es para ti ni para mi, se lo reserva para si mismo.
- Me preguntaron a mi donde habia estado el.
- Se que jamas perdio la esperanza y aun hoy sigue luchando por su sueño.

2. Indica a qué clase de palabras pertenece cada una de estas palabras:

- el .... / él ....
- se .... / sé ....
- si .... / sí ....
- te .... / té ....
- mi .... / mí ....
- aun .... / aún ....
- mas .... / más ....
- como .... / cómo ....

3. Elige dos palabras con tilde diacrítica de la actividad anterior y escríbelas de nuevo sustituyendo la tilde por algún dibujo relacionado con su significado. Por ejemplo:

4. Existen palabras que pueden acentuarse o no, es decir, tienen doble acentuación. Escribe estas palabras en su versión acentuada. Consulta el diccionario si lo necesitas.

- periodo: ....
- olimpiada: ....
- karate: ....
- reuma: ....
- gladiolo: ....
- medula: ....
- alveolo: ....
- dinamo: ....

5. Forma adverbios añadiendo *-mente* a los siguientes adjetivos: *fácil, torpe, cortés, feliz, pálida, ágil, inútil.*

6. Escribe palabras añadiendo dos pronombres enclíticos a estas formas verbales: *di, pon, decid, mira, pide, preparando, come, busca.*

Ejemplo: *di* ⟶ *dímelo*

7. Coloca las tildes necesarias en estas oraciones:

- Para llegar a Avila quedan 200 kilometros mas todavia.
- Un conocido atleta de Africa batio ayer su propio record.
- Dentro de unos dias se celebrara un referendum por la coalición hispano-arabe.
- Si no estas de acuerdo con Angel, diselo a el; mas no esperes demasiado tiempo.
- DE JAEN A CORDOBA, 104 KILOMETROS DE DISTANCIA.

8. DICTADO Escucha y realiza el dictado.

SIGNOS DE PUNTUACIÓN (I)

. EL PUNTO

- El punto es el signo de puntuación que utilizamos para señalar el final de una oración (**punto y seguido**), de un párrafo (**punto y aparte**) o de un texto (**punto final**). Recuerda que, después de un punto, la primera palabra se escribe con mayúscula inicial.

, LA COMA

- Separa elementos en una enumeración: Compré kiwis, peras y manzanas.
- Separa oraciones dentro de una oración compuesta: Algunos enviaron una carta, pero nadie llamó por teléfono.
- Indica que se ha suprimido un verbo en una oración: Mi abuelo cultiva patatas y mi tío, tomates.
- Marca que se ha intercalado una explicación o inciso: Mi pueblo, Ronda, está en Málaga.
- Señala el vocativo, es decir, el nombre con el que nos referimos al interlocutor: Hola, Julia, ya puedes entrar.

; EL PUNTO Y COMA

- Separa oraciones en las que ya se ha empleado la coma: A Laura le gustan París, Madrid y Berlín; a Luis, Sevilla.
- Separa oraciones en las que se expone un hecho y una causa o consecuencia de este: El avión no pudo despegar; llovía intensamente.
- Separa oraciones que son independientes entre sí, pero que guardan una relación de sentido: Yo haré la cena; tú recogerás la mesa y lavarás los platos.
- Se usa delante de las conjunciones *pero, mas, aunque, sin embargo*...: Suelo llegar puntual a clase; sin embargo, hoy me he dormido.

: LOS DOS PUNTOS

- Se emplean antes de una cita textual: Sócrates dijo: «Solo sé que no sé nada».
- Se usan después del saludo o del encabezamiento de una carta: Queridos amigos: Tras mi viaje por Perú...
- Indican que se va a exponer la conclusión o consecuencia de lo que acaba de afirmarse: Buena alimentación y ejercicio diario: esa es la base para estar sano.
- Introducen una explicación: Está enfermo: no podrá asistir al acto de inauguración.

... LOS PUNTOS SUSPENSIVOS

- Indican que una enumeración está incompleta o un enunciado está inacabado: Aquí hay de todo: bolsas, plásticos, papeles... / No por mucho madrugar...
- Expresan duda, incertidumbre, sorpresa...: No sé..., puede ser..., quizá tengas razón... / En la habitación noté una presencia extraña...

ACTIVIDADES

Actividad interactiva

1. **Justifica el uso de los puntos que aparecen en el texto.**

Aquella noche, Emilio tuvo un sueño muy extraño. Soñó con un monasterio en ruinas situado en medio de un bosque de robles y castaños. Era de noche y las viejas edificaciones góticas se hallaban desiertas. Una luna inmensa flotaba en el firmamento sobre la arboleda. Todo estaba en calma.

De repente, la iglesia del monasterio saltaba por los aires en medio de una nube de humo y fuego. Lo curioso es que, en aquel sueño, Emilio pudo ver con total nitidez la destrucción del templo, incluso notó el trepidar del suelo, pero no escuchó nada.

César Mallorquí, *La puerta de Agartha*. edebé.

2. **Escribe estas oraciones en tu cuaderno separando las partes donde hay una pausa breve con la palabra PAUSA. Después, coloca las comas pertinentes. Fíjate:**

Quien quiera entradas para hoy **PAUSA** o para cualquier otro día **PAUSA** que me lo diga.

- Cuando llegues envíame un mensaje al móvil.
- Mateo acércame el salero por favor.
- Me gustan los plátanos las manzanas y las peras.
- Estas sábanas son blancas y aquellas rosas.

3. **Justifica el uso de los puntos suspensivos en este texto:**

El horror había helado la sangre en mis venas; sentía en mi cuerpo como un frío glacial, y en mis venas, fuego... Entonces quise gritar, pero no pude. El hombre aquel había vuelto la cara y me había mirado... Digo mal, no me había mirado, porque era ciego... ¡Era mi padre!

G. Adolfo Bécquer, «Maese Pérez el organista», en *Rimas y leyendas*. Austral.

4. **Coloca los signos de puntuación que sean necesarios.**

- Has tenido fiebre esta noche no deberías ir hoy a clase
- Julia la abuela de mi amiga llegará dentro de un rato y le he preparado un ramo precioso con flores del jardín rosas margaritas azucenas
- En el restaurante pedí una ensalada Luisa unas lentejas está claro que tenemos preferencias muy distintas
- Rafael es alto y delgado tiene la nariz afilada y los ojos azules se parece mucho a su madre
- Recorrimos toda la ciudad vimos el centro histórico visitamos los principales museos paseamos por sus calles adoquinadas en fin disfrutamos durante dos días de Toledo una ciudad maravillosa

5. DICTADO **Escucha y realiza el dictado.**

SIGNOS DE PUNTUACIÓN (II)

Exclamación e interrogación

Los **signos de interrogación** se emplean al inicio y al final de una oración interrogativa directa. Los **signos de exclamación** también se emplean al inicio y al final de interjecciones y en oraciones que expresan admiración, sorpresa o mandato. Recuerda que:

- **Detrás** de los signos de interrogación y de exclamación no se escribe **punto.**
- Deben enmarcar **la pregunta** y **la exclamación,** aunque la oración no empiece allí.
- Cuando hay varias oraciones interrogativas o admirativas, la mayúscula inicial depende del signo de puntuación que la preceda. Solo si es un punto (omitido) se inicia con **mayúscula**.

Comillas

Se utilizan para:

- Señalar la reproducción textual de una cita o unas palabras: Fue Gandhi quien dijo: «La grandeza de una nación y su progreso moral pueden ser juzgados por la forma en que son tratados sus animales».
- Destacar un apodo o un seudónimo: Lope de Vega, el «Fénix de los Ingenios», fue un escritor muy prolífico.
- Destacar el título de artículos, trabajos, capítulos de novelas: «Mi día» de *Un detective en Babilonia.*
- Indicar que una palabra o una expresión se emplea en sentido irónico: Has sido «todo un caballero» al no ceder tu asiento.

Raya

La utilizamos para:

- Indicar la intervención de los **personajes** y del **narrador** en el diálogo: —¿Qué te ocurre? —le pregunté—. Pareces cansado.
- Introducir **aclaraciones** o **incisos** que interrumpen el discurso (debe colocarse al principio y al final). Esta función es compartida con el paréntesis: Aquel hombre —rojo de ira— empezó a increpar a todas las personas.

Guion

Lo utilizamos para:

- Separar **fechas** o **cifras:** Abarca entre 1900-1935. Precalentar a 180-200 °C
- Unir algunas palabras para formar **compuestos:** histórico-científico, anglo-egipcio.
- Indicar la interrupción de una palabra a **final de línea.**

Paréntesis

Se usa para:

- Encerrar **aclaraciones** o **incisos** (fechas, lugares, datos...). Esta función es compartida con la raya: Paso mis vacaciones en Laredo (Cantabria).
- Separar las **acotaciones** en una obra de teatro: PEDRO (Disimulando). —Yo no sé nada sobre ese asunto.

ACTIVIDADES

Actividad Interactiva

1. **Copia estas oraciones colocando signos de interrogación o de exclamación, según convenga:**
   - Mira que te lo dije
   - Qué palabra estás buscando en el diccionario
   - Qué sorpresa que hayas venido a verme
   - Edad, estado civil, trabajas o estudias
   - No vamos a discutir por eso, verdad
   - Quién estuviera de vacaciones para poder descansar
   - Si crees todo lo que te dicen, cuántos desengaños sufrirás

2. **Escribe comillas donde convenga en estas oraciones:**
   - Ernesto Che Guevara fue un revolucionario comunista argentino, nacionalizado cubano.
   - Julio César es el autor de la famosa frase Veni, vidi, vici.
   - En aquella exposición de pintura vimos El grito de Munch.
   - El curso ha ido muy bien, lo he suspendido casi todo.
   - Vamos a analizar el poema A un olmo seco de Machado.
   - A la orden de se levanta la sesión, todos los asistentes se marcharon a sus casas.

   — Indica qué función cumplen las comillas en cada caso.

3. **Coloca las rayas y los guiones que sean necesarios en estas oraciones:**
   - Lee las páginas 24 26. (es decir, 24, 25 y 26)
   - Puede usted pasar me dijo con voz ronca. Siéntese.
   - El patrimonio histórico artístico de Salamanca es una de sus principales señas de identidad.

4. **Separa en sílabas estas palabras:**

   distribuíais - gragea - ahorro - OTAN - cocción
   carestía - Francia - actuáis - separéis - allá

5. **Redacta un breve diálogo entre un profesor y su alumno. Recuerda que debes introducir los comentarios y precisiones del narrador.**

6. **Copia estas oraciones colocando los paréntesis que faltan:**
   - La CEE Comunidad Económica Europea se fundó en 1957.
   - CARMEN Se levanta y se va. —¡Nos vemos mañana!
   - Los pronombres relativos que, cual, quien, cuyo son nexos subordinantes.
   - César dijo: «Alea jacta est» la suerte está echada.

7. DICTADO **Escucha y realiza el dictado.**

87 USO DE B Y V, Y DE G Y J

b ⟷ **v**

b

- Se escribe *mb, br* y *bl* (embrujo, sable…).
- Se escriben con *b* todas las formas de los verbos que acaban en *-bir, -buir* (escribir, atribuir…), excepto servir, vivir y hervir.
- Se escriben con *b* las terminaciones del pretérito imperfecto de indicativo de los verbos de la 1.ª conjugación y las del verbo *ir* (andaba, mandaba, iba…).
- Llevan *b* los principios de palabra ***bu-, bur-, bus-*** y los prefijos ***bio-, biblio-, bis-, bien-, bene-*** (buscar, biografía, benefactor…).
- Se escriben con *b* las terminaciones ***-bilidad, -bundo/a*** (sensibilidad, errabundo…).

v

- Se escribe ***nv, adv*** y ***subv*** (invierno, adviento, subvención…).
- Se escriben con *v* los principios de palabra ***eva-, eve-, evi-, evo-***.
- Se escriben con *v* los prefijos ***vice-, vi-, viz-***.
- Se escriben con *v* las terminaciones ***-voro, -ave, -avo, -eve, -evo, -ivo***.

g ⟷ **j**

g

- Se escribe ***gen*** (excepto ajeno, berenjena, jengibre) y los principios de palabra ***geo-, legi-*** y ***gest-*** (excepto lejía).
- Se escriben con ***g*** las terminaciones verbales ***-ger, -gir***, excepto tejer y crujir.
- Si un verbo no lleva en el infinitivo ni ***g*** ni ***j***, escribiremos *j* cada vez que encontremos ese sonido en una de sus formas (traer - trajiste). También se escriben con *j* los verbos que acaban en ***-jear***.

j

- Los verbos con *j* en el infinitivo, la mantienen en toda la conjugación.

Actividades interactivas

ACTIVIDADES

1. Completa cada palabra con dos de las siguientes letras: *b, v, n, m.*

- e....ejecer
- co....inar
- ta.....ién
- i....estigación
- a....icioso
- e.....ase
- e....idioso
- i....asión
- e....udo

— Ahora, busca dos palabras que contengan cada uno de estos grupos consonánticos: *mb, nv, br, bl.*

2. Escribe el pretérito imperfecto de indicativo de los verbos ***buscar, ir, contribuir*** **y** ***hervir.***

3. Escribe tres palabras con cada uno de estos prefijos: ***bio-, biblio-, bis-, bien-, bene-.*** **Utiliza el diccionario.**

4. Completa las palabras de la siguiente oración con terminaciones que contengan la letra *b:*

- La proba.... de que el vaga.... tuviese esa de.... era treme.... .

5. Completa las siguientes palabras con *b* **o** *v:*

- cónca....o
- su....ur.....io
- her....í....oro
- diecinue....e
- ....irrey
- tu....iese
- ad....irtió
- ad....iento
- ....izconde
- adhesi....o
- aerona....e
- furi....unda
- ....icedirector
- hir....iéramos
- e....aluar

6. Explica los significados de cada pareja de términos homófonos y dibújalas como en el ejemplo.

- botar / votar
- grabar / gravar
- rebelar / revelar
- basto / vasto
- vaca / baca
- tubo / tuvo

7. Completa las siguientes palabras con *g* **o con** *j* **según convenga:**

- ....entío
- cru....ido
- le....ítima
- ....esticular
- ....eología
- ur....ente
- le....ía
- que....ido
- ....en....ibre

8. Completa las siguientes formas verbales con *g* **o** *j:*

- tradu....e
- sumer....í
- exi....ió
- masa....eo
- tradu....era
- introdu....e
- aco....iste
- exa....eró
- redu....imos

9. Escribe un derivado de cada una de estas palabras que contenga la letra *j:* ***ropa, aterrizar, pillo, persona, borda, metro, marca, patín, blindar.***

10. DICTADO Escucha y realiza el dictado.

USO DE H, DE LL E Y, Y DE C Y Z

h

La ***h*** no representa ningún fonema. Se escriben con ***h:***

- Las formas de los **verbos *hacer*** y ***haber:*** *haces, había, hagamos, harán, hubierais, habrás…*
- Los comienzos de palabra ***hia-, hie-, hue-, hui-:*** *hiato, hielo, hueso, huida…*
- Los comienzos de palabra ***her-, hum-, horm-, horn-, hosp-:*** *hermano, humo, hormiga, horno, hospital…* (Excepciones: *ermita, ornamento, orfanato…*).
- Los **prefijos griegos *hipo-*** ('debajo de'), ***hidro-*** ('agua'), ***hexa-*** ('seis'), ***hepta-*** ('siete'), ***hemi-*** ('medio'): *hipotensión, hexasílabo, heptágono, hidromasaje…*
- Hay palabras que llevan *h* intercalada (*vehículo, rehusar, rehén, alhelí…*). En caso de duda, siempre debes consultar el diccionario.

ll ⟷ y

Se escriben con ***ll:***

- Las terminaciones ***-illo, -illa:*** *ovillo, astilla, pajarillo, amarilla…*, y ***-alle, -elle, -ello, -ullo:*** *detalle, muelle, atropello, murmullo…*
- Las formas verbales cuyo infinitivo termina en ***-ellar, -illar, -ullar, -ullir:*** *atropelló (atropellar), bulliré (bullir)…*

Escribimos ***y:***

- **Al final de palabra,** cuando va precedida de vocal y no recae sobre ella el acento tónico: *rey, estoy…*
- En la sílaba ***-yec-:*** *proyección, inyectar, trayecto…* y **después** de ***ad-, dis-, sub-:*** *adyacente, disyuntiva, subyacente…*

c ⟷ z

Para representar el fonema /θ/:

- Se escribe ***c*** delante de las vocales *e, i:* *cereza, aceite, ciruela, condición…*
- Se escribe ***z*** delante de las vocales *a, o, u:* *zapato, abrazar, zócalo, amazona, zumo, anzuelo…*
- Hay **excepciones** a estas reglas, la mayoría de ellas de origen extranjero: *nazi, pizzería…*

ACTIVIDADES

Actividades interactivas

1. Completa estas palabras con *h,* cuando corresponda:

- ....uelga
- ....idroavión
- ....olisquear
- ....umareda
- transe....únte
- ....orfanato
- co....erente
- mo....oso
- mal....echor
- ....erramienta
- des....uesar
- ....igiénico
- almo....ada
- ....exabrupto
- tras....umante

2. Escribe palabras que pertenezcan a la misma familia léxica que las siguientes: *hoja, hilo, humo, hospital, hermano, horno, hora, huir.*

3. Conjuga los siguientes tiempos verbales:

- Pretérito perfecto simple de indicativo de *haber.*
- Presente de indicativo de *hacer.*
- Pretérito pluscuamperfecto de indicativo de *hablar.*

4. Hay palabras que cambian de significado según se escriban con o sin *h.* Explica los significados de las siguientes palabras:

- onda / honda
- orca / horca
- errar / herrar
- ato / hato
- ojear / hojear
- asta / hasta
- atajo / hatajo
- desojar / deshojar

5. Completa con *ll* o *y* las palabras de estas oraciones:

- En el va....e pastaban novi....os, ...eguas y bue....es.
- La miri....a de la puerta tiene una reji....a pequeña.
- En los casti....os, los re....es ocupan si....as reales.
- A....er leí un artículo sobre la le.... contra el tabaco.
- Trae ceri....as y haz una hoguera cerca de la ori....a.
- Vimos la pro....ección con todo deta....e.

6. Escribe el plural de cada una de estas palabras: *rey, ley, buey, carey, convoy.*

7. Completa los espacios con *c* o *z*, teniendo en cuenta que hay algunas excepciones.

- pe....uña
- bron....e
- capa...o
- ma....i....o
- evacua....ión
- ra....ismo
- vo....e....ita
- a...ada
- ....ig....ag

8. Conjuga los siguientes tiempos verbales:

- Presente de indicativo del verbo *crecer.*
- Condicional simple del verbo *cocer.*
- Presente de subjuntivo del verbo *trazar.*

9. DICTADO Escucha y realiza el dictado.

89 LAS PALABRAS NUEVAS

¿Cómo se **adapta la lengua** a las nuevas realidades?

El léxico es la parte más variable de la lengua. Nunca deja de ampliarse, por la necesidad de nombrar nuevas realidades. Para formar nuevas palabras, recurre a varios mecanismos.

Procedimientos morfológicos

Para crear palabras nuevas, la lengua recurre a mecanismos de carácter morfológico:

- **Derivación:** añadiendo afijos a la raíz o a la palabra: des + empleo, emple + ado...; o adjuntando simultáneamente un prefijo y un sufijo a la raíz: em + botell + ar, en + amor + ar... (**parasíntesis**).
- **Composición:** dos o más palabras forman conjuntamente una tercera: lava + vajillas, arco + iris...
- **Siglas y acrónimos:** formadas a partir de las letras de varias palabras: DNI, láser, ovni...

Extranjerismos

Otro de los mecanismos a los que recurre la lengua es la toma de palabras de otro idioma, a las que llamamos **extranjerismos.** En ocasiones, el castellano ya dispone de un término propio para nombrar una realidad, por lo que utilizar un extranjerismo es innecesario.

Su **hobby** es tocar la guitarra. ⟶ Su **afición** es tocar la guitarra.

Préstamos lingüísticos

Cuando el uso de un extranjerismo se normaliza entre los hablantes y su escritura se adapta a la ortografía y su fonética entonces este se convierte en un **préstamo lingüístico.** Un préstamo lo es formalmente cuando lo admite la Real Academia Española (RAE).

Nuestra lengua ha incorporado préstamos lingüísticos desde sus inicios (arabismos, germanismos, americanismos...), pero en la actualidad la mayoría procede del inglés, ya que esta es la lengua más empleada en los ámbitos técnico y científico. Distinguimos dos **tipos de préstamos:**

— **Préstamos léxicos:** toman la forma y el significado de un término extranjero, adaptando la pronunciación y la ortografía: *football* > *fútbol.*

— **Préstamos semánticos:** adoptan solo el significado de una palabra extranjera y lo aplican a una palabra que ya existía en nuestra lengua: *mouse* > *ratón.*

Observa las **pautas** que te ayudarán a distinguir entre préstamos y extranjerismos.

Extranjerismos

- **No** se han **incorporado** formalmente a la lengua. Si aparecen en el diccionario, van diferenciados en cursiva.
- **No** presentan **modificaciones** ni en su fonética ni en su ortografía: *hall.*
- Son **innecesarios** porque el castellano ya posee al menos un término para designar esa realidad: *recibidor/vestíbulo.*

Préstamos

- Se han incorporado a la lengua y tienen entrada en el **diccionario.**
- Tras un proceso de adaptación, acaban modificando su pronunciación y su ortografía: *yogourt* > *yogur.*
- Son **necesarios** porque el castellano carece de un término para designar esa realidad.

Calco lingüístico

Se trata de un término o expresión traducido literalmente de una lengua extranjera, y que mantiene el significado original.

weekend > fin de semana

acid rain > lluvia ácida

science fiction > ciencia ficción

El calco evita el extranjerismo y contribuye a enriquecer la lengua receptora.

Observa en estos ejemplos la diferencia entre calco, préstamo y extranjerismo:

«Balonvolea»: calco

«Voleibol»: préstamo

«Volleyball»: extranjerismo

ACTIVIDADES

Actividades interactivas

1. Indica cuál es el significado de estas palabras: *haiku, compostaje, somatización, domótica, lanzadera, piscifactoría.*

2. Clasifica estas palabras según el campo semántico al que pertenecen (deporte, medicina o informática):

   regatear - penalti - cateterismo - disquetera
   módem - hemodiálisis - carditis - clicar
   bronconeumonía - driblar - antivirus - esprintar
   interfaz - córner - hipertensión - hipertexto

3. Indica si las palabras destacadas se han formado por derivación o composición, o si son préstamos que se han adaptado de otras lenguas.
   - Pasé todas las bolsas por el escáner.
   - Mi abuelo trabajó embotellando aceite de oliva.
   - A mi padre le han puesto un marcapasos.
   - Me recetó un antihistamínico para tratar la alergia.
   - Tomaré un café con leche y un cruasán.
   - No utilices ese navegador para buscar información.
   - Todavía tengo que empaquetar su regalo.

4. Busca información sobre el origen de estos préstamos e indica si se ha producido una adaptación fonética y gráfica al incorporarlos a nuestro idioma, o bien se han traducido directamente de la lengua original:

   tenis - supermercado - cóctel - luna de miel
   carné - jardín de infancia - baloncesto - chófer - cheque
   perrito caliente - rascacielos

5. Clasifica estas palabras según sean préstamos léxicos o semánticos. En aquellas palabras con más de un significado, ten en cuenta la acepción relacionada con la informática.

   portal - enlace - buscador - béisbol - ventana - vagón
   confort - sumiller - escúter

6. Las palabras que aparecen a continuación son préstamos semánticos. Explica qué nuevo sentido han adquirido y escribe una oración con cada una de ellas utilizando ese nuevo significado.

   canguro - culebrón - menú - navegador - dominio

7. Es importante distinguir entre préstamo y extranjerismo. Busca estos términos en el diccionario en línea de la Real Academia y clasifícalos en la tabla (recuerda: en el diccionario los extranjerismos aparecen en cursiva): *córner, barman, karaoke, baguette, tatami, junior, ferry, quimono, slip, spot, bulldozer, samurái, cheque, estándar.*

Préstamos	Extranjerismos
....	....

8. Las palabras que aparecen a continuación son extranjerismos. Escribe la palabra o expresión castellana correcta.

   - *Look*
   - *Handicap*
   - *Lunch*
   - *Copyright*
   - *Fan*
   - *Boutique*
   - *Show*
   - *Fast food*
   - *Break*
   - *Container*
   - *Shopping*
   - *Full time*

9. Lee con atención el siguiente texto:

Airbag. Es un invento fantástico: vas conduciendo, chocas de frente, y en lugar de romper con el cráneo el parabrisas, o el volante con las costillas, eres acogido por un piadoso almohadoncillo que ha surgido súbitamente ante ti, y se ha inflado en menos que dura un ¡zas!

El milagro fue llamado *airbag* por sus inventores, es decir, 'saco o bolsa de aire'.

Sabiendo eso o no, todos empleamos ya el vocablo con la misma soltura que un neoyorkino. Y el sustantivo *airbag* habita por ahora entre nosotros, sin que se haya intentado hispanizarlo. [...] ¿No convendría fijar un cierto límite, cuando se puede, a la ávida capacidad hispana para absorber lo ajeno?

F. Lázaro Carreter, *El dardo en la palabra.*
Círculo de Lectores (texto adaptado).

— ¿Qué tipo de palabra es *airbag*?

— ¿Crees que existe alguna palabra o expresión castellana que sirva para sustituir el término *airbag*? Anota en tu cuaderno las ideas que se te ocurran.

— Comparte tus propuestas en clase con tus compañeros y compañeras. ¿Se les han ocurrido los mismos términos que a ti?

— Si repitieras la actividad, ¿responderías lo mismo que antes?

LA ESTRUCTURA DE LA PALABRA

Base léxica y raíz

La **base léxica** es la palabra de la que se parte en un proceso morfológico. De esta palabra se extrae la **raíz** que da origen a todas las palabras que comparten algo de su significado, es decir, las palabras de una misma familia léxica. Fíjate en el ejemplo de la palabra casa:

- Base léxica: casa
- Raíz: cas-
- Palabras de su familia: **cas**ita, **cas**erío

— Base léxica y raíz pueden coincidir. Es el caso, por ejemplo, de las palabras simples mar o ciudad.

Familia léxica y campo semántico

No debes confundir la familia léxica con el campo semántico.

La **familia léxica** es el conjunto de palabras que presentan una **raíz común:** **café**, **cafe**ína, **cafe**tera, des**cafe**inado...

El **campo semántico** está formado por palabras de la misma clase que **comparten** parte de su **significado.** Así, silla, sillón, taburete, banco... comparten el significado 'tipos de asiento'.

¿Por qué a veces cambia **la raíz?**

La mayoría de las palabras que utilizas pueden descomponerse en unidades más pequeñas dotadas de significado, son los **morfemas**. Según el significado que aportan, pueden ser: **raíz** y **afijos.** Fíjate:

art-	+	-ista
raíz		**afijo**
'Capacidad, habilidad para hacer algo'.		Indica oficio o profesión.

La **raíz** constituye el núcleo de las palabras (sustantivos, adjetivos, verbos y adverbios) y aportan el **contenido fundamental** o **léxico** de estas.

Las palabras que presentan una raíz común forman una **familia léxica:**

papelera, tras**papel**ar, **papel**ería, em**papel**ar...

Los **afijos,** en cambio, **aportan** algún **contenido léxico** o **gramatical** a la raíz:

papel**es,** papel**era, em**papel**ar...**

art**ista,** art**esano,** art**ístico...**

Estos, a su vez, pueden ser **flexivos** o **derivativos:**

AFIJOS	CARACTERÍSTICAS	EJEMPLOS
Flexivos	Aportan información **gramatical:** género y número (en sustantivos y adjetivos); tiempo, aspecto, modo, persona y número (en verbos).	chic-**o**-**s** (masc. plural) escrib-**iste** (2.ª pers. sing; pret. perf. simple; indicativo)
Derivativos	Añaden información **léxica** y sirven para formar palabras derivadas. Pueden ser de tres tipos: prefijos, interfijos y sufijos.	Prefijos: **im**-par Interfijos: ciudad-**an**-o-s Sufijos: municip-**al**

Pero no todas las palabras contienen estos elementos:

- Las palabras **simples** solo contienen una raíz:

mar, sol, ciudad

- Las palabras **complejas** se forman mediante derivación o composición.

pre + decir (prefijación)

granj + **ero** (sufijación)

monta + **cargas** (composición)

También estudiaremos otros mecanismos de formación de palabras, como las **siglas** y los **acrónimos.**

ACTIVIDADES

Actividades interactivas

1. Subraya la raíz de estas palabras: *artista, papelería, búho, cantaban, desamor, inútiles, arenilla, antigás, chocolate, escritores, tormentosos.*

2. Sigue el ejemplo de la tabla y descompón las palabras que aparecen a continuación analizando su estructura:

		AFIJOS	
Palabra	**Raíz**	**Derivativo**	**Flexivo**
deportistas	deport-	-ista-	-s

deportistas - antimisiles - prehistoria - contables - extrafino
subcampeonas - enfermizas - posponer

3. Añade los afijos que se indican a continuación (**O** flexivo / ♦ derivativo) a estas raíces:

- Alumn- + **O** (género) + **O** (número)
- Campan- + ♦ (sufijo) + **O** (número)
- ♦ (prefijo) + -nac + ♦ (sufijo)
- ♦ (prefijo) + -abuel- + **O** (género) + **O** (número)

4. Señala los prefijos, los interfijos y los sufijos que aparecen en estas palabras: *caballería, nacionalidad, irresponsable, vientecillo, dormilón, llamarada, cafetito, larguirucho, humareda.*

5. Forma palabras a partir de estas raíces añadiendo afijos (flexivos y derivativos). Las casillas en las que aparece una X no se deben completar.

Afijo derivativo	Raíz	Afijo derivativo	Afijo flexivo
X	pastel-	-er-	-o
....	-cómod-	X	....
....	-cocin-	....	....
....	-niñ-	....	....
....	-cort-	....	....
....	-sangr-	....	....
....	-just-	....	....
....	-orden-	....	X
X	muchach-	....	....

6. Consulta la página web de la RAE e indica qué significado aporta a la palabra final cada uno de sus componentes: *intranquilos, semifinalista, pueblucho, prefabricado, reaparecimos, polideportivo.* Fíjate en este ejemplo:

Intranquilos: in-: 'negación, privación' / -tranquil-: 'sosegado, sin agitación' / -o-: masculino / -s: plural.

7. Relaciona estas palabras con las estructuras que aparecen a continuación:

prehistórico - anteayer - meses
numerosos - profesional - maestro

- Una única raíz
- Raíz + afijo derivativo (sufijo) + afijo flexivo (género) + afijo flexivo (número)
- Raíz + afijo flexivo (número)
- Afijo derivativo (prefijo) + raíz
- Afijo derivativo (prefijo) + raíz + afijo derivativo (sufijo)
- Raíz + afijo derivativo (sufijo)

8. Localiza en cada serie la palabra que no forma parte de estas familias léxicas. Después, explica su significado.

- Luna, lunar, lunático, lucense, lunación.
- Nube, nublado, nublo, nuboso, nubarrón, nubio.
- Corte, cortar, cortical, cortador, acortar, recortar.
- Sabio, saber, sabiduría, sabelotodo, sabático.
- Labor, laborar, laboral, laborioso, lábil, laborismo.

9. Forma familias léxicas (sustantivos, adjetivos y verbos), añadiendo afijos derivativos a estas palabras:

- mar
- sol
- brazo
- noche
- mano
- hierba
- bueno
- largo

— Elige una de las familias léxicas y redacta un texto breve con las palabras que la componen.

10. Fíjate en las palabras subrayadas en estas oraciones. Después, completa en tu cuaderno una tabla como la que aparece a continuación, indicando cuál es la palabra de la que proceden y a qué clase de palabra pertenecen ambas:

- Los marineros saldrán a faenar cuando anochezca.
- Encontrarás el periódico en aquella estantería.
- El cielo plomizo presagia un día lluvioso.
- Es muy asustadizo. Nunca se queda solo en la casona del campo.
- Se ha descongelado todo antes de meterlo en la nevera.

Palabra derivada	Procede de...
marineros (sustantivo)	mar (sustantivo)
....	....

— Consulta el diccionario y añade otras palabras que formen parte de cada una de las familias léxicas.

LA DERIVACIÓN

Es un mecanismo de formación de palabras por medio de afijos derivativos (**prefijos** y **sufijos**).

Estos son algunos de los prefijos y sufijos más habituales:

Prefijos

Son afijos derivativos que se **anteponen** a la **palabra:** **re**coger, **in**comprensible. La mayoría procede del latín y del griego.

Aunque modifican sustancialmente el significado de la palabra original, nunca cambian su clase de palabra: suelo (N) → **sub**suelo (N)   agrupar (V) → **re**agrupar (V)

PREFIJOS	SIGNIFICADO	EJEMPLOS
a-, an-	'privación, negación'	amoral, analfabeto
ante-	'delante de'	antepenúltimo
bi-, bis-	'dos'	bimensual, bisnieto
des-, i-, in-, im-	'lo contrario' / 'negación'	deshacer, ilegal, infeliz, imposible
hipo-	'debajo de'	hipocentro
pos-, post-	'después de'	posponer, postibero
pre-	'antes de'	prejuicio
re-	'repetición'	rehacer
sub-	'debajo de'	submarino

Sufijos

Son afijos derivativos que se colocan **detrás de la raíz:** pian**ista**, fresc**ura**. Pueden tener distintas funciones:

— **Variar el significado** de la palabra original: álamo (árbol) → alameda (conjunto de)

— **Cambiar la clase** de la palabra original: alto (adj.) → altura (sust.)

SUFIJOS	SIGNIFICADO	EJEMPLOS
-ista, -ero/a, -or/a	oficio	oficinista, herrero, narrador
-ería, -ario, -dor/a	lugar	floristería, herbolario, comedor
-eda, -al, -ar, -era	conjunto de	arboleda, arenal, chopera
-ble, -oso/a, -ento/a	cualidad	amable, golosa, avariento
-ez, -ura	cualidad	flacidez, negrura
-edad, -tud	cualidad	modernidad, amplitud
-illo/a, -ín/a, -ito/a	diminutivos	arbolillo, pequeñín, manita
-azo/a, -ón/a, -ote	aumentativos	perrazo, cabezón, grandote
-ín/a, -és/a, -eño/a	gentilicio	mallorquina, logroñés, albaceteño

La parasíntesis

Es un proceso de derivación mediante el cual a la raíz de una palabra se añade un prefijo y un sufijo simultáneamente.

en (prefijo) + sombre + **cer** (sufijo)

Ni la combinación de la raíz con el prefijo (ensombre) ni la raíz con el sufijo (sombrecer) son palabras existentes.

La mayoría de los términos parasintéticos son verbos.

Para palabras más técnicas, **¡usa los prefijos cultos!**

Sufijos apreciativos

Son aquellos que sirven para expresar nociones de tamaño o de afecto, dependiendo del contexto. Pueden ser diminutivos, aumentativos o despectivos.

Diminutivos. Indican tamaño pequeño o cariño: mesilla, bracito, botellín.

Aumentativos. Expresan tamaño grande, cariño o admiración: peliculón, buenazo, fuertote.

Despectivos. Indican burla o menosprecio: bichejo, casucha, bodorrio.

1. Escribe cuatro palabras formadas por prefijación y cuatro palabras formadas por sufijación.

   — Indica a qué clase de palabras pertenecen y de qué palabra provienen.

2. Escribe el antónimo de estas palabras empleando prefijos:

   - cómodo
   - apacible
   - hecho
   - regular
   - conocido
   - centrar
   - decisión
   - paciente
   - comprensión

3. Completa las tablas de prefijos y sufijos con nuevos ejemplos. Puedes consultar el diccionario.

4. Escribe la palabra que corresponde a cada definición. Subraya el prefijo e indica qué significado aporta.

   - Que no guarda simetría o que carece de ella.
   - Preferir o dar más importancia a algo.
   - Que carece de honestidad, de decoro o de ética.
   - Alojar o instalar a una persona en un nuevo lugar.
   - Tiempo que sigue al final de una guerra, y durante el cual se notan los efectos de esta.
   - Que no se puede alterar o que no manifiesta alteración.

5. Subraya ahora el sufijo de la palabra que corresponde a cada definición e indica qué significado aporta.

   - Instalación adecuada para la exhibición de delfines vivos.
   - Persona que se encarga de administrar anestesia.
   - Sonido fuerte producido por una bocina.
   - De color semejante al amarillo o con tonalidades amarillas.
   - Propiedad de los alimentos que están recién obtenidos o sin curar.
   - Elevación o distancia de un punto respecto del nivel del mar.
   - Lugar plantado de rosales.

6. Indica los prefijos de estas palabras. Indica también cuál es la palabra original de la que deriva cada una de ellas.

   - deshacer
   - infeliz
   - antetítulo
   - bimotor
   - reedificar
   - subsuelo
   - excéntrico
   - prehistoria
   - posromanticismo

   — Indica qué significado añaden los prefijos en las palabras anteriores.

7. Escribe una palabra derivada por sufijación a partir de estas palabras e indica cuál es su significado:

   - árbol
   - álamo
   - campana
   - amarillo
   - ajustar
   - brillo
   - maleta
   - cálido
   - guante

   — Señala, en cada caso, a qué clase de palabras pertenece la palabra original y a cuál, la palabra derivada.

8. Indica si las siguientes palabras derivadas se han formado por prefijación, por sufijación o por parasíntesis:

   - empaquetar
   - engordar
   - desobedecer
   - adinerado
   - desfavorable
   - efectividad
   - enjabonar
   - marino

9. Forma gentilicios a partir de estos topónimos y ten en cuenta que en algunos casos puede variar la raíz:

   París - Teruel - Jaén - Mallorca - Chile - Ibiza - Pamplona
   Lisboa - Tenerife - Lugo - Ávila Santandor - Paraguay

10. Algunos gentilicios derivan del nombre antiguo de una localidad. Fíjate en este ejemplo:

    Huelva ⟶ onubense

    Este gentilicio deriva del nombre latino Onuba, con el que los romanos se referían a la actual ciudad de Huelva.

    — Busca información en Internet e indica a qué localidad se refieren estos gentilicios y cuál era su nombre original: *lucense, gaditano, pacense, emeritense, oscense, donostiarra, abulense, ilerdense, hispalense.*

11. Consulta el diccionario de la RAE y anota el significado que aportan estos prefijos de origen culto. Escribe, también, palabras que los contengan.

    - Multi- ('muchos'): *multicolor...*
    - Archi-
    - Deca-
    - Poli-
    - Pluri-
    - Inter-
    - Omni-

LA COMPOSICIÓN

La **composición** es un procedimiento de creación léxica en el que se combinan dos o más palabras, que pueden ser también de origen culto (fotografía). Las palabras que forman el compuesto pueden ser de igual clase o de distinta clase. Observa estos ejemplos:

aguamarina ⟶ **agua + marina** (palabra nombre + palabra adjetivo)

ciudad dormitorio ⟶ **ciudad + dormitorio** (palabra nombre + palabra nombre)

¿Vemos más **ejemplos?**

- Hablamos de **composición univerbal** o **propia** cuando el compuesto está en una sola palabra:

sacacorchos ojinegro

- Hablamos de **composición pluriverbal** o **impropia** cuando el compuesto se presenta en más de una palabra:

coche cama hombre rana

ACTIVIDADES

1. Descompón estas palabras formadas por composición e indica las clases de palabras que las forman:

quitamanchas - bancarrota - trabalenguas - tejemaneje
malsano - malestar - cantamañanas - maniobrar - cortafuegos

PALABRAS	CLASE DE PALABRAS
quitamanchas	*quitar (verbo) + manchas (sust.)*
bancarrota	*banca (....) + ... (....)*
....	....

2. Escribe palabras formadas por composición que correspondan a cada una de estas combinaciones:

- nombre + nombre
- nombre + adjetivo
- adjetivo + nombre
- verbo + verbo
- verbo + nombre
- adjetivo + adjetivo

3. Combina los términos del cuadro para formar palabras por composición.

— Ten en cuenta que en ocasiones pueden producirse reajustes ortográficos.

bien - decir - pelo - miedo - madre - estar - hierba - mal
romper - ola - cantar - rojo - mañana - buena - quitar - selva

4. Clasifica estas palabras según se hayan formado por composición univerbal o pluriverbal:

- coche escoba
- pisapapeles
- buque escuela
- aguamarina
- pez martillo
- tirachinas

UNIVERBAL	PLURIVERBAL
....	....

5. Escribe una oración con cada uno de estos compuestos pluriverbales:

- mesa camilla
- escalera mecánica
- camión cisterna
- ciudad dormitorio
- hombre rana
- contestador automático

6. Fíjate en estas palabras y distingue si están formadas por derivación o por composición:

- grandeza
- pasatiempo
- malhumor
- deshacer
- alejar
- telaraña

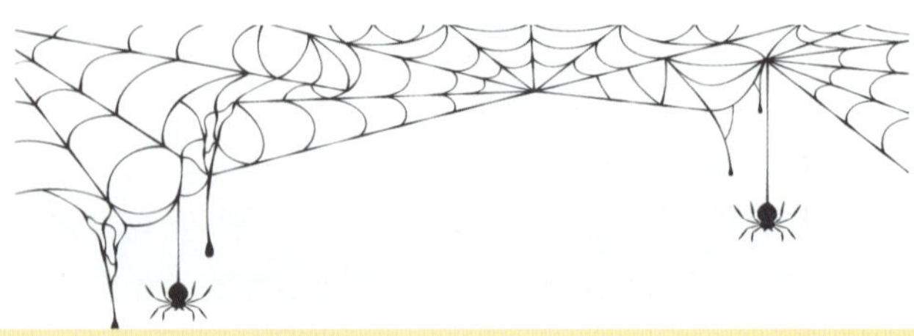

SIGLAS Y ACRÓNIMOS

¡Qué palabras tan extrañas!

Uno de los mecanismos para la formación de palabras son las **siglas** y los **acrónimos.** Este recurso permite economizar tiempo y espacio en la representación gráfica de una palabra, ya que se basa en la abreviación de expresiones de la lengua.

Las **siglas** se forman con las letras iniciales de cada una de las palabras de la expresión que abrevian: **ONG** ⟶ **O**rganización **N**o **G**ubernamental. Muchas siglas se leen deletreadas (FM, ADN...). Otras, en cambio, pueden pronunciarse como palabras (RAE, FIFA...). Este tipo de siglas se denominan **acrónimos**.

Los **acrónimos** pueden llegar a formar parte del **léxico común**; entonces, se escriben en minúscula y permiten variación de número: pyme/pymes.

Para escribir bien las siglas y los acrónimos, debes tener en cuenta estas normas:

SIGLAS

- Se escriben con **mayúsculas** y sin puntos entre las letras: IRPF.
- Son **invariables,** pero pueden ir acompañadas por un determinante para precisar el género y el número: el BOE.
- **No** pueden **dividirse** mediante guion al final de una línea.

ACRÓNIMOS

- Son siglas que suelen escribirse con **minúscula** y sin punto: uci.
- Pueden acentuarse y **admiten morfemas flexivos:** láser/láseres.
- **Admiten** la **división** con guion al final de línea.

Actividad interactiva

ACTIVIDADES

1. Relaciona cada una de estas siglas o acrónimos con su significado:

SIGNIFICADO	SIGLA/ACRÓNIMO
Instituto Nacional de Salud	NIF
Universidad Autónoma de Madrid	UGT
Inspección Técnica de Vehículos	Insalud
Número de Identificación Fiscal	UAM
Instituto Nacional de Empleo	Inem
Unión General de Trabajadores	ITV

2. Fíjate en las palabras que aparecen a continuación. Indica en cada caso si se trata de siglas o de acrónimos, y cuál es su significado.

OMS - Adena - ETT - DGT - Talgo - uci - IPC

3. Indica cuáles son los términos a partir de los cuales se han formado estos acrónimos. Si es preciso, consulta el diccionario en línea de la RAE.

- ovni
- ofimática
- talgo
- sida
- uvi
- vip
- láser
- módem
- sónar

— Escribe una oración con cada uno de ellos.

4. Las siglas no admiten plural (*la ONG, las ONG*). En cambio, los acrónimos lo forman siguiendo las reglas generales de formación del plural en español (radar, radares).

— Corrige las siglas y los acrónimos que no sean correctos.

- La película que fuimos a ver al cine trataba sobre ovni y terroríficos alienígenas.
- Si consultas estos BOES obtendrás toda la información que necesitas.
- Me han regalado cuatro DVD´s y tres CD´s nuevos.
- Se produjo una avería en uno de los talgo que unen Cádiz con Madrid.
- No pudimos embarcar en el avión porque habíamos olvidado los DNIS en casa.
- Han equipado ese hospital con varios láser para tratar patologías de la piel.

5. Averigua el significado de estas siglas relacionadas con el deporte:

COI - ATP - ACB - FIFA - UEFA - FISA - ANAFE

6. Es muy frecuente la presencia de siglas y acrónimos en los textos periodísticos. Busca en un periódico o una revista cinco siglas o acrónimos e indica cuál es su significado.

94 LA SEMÁNTICA

Mira diferentes **relaciones semánticas**

Las palabras que utilizamos para comunicarnos son **signos verbales** o **lingüísticos,** y se estructuran en dos planos: el que se percibe por los sentidos (forma) se denomina **significante,** y su idea mental (contenido) se llama **significado.**

FORMA	CONTENIDO
Significante	**Significado**
l - i - n - c - e	'Mamífero felino, de pelaje gris rojizo y orejas puntiagudas'.
Constituye una cadena de sonidos o letras que asociamos a una idea o concepto.	Es la idea o concepto que transmite el signo lingüístico.

Distinguimos **dos tipos** de **significado:**

— El significado **denotativo** es el que aparece registrado en los diccionarios, **objetivo** y común para todos los hablantes.

— El significado **connotativo** es aquel que adopta una palabra dependiendo del **contexto** y la **situación** en que se emplea.

Así, al escuchar la palabra lince cualquier hablante piensa en el animal salvaje **(significado denotativo);** sin embargo, no siempre empleamos las palabras con su significado literal y, así, el término lince también puede designar a una persona astuta y sagaz **(significado connotativo).**

La disciplina que se ocupa del estudio del significado es la **Semántica.**

Las diferentes relaciones que se establecen entre significado y significante reciben el nombre de **relaciones semánticas.** Vamos a ver en qué consisten algunas de ellas.

Sinonimia y antonimia

Cuando asociamos dos o más significantes a un mismo significado se establece una relación de **sinonimia.**

atardecer — **crepúsculo**

'Última parte de la tarde'

Hablamos de **antonimia** cuando se establece una relación de **oposición de significado** entre dos o más significantes.

entrar — 'Ir de fuera adentro'

salir — 'Ir de dentro afuera'

oposición

El lenguaje proverbial

La distinción entre significado **denotativo** y **connotativo** es esencial para entender el sentido de los **refranes, los modismos** y las **locuciones.** En estas expresiones, las palabras adoptan un significado connotativo, sin el cual no se puede entender el sentido completo de la expresión.

Meterse en un berenjenal

a) Significado **denotativo:** 'entrar en un lugar plantado de berenjenas'.

b) Significado **connotativo:** 'meterse en un lío, tener un problema'.

Otros ejemplos son: quedarse sin blanca ('quedarse sin dinero'); jugarse el pellejo ('poner en peligro la integridad física'); abrir el pico ('hablar'); más vale pájaro en mano que ciento volando ('ser preferible tener algo seguro aunque sea poco').

Tipos de sinónimos

Los sinónimos pueden ser:

Totales. Cuando son intercambiables en cualquier contexto: comenzar/iniciar.

Parciales. Cuando dos o más términos tienen el mismo significado, pero entre ellos existen matices: caminar/andar.

Tipos de antónimos

Los antónimos pueden ser:

Complementarios. La negación de una palabra supone la afirmación de otra: vivo/muerto.

Graduales. Los términos opuestos admiten otros intermedios: caliente/frío (tibio, fresco...).

Recíprocos. Un término supone, necesariamente, la existencia de otro: padre/hijo.

Polisemia y homonimia

Se trata de relaciones semánticas que se establecen entre palabras que comparten el **mismo significante** o un **significante similar.**

Las **palabras polisémicas** son aquellas que tienen dos o más significados que se relacionan entre sí.

pie ↓ Del latín *pes*

→ **Significado 1:** 'extremidad de cualquiera de los dos miembros **inferiores** del hombre'.

→ **Significado 2:** 'base o parte **inferior** en que se apoya algo'.

→ **Significado 3:** 'espacio en blanco que queda en la parte **inferior** del papel, después de terminado'.

A las palabras polisémicas les corresponde una **única** entrada en el **diccionario.**

En cambio, **palabras homónimas** son aquellas en que se produce una coincidencia formal, pero con significados distintos y no relacionados.

llama — Del latín *flamma* ↓ 'Masa gaseosa en combustión'

llama — voz quechua ↓ 'Mamífero rumiante'

En el **diccionario,** las palabras homónimas aparecen en **entradas diferentes,** cada una con su significado.

Existen dos **tipos** de palabras homónimas:

Homógrafas	Homófonas
Se escriben y se pronuncian igual.	Se pronuncian igual, pero su escritura es diferente:
vino *Bebida alcohólica*	**rebelar** *Oponerse a algo*
vino *Forma del verbo «venir»*	**revelar** *Descubrir o manifestar algo.*

Hiperonimia e hiponimia

Algunas palabras establecen entre sí relaciones de jerarquía. Son los hipónimos y los hiperónimos. Los **hipónimos** son palabras cuyos significados se incluyen dentro de un término más genérico que recibe del nombre de **hiperónimo.**

Hiperónimo ↓ **flor** → **Hipónimos** ↓ **clavel, rosa, orquídea, jazmín, gardenia, margarita...**

Los hipónimos (*clavel, rosa, orquídea...*) son **cohipónimos** entre sí.

Paronimia

Las palabras **parónimas** son las que se pronuncian de forma parecida, pero tienen significados distintos.

Fíjate en estos ejemplos:

actitud ↓ 'Comportamiento o estado de ánimo'

aptitud ↓ 'Capacidad para llevar a cabo una tarea'

adición ↓ 'Unión o suma'

adicción ↓ 'Dependencia física o psíquica'

Campo semántico y asociativo

Recuerda que un **campo semántico** es el conjunto de palabras de la misma clase que comparten una parte de su **significado.** A su vez, cada una tiene un **significado propio** que la diferencia de las demás.

Por ejemplo, las palabras coche, camión, moto y furgoneta se refieren a vehículos de transporte (significado común) y cada una de ellas tiene sus características particulares (significado propio).

Un **campo asociativo** es el conjunto de palabras que corresponden al mismo tema o ámbito de la realidad, que se asocian a una misma idea. No tienen necesariamente que pertenecer a una misma clase de palabras y tampoco necesitan tener una raíz común.

Por ejemplo, la palabra vacaciones hace pensar: calor, feliz, jugar, nadar, playa, viajar…

ACTIVIDADES

Actividades interactivas

1. Escribe en tu cuaderno dos oraciones en las que una misma palabra esté empleada con significado denotativo y con significado connotativo.

2. Explica el significado connotativo de estas expresiones:
   - Tener un día gris.
   - Ponerse morado.
   - Tener un marrón.
   - Ponerse las pilas.

3. Utiliza el diccionario en línea de la RAE para relacionar cada palabra con su sinónimo.

• conciso	• soslayar
• abundante	• indeleble
• eludir	• prolijo
• imborrable	• opíparo
• suponer	• lacónico
• minucioso	• conjeturar

4. Propón un sinónimo para cada uno de estos términos:

enfermedad - próximo - carburante - imprudencia
desordenado - líquido - parecer - asombroso

5. Escribe un antónimo de cada una de estas palabras:

apagar - frondoso - absorto - vaciar - amanecer
humilde - timidez - habitual - genérico - aumentar

6. Consulta el diccionario, indica cuál es el significado de las palabras subrayadas en estas oraciones y señala si son polisémicas u homónimas. Justifica tu respuesta.

   a) Llevo plantillas porque tengo los <u>pies</u> planos.
   He dejado a los <u>pies</u> de la cama la ropa limpia.

   b) Cada vez que me <u>río</u>, se me saltan las lágrimas.
   Acamparemos junto al <u>río</u> que bordea el pueblo.

   c) Un antepasado de Celia fue <u>barón</u> de Turís.
   El bebé de Juan y Elisa es un <u>varón</u>.

   d) Van a <u>rodar</u> una película en mi barrio.
   Se cayó de la bicicleta y comenzó a <u>rodar</u> calle abajo.

   — A continuación, señala la clase de palabra a la que pertenece cada una de las palabras homónimas, y clasifícalas según sean homógrafas u homófonas.

   — A causa de la homofonía entre palabras, se pueden generar errores ortográficos. Elabora un breve diccionario con las palabras homófonas que conozcas, incluidas las que aparecen en esta actividad.

7. Indica cuál es el hiperónimo de cada una de estas series de hipónimos:
   - Caracol, pulpo, sepia, calamar, berberecho.
   - Alpargata, sandalia, babucha, mocasín, bota.
   - Caminar, pasear, deambular, marchar, callejear.
   - Diván, taburete, sofá, sillón, butaca.
   - Violeta, añil, granate, celeste, bermellón.
   - Infancia, adolescencia, juventud, madurez, vejez.

8. Agrupa los siguientes hipónimos e indica cuál es el hiperónimo que corresponde a cada grupo:

limón - iglú - avena - abubilla - fósforo
soja - centeno - naranja - oro - alfalfa - chabola
abejaruco - pomelo - frijol - palafito - mijo
quebrantahuesos - polonio

9. Forma un grupo de cohipónimos cuyos hiperónimos sean estos términos:

• Metal	• Océano
• Moneda	• Idioma
• Especia	• Figura literaria

10. Indica qué tipo de relación se establece entre cada una de estas parejas de palabras. Consulta el diccionario, si es preciso.
   - Víbora / cocodrilo
   - Osado / cobarde
   - Piñón / piñón
   - Borracho / ebrio
   - Adición / adicción
   - Murmurar / farfullar

11. Consulta el diccionario en línea de la RAE y explica el significado de estas palabras parónimas:

• ratificar / rectificar	• especia / especie
• absorber / absolver	• infligir / infringir
• espirar / expirar	• consejo / concejo
• perjuicio / prejuicio	• adolescente / adoleciente

LOS CAMBIOS SEMÁNTICOS

Con el paso del tiempo, **las lenguas** van **evolucionando** y muchas veces, además de cambios que afectan a la fonética y a la ortografía de las palabras, se producen **cambios** en el **significado.**

¿Vemos estos **cambios** en un vídeo?

Los cambios semánticos (en el significado) se producen por diversas **causas:**

— **Históricas.** La evolución científica y tecnológica ha provocado que algunas palabras que ya se usaban pasen a designar otros objetos o conceptos.

Pluma → **Pluma**

Antiguamente, significaba 'pluma de ave empleada para escribir'. Actualmente, 'pluma estilográfica'.

— **Lingüísticas.** Se producen por causa de las asociaciones que realizamos al hablar. Es decir, transfieren su significado de una a otra.

Café cortado → **Cortado**

— **Psicológicas** o **socioculturales.** Existen factores socioculturales que provocan cambios de significado en las palabras. Por ejemplo, para evitar un término que tiene connotaciones ofensivas (preso) se utiliza otro de mayor aceptación social (interno).

Los cambios semánticos que pueden experimentar algunas palabras son: la metáfora, la metonimia y, por último, las palabras tabú y los eufemismos.

Metáfora

Se produce al atribuir a un elemento el nombre de otro porque entre ellos existe una **relación de semejanza.**

Hemos quedado en la **boca** del metro. → Se denomina así a la entrada del metro por su semejanza con una boca abierta.

Metonimia

Consiste en atribuir a una realidad el nombre de otra, porque entre ambas existe una **relación de contigüidad.**

Han subastado un **Picasso.** → Se emplea el nombre del artista para hacer referencia a una de sus obras.

Tabú y eufemismo

En ocasiones, se evita decir una palabra por miedo o temor, por delicadeza o porque nos resulta desagradable. En ese caso hablamos de **palabras tabú.** Esas palabras se sustituyen por otras más aceptadas por los hablantes, denominadas **eufemismos.**

Palabras tabú	**Eufemismos**
borracho →	ebrio
vejez →	tercera edad

ACTIVIDADES

Actividad interactiva

1. Indica qué cambio semántico aparece en estas oraciones:

   a) La situación económica afecta a los más desfavorecidos.

   b) ¿Te han gustado los macarrones? ¡Sí, me he comido todo el plato!

   c) En mi empresa han hecho un reajuste de personal.

   d) Aquel óleo fue vendido en la subasta por mucho dinero.

   e) Su defunción supuso un duro golpe para toda la familia.

   f) Aquel joven se ha convertido en una estrella de la música internacional.

ANEXO. ANÁLISIS DE LA ORACIÓN

Análisis morfológico

N	Sustantivo
Pron	Pronombre
A	Adjetivo
Det	Determinante
V	Verbo
Av	Adverbio
Prep	Preposición
Conj	Conjunción

Tipos de sintagmas o grupos

Distinguimos cuatro tipos de sintagmas o grupos en función de la clase de palabra que funciona como núcleo:

- **Sintagma nominal** (SN): el núcleo es un sustantivo o equivalente. Ejemplo: nuestra amistad.
- **Sintagma verbal** (SV): el núcleo es un verbo. Ejemplo: practico yoga.
- **Sintagma adjetival** (SA): el núcleo es un adjetivo. Ejemplo: muy interesante.
- **Sintagma adverbial** (SAv): el núcleo es un adverbio. Ejemplo: bastante temprano.

Además, estos sintagmas se pueden convertir en sintagma preposicional si van precedidos de una preposición.

- **Sintagma preposicional** (SPrep): el núcleo es una preposición. Se caracteriza porque necesita obligatoriamente un complemento, también llamado término. El término puede ser un SN (con el lápiz), un SA (pasa por inteligente), un SAv (desde allí) o una oración (para que lo sepas).

Análisis morfológico

Consiste en determinar la categoría a la que pertenecen las palabras de la oración y las características gramaticales que poseen: género, persona, número…

Una lluvia torrencial deslució ayer la jornada festiva en nuestro pueblo.

Una	Artículo indefinido, femenino, singular.
lluvia	Sustantivo común, femenino, singular.
torrencial	Adjetivo calificativo, femenino (una terminación), singular.
deslució	Verbo de la 3.ª conjugación, pret. perf. simple, 3.ª pers. sing.
ayer	Adverbio de tiempo.
la	Artículo definido, femenino, singular.
jornada	Sustantivo común, femenino, singular.
festiva	Adjetivo referencial, femenino, singular.
en	Preposición.
nuestro	Determinante posesivo, masculino, singular.
pueblo	Sustantivo común, masculino, singular.

La representación gráfica del análisis morfológico se suele simplificar subrayando las palabras que forman la oración e indicando debajo a qué clase de palabra pertenecen. Es habitual emplear las abreviaturas que aparecen en el recuadro superior derecho.

Una	lluvia	torrencial	deslució	ayer	la	jornada	festiva	en	nuestro	pueblo.
Det	N	A	V	Av	Det	N	A	Prep	Det	N

Análisis sintáctico

Se trata de indicar la función que cada sintagma desempeña en la oración. Para efectuar este tipo de análisis, puedes seguir estos pasos:

1. Identificar el **sujeto** y el **predicado.** Recuerda que para reconocer el sujeto de la oración debes aplicar la regla de la concordancia. Además, debes señalar el núcleo de cada uno.

Una lluvia torrencial deslució ayer la jornada festiva en nuestro pueblo.
Núcleo (lluvia) — Núcleo (deslució)
Sujeto: Una lluvia torrencial — Predicado: deslució ayer la jornada festiva en nuestro pueblo.

2. Determinar los **sintagmas** que forman la oración. Ten en cuenta que algunos sintagmas pueden formar parte de otro superior.

Una lluvia torrencial deslució ayer la jornada festiva en nuestro pueblo.
SA (torrencial) — SA (festiva) — SN (nuestro pueblo)
SN (Una lluvia torrencial) — SV (deslució) — SAv (ayer) — SN (la jornada festiva) — SPrep (en nuestro pueblo)

3. Determinar qué **función** desempeña en la oración cada uno de estos sintagmas y los elementos que los componen. Para ello, repasa la nomenclatura que aparece en el margen.

Una lluvia torrencial deslució ayer la jornada festiva en nuestro pueblo.

D Núcleo (nuestro pueblo)

D | Núcleo | SA/CN | Núcleo | D | Núcleo | SA/CN | Núc | T/SN

SN | SV | SAv/CCT | SN/CD | SPrep/CCL

4. Englobar estos sintagmas en los dos constituyentes inmediatos (sujeto y predicado) que identificabas al principio del análisis.

Una lluvia torrencial deslució ayer la jornada festiva en nuestro pueblo.

D Núcleo (nuestro pueblo)

D | Núcleo | SA/CN | Núcleo | D | Núcleo | SA/CN | Núc | T/SN

SN | SV | SAv/CCT | SN/CD | SPrep/CCL

Sujeto | **Predicado**

5. Indica de qué **tipo de oración** se trata (copulativa, transitiva, impersonal...).

Una lluvia torrencial deslució ayer la jornada festiva en nuestro pueblo.

D Núcleo (nuestro pueblo)

D | Núcleo | SA/CN | Núcleo | D | Núcleo | SA/CN | Núc | T/SN

SN | SV | SAv/CCT | SN/CD | SPrep/CCL

Sujeto | **Predicado**

Oración transitiva

Análisis sintáctico

D →	Determinante
CN →	C. del nombre
CA →	C. del adjetivo
CAv →	C. del adverbio
CD →	C. directo
CI →	C. indirecto
CR →	C. de régimen
CC →	C. circunstancial
Pvo →	Predicativo
Atr →	Atributo
Ag →	Complemento agente
Mod →	Modificador
Núc →	Núcleo
E →	Enlace
R →	Nexo subordinante
O →	Oración

DIAGRAMA ARBÓREO

La representación gráfica del **análisis morfosintáctico** también se puede llevar a cabo mediante un diagrama arbóreo. Recibe este nombre porque las líneas que lo forman parecen las ramas de un árbol.

Las **líneas verticales** señalan el núcleo de los distintos sintagmas. Las **líneas en ángulo recto** señalan los modificadores y complementos que reciben estos núcleos. Por último, las **líneas de ángulo obtuso** marcan las relaciones de subordinación y dependencia entre los distintos elementos de la oración.

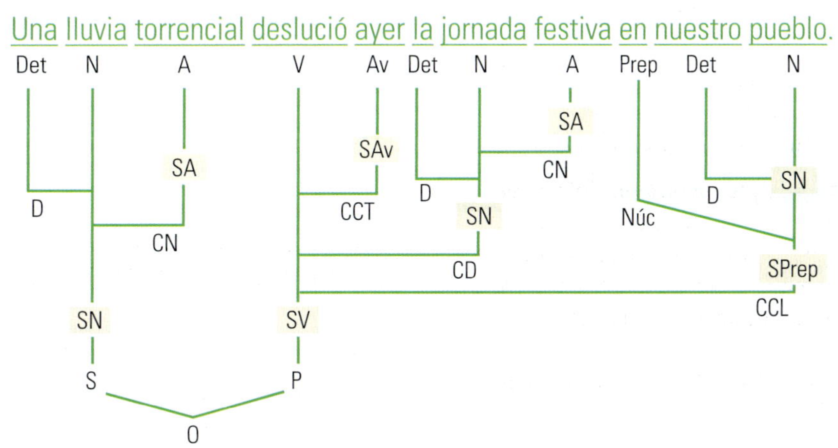

Míralo en forma de diagrama arbóreo

Análisis de oración intransitiva

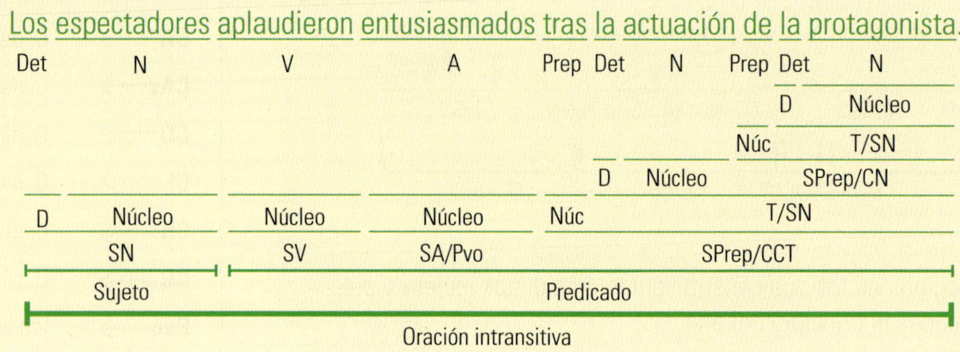

Análisis de oración impersonal

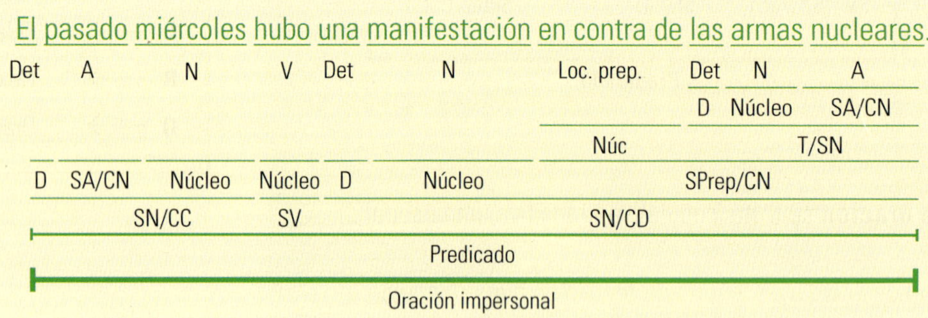

Análisis de oración pasiva

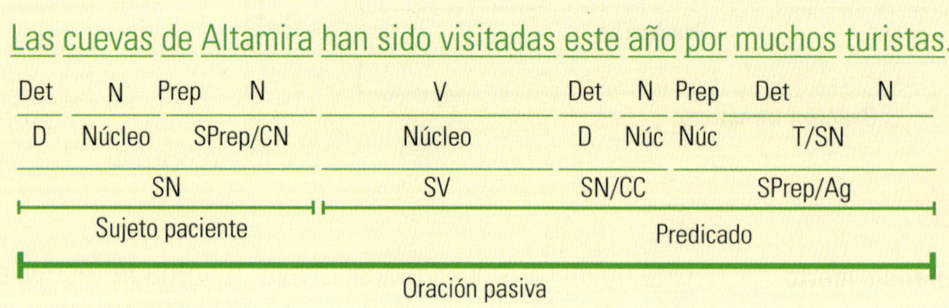

Practica el análisis sintáctico

- Asistieron emocionados a la victoria de su equipo.
- Los estudiantes universitarios están rebeldes.
- En esta provincia nevó mucho el año pasado.
- Durante el verano el calor es insoportable en Jaén.
- Me encantan los libros de aventuras de mi hermano.
- Se amaestran tigres de Bengala en el circo del pueblo.
- La conferencia versó sobre la relación entre varios países.
- Me gustan las tardes de verano.

Míralo en forma de diagrama arbóreo

Análisis de oración compuesta por coordinación adversativa

Julia	y	sus	compañeras	fueron	a	la	biblioteca	municipal,	pero	estaba	cerrada	por	reformas.	(la biblioteca)
N	Conj	Det	N	V	Prep	Det	N	A	Conj	V	A	Prep	N	
					Núc	T/SN		SA/CN				Núc	T/SN	
Nucl.	E	D	Núcleo	Núcleo	SPrep/CCLugar					Núcleo	SA/Atr	SPrep/CCCausa		
Sujeto				Predicado						Predicado				Sujeto (tácito)
Oración 1									E	Oración 2				
Oración compuesta por coordinación adversativa														

- Es muy inteligente, pero carece de fuerza de voluntad.
- El vecino de arriba no es uruguayo, sino argentino.
- Internet es una herramienta útil, pero tiene inconvenientes.
- Se levantó temprano, mas perdió el avión a París.

Análisis de oración compuesta por coordinación disyuntiva

¿Ellos	visitaron	el	museo	del	Louvre	esta	mañana	o	[ellos]	subieron	a	la	torre	Eiffel?
Pron	V	Det	N	Prep+Det	N	Det	N	Conj	Pron	V	Prep	Det	N	N
				Núc	T/SN									
		D	Núcleo	SPrep/CN		D	Núcleo				Núc	T/SN		SN/CN
Núcleo	Núcleo	SN/CD				SPrep/CCT			Núcleo	Núcleo	SPrep/CCL			
Sujeto	Predicado								Sujeto	Predicado				
Oración 1								E	Oración 2					
Oración compuesta por coordinación disyuntiva														

- ¿Vendrás el miércoles o el jueves?
- O comes lentejas o comes sopa.
- Coge un autobús o llama a un taxi.
- Celebra la fiesta en casa u organízala en una ludoteca.

Análisis de oración compuesta por yuxtaposición

Mis	compañeros	están disfrutando	de	una	excursión;	yo	estoy	enfermo	en	casa.
Det	N	V (perífrasis verbal)	Prep	Det	N	Pron	V	A	Prep	N
			Núc	T/SN					Núc	T/SN
D	Núcleo	Núcleo	SPrep/CR			Núcl.	Núcleo	SA/Atributo	SPrep/CCL	
Sujeto		Predicado				Suj	Predicado			
Oración 1						Oración 2				
Oración compuesta por yuxtaposición										

- Este gato es muy listo; siempre huye del peligro.
- Julia está en casa; Lucas ha ido al cine.
- Apagaron las luces de la sala; la función teatral iba a comenzar.
- Este año no iré de vacaciones; tengo que ahorrar.

Practica el análisis sintáctico

- Ese perro es insoportable; ladra constantemente.
- Hace un sol espléndido pero lloverá esta tarde.
- Miguel es muy innovador, siempre utiliza la tecnología más avanzada.
- ¿Traes tu raqueta o te dejo una?
- Estos no jugaron bien, aquellos no tenían estrategia.
- Abrí la puerta de la casa, encendí la luz y esperé a mis amigos en el salón.